CB017182

STEVIE J. COLE LP LOVELL

Nenhum SANTO

Traduzido por Wélida Muniz

1ª Edição

The GiftBox
EDITORA

2022

Direção Editorial:	**Revisão final:**
Anastacia Cabo	Equipe The Gift Box
Tradução:	**Arte de Capa:**
Wélida Muniz	Lori Jackson
Preparação de texto:	**Adaptação de capa:**
Marta Fagundes	Bianca Santana
Diagramação: Carol Dias	

CIP-BRASIL. CATALOGAÇÃO NA PUBLICAÇÃO
SINDICATO NACIONAL DOS EDITORES DE LIVROS, RJ
Meri Gleice Rodrigues de Souza - Bibliotecária - CRB-7/6439

L947n

Lovell, LP
    Nenhum santo / LP Lovell, Stevie J. Cole ; tradução Wélida Muniz. - 1. ed. - Rio de Janeiro : The Gift Box, 2022.
    360 p.

    Tradução de: No good
    ISBN 978-65-5636-164-2

    1. Romance americano. I. Cole, Stevie J. II. Muniz, Wélida. III. Título.

22-76908   CDD: 813
                  CDU: 82-31(73)

Você é um veneno. E eu estou viciada.

I

DREW

— Eu te deixei molhada, garotinha?

A luz *neon* piscava por trás das cortinas, providenciando iluminação apenas o suficiente para que eu pudesse ver a cara do gostosão que me guiava até a parte de trás da van. Ele possuía aquele cabelo escuro e maxilar perfeito, além do sorrisinho que prometia fazer todos os meus problemas desaparecerem... e eu tinha uma lista quilométrica deles. Seu olhar se parecia a um canto de sereia para uma garota solitária precisando se sentir desejada por apenas alguns instantes. Então aqui estava eu. Em uma van. No estacionamento de um bar, deixando as palavras indecentes se repetirem na minha cabeça à medida que ele agarrava meus quadris e beijava a minha garganta. *Eu te deixei molhada, garotinha...*

— Você fala isso para qualquer uma? — perguntei, então senti o sorrisinho contra a minha bochecha conforme ele abaixava a alça do vestido pelo meu ombro.

— Só para as que eu quero comer...

Por mais que suas palavras tenham me incendiado por dentro, eu *não* ia dar para ele. De jeito nenhum... embora seus lábios fossem extremamente persuasivos.

Minhas pernas atingiram o banco de trás. Uma dúvida momentânea se infiltrou assim que ele me fez deitar ali. Embora eu fosse só mais uma em uma longa fila de garotas que ele seduziu e trouxe para a van, eu não conseguia encontrar forças para dar a mínima para isso. Em minha defesa, ele talvez fosse o cara mais gostoso que já vi na vida, então se fosse para eu ter um momento de fraqueza, ele cumpriria muito bem o papel. A mão vagou pela minha coxa, depois por debaixo da saia, o toque puramente elétrico atravessando o tecido da calcinha. Nenhum cara já causou esse tipo de reação em mim. E eu queria mais.

— Puta merda — murmurou ele, contra a minha garganta, antes de afastar a calcinha para o lado —, você está encharcada.

Ele deslizou o dedo para dentro de mim, e o curvou. A avalanche de sensações que desceu sobre o meu corpo pegou toda a decisão de que eu não daria para ele e a atirou através da janela de cortininha da van.

— Eu não vou trepar com você — disse, apressada, e eu não tinha certeza se aquela afirmação era para ele ou para mim.

— *Não* vai trepar comigo, é? — O dedo se afundou ainda mais.

Babaca convencido. Ele achou que o lance era certo. Não que eu tivesse dado a ele muita razão para pensar o contrário, mas ainda assim…

— Então você veio para a van para brincar de fazer perguntas? Porque eu diria que essa aqui é uma forma boa pra caralho de se conhecer alguém. — Deslizou mais um dedo. Pressionando. Empurrando… me enlouquecendo. — Não acha? — A boca estava na minha barriga agora, descendo cada vez mais.

Eu estava muito ferrada.

— Eu…

— Ou você veio para cá para perguntar o meu nome e a minha cor preferida?

Hesitei por um minuto, tentando formar palavras.

— Nome — arfei, enfim, muito ciente de que eu deveria ter perguntado antes. — Qual é o seu nome?

— Bellamy. — Ele abriu as minhas pernas, então se posicionou entre elas, olhando nos meus olhos ao mordiscar a parte interna da coxa. — E o seu?

De jeito nenhum eu falaria o *meu* nome para ele, e o primeiro que pipocou na minha cabeça foi o da minha melhor amiga.

— Genevieve. — Okay. Isso foi péssimo…

— Quantos anos você tem?

— Vinte e um — menti, lutando para reprimir um gemido à medida que seus lábios subiam mais. Certo, cansei de falar, ou melhor dizendo, mentir. — Mais alguma pergunta?

— Sim. — O olhar travou com o meu, e ele tirou os dedos. — O seu gosto é bom? — Então os enfiou por entre os lábios e gemeu. E aquele único gesto foi o suficiente para selar, irrevogavelmente, cem por cento do meu destino.

Em questão de segundos, minha calcinha foi jogada em algum lugar no assoalho, e sua língua quente estava em mim, minhas mãos em seus cabelos, meus quadris se esfregando em seu rosto quando uma onda de êxtase me atingiu com tanta força que mal consegui respirar. Não foi só um orgasmo; foi um despertar, um que fez minhas coxas se apertarem ao redor da sua cabeça; meu corpo, estremecer; e meu coração, socar as costelas.

— Já, garotinha? — Ele se sentou, sorrindo ao levar a mão ao cinto.

Alguém bateu na porta traseira da van.

— Ei, comedor! — um cara gritou. — A gente está com um problema… Vadia louca à caça. Repito, águia menor. Vadia louca à caça. Câmbio. Desligo.

Bellamy rosnou, ainda lutando para desafivelar o cinto.

— Diga a ela para ir se foder!

Uma menina estava procurando por ele, uma, a quem o amigo estava vigiando enquanto ele se divertia com *outra* menina na van? Jesus Cristo, eu era uma idiota. Eu me sentei, puxei a saia para o lugar, então vasculhei os papéis amassados e as revistas musicais espalhados pelo assoalho, em busca da minha calcinha.

Mais uma batida soou na porta.

— Você me ouviu?

— Sim. Sim. — Bellamy abaixou o zíper como um babaca que ainda esperava que eu fosse tocar no pau dele. — Eu ouvi você!

— Nossa. — Esquece a calcinha. Balançando a cabeça, abri a porta da van e fiquei cara a cara com o guitarrista da banda que havia tocado mais cedo. O punho dele estava erguido, pronto para voltar a bater na lateral do veículo.

— Caramba, Bellamy — ele disse, me dando uma secada. — Essa é gostosa.

Com um bufo irritado, passei por ele e mostrei o dedo do meio por cima do ombro; o clique constante dos meus saltos foram ressaltados pelos carros detonados ao redor conforme eu saía do estacionamento feito um furacão. Na minha lista recente de más decisões, essa subiu para o topo bem rapidinho.

Virei no canto do bar, parando no meu carro quando um grito estridente chamando o nome de Bellamy ecoou na noite. Olhei para cima bem a tempo de ver a loira curvilínea atirar alguma coisa nele. Uma pena ela ter errado, pensei ao ir para trás do volante e dar a partida. Meus faróis iluminaram as silhuetas nos fundos quando arranquei cantando pneu. Pelo menos eu nunca mais voltaria a ver esse cara. Não que estivesse esperando alguma coisa de um lance rápido – eu não era idiota –, mas era pedir demais que um cara *não* me fizesse bancar a puta com quem ele trai a namorada?

Conduzi pelas ruas estreitas, acelerando sobre os buracos e repassando os eventos das últimas semanas na cabeça.

Expulsa do colégio interno, enviada para essa cidade de merda para morar com um pai que estava ocupado demais com suas viagens de negócios para sequer se incomodar com a minha existência. O único contato que tive com ele, desde que cheguei, tinha sido uma série de e-mails, sendo que o último deles chegou no começo da noite, mas estive ocupada demais olhando feito pateta para o sorriso de Bellamy para lê-lo.

Quando estacionei na vaga, meu peito se contorceu com o pensamento de entrar naquela monstruosidade deserta e escura e estar completamente sozinha de novo. Foi exatamente isso que me fez ir para o bar hoje, e cair direto nos braços afoitos de Bellamy. Mas eu ainda não me sentia melhor, então embromei, e enfrentei o e-mail que meu pai enviou enquanto meu carro estava parado na entrada.

> Drew,
> Em anexo está o seu horário na escola nova. Você vai conversar com a orientadora amanhã às 16h. Já falei com o Eddie, e ele trocou o seu turno.
> William Morgan
> CEO Darth Enterprises

E daí que recebi a mesma mensagem da secretária dele... ou que ele se sentiu tão à vontade para ter trocado o meu turno naquele *drive-thru* de merda que ele arranjou para eu trabalhar. Cliquei no anexo e abri o horário com Colégio Dayton digitado no cabeçalho. Pisquei. Não, era um erro. Era para eu ir para o Preparatório Barrington. Não para a escola pública. Já estive em Dayton, a cidade vizinha. Uma vez. Na Páscoa, quando vim passar as férias aqui, uma estrada tinha sido fechada e o desvio levava direto para aquele buraco. O lugar era horroroso. Rua após rua de motéis precários e casas de penhores. Casas pichadas e cobertas por tapumes. As que não estavam cobertas, pareciam como se precisassem estar condenadas. E a escola? Olivia, uma das poucas meninas daqui que eu conhecia, dizia que o

Dayton era basicamente uma escola preparatória para a prisão. Que merda o meu pai estava pensando? Enquanto o horror se alastrava por dentro de mim, imaginei a cara presunçosa que o meu pai faria se pudesse me ver agora, e foi quando eu soube que não tinha sido um erro. Esse era outro dos seus castigos.

2

Dois dias depois...

Os corredores do Colégio Dayton se esvaziaram aos poucos. As pancadas dos armários foram silenciando.

Peguei as cópias da prova de História que eu tinha roubado mais cedo, na aula da Weaver, e enfiei no bolso de trás antes de fechar a porta do meu armário com um baque surdo. O pessoal me pagava dez pratas por cópia, e ali era Dayton. Merdas assim eram a única forma de eu conseguir sobreviver.

Contornei o grupo de alunos do lado de fora da biblioteca, e alcancei o Hendrix e o Wolf para irmos para a nossa atividade de todos os dias depois da aula: a detenção.

— E aí, Bell — Hendrix me cutucou, com um sorriso de orelha a orelha espalhado no rosto, e Wolf balançou a cabeça. — Saca só. A Betty Newman... — As palavras foram interrompidas quando Nikki passou, usando o short e a camiseta do uniforme de treino das líderes de torcida, olhando para mim como se fosse cortar a minha jugular, se pudesse. — Êpa... — O olhar de Hendrix a seguiu até ela virar no corredor. — A Teta de Pepperoni está te olhando como se ela quisesse arrancar a sua rola e enfiar no seu rabo.

Wolf riu. Nikki agia como uma mulher desprezada, mas a gente nem chegou a sair. Nunca nos falamos ao telefone. Foi uma transa qualquer enquanto eu estava bêbado e que tinha dado errado. Uma pela qual eu ainda pagava.

— Não brinca — ironizei. — Ela me seguiu até a van do Nash, na semana passada, quando eu estava tentando comer uma garota gostosa pra caralho. A garota despirocou.

— Espera. — Hendrix me deu uma cotovelada. — Quem você tentou comer?

A garota mais gostosa que já vi na vida. Uma que ainda me fazia pensar nela dois dias depois...

— Uma riquinha qualquer — falei, ao me recostar na parede de concreto do lado de fora do refeitório.

— Uma riquinha? — Um brilho diabólico ganhou vida nos olhos de Hendrix. — Do Barrington?

Talvez ela tenha estudado lá, mas já que ela tinha vinte anos...

— Não sei, cara. Ela é mais velha.

Hendrix me socou no ombro.

— Sai fora. Dando uns amassos nas coroas e essas merdas.

— Vinte e um não é coroa — disse Wolf.

— E daí, cara. Ainda é mais velha. Então, como eu estava dizendo... A Betty Newman.

Wolf suspirou e bateu a palma da mão na cara.

— E lá vamos nós falar da Betty. Ela é da *banda*, Hendrix. Toca tuba. É tipo...

— Isso, cara. Ela é da banda. Você não viu aquele filme que fala que esse povo da banda vai à loucura com os instrumentos? — Hendrix se apoiou nas portas do refeitório, fez um movimento de estocar com a virilha e riu.

Wolf se inclinou ao meu lado.

— Ele está falando de um filme de verdade, de pornô ou alguma outra coisa?

Hendrix se afastou das portas fazendo careta.

— *American Pie*, seu burro. A galera da banda é ligada nessas merdas. — Então ele bateu a mão no meu ombro, me olhou dentro dos olhos como costumava fazer quando estava prestes a fazer uma revelação de mudar a vida. — A Betty Newman gosta de levar na bunda em vez de na xereca.

Afastei sua mão.

— E daí?

— E daí? — Hendrix ficou boquiaberto por um segundo. O olhar se alternando entre mim e Wolf. — O fato de você ter acabado de dizer *e daí* me decepciona, Bell.

A Sra. Smith dividiu o mar de estudantes que lotava o corredor.

— Saiam da frente.

Destrancou a porta, sugando uma garrafa térmica que todo mundo sabia estar cheia de vodca, e os alunos entraram a contragosto.

STEVIE J. COLE   LP LOVELL

— Sentem o traseiro de vocês e fiquem quietos — resmungou ela. — Pensem na merda que fez com que vocês viessem parar aqui. — A bolsa bateu na mesa com um baque antes de ela se largar em um banco, a garrafa já a meio caminho dos lábios. — Nada de conversa. Só reflexão.

Reflexão. Metade dos alunos ali já tinham sido presos mais de uma vez. De jeito nenhum a detenção faria qualquer um de nós refletir sobre qualquer coisa. Era Dayton. Não havia merda nenhuma sobre o que refletir.

Cinco minutos de detenção, e consegui vender fácil oitenta dólares em provas copiadas, e Hendrix havia convencido uma menina da banda a enviar para ele uma foto dos peitos, razão para o fato de, no momento, o telefone dele estar enfiado na minha cara. Afastei sua mão com um tapa quando a porta do refeitório abriu e Hendrix assoviou.

Ainda usando o short curtinho do treino das líderes de torcida, Nora Locke estava parada lá, segurando a porta com o quadril.

— E isso... — Ela deu um aceno nada entusiasmado para o outro lado do cômodo. — É o refeitório. A comida é péssima. Então não espere muito. Tudo nessa escola é uma merda.

Quando ela voltou para o corredor, notei a menina do lado dela. Cabelo escuro. Vestido rosa. Gostosa pra caralho. Foi só um vislumbre, mas para uma garota gostosa como Genevieve, bastava só uma olhada para a reconhecer.

Nora era a pessoa responsável por apresentar a escola a alunos novos, e a única razão para ela mostrar a escola a alguém era a pessoa ter tido o azar de ser transferida. Vinte e um, o meu rabo. Se aquela menina ia estudar no Dayton, ela podia muito bem ser minha, e o meu pau sabia disso porque já se ergueu, atento.

— É carne fresca? — Hendrix encarou a porta se fechar atrás das duas meninas. — Ah, merda. Você viu a garota, Bell?

Eu a vi direitinho. Peitos, boceta e tudo...

— É como um maná caindo dos céus. — Hendrix ergueu as mãos em um elogio improvisado. — Carne fresca a essa altura do ano!

— É, eu vi, sim — respondi, já ficando de pé e pedindo para ir ao banheiro.

Segui as vozes até a entrada da escola e parei perto dos armários, quando Nora deu um aceno animado. Agora eu podia dizer, sem sombra de dúvida, que a menina seguindo em direção às portas do Colégio Dayton era Genevieve. Quando ela saiu, eu estava bem atrás dela, atravessando o estacionamento no calor sufocante do Alabama.

A cada passo que eu dava, os dela se apressavam. E eu a alcancei.

— Vinte e um, hein?

Ela se virou, de repente, com uma expressão assustada e uma lata de *spray* de pimenta diante do corpo como se fosse uma arma. O rosto assumiu uma careta de tédio quando o olhar pousou no meu rosto, e eu lutei contra a risada. A pobrezinha da riquinha estava fora do seu *habitat*. Isso era uma puta de uma certeza.

Bufando, ela largou o *spray* de pimenta na bolsa.

— Que merda *você* está fazendo aqui? — Como se fosse ela que pertencesse a essa lixeira?

— Acho que de nós dois, quem está no lugar errado é você — falei, arrastando o olhar por suas curvas.

— Ótimo. Claro, você frequenta a escola de merda. Por que não seria o caso? — Ela resmungou sobre como a vida dela era horrível, e saiu pisando duro, rebolando os quadris. — Não estou no clima — disse, então mostrou o dedo do meio por cima do ombro. — Pode voltar correndo para a sua namorada e me deixar em paz.

Ela estava com raiva por causa da Nikki, o que era uma vitória indiscutível. Comecei a ir atrás dela de novo.

— Ah, alguém está azeda pra caralho.

— Ou... irritada por suas escolhas ruins terem voltado para assombrá-la.

— Escolhas ruins? — bufei, encarando a bunda dela ao segui-la entre dois carros detonados. — Desde quando um orgasmo é uma escolha ruim? — Porque ela gozou mais rápido do que a NASA lançaria um foguete.

Ela girou e enfiou o dedo no meu peito.

— Desde quando o cara está, obviamente, traindo a namorada enquanto fazia outra garota gozar.

Afastei sua mão com um tapa.

— Eu não tenho namorada.

— Ah? Ela *sabe* que não é sua namorada? Ou é só quando é conveniente para você? — Um sorriso altivo cruzou os seus lábios. — Porque menina nenhuma vai atrás de um cara em um estacionamento se ela *não* for namorada dele.

O olhar hipócrita e julgador que ela me lançou acendeu o meu pavio curto. Não foi como se ela tivesse sido a Madre Tereza naquela noite, montando o meu rosto como se ela fosse uma amazona, e eu, o seu corcel preferido. Se essa menina quer julgar o meu caráter, então vou julgar o dela também.

Entrecerrei os olhos.

— Que tipo de garota vai para uma van com um cara que passa uma cantada barata nela? — É, foi baixaria minha...

— Esse... não é o ponto. — Um leve rubor tingiu as suas bochechas. — Eu estava tendo uma noite muito ruim. E você...

— Pelo que pareceu quando você gozou na minha cara — falei —, parece que fiz aquela noite *muito ruim* melhorar bastante. — Com um único movimento, eu a prendi de encontro à janela suja de um carro.

E como eu sabia que ela faria, a garota reagiu. Agarrou os meus bíceps e me empurrou, puxou. Empurrou... como se não pudesse decidir se me queria perto ou longe. Esses babacas ricos não eram tão versados quanto eu na arte da vulgaridade, então tive que supor que a minha habilidade de acender seu fogo e, ao mesmo tempo, causar repulsa era uma nova sensação. Então por que parar?

— E eu repetiria a dose feliz. Bem aqui. — Movi as mãos para a cintura fina, e afastei suas pernas com o joelho. — Agora. No capô desse carro, se você quiser.

— Eu...

— Você o quê? — Suspirei em seus lábios.

O aperto de Genevieve em meu braço se tornou mais firme. *Isso mesmo, garotinha, tente resistir.* A forma como seu peito se movia em ondas irregulares deixou o meu pau mais duro que concreto, e o pensamento de deslizá-lo entre os lábios brilhantes ganhou vida. Meus dedos se curvaram em suas costelas, minha parte primitiva implorando para ceder. Essa menina me pegou de um jeito diferente de tudo o que já experimentei na vida. Eu estava pensando que sacanagem eu diria para ela, mas uma falação rompeu o silêncio. Genevieve ficou rígida.

A conversa parou, e olhei para trás, para Nikki, rodeada por um grupo de suas amigas irritantes.

— Sério mesmo? — Os braços dela estavam cruzados, e seu olhar se alternava entre mim e Genevieve.

Só havia um jeito de esclarecer o mal-entendido, e rápido, tanto em relação a mim e Genevieve, quanto comigo e Nikki.

— Oi, Nikki — falei, meu aperto em Genevieve se intensificando. — Já que você fodeu tudo no fim de semana agindo feito uma doida, você poderia dizer a ela que não é minha namorada?

Os olhos de Nikki se estreitaram em duas fendas iradas.

— Vá se foder, Bellamy. — E saiu, com a tropa de meninas malvadas a reboque.

— Viu? Ela não é minha namorada. — Sorri.

Com um revirar de olhos, a garota me empurrou.

— Você é um babaca — resmungou, e passou por mim.

Ela poderia me chamar de babaca o dia inteiro, mas aquela menina estava cem por cento interessada, e eu, com cem por cento de certeza, ia acabar com ela.

3

BELLAMY

A porta de tela se fechou às minhas costas, fazendo pouco para silenciar os gritos raivosos do meu pai, misturados ao barulho de coisas se quebrando na casa. Passei a mão pelo lábio, pegando o fio de sangue na minha junta. Eu tinha tentado acalmar a briga e dei ao babaca tempo o bastante para me atingir uma vez. E odiei ter deixado o desgraçado fazer isso.

Os grilos pararam de fazer barulho quando pulei o alambrado que separava o meu quintal da casa aos fundos. Atravessei o mato alto e fui até a porta de trás.

— Ei! Nash. — Bati no tapume apodrecido. — Você está aí?

Passos vieram lá de dentro antes de o ferrolho fazer barulho. Nash abriu a porta, o olhar logo focado no meu lábio.

— Seu pai está agindo como um babaca de novo?

— É isso aí. — Passei por ele e fui direto para a pia, para lavar a boca.

— Onde está o Arlo?

— Na casa de um amigo.

Assentindo, ele pegou um pano de prato esfarrapado e me entregou. Nash era uma das poucas pessoas que sabia o quanto as coisas eram ruins na minha casa. Parcialmente porque ele morava na casa de trás, e não podia ignorar os acontecimentos. Ele lançou um olhar para o meu quintal, depois para mim.

— Você poderia nocautear o velho qualquer dia desses.

O problema era que eu já tinha feito isso, e não fez diferença alguma. Meu pai era um bêbado raivoso. E eu fui o saco de pancadas dele por boa parte da vida, até conseguir me defender. Agora eu não passava de um rival.

— Só estou puto por ele ter conseguido me acertar — falei.

Nash pegou uma cerveja da geladeira.

— É, mas as meninas farejam cicatrizes, cara. — Ele foi para a sala, tirou a carteira antes de se largar numa poltrona detonada no canto, então ergueu uma nota de vinte amassada.

— Tem alguma coisa aí?

Tirei um saquinho do bolso e joguei para ele antes de pegar o dinheiro. Assim como a grana que ganhei vendendo as provas de História, a quantia iria para o envelope que eu mantinha escondido na gaveta de cima da cômoda. Um envelope que, em algum momento, teria um endereço escrito nele e um selo no canto.

Nash pegou o violão na lateral do sofá e tocou um acorde.

— Eu e uns caras da banda vamos dar uma festa hoje, se você quiser, pode convidar os seus amigos.

Nash e os amigos eram aspirantes a estrelas do rock, e se divertiam como se estivessem treinando para a fama. Uma noite de folga pareceu uma ideia maravilhosa.

Horas depois, as pessoas lotavam a pequena sala de Nash, movendo-se ao ritmo da música, entornando cerveja e fumando.

Hendrix contornou um grupo de meninas de saia curta, o olhar indo direto para a bunda delas.

— Cara, isso é incrível. — Ele agarrou a virilha. — Se fazer parte de uma banda é assim, a gente precisa formar uma.

— Você não sabe tocar nenhum instrumento.

— Eu toco boceta, Bell. O que mais preciso fazer? Tipo... — Tirou o telefone do bolso. A testa enrugou quando olhou para a tela. — Nem fodendo. O Wolf disse que tem algum babaca chamado Drew vendendo erva no *drive-thru* do Frank. — Hendrix estalou o pescoço. — É isso aí, mano. Tô doido para arranjar briga essa noite.

Tomei o telefone dele, e passei os olhos pela mensagem.

— No *drive-thru*, sério?

O dinheiro estava escasso desde que o Zepp, o irmão do Hendrix, tinha ido para a cadeia. Não era o tipo de merda que qualquer um de nós precisava agora. Mal ganhávamos para viver.

— Vamos lá — falei, enfiando a mão no bolso para pegar as chaves. — Vamos dar um pulo no *Frank's*.

Hendrix socou o ar.

— Eu vou viajar, e o pau de algum idiota socar — ele cantou no ritmo do tema de *Mini Einsteins*. — Através dos céus, ele pode acabar morto e no banco dos réus...

— Sabe, sua habilidade de pegar uma música de criança e zoar com ela é quase impressionante. — Bati nas suas costas a caminho da porta.

Dez minutos depois, paramos na fila que dava volta no *Frank's Famous Chicken*. Hendrix estava no banco do passageiro, treinando mais socos no ar.

— Por que estamos no *drive-thru*? A gente deveria ir direto lá e esmurrar o babaca.

— Porque, até onde sabemos, o Drew pode ser do Northside.

Aquilo fez Hendrix calar a boca. Éramos estudantes do ensino médio vendendo um pouco de maconha para descolar uma grana, e aqueles caras... Aqueles caras eram traficantes em tempo integral, e eu não queria levar uma bala na cabeça. Nunca ouvi falar de um cara chamado Drew em Dayton.

A estática estalou nos alto-falantes assim que encostei no totem do cardápio, então fiz o pedido e voltei a esperar.

Hendrix bufou e pegou a bola de estresse em forma de peito que ficava no painel.

— Sabe, se a Teta de Pepperoni não fosse tão doida, você poderia ter perguntado a ela quem é esse otário.

— É. Bem...

Perguntar qualquer coisa a Nikki seria um último recurso, mesmo se ela não trabalhasse ali. Isso era certo. Bastava uma olhada de canto de olho, e ela pensava que eu a queria.

O escapamento da caminhonete na nossa frente cuspiu uma nuvem preta ao arrancar, e nós avançamos.

— Estou te dizendo cara, se a velha Tetas de Salame sabia dessa parada do Drew, e não disse nada, eu vou odiar a garota ainda mais, e eu vou...

A janela do *drive-thru* abriu com um ranger das dobradiças velhas, e antes de eu ficar de frente para a janela, o cheiro do perfume que me fazia lembrar de ter posto a língua em uma boceta de gosto caro flutuou para dentro do carro.

Meu pau já estava a postos antes de Genevieve se afastar da registradora.

— Dois número um e... — Seu rosto ficou inexpressivo antes de soltar um gemido. — Sério?

— Dois número um, e você se esqueceu do boquete.

Hendrix socou o meu ombro.

— De jeito nenhum, cara. Ela é gostosa. Eu gritei "vi primeiro" na minha cabeça há cinco segundos.

Meu olhar continuou fixo em Genevieve.

— Eu já enfiei a língua na boceta dela, Hendrix. — Ergui uma sobrancelha. — Então ela é minha. — Claro, era uma babaquice dizer aquilo, mas as meninas quase nunca gostavam dos santinhos.

— Não mesmo, otário. — Se olhares matassem...

Eu, provavelmente, não deveria estar achando aquele brilho homicida em seus olhos tão atraente, mas achei.

— Viu! — Hendrix me deu outro empurrão. — Se não enfiou o pau, então não conta.

— Vi primeiro, otário.

Genevieve revirou os olhos.

— Deu quinze e setenta e cinco.

Entreguei o dinheiro. Daí a janela se fechou com força. Então a Srta. Champanhe e Caviar estava prestes a começar no Dayton *e* trabalhava em um *drive-thru*? O papai, *com certeza*, havia perdido dinheiro... Não havia como alguém de Barrington estar trabalhando em um *drive-thru* em Dayton se não fosse o caso.

— Sério, Bell. Por que você tem que sair por aí chupando todas as bocetas gostosas? — Hendrix se largou no assento, cruzou os braços e fez birra igual a uma criancinha. — Idiota.

Eu ainda estava olhando para ele quando uma bolsa cheia de gordura pousou no meu colo.

— Já pode ir. Tenha uma boa-noite — ela falou, preparando-se para fechar a janela.

Mas antes que ela conseguisse, eu a segurei.

— Qual é, garotinha, você... — Minhas próximas palavras se perderam quando meu olhar foi para os seus peitos e, mais importante, para a plaquinha de plástico fixada na camisa dela com o nome: Drew. Não mesmo. Nem fodendo.

— Seu nome é Drew? — Não havia como essa menina ser uma traficante. Ela era muito... diferente da galera de Dayton.

Ela moveu um ombro.

— O que quer que eu diga? Eu não deveria te ver de novo. — Então fechou a janela do *drive-thru*.

Passei a mão no rosto e me recostei no assento. Aquela garota podia não ser uma verdadeira ameaça, mas, Deus, aquilo era um problema. Hendrix tirou o saco do meu colo.

— Bom trabalho, babaca. — E enfiou uma batata na minha cara. — Você tinha que pegar essa sua língua e ir chupar a concorrência como se ela fosse um pirulito! — Ele balançou a cabeça.

— Ela não é concorrência, Hendrix. Você viu a garota?

— Vi. Ela é gostosa. Eu compraria maconha com ela.

Olhei feio para ele.

— Não tem como aquela menina ser traficante. Ela deve estar revoltada com o pai e tentando fazer alguma coisa para chamar a atenção dele, aí está vendendo um punhado de papelotes.

Mas o problema era que não importava o tamanho da ameaça que ela poderia representar, nós tínhamos uma reputação. Se a deixássemos se safar com esse esquema do *drive-thru*, outros babacas tentariam também. E, por fim, um idiota que *representaria* um problema criaria coragem. Eu teria que cortar o mal pela raiz na segunda-feira, logo pela manhã.

Uma buzina soou atrás de nós. Hendrix mostrou o dedo do meio para eles, então abaixou a janela e colocou a cabeça para fora, gritando:

— Vá chupar um pau. Estamos no meio de uma crise, porra!

— Volte para o carro. — Puxei aquela bunda louca para dentro, então pisei no acelerador, observando pelo retrovisor enquanto Drew entregava a bebida gigantesca para o próximo cliente.

Aquela garota era uma mentirosa e uma vigarista, e Deus, eu queria foder ela, e depois foder com ela só por causa disso.

4

DREW

Jesus, eu não conseguia me livrar do cara. Cada vez que eu o via, ele era mais babaca, e cada vez eu me lembrava daquela noite nos fundos da van, e do que aquela boca arrogante era capaz de fazer. Eu não me envolveria com um cara daqueles de jeito nenhum, mas o galinha da escola pública talvez deixasse o meu tempo nesse buraco mais interessante.

Alguém se espremeu entre mim e a fritadeira, me dando um empurrãozinho no processo. Perfume barato se sobrepôs ao cheiro da gordura. É claro, eu estava no turno da Nikki. Aqueles dois podiam ir se foder e me deixar de fora da merda que havia entre eles.

— Se acha mesmo que ele te quer — ela falou, cheia de atitude —, você é uma idiota.

— Okay, vou entrar nessa só por um segundo. — Soltei um suspiro, então me virei para ela. — Não que eu dê a mínima, mas pelo bem da sua dignidade, talvez seja melhor você parar. — Eu quase tive pena garota. Aquela cena no estacionamento da escola… o cara tinha sido horrível com ela e, ainda assim, aqui estava a menina correndo atrás dele.

— Foda-se. — Ela colocou gelo no copo de isopor, então o enfiou debaixo de uma das biqueiras, com um sorriso cáustico. — Se ache especial, se quiser. Não terei problemas em fazer da sua vida um inferno, sua puta rica, porque, aqui em Dayton, você não é nada.

Eu me forcei a manter a expressão impassível.

— Obrigada por esse aviso criativo de menina-malvada.

Os músculos da sua mandíbula se retesaram.

— Sério, Barrington. Eu vou te cortar todinha. — E essa pode ter sido a coisa mais pouco civilizada que já ouvi na vida.

STEVIE J. COLE LP LOVELL

Peguei o *headset* no caixa e o coloquei na cabeça.

— Cocoricó. Bem-vindo ao *Frank's Famous Chicken*. Lar da sua cocó.

— Ei, eu vou querer… — A voz de um cara estalou no alto-falante. — Vou querer um Big Mac?

Ajeitei o microfone, digitando meu código na tela do caixa.

— Você leu a placa quando entrou? Aqui não é o McDonald's.

— Jesus. Eu quero maconha, moça.

Maconha? Sério? Era o que eu ganhava por morar num lugar desses. Respirei fundo para me acalmar, tentando encontrar paciência.

— Aqui está com cara de farmácia? Pede frango frito ou vaza.

O som ficou mudo, e um carro zuniu ao virar a esquina. Quando voltei para a fritadeira, Nikki sorria para mim como se soubesse de algo que eu não sabia. Mostrei o dedo do meio para ela, mesmo que, provavelmente, ela fosse cumprir a promessa de me cortar todinha, mas foda-se.

Eu já tinha previsto que entre ela e Bellamy, amanhã seria um inferno absoluto.

A essa altura do campeonato, minha vida estava virando uma piada. Depois do meu turno, nem me dei ao trabalho de ir para casa. Qual era a razão? Eu só ia me sentar sozinha naquela casa, ver televisão, chupar um picolé e sentir pena de mim mesma. Porque depois da tarde que passei no Colégio Fundo do Poço, eu, com certeza, estaria sentindo muita piedade pela minha pessoa.

Estacionei na frente da casa da Olivia Bennett e bati à porta. Ela foi uma das poucas meninas com quem fiz amizade nos poucos dias que passei aqui nas férias. Sem Genevieve aqui para me consolar, ela era a melhor substituta. Era meio que uma merda da minha parte não ter entrado em contato com ela até agora, mas eu estava chafurdando, me lamentando.

Um sorriso imenso se formou em seu rosto quando ela abriu a porta.

— Drew? O que você está fazendo na cidade? — O olhar seguiu para a minha camiseta do *Frank's Famous Chicken*. — E por que está usando essa blusa?

— Estou de volta até o fim do ano letivo. E o meu pai me fez arranjar um emprego. — Deixei de fora a parte em que ele me fez arranjar um emprego para pagá-lo de volta. Era depressivo demais. Eu fiz as contas e, a oito dólares a hora, levaria três anos para eu pagar os vinte mil em mensalidade que eu devia a ele.

— Eca. — Ela torceu o lábio para a camisa quando entrei. — Então, espera, você vai estudar no Barrington?

Soltei um suspiro.

— Você tem vinho?

Duas taças de *Pinot* depois, eu estava esparramada na cama macia de Olivia, rodeada por uma montanha de almofadas enquanto ela me encarava como se eu tivesse duas cabeças.

— Dayton? — Ela pareceu sentir repulsa. — O seu pai te matriculou no Dayton?

— Foi. — Eu me sentei e tomei outro gole de vinho, mas não havia vinho o bastante no mundo para afogar a merda que era a minha vida.

— Eu... — A boca se abriu, depois fechou. — Você está indo do Black Mountain para o Dayton?

Assenti.

E o olhar dela me disse que eu estava em um filme de terror.

— Simplesmente não vá.

— É o que ele quer, Olivia. Ele quer que eu esperneie, assim ele pode justificar as merdas dele.

— Você vai morrer lá. — Ela se sentou, e prendeu o longo cabelo loiro em um rabo de cavalo. — Só fique longe das gangues e das meninas. E não use os banheiros.

— Gangues? Tem gangues lá? — Bom Deus, eu ia sair de lá com uma tatuagem de lágrima na bochecha?

— É. É a periferia, gata. Tem traficantes, e se você irritar a menina errada, elas, com certeza, tipo cem por cento de certeza, vão atrás de você com uma navalha. Tipo, elas vão te odiar. — Balançando a cabeça, ela pegou a garrafa de vinho e a levou aos lábios. — Tipo *odiar*.

Voltei a me largar na cama, encarando o lustre brilhante.

— Ótimo. Simplesmente ótimo. — E eu nem sequer contaria a ela do meu breve, e safado, encontro com o garoto problemático encarnado.

— Semestre passado, rolou um boato de que tinham encontrado um cadáver atrás dos armários do Dayton. E eu não duvido nada.

— Vai ser o meu — falei, lutando contra o choro. — Morta e enterrada em um armário. — Eu precisava de mais vinho. — E aí, eu vou voltar para assombrar o meu pai.

Eu poderia ter lidado com o Barrington por dois meses, onde eu, pelo menos, conhecia a Olivia e seu irmão, Jackson, e poderia pelo menos me misturar. Eu sabia que o Dayton era ruim, mas, ao que parecia, eu poderia não sobreviver a esses dois meses lá. Tinha que haver uma forma de sair dessa.

Na manhã seguinte, acordei com cheiro de bacon sendo frito. Encontrei meu pai na cozinha, segurando uma frigideira. Meu olhar passou pelo seu cabelo grisalho até chegar ao avental ridículo que cobria a calça e a camisa social.

— Ah, oi. Que bom que você apareceu — resmunguei, então fui até a cafeteira e a liguei. — Então, você foi ver a escola em que decidiu me matricular? Você se importa se eu for esfaqueada em um corredor? — E nem foi um exagero.

Ele virou o bacon.

— Você sempre foi dramática assim?

— Só quando meu pai maravilhoso me envia para o que, basicamente, está um degrau acima de um reformatório.

— Até onde eu sei, Dayton é o seu reformatório antes de você ir para a faculdade.

Um lampejo de raiva me sacudiu. Fui expulsa do Black Mountain por "colar" em uma prova. O que foi mentira. Eu jamais usei de trapaça em nada na minha vida.

— Eu já te disse que não colei na prova — rebati.

E ele acreditou? Claro que não. Tudo o que ele via era a filha delinquente que o envergonhou ao ser expulsa da escola caríssima, para a qual ele a despachou, quando ela tinha onze anos, mais provavelmente para que ele pudesse se gabar por pagar noventa mil dólares por ano em mensalidade e sem precisar lidar comigo. Exceto que, agora, ele teria que lidar comigo. Por pelo menos dois meses do ano letivo. Trágico.

— Fiz os arranjos para o seu pagamento ser depositado direto na minha conta, já que você me deve os últimos dois meses de mensalidade.

A irritação se alastrou dentro de mim.

— Você sabe que eu poderia simplesmente pedir a minha mãe para te pagar.

— Eu não preciso do dinheiro, Drucella. — Ele bufou, e colocou a espátula no balcão. — É uma questão de princípio. Tem mais a ver com você aprender a se responsabilizar um pouco mais pelo seu comportamento desastroso.

— Sim, sim, eu sou uma grande decepção, já sei. — Eu já estava de saco cheio com aquilo.

Fui lá para cima, me arrumei para a escola e peguei a bolsa. Ele esperava que eu me recusasse a ir, e era exatamente por isso que eu estava indo, a mesma razão para estar passando pela humilhação de trabalhar naquele *drive-thru*. Porque eu não daria essa satisfação a ele. Exatamente como uma "menina mimada" faria, eu me certifiquei de fechar a porta com uma pancada ao sair. Fazia sete meses que eu não o via. Ele estava ali há dois minutos, e eu já preferia estar sozinha. E eu odiava ficar sozinha.

Fazer um *tour* pela escola quase vazia tinha sido uma coisa. Isso… isso era outra completamente diferente.

Estudantes se amontoavam no corredor através de uma porta. Meninas usavam meia-arrastão, *croppeds* e shorts que mostravam a bunda. Era um pouco chocante para alguém que passou a vida toda em uma escola com regras rígidas quanto ao uniforme. E, Deus, eu me senti desencaixada.

Um cara gigantesco passou por mim. Meu olhar foi do cabelo espetado para o delineador endurecido acima dos seus cílios até chegar à coleira cheia de tachinhas em seu pescoço. É. Eu não estava mais no País das Maravilhas.

— Seu babaca do caralho! — Gritos trovejaram no corredor, e eu parei quando um cara se chocou contra os armários. — Eu vou matar você e a sua mãe. — O que gritava deu um soco, e tudo foi para o inferno. Um deles acabou no chão sujo de ladrilhos, o outro em cima dele. Alunos se reuniram ao redor, apontando e rindo enquanto o som dos golpes nas bochechas ecoava pelo corredor. E os professores? Eles passavam sem nem olhar duas vezes.

Sangue espirrou no chão, e eu me virei. Meu estômago revirou enquanto eu abria caminho pelos corredores lotados e ia até o armário que foi designado para mim. Fiquei em dúvida se deveria ou não ir à secretaria e ver se eu seria mandada para casa, caso fingisse estar doente.

Entrei com a combinação do cadeado. Assim que ele abriu, meu telefone vibrou com uma mensagem da Genevieve.

> Como é a escola pública? É igual na TV???

Tirei uma foto do cara desmaiado na frente dos armários amassados e enviei para ela.

> Meu Deus, deplorável.

> Bem-vinda ao meu novo inferno. Vamos esperar que eu não seja esfaqueada até o fim do dia.

> Eu vou chorar no seu enterro e contratar umas carpideiras.

> Obrigada.

Eu tinha acabado de guardar minhas coisas quando a menina que me mostrou a escola na semana passada apareceu ao meu lado, toda rabo de cavalo balançando e sorrisos.

— Oi, Drew.

— Ah. — Fechei a porta do armário, tentando lembrar o nome dela. — Oi... Nora?

— Se quiser se sentar comigo e com as outras meninas na hora do almoço, fique à vontade. — Ela voltou a sorrir, e eu me perguntei o quanto o convite foi sincero.

Um, porque no Black Mountain, todo mundo era falso e a bondade sempre vinha com um preço. E dois, porque a Olivia me passou um medo do cacete, e eu estava meio que esperando que a Nora fosse começar a brandir uma navalha como se ela fosse uma personagem de *Orange is the New Black*.

O corredor lotado meio que se moveu como uma onda, estudantes se atropelaram para sair do caminho da pessoa que estava vindo. Olhei na direção do caos, e lá estava ele. Bellamy. Dois caras cobertos de tatuagens vinham logo atrás, como servos leais. Pela reação de todo mundo ali, ficou óbvio que ele comandava aquela merda de escola. E pelos meus cinco minutos ali, eu já tinha deduzido que o lugar era horroroso, então o quanto aquilo tornava o cara ruim?

Nora olhou para trás, depois para mim com um balançar de cabeça.

— Certo. Estou vendo como você está olhando. E só... *Não*.

Meu olhar vagou pela camiseta preta apertada que se agarrava aos músculos definidos, parando na escrita delicada das tatuagens que rodeavam seus pulsos. Ele, sem sombra de dúvida, era o cara mais gostoso que eu já tinha visto, o que era uma chateação.

— E... continua olhando... — Ela suspirou como se eu fosse uma causa perdida. — É. Eles são gostosos, mas o Bellamy, o Hendrix e o Wolf não são santos. Confie em mim nessa.

— Ah, eu sei — resmunguei, quando o olhar do Bellamy me encontrou.

Com um sorrisinho arrogante, ele veio na minha direção como um tubarão rastreando sangue na água. Recuei para os armários, e logo me arrependi da decisão quando ele me enclausurou ali. O cheiro agora familiar do seu perfume me envolveu quando o cara pairou sobre mim.

— Eu sei que você é nova, e que o papai deve ter perdido o emprego ou ido embora — ele disse, a voz baixa e profunda.

Meu coração acelerou devagar quando dei uma rápida olhada por cima do seu ombro, percebendo que o corredor todo estava encarando a gente.

— E embora eu saiba o quanto as meninas rebeladas com o pai são doidas para chupar um pau... — Ele lançou um olhar arrogante para os amigos ao lado dele, que riram como se aquela tivesse sido uma piada excelente.

— Jesus... — Nora bufou. — Você é um babaca, Bellamy, sério.

O cara usando a jaqueta do time riu baixinho.

— Rá-rá-cala-a-porra-da-boca, Nora!

O olhar enervante de Bellamy travou com o meu, os dentes arranhando o lábio inferior.

— Mas não importa o quanto eu queira ver o meu pau deslizar entre esses seus lábios bonitos... — A atenção se desviou para a minha boca, e as palavras vulgares aqueceram minhas bochechas. — Não posso deixar você se safar por estar roubando o nosso negócio — afirmou.

E eu franzi o cenho, sem entender nada a referência a estar 'roubando seu negócio'.

— O quê?

— Qual é, Bellamy. — Nora resmungou de algum lugar atrás dele. — Ela é nova. Deixe a garota em paz.

Um dos caras zooou a garota. Alguém gritou mais abaixo do corredor:

— A puta de Barrington já está dando para o Bellamy!

Na maior parte do tempo, eu não me importava com o que as pessoas pensavam de mim, mas eu não era cega. Bellamy, sem dúvida, era o tipo de cara com quem as garotas se perdiam, e eu sabia exatamente como seria... como era... já que ele já tinha me visto pelada. Eu também não tinha dúvidas de que era exatamente por isso que ele estava fazendo aquilo bem ali no corredor.

Pressionei a palma da mão em seu peito, cravando as unhas quando meu gênio foi eriçado.

— Você pode parar?

Ele afastou a minha mão com um tapa.

— Eu sei que você está vendendo maconha lá no *Frank's*.

De todas as coisas que ele podia ter dito, aquela foi a última que eu esperava ouvir.

— Maconha? Você está falando sério? — Eu ri, mas sua expressão dizia que ele não estava brincando. Sério, eu fiquei ofendida.

Ele ergueu as sobrancelhas. Os dedos tamborilaram no armário ao lado da minha cabeça. Eu poderia ter negado; afinal, eu não estava vendendo maconha, mas algo na arrogância que escorria do cara fez o meu lado desafiador aparecer como uma fênix ressurgindo das cinzas.

Bellamy, era óbvio, queria armar um espetáculo ali no corredor. Eu lhe dei um motivo, e já que eu me recusava a bancar a riquinha submissa ali...

Eu me inclinei e rocei seu queixo com os lábios. O ar entre nós ficou mais espesso com uma tensão quase palpável.

— E se eu não der a mínima para o seu aviso? — Falei alto o bastante para as pessoas ali perto ouvirem. Eu estava brincando com fogo, mas, bem, ele também estava. — O que você vai fazer, Bellamy?

A graça que cintilou em seus olhos logo foi substituída pela óbvia irritação. Sua mão se envolveu ao redor da minha garganta, os dedos apertando a pele delicada enquanto ele pressionava sua ereção contra mim.

— Eu vou foder com a sua vida — ele suspirou as palavras nos meus lábios, o aperto se intensificando ainda mais. — E depois vou foder você.

Eu não deveria ter desejado nada daquilo, ou aquilo bem ali... Mas quando seus dedos ameaçaram acabar com o meu ar, senti uma emoção junto com o perigo. Minha vida sempre foi regrada e segura, e esse cara, ele era quase tão seguro quanto uma bomba atômica.

Deslizei a mão pela sua barriga, por cima do cinto, e espalmei o volume considerável no seu jeans. Sua mandíbula contraiu, os dedos foram do meu pescoço para o peito.

— Você pode tentar. — Então me abaixei e passei por debaixo do seu braço, encontrando os olhares fascinados de quase metade da escola.

— É melhor parar, Drew. — O rimbombar da sua voz profunda ecoou pelo corredor. — Eu não estou brincando contigo, caralho.

Passei a vida toda rodeada por caras ricos que fariam o papai mexer os pauzinhos se alguém os irritasse. Talvez espalhando o boato que uma menina deu para o time de *lacrosse*. Mas Bellamy era um animal diferente, e eu tinha acabado de cutucar a onça. O pior é que acho que gostei.

Nora se juntou a mim, com os olhos arregalados.

— Mas. Que. Porra. Foi. Aquela?

— Não sei — falei, parando para erguer um dedo. — Mas eu não dei para ele. Nem chupei o pau dele. — Deus, eu não estava me ajudando em nada. Ela devia pensar que eu era uma puta, não importava o que eu dissesse.

A expressão em seu rosto demonstrava que ela não acreditou em mim nem por um segundo.

Meu dia só ficou pior dali em diante. Conforme esperado, Nikki foi uma cretina. Recebi pelo menos seis bilhetes me chamando de vagabunda. Um cara passou a mão na minha bunda, e eu joguei *spray* de pimenta nele, e fui mandada para a diretoria. E pela quantidade de assovios que recebi, tive certeza de que as meninas estavam planejando a minha morte, exceto Nora e suas amigas... Para coroar, Bellamy estava na minha turma de Biologia. Ele passou a aula toda me fuzilando com o olhar, e quando o sino tocou, senti como se tivesse estado naquele inferno por uma semana, em vez de apenas um dia.

Juntei meus livros. Quando me afastei da mesa, um cara de jaqueta de time entrou na minha frente.

— Ei. Se precisar de ajuda para acompanhar o conteúdo, a gente pode estudar junto depois da escola. — Acompanhar o conteúdo? Com certeza aprendi aquilo há dois anos, mas a forma como seus olhos me avaliaram dizia que ele não pretendia abrir livro nenhum. Ainda assim, pelo menos ele não estava me olhando como se eu fosse cocô de Barrington em seu sapato.

— É...

Uma mão roçou o meu quadril, e o cara recuou.

— Deixa para lá — murmurou, antes de sair em disparada.

— Só para você saber — a voz profunda de Bellamy retumbou em meu ouvido —, posso fazer da sua vida aqui um verdadeiro inferno se eu quiser. — Dedos se arrastaram pelas minhas costelas quando ele passou por mim. — E acho que é exatamente isso que quero fazer. — Então ele foi embora, enquanto eu lutava contra um sorriso que, com certeza, não deveria ter estado lá.

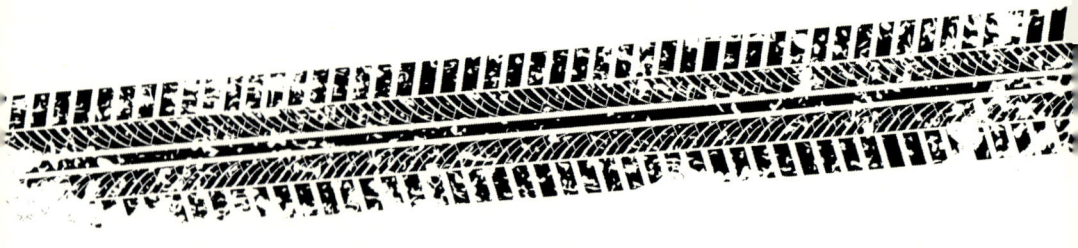

5

BELLAMY

Assisti a bunda de Drew vestida de Armani se movendo entre as lata-velhas no estacionamento, esperando para ver em que tipo de carro de luxo ela entraria. O rosto da garota tinha ficado da cor do rabo de Satã hoje de manhã no corredor, e eu gostei demais daquilo. Não só deixei claro que nem mesmo as ricas gostosas poderiam se safar com aquela merda, mas também mostrei para todo mundo que ela era minha, antes que algum babaca tivesse a chance de farejar o gozo dela.

Nora passou por trás da caminhonete de Wolf, me olhando como se quisesse me estrangular. Fofo. Ela tinha acolhido a Drew debaixo da asa como o passarinho machucado que sabíamos que ela era.

— Ei, Nora. — Hendrix se levantou na caçamba, apontando para a virilha. — Quer chupar o meu bastão de torcida?

Ela mostrou o dedo do meio antes de sumir entre um grupo de picapes. E minha atenção foi direto para a Drew enquanto ela abria a porta de um reluzente Audi TT preto. Adaptar-se à vida no *drive-thru* e em uma escola de criminosos deve ser difícil para a Pequena Miss Presunçosa. Infelizmente para ela, a recente ruína financeira da família não era problema meu, mas a atitude dela, com certeza, era.

— Cara. — Hendrix se sentou na beirada da tampa traseira e, com os olhos semicerrados, passou um baseado para o Wolf. — Que porra? Ela tem um TT. Devíamos tacar fogo naquela merda.

A fumaça espiralou dos lábios de Wolf; o olhar fixo naquele carro ridículo como se cogitasse a ideia.

— Não vamos atear fogo no carro — falei. — Ainda.
Hendrix fez careta.

— Eu voto que devemos tacar fogo agora. — Ele tirou o isqueiro do bolso, e abriu a tampa. — A gente precisa revidar, Bell.

O motor do carro de Drew acelerou antes que ela saísse, desviando-se de um Toyota estacionado. Wolf se inclinou sobre a caçamba.

— Acha que ela entendeu o recado?

Não, não entendeu. Em vez de recuar, tudo o que vi foi desafio surgindo em seus olhos. Essa menina não era do tipo que desistia sem lutar, e se ela queria uma briga, bem, então… acho que era isso o que ela teria. Mas eu não era completamente irracional; a retaliação não precisava começar com incêndios, razão pela qual, mais tarde, deixei uma mensagem para o Eddie, do *Frank's Famous Chicken*, então me deitei na minha cama e bati uma punheta pensando no quanto ela ficaria irritada. Duas vezes.

Eu tinha acabado de me limpar quando o Wolf me mandou mensagem dizendo que estava chegando. Peguei a mochila, fui para o corredor e parei na cozinha para dar um beijo na minha mãe.

— Eu te amo, mãe. Volto antes de você ir trabalhar. — Eu tinha que estar em casa para me certificar de que o merda do meu pai não fosse dar uma surra no meu irmão mais novo, Arlo.

— Eu também te amo. — Ela se afastou do fogão para olhar pela janela. — É um amor que vocês, meninos, estejam levando órfãos para andar de kart.

Dei um sorriso forçado antes de sair pela porta. Eu odiava mentir para ela, porque Wolf e eu, com certeza, não levaríamos os menos favorecidos para andar de kart. Nós éramos menos favorecidos, pelo amor de Deus. Mas ela e Arlo eram as pessoas mais importantes da minha vida, e a última coisa que eu queria era partir o coração da minha mãe ao deixá-la saber que o filho mais velho era um merdinha que roubava carros e vendia drogas.

Eu tinha que ser. Era Dayton. E todos nós já tínhamos tentado sobreviver com um emprego de meio-período. Não deu certo, e não tínhamos alternativas.

Passei por Arlo, sentado no sofá assistindo *Bob Esponja*, e passei a mão pelo seu cabelo bagunçado.

— Até mais tarde, carinha.

— Tá.

O garoto não podia ser interrompido quando estava assistindo àquele desenho idiota. Fechei a porta e fui na direção da caminhonete de Wolf parada lá na frente. Joguei a mochila na parte de trás e entrei.

— Preciso voltar antes de meia-noite.

— Sem problema. — O escapamento da caminhonete soltou um tiro quando ele arrancou, os faróis passaram por cima da grama crescida demais do vizinho. — Vamos pegar aquele Volvo velho lá no Pig?

— Foi o que o Tony disse que queria.

E aquele Volvo nos renderia mil pratas para dividir entre nós. O bastante para Wolf ajudar o pai com o aluguel. O bastante para eu tentar pagar a hipoteca antes de o banco executá-la. Zepp ter sido preso alguns meses atrás fodeu com todos nós.

Encarei a janela, pensando na merda que Dayton era enquanto passávamos por uma loja de conveniência e pelas prostitutas paradas na esquina, perto da cabine telefônica. Não podíamos nos dar ao luxo de ter poucas responsabilidades. Inferno, o Hendrix nem sequer tinha pais. A cidade era como uma lava tóxica que arruinava tudo o que tocava.

— A menina nova é gostosa. Você vai comer ela?

Pensei na forma como Drew gemeu na traseira da van do Nash e abri um sorrisinho.

— Bem que poderia.

A garota podia estar sendo um pé no meu saco agora, mas eu ficaria feliz de deixar o saco ao dispor dela assim que resolvêssemos nossa pequena rixa.

A caminhonete chacoalhou ao passar pelo quebra-molas quando Wolf entrou no estacionamento do *Piggly Wiggly*, onde o Volvo detonado estava parado ao lado da lixeira. Ele estacionou atrás da coisa, bloqueou a vista da estrada, e eu saí, manobrando entre a caminhonete e o carro.

Em questão de minutos, eu tinha aberto a porta e estava atrás do volante, desmontando a coluna da direção e fazendo a ligação direta. Uma nuvem de fumaça subiu antes de o motor rugir. Wolf fez sinal de positivo e virou a picape, acelerando para fora do estacionamento, e eu zarpei logo atrás.

Quando cheguei em casa, voltei a dar um beijo na minha mãe e, ao ir para o quarto, fui ver como o Arlo estava. E no segundo que fechei a porta do meu quarto, enfiei o dinheiro que ganhei no envelope que mantinha escondido na gaveta de cima, então me arrastei para a cama. A familiar canção de ninar das sirenes que soava ao longe, misturada aos gritos irritados dos vizinhos, tornava difícil relaxar. Então, virei de costas, encarei o teto e imaginei meu pau afundando entre as coxas da Drew. Porque eu faria a garota me odiar e, de uma coisa eu tinha certeza, meninas como ela não podiam resistir a uma boa trepada com o cara problemático.

Eu me senti um babaca presunçoso na tarde seguinte quando cheguei para a aula de Biologia, porque não demoraria muito, e a merda ia explodir.

Drew escrevia no caderno, concentrada demais para me notar quando comecei a passar pelo corredor. Mas o cara atrás dela, com certeza, notou, e escondeu o rosto atrás do livro ao se afundar na carteira.

Toquei o canto da mesa dele, e o garoto saltou.

— Vaza.

Ele empurrou a cadeira tão rápido que a coisa bateu na parede, então foi tropeçando até o fundo da sala, onde eu geralmente me sentava, enquanto eu me largava na carteira atrás da Drew.

Aquele maldito perfume dela se infiltrou nas minhas narinas, possuindo a minha mente com pensamentos das suas coxas ao redor da cabeça.

— Tá de bom humor hoje, garotinha?

— Até agora… — Ela se virou na carteira e, a julgar pela falta de reação, minha delaçãozinha não causou nada. Ainda. — *Estava* okay — ela respondeu, então com um revirar de olhos, voltou a se concentrar à frente, lutando para reprimir o sorriso.

Aquela menina rica, com aquele nariz arrebitado e pose arrogante, apelava para uma parte primitiva dentro de mim. Ela podia me encarar como se me odiasse, mas a forma como seu peito surfava em ondas inconstantes gritava que ela ainda me deixaria colocá-la de quatro e dar umazinha. Porque garotas como ela não queriam nada além de ser emporcalhadas e corrompidas por um cara problemático. Eu tinha toda a intenção de pegar aquela coroa invisível de princesa privilegiada e sujar cada pedra preciosa, e foda-se, se ela não fosse gostar.

O sinal tocou bem antes de a porta da sala bater, e a Sra. Smith jogou a agenda na mesa com um bufo irritado.

— Vocês vão precisar de uma dupla para as aulas de laboratório nas quais vocês ou vão reprovar ou ficar chapados. Então encontrem outro aluno com quem possam trabalhar sem se matarem. — Ela tomou um gole de sua garrafa térmica. Ninguém se mexeu. Ela revirou os olhos, depois estalou os dedos. — Eu disse para formarem duplas.

Carteiras se arrastaram pelo chão enquanto os alunos trocavam de assentos. Drew não se mexeu, e nem eu. Ela olhou ao redor da sala.

Quando a comoção das carteiras se movendo parou, Drew não tinha uma dupla. Um, ela era obviamente de Barrington. E, dois, ninguém nessa escola se aproximaria vinte centímetros dela, porque eu, praticamente, tinha mijado em cima da garota ontem lá no corredor.

Afastei seu cabelo do ombro, me inclinei e coloquei os lábios do lado da sua orelha.

— Ninguém quer brincar contigo. A não ser eu.

— Ah, não. — Ela levou a mão ao peito. — Eu vou chorar.

Agarrei o rabo de cavalo e puxei sua cabeça para trás.

— Por favor, chore, porra. Lágrimas de menina rica são como heroína mexicana.

— Vai gozar com isso? — A voz profunda e sensual logo fez o meu pau ficar duro.

— Bem na sua cara bonita de menina rica.

— Sr. West! — A Sra. Smith bateu palmas antes de cerrar os punhos. — Por favor, pode me dizer por que você está agarrando a Menina Nova pelo cabelo?

— Porque ela é gostosa. — Fiz um gesto de cabeça para Drew ao soltar o seu cabelo.

— Minha aula não é site de namoro.

— Eu sei. Mas ouvi dizer que essa menina praticamente não engasga.

O arroubo de gargalhadas ecoou pela sala antes de a Smith voltar a bater palmas.

— Certo, Hugh Hefner. Vá dar um pulinho lá na sala do diretor Brown. — Ela apontou para a porta. — Não tenho tempo para as suas gracinhas hoje.

Com indiferença, dei de ombros, saí da cadeira e puxei de leve o cabelo da Drew ao passar.

— A gente se vê, garotinha.

O castigo em que Brown conseguiu pensar foi me fazer passar o resto do segundo tempo na Secretaria, ajudando a secretária a arquivar as pastas.

E, para ser sincero, eu estava me dando um tapinha nas costas por me fazer ser mandado para a diretoria hoje, pois a pasta que acabei de pegar era de ninguém mais ninguém menos que a de Drucella Morgan.

Drucella Morgan? Que nome escroto. Rindo, logo enfiei a pasta debaixo da camiseta e voltei a guardar as outras. Quando o sinal do almoço tocou, parecia que a coisa estava queimando um buraco na minha pele.

Saí de fininho para o corredor, abri a pasta ao me misturar com os alunos saindo das salas. Passei pelo endereço dela em Barrington e o número de telefone e cheguei ao histórico… ela só tirava dez e estudava em uma escola fora do estado chamada Academia Black Mountain, um colégio interno para ricaços. E então cheguei ao aviso de expulsão. Esperei que a razão fosse por vender drogas, transar com um professor, algo digno de um pouco de animação. Mas não. A Pequena Senhorita Perfeita tinha sido expulsa por colar na prova. Que decepção.

— Otário. — Hendrix chegou ao meu lado, o olhar se focando no arquivo aberto em minhas mãos. — Drucella? — Ele parou do lado de fora do refeitório e caiu na gargalhada. — Que nome escroto.

Entramos no refeitório, e furamos a fila.

— Cadê o Wolf? — perguntei.

— A Smith segurou o mané depois da aula. — Hendrix esticou o braço no meio da fila, pegou uma mãozada de purê de batata com os dedos, lambeu tudo antes de entregar a bandeja para a moça da merenda e pedir mais uma porção. — Ela quer que ele coma tudo o que puder naquele *buffet* mofado e empoeirado dela.

— Jesus, Hendrix. — Enchi a bandeja com a comida ruim, tentei afastar a imagem do *buffet* mofado da Smith da cabeça quando fomos para o caixa e passamos o cartão.

Ele passou os primeiros cinco minutos recitando sua lista atualizada de "Pegar e Largar" enquanto eu lia o arquivo da Drew.

— Aí vêm Drucella e Escória Nora… — Hendrix bufou uma risada. — As duas podem entrar na minha lista, também.

Olhei para a frente do refeitório barulhento, e no momento que o olhar de Drew pousou em mim, enquadrei a boca com os dedos e, em seguida, agitei a língua pela abertura. Ela me mostrou o dedo.

— Ela tem desfeita — Hendrix disse, com a boca cheia. — A maioria dessas meninas ricas são como castores cheios de tesão, loucas por um bom pau.

— É defeito, imbecil.

— Defeito. Desfeita. Não faz diferença. Ela não vai sentar na sua vara, mano. — Ele sacudiu uma batata para mim, desviando a minha atenção dela. — Não vai bancar a vaqueira no seu touro-mecânico. Não vai...

Meu telefone vibrou no bolso, o número do *Frank's Famous Chicken* piscando na tela. Ignorando a falação de Hendrix, saí da mesa e fui atender a ligação no pátio. E quando desliguei, Drew Morgan não era mais problema meu, mas eu, com certeza, era o dela.

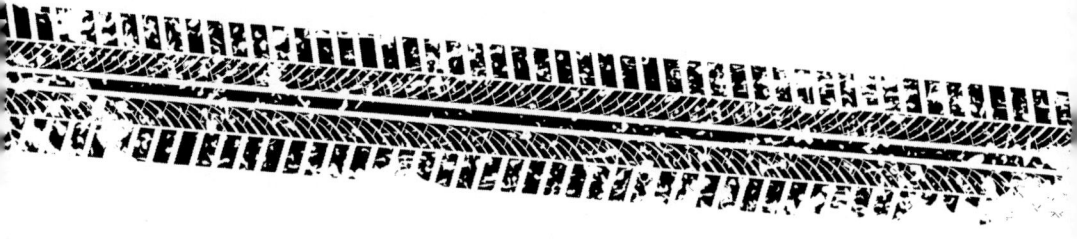

6

DREW

Eu estava na metade do turno no *Frank's* quando o Eddie, o gerente, virou no corredor com as bochechas vermelhas e manchadas.

— Drew Morgan! — Ele parou na minha frente, as narinas inflando como as de um touro bravo. — Você anda vendendo cannabis no meu *drive-thru*?!

— Eu?

— Sim, você! — Os punhos cerrados cravaram na cintura. — Ontem à noite, recebi uma ligação de um cidadão preocupado. Ele disse que — o cara fez aspas no ar — … a morena gostosa e mal-humorada… — mais aspas — Colocou a parada no saco dele. — Eddie olhou ao redor. — Você vê mais alguma morena aqui, Drew?

Tinha que ter sido o Bellamy, e foi golpe baixo.

— É mentira — falei. — Eu não…

— Mentira? — Ele deu um breve aceno de cabeça. — Mentira. Você tem noção da quantidade de gente que passou pelo *drive-thru* na semana passada pedindo um Big Mac? Eu fui pesquisar no Google para ver o que era isso. E é maconha!

Filhos da puta.

— Se você não fosse filha do William, eu teria chamado a polícia.

A polícia. Ele teria chamado a polícia mesmo não tendo provas? Que imbecil.

Ele balançou a cabeça com uma careta de decepção.

— Sinto muito, Drew. Não tenho escolha a não ser te demitir. Sendo filha do William ou não.

Ele estava me demitindo. Sem ter provas.

— Foda-se. — Joguei o boné no balcão, passei pelo Eddie e peguei a minha bolsa. Aquilo era inacreditável. Agora meu pai ia me ferrar ainda mais porque Deus sabia que o Eddie não manteria aquilo em segredo. Perfeito.

Assim que cheguei em casa, fui feito um furacão para a cozinha e peguei um picolé na geladeira, depois fui para a sala e me larguei no sofá macio. A cada mordida raivosa que eu dava, meus dentes doíam.

Meu telefone vibrava sem parar. *Pai* piscava na tela. É claro que ele falou com o Eddie, razão pela qual eu não abri as mensagens. Não estava no humor para aguentar o sermão de aspirante a pai no momento, por causa de algo que eu não tinha feito, assim como colar na prova no Black Mountain.

Mordi outro pedaço do picolé. Meu pai agiria feito um babaca por causa disso, o que me fez odiar o Bellamy com uma paixão que eu raramente sentia. A vibração do telefone se aquietou por um instante antes de voltar a soar depois de uns minutos. Mas, dessa vez, não era o meu pai. Era de um número desconhecido.

> Fiquei triste ao saber que você perdeu o emprego.

> Garotinha.

Fúria ardente se lançou pelas minhas veias enquanto eu batia os dedos na tela.

> Como você conseguiu o meu número?

> Um mágico nunca revela seus segredos...

Eu tinha plena intenção de ficar na minha e passar os próximos dois meses nesse inferno sem causar mais drama que o estritamente necessário. Até agora. Agora Bellamy West figurava na primeira linha do meu caderninho do vacilo. Ele achava que eu era uma riquinha mimada. Bem, ele estava prestes a descobrir *exatamente* como as riquinhas brincavam.

No dia seguinte, na hora do almoço, assisti do outro lado do refeitório à personificação do garoto problemático do Dayton se largar no banco, olhando feio para mim. A raiva borbulhou sob a minha pele. Não por eu ter sido demitida, mas pelo simples fato de ele ter tido a audácia de me *fazer* ser demitida.

Nora desembrulhou o sanduíche, depois ergueu as sobrancelhas e apontou para o outro lado do refeitório.

— Então, suponho que *isso* não ficou melhor?

— Defina melhor? Ele me fez ser demitida por "vender maconha no *Frank's*".

— Ah, sim. — Diane, uma das amigas da Nora, enfiou uma garfada de alface murcha na boca antes de se virar para olhar para eles. — Ouvi falar...

— Mas que... — Ergui as mãos. — Eu *pareço* o tipo de pessoa que vende maconha?

— Tipo... — Nora deu de ombros. — Qual *é* a aparência de alguém que vende maconha?

— A deles, Nora. — Apontei para os caras. — É a aparência deles... — Tatuagens e *piercings* e uma insinuação de perigo que era envolvente até demais.

— Merda... — Nora resmungou. — Você fez contato visual, Diane. Sua puta.

Bellamy se afastou da mesa deles e se aproximou da nossa, a mandíbula cerrada ao virar no canto e se postar às minhas costas. O cheiro inebriante do seu perfume me rodeou segundos antes das suas mãos pousarem nos meus ombros e seu hálito quente tocar o meu pescoço.

— Algum problema? — A voz profunda se arrastou por mim como a carícia de um amante, enviando um raio de adrenalina direto para o meu peito. Havia algo de muito errado comigo.

— Sabe, eu tenho. — Eu me virei no banco para encontrar o sorrisinho dele.

Ele se inclinou, agarrou a mesa às minhas costas e me prendeu com os braços.

— Então diga, garotinha…

Eu o odiava por ter feito com que eu fosse demitida, e eu odiava a reação ridícula que o meu corpo demonstrava a ele.

— Você é um babaca e me fez ser demitida.

— Para ser justo, eu te disse para não me sacanear. — O leve inclinar de cabeça foi irritantemente sexy.

— Eu não estava vendendo maconha — falei, mas, com toda a certeza, eu o faria se arrepender por não ter pesquisado melhor.

— Tá bom… — Bufou uma risada. — Igual você tem vinte anos e se chama Genevieve, né?

Como se ele desse a mínima para o meu nome. Claro, a decisão de dar uns pegas com um desconhecido estava voltando para me assombrar. Por que não voltaria? Todo o resto da minha vida era uma merda de um espetáculo ruim.

Ele afagou a minha bochecha com um dedo.

— Sabe o que eu acho, Drucella Morgan? Que você é uma péssima mentirosa.

— Sabe o que eu acho? — Eu não precisava mesmo achar esse cara gostoso. Nem fazer frente ao desafio dele. Mas eu fiz. — Que estou prestes a ser a pior coisa que já te aconteceu, bonitinho.

Sem avisar, a mão me agarrou pela nuca, e com um simples puxão, ele trouxe os lábios a meros centímetros dos meus.

— Me provoca, garotinha. Me provoca…

Achei difícil me afastar dele e, no momento que consegui, senti falta da sua mão firme.

— A gente se vê, Drew. — Ele bateu na minha bochecha, com força, como o cretino prepotente que ele era, então atravessou o refeitório com os olhos fixos em mim. Que se fodam ele e seu rosto perfeito.

Voltei a me virar para a minha bandeja, deparando com Diane e Nora me encarando, boquiabertas.

— Puta. Merda — Diane suspirou. — Isso foi, tipo, a coisa mais excitante que eu já vi.

Peguei meu sanduíche e tirei o alface murcho.

— Ele é um babaca — resmunguei.

Um babaca. E um problema.

Um do qual eu precisava me livrar, e era o que eu pretendia fazer… e seria de um jeito monumental.

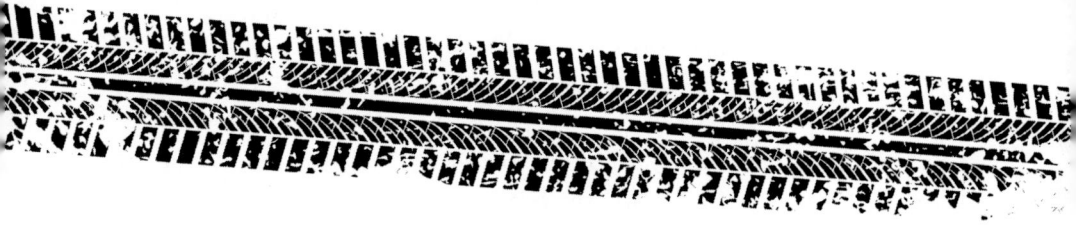

7

BELLAMY

A música esmurrava no aparelho de som barato em uma casa decrépita na periferia de Dayton. Algumas meninas tinham tirado a roupa e ficado só de calcinha e sutiã, enquanto os caras bebiam cerveja barata. E o que eu estava fazendo? Mandando mensagem para a Drew.

> Então, o que você pretende fazer, garotinha? Obrigar o seu papai a barrar a minha entrada em Harvard?

> Um mágico nunca revela seus segredos...

Tentei reprimir um sorriso.

> Só para constar, estou morrendo de medo.

— Bell! — Hendrix gritou do outro lado da sala lotada, sorrindo feito um idiota e apontando para Betty Newman, com os peitos de fora, sarrando no braço do sofá. — Adivinha quem vai saquear um rabo hoje? — O cara era um idiota... e, por alguma razão, as meninas faziam fila para ele.

Bebi o resto do refrigerante, voltei a conferir o relógio, e me levantei do sofá. Minha mãe ia assumir o segundo turno no trabalho dali a uma hora, o que significava que eu tinha que ir embora para que o meu irmão não ficasse sozinho com o babaca do meu pai. Hendrix virou no corredor, o braço em volta de Betty, que ainda estava com os peitos de fora.

— Nem fodendo, cara. — Agarrei as costas da camisa dele e puxei. — Não tenho tempo para o seu pau sair em missão. Preciso ir para casa ficar com o Arlo.

Hendrix lançou um sorriso para a garota esperando nas escadas.

— Do jeito que ela sopra aquela tuba, vou acabar em cinco minutos, Bell... Qual é.

Não havia como discutir com ele. Era igual um cachorro com tesão, o que queria dizer que era desperdício de tempo. Se eu tivesse que deixar o cara lá, eu o deixaria.

— Eu vou para o carro, e se você não estiver lá às onze e trinta e três, eu vou te largar aqui.

Hendrix olhou para a virilha.

— Sua hora chegou, meu pequeno guerreiro. Vamos andar pela prancha e afundar direto numa estrela marrom hoje. — Então ele foi em linha reta até Betty Topless ainda o esperando nas escadas. Inacreditável.

Meu telefone vibrou.

> Veremos.

Digitando a resposta, abri caminho pela festa e passei por um garoto vomitando em um vaso de planta.

> Mal posso esperar. Bj

A Drew era fofa, como um gatinho tentando afiar as garras na minha calça jeans. Meu palpite era que ela espalharia o boato de que eu tinha o pau pequeno ou tentaria virar o time de futebol americano do Barrington contra mim, o que já havia sido feito há anos, mas como ela poderia saber?

Eu estava no meio do quintal cheio de mato quando uma viatura parou lá. O pessoal que estava do lado de fora fugiu feito baratas, largando a cerveja e gritando "os canas", antes de sair escalando os alambrados. Amadores.

Balancei a cabeça e continuei andando. Eu não tinha bebido uma gota, e pelo fato de o meu pai ser ex-policial, eu sabia que a polícia não podia fazer nada sem um motivo plausível.

O veículo parou cantando os pneus, e as luzes piscando atingiram o meu carro quando o policial Bivens saiu da viatura. Seguido pelo babaca do Jacobs, o mesmo que tinha prendido o Zepp.

— E aí, otários... — murmurei.

Bivens fez careta, deslizando os polegares pelas presilhas do uniforme.

— Aquele Civic prata é seu, West? — Bivens serviu na força-tarefa com o meu pai. Ele sabia muito bem que o carro lá na frente era meu.

— Por quê?

— A gente vai precisar abrir o veículo. — Jacobs sorriu.

Correspondi o cretino arrogante com um sorrisinho, girando a chave na minha mão.

— Tem um mandado?

— Não.

— Então vaza. Tenho que ir para casa cuidar do meu irmão.

Outra patrulha com a marca dos cães farejadores encostou e bloqueou a entrada. Uma sensação ruim se alojou no peito quando um cachorro saltou da traseira, puxando a coleira com a cabeça, indo direto para o meu carro. E então perdeu o controle, dando patadas e latindo.

— E eu chamaria isso de causa provável. — Jacob ergueu a mão.

Eu não tinha escolha, a não ser colocar as chaves na mão dele. Meu coração ameaçou acelerar. Observei os policiais indo até o meu carro e colocando a chave na fechadura.

Claro, o carro fedia a maconha, mas eu não era idiota o bastante para deixar a merda lá. A adrenalina que se avolumava nas minhas veias diminuiu. Jacobs podia ir se foder. Não havia como alguma coisa…

— Tem droga aqui, Jacobs. — Bivens apareceu na porta aberta e apontou a lanterna para o saquinho pendurado em seus dedos.

Mas que porra… inclinei a cabeça para trás e gemi. Se o Hendrix largou aquela merda no meu carro, eu ia acabar com a raça dele.

Jacobs me empurrou, de bruços, contra o capô do carro, e apertou as algemas com tanta força que meus dedos formigaram quando ele me levou para o banco de trás.

— Zippity-doo-dah, porra. — Ele riu, então fechou a porta com força.

As luzes piscaram. Sirenes soaram. E o pânico se instalou. Se eu não estivesse em casa, ninguém estaria lá para cuidar do Arlo. Minha mãe não podia se dar ao luxo de perder o turno, além disso, ela sairia, pensando que eu chegaria mais tarde. E o meu irmãozinho estaria preso com o meu pai. Deus, eu fodi com tudo.

— Cara, preciso arranjar alguém para cuidar do meu irmão, Jacobs.

— Então acho que é melhor você usar a sua ligação com sabedoria, hein, seu merdinha?

Chutei o encosto do seu banco.

— Seu babaca do caralho. — Então me larguei no assento do carro, com o coração martelando as costelas como um gorila enjaulado.

A viatura se afastou da calçada, acelerou até parar no fim da rua, onde tive um vislumbre do corpo violão da Drew encostado na lateral do reluzente TT. Ela deu um aceno de rainha, e aquilo foi o suficiente para me deixar descontrolado de fúria. Eu não tinha dúvida de que foi a Drew que plantou aquela merda no meu carro. E depois deve ter ligado para a polícia. E aí veio sentar e assistir de camarote o desenrolar da porra toda. E aquele era o tipo de retaliação pelo qual eu não tinha esperado. Era culpa dela meu irmão estar prestes a ficar sozinho com o bêbado do meu pai, e eu quis envolver as mãos ao redor da garganta da garota até que ela ofegasse por ar. Minhas mãos estavam presas às costas, e eu não poderia mostrar o dedo para ela, então, em vez disso, dei uma cabeçada no vidro e gritei:

— Vá se foder! — Antes de o carro partir.

Uma série de mensagens vibraram no meu bolso enquanto a ameaça de Drew *"estou prestes a ser a pior coisa que já te aconteceu, bonitinho"* se repetia na minha cabeça. Inacreditável.

No começo da semana, eu tinha achado a garota fofa, mas, agora, enquanto Jacobs me conduzia pelos guetos de Dayton, no banco traseiro de uma viatura, e eu me preocupava com a possibilidade de o meu irmão mais novo levar a primeira surra do meu pai, não achei a situação nada além de enfurecedora.

Em vez das vinte e quatro horas de praxe que a maioria das pessoas ficava detida por causa de um saquinho de maconha – um erro de principiante por parte da Drew –, a porta da minha sela abriu depois de dez. Tratamento especial, já que todo mundo na delegacia de Dayton sabia que meu pai era um merda. E mais, o cara que fez a ficha perguntou quem estava com o Arlo. Algumas vezes, a empatia podia levar a gente a algum lugar, até mesmo em Dayton.

O funcionário marcou a data do meu julgamento, então empurrou a papelada através do balcão e me fez passar pelas portas.

No caminho para o estacionamento, liguei o telefone. Um monte de mensagem apareceu. Hendrix. Wolf. E...

Bipe.

> Abracadabra?

Bipe.

> Sabe, eu achava que arrombar um carro custasse mais que vinte dólares.

Bipe.

> Acho que a retaliação é um saco.

Congelei no meio do estacionamento. Meu polegar pairou sobre as letras, coçando para digitar alguma tirada inteligente enquanto minha mandíbula cerrava. Mas, em vez disso, mandei mensagem para o Hendrix.

> Preparado para queimar umas merdas hoje à noite?

> Claro, porra!

A maioria das pessoas não me enfrentaria, ainda mais uma garota. Menina ou não, ela ferrou com o cara errado, porque eu queimaria as merdas dela até as cinzas.

Uma buzina soou, e eu parei de olhar para a mensagem e vi a van detonada do Nash encostar devagar na calçada. Entrei e passei a mão pelo cabelo quando ele arrancou. Porque essa merda era inacreditável, e quanto mais eu pensava naquilo, com mais raiva ficava.

Nash me deixou no depósito. Paguei uma taxa idiota, usando o resto do meu dinheiro, e fui dirigindo para casa. Reduzi até parar na frente da casa da Nora, encarando do outro lado da rua a caminhonete que o meu pai estacionou de qualquer jeito lá na frente. O para-choque dianteiro tocava o canto da garagem.

Se eu tivesse que adivinhar, ele ainda estava meio bêbado, desmaiado no sofá por causa do pôquer em que, provavelmente, perdeu o seguro-desemprego na noite anterior.

Ele era o tipo de homem que interpretava o vilão na maioria dos filmes para TV, e eu o odiava.

Desliguei o motor e andei pela calçada delineada com barba-de-serpente, passei pelos vasos de planta da varanda, e bati à porta. Esperei, encarando a placa de madeira com um "bem-vindo" pintado à mão. Nora e eu não nos dávamos muito bem, mas a família dela era boa, e eu estaria mentindo se dissesse que não tinha inveja daquilo.

A porta abriu com um ranger de dobradiças. Quando o olhar de Nora encontrou o meu, ela revirou os olhos, então se encostou ao batente.

— Arlo! — ela gritou. — Seu irmão chegou.

O grito de animação ecoou pelo corredor. Nora só ficou ali na porta, me encarando.

— Obrigado por pegar o garoto ontem — falei. Ser legal com ela era praticamente a mesma coisa que tentar engolir um cacto, doloroso e estranho. Mas ela ajudou o meu irmão. Eu não tinha escolha a não ser menos babaca com ela agora.

— É. Tudo bem. — Ela escovou as unhas na blusa. — Eu não gosto de você, mas ele é fofo.

Arlo disparou por ela feito uma bala de canhão, depois agarrou a minha perna.

— Estou feliz por eles não terem te deixado lá muito tempo.

— É, eu também, carinha. — Passei a mão em seu cabelo bagunçado, lançando à Nora o último olhar de agradecimento antes de me virar e ir para o meu carro.

— Por que você estacionou aqui?

— Porque... — Eu não queria lidar com o meu pai, então abri a porta traseira e fiz sinal para o Arlo entrar. — Quer pegar um McLanche Feliz e ir no Hendrix jogar videogame?

Os olhos dele se iluminaram e ele pulou para o carro, prendendo o cinto de segurança com um sorrisão.

— Sim! Ele tem aquele jogo com as meninas de vestido curto.

— Você não vai jogar *Grand Theft Auto*, Arlo.

Um McLanche Feliz depois, e Arlo disparava pela sala do Hendrix, saco de papel a reboque, enquanto pegava o controle na mesa de centro.

— Esse é o melhor dia da minha vida! — Ele se atirou no sofá esfarrapado e pegou um punhado de batatas fritas.

Hendrix estava na cozinha, encarando o saco de papel.

— Você não me perguntou se eu queria um McLanche Feliz, babaca.

Eu mostrei o dedo para ele, disse a Arlo para não assistir nada a não ser *Bob Esponja*, então fui para a cozinha com Hendrix.

Ele pulou no balcão laminado e abriu uma lata de refrigerante.

— Eles te fizeram ficar pelado e levantar as bolas do saco? — Riu antes de engolir a bebida. — O Zepp disse que foi o que mandaram ele fazer.

— Cara, cala a boca. — Peguei uma espátula no fogão e atirei nele, mas ele desviou. — O Zepp está na prisão. Só fiquei lá por dez horas.

— Por que tinha maconha no seu carro, seu otário?

— Não fui eu. — Passei os dedos pelo cabelo, andando para lá e para cá no curto espaço entre a mesa e os armários da cozinha. Puto.

Drew talvez não tivesse sido concorrência, mas era um problema, com certeza. Um problemão muito gostoso. Eu me lembrei do quanto ela pareceu presunçosa, encostada na pintura lisa do carro caro, observando enquanto os policiais me levavam… para a cadeia. Ela era uma menina que costumava-ser-rica, o que significava que não devia ter ideia das implicações do que tinha feito; é claro que não tinha. Ou teria planejado deixar mais que um saquinho de maconha. Mas, ainda assim. Esqueça a ficha. Esqueça o inconveniente. Ela, sem saber, colocou o Arlo em perigo, e isso foi o bastante para fazer o meu sangue ferver de fúria. E quanto mais eu pensava no assunto, mais apareciam pensamentos sinistros de retaliação.

Hendrix me encarou.

— Filho da puta! Por que tinha maconha no seu carro? Esse é o pecado capital dos…

— A menina nova armou para mim.

Seus olhos se arregalaram, e ele apoiou o refrigerante ao lado do corpo.

— Ah, agora o jogo começou, otário. — Ele saltou do balcão. — O jogo começou. Porque ela acabou de pisar no seu tapete. — Ele bateu a ponta do tênis no tapete da cozinha. — Bem assim.

E *aquilo* era dizer pouco.

8

DREW

O vapor do chuveiro saiu do boxe fechado quando abri a porta. Meu humor tinha melhorado muito desse que assisti aos policiais arrastando o Bellamy para a traseira da viatura. Eu sabia que ele não ficaria preso por causa de um saquinho de maconha, mas essa não havia sido a minha intenção.

Ontem à noite, o objetivo principal tinha sido mostrar a Bellamy West que ele não estava ferrando com uma riquinha inocente. E que eu podia, na verdade, causar algum dano a ele.

Eu me enrolei na toalha, então passei a mão no espelho embaçado para remover o rímel debaixo dos olhos antes de ir para o meu quarto. Dei dois passos e estaquei antes de tropeçar no batente da porta e soltar um grito quando vi Bellamy estendido na minha cama.

— Você sempre grita assim quando tem um cara na sua cama? — ele perguntou. Um braço descansava atrás da cabeça, como se ali fosse o lugar dele. — Hein, garotinha? — Desviou o olhar da minha foto com Genevieve que ele segurava, então a atirou para os pés da cama. Foi quando notei o taco metálico de beisebol ao lado dele, abrigado entre os meus cobertores.

Algo se quebrou lá embaixo, e logo ouvi o grito de um cara. Mais coisas se quebraram. E eu fiquei congelada ali, pirando.

Ele estava *na minha* casa. E não veio sozinho. O medo ficou em primeiro plano na minha cabeça, vindo com força total. Um alarme soou para que eu corresse, ou pelo menos tentasse chegar ao quarto do meu pai, onde havia uma arma, mas eu nem sequer sabia usar aquela porcaria. Meu coração batia em um ritmo frenético enquanto eu pressionava as costas contra a parede, tentando manter o máximo de espaço possível entre mim e o maníaco brandindo o taco de beisebol.

— É agora que você me mata? — sussurrei.

Uma gargalhada profunda se arrastou por seus lábios enquanto ele ficava de pé, e envolvia o taco metálico com os dedos.

— Eu não vou conseguir te foder se eu te matar, vou? — disse ele, girando o taco ao vir na minha direção a passos lentos. — E foi isso o que prometi fazer, não foi? Foder com a sua vida. Depois foder você? — Ergueu o taco e o acertou nas fotos e bonequinhos sobre a minha penteadeira, jogando tudo na parede. Depois se aproximou.

E eu não o queria perto de mim.

Fui me aproximando da porta do quarto, tentando manter uma rota de fuga livre.

— Ouhn. Qual é o problema? — Uma careta zombeteira tomou o rosto perfeito. — Está com medinho?

O barulho da casa sendo completamente destruída ecoou lá debaixo, e eu me perguntei quantos deles havia ali.

— Como você entrou na minha casa? — Dei mais alguns passos, tentando manter a calma, tentando não ter um colapso e implorar para ele não me machucar. Porque o olhar dele dizia que era o que estava prestes a fazer.

— Bem… veja bem, *Drucella*. Eu sou um criminoso. Mas você já sabia disso. — Então a expressão mudou, e ele veio para cima de mim. — Já que me fez ser preso, porra.

Soltei um gritinho quando o corpo forte me imprensou à parede.

— Ainda quer ser a pior coisa que já me aconteceu? — O dedo traçou a borda da toalha.

Quando o dedo se enganchou na beirada, meu coração saltou em um frenesi, mas, de alguma forma, consegui reunir coragem para deter a sua mão em meu peito.

— O que você vai fazer, Bellamy?

Ele se concentrou na mão que agora estava apoiada na minha pele nua, e sorriu. E se eu tivesse que dar um palpite, o que o fez achar tanta graça foi o bater cada vez mais rápido do meu coração sob sua palma.

— E que graça teria se eu te contasse? — A mão deslizou pelo meu peito até os dedos envolverem a minha garganta. — Você fez merda, Drew. — O corpo pressionou o meu ainda mais, até eu conseguir sentir cada protuberância, cada músculo se tensionando e repuxando de raiva. — Você fez muita, muita merda…

Fechei os olhos, desejando que meus joelhos não fraquejassem. Ele bateu o taco no chão por um segundo, depois parou, deslizando-o por debaixo da minha toalha e pressionando o metal frio entre as minhas pernas, me fazendo estremecer.

— E eu poderia fazer muita merda com você… — O fôlego quente lavou os meus lábios. — E seria muito bom, garotinha.

Esse não era o tipo de brincadeira que fazíamos no Black Mountain. Não era manipulação nem dar o troco. Isso era cruzar uma linha que eu não estava pronta para ultrapassar, mas era tarde demais; Bellamy estava bem ali, como um demônio me arrastando por cima dela.

Ele deslizou o taco no meu púbis, bem em cima do clitóris, e meu corpo reagiu de formas que eu preferia que ele não tivesse reagido. Uma combinação de medo e excitação que fez a minha pele formigar.

— É o seguinte, garotinha. Você me mandar para a cadeia fodeu com umas coisas. Então você entende por que eu tenho que foder com as suas coisas, né? — Roçou os lábios nos meus. — Sem ressentimentos, tá? — Ele afastou o braço que me provocava com o taco, deixando-o inerte ao lado, mas não afrouxou o aperto na minha garganta.

Os olhos buscaram os meus, e um sorriso lento repuxou os seus lábios.

— Você gosta dessa merda, não gosta?

Eu nunca, jamais, admitiria isso para ele. Eu não gostava de sentir medo, e o fato de querer aquele taco entre as pernas, na situação em que eu me encontrava, me fez questionar a minha sanidade. Os dedos se curvaram ainda mais no meu pescoço.

— Alguém aqui tem problemas com o papaizinho… — Bellamy riu, antes de afrouxar a mão, e recuou. — Durma bem, garotinha. — Então atingiu a minha televisão ao ir para o corredor. Os passos se dirigiram escada abaixo.

O barulho das coisas sendo quebradas cessou e, segundos depois, a porta abriu e fechou. Caí como uma marionete com os fios cortados e respirei fundo. Aquilo era loucura. *Ele* era louco… Corri para vestir as roupas antes de descer as escadas correndo. Foi uma carnificina. A tela grande da televisão quebrada pendia da parede. Vasos, obras de arte, móveis, tudo esmagado ou quebrado. Até o sofá parecia que alguém tinha rasgado as almofadas e jogado a espuma por toda parte. Liguei para a polícia e disse que tinha chegado em casa e a encontrado arrombada. Depois mandei mensagem para a Olivia, perguntando se eu podia passar a noite lá. Porque o último lugar em que eu queria ficar era ali. Sozinha.

Olivia estava do outro lado do balcão da cozinha, me encarando, de olhos arregalados.

— Ele invadiu a sua casa? Puta merda, você está bem?

Agora que a adrenalina tinha diminuído, e a merda doentia que havia se passado na minha cabeça, desaparecido, eu estava aterrorizada. Minhas mãos tremiam, meu coração estava acelerado.

— É. Eu vou ficar bem.

— Ele é o Bellamy West, Drew! Aqueles caras vão presos, queimam carros e quebram pernas. — Ela virou a banqueta, balançando a cabeça. — Merda. O que ele roubou?

— Nada. — Só destruiu o lugar.

Ela ficou confusa.

— Então por que ele invadiu a sua casa, porra?

Para me ameaçar? Para quebrar tudo? Para me deixar saber que ele poderia entrar?

— Eu… — Fiz uma pausa, desenhando uma linha na condensação do meu copo de água. — Posso ter feito com que ele fosse preso.

— Você… — Apertando a ponte do nariz, ela estendeu a palma da mão. — Menina, você não faz ideia de com quem está mexendo.

— Olha, ele me fez ser demitida!

Ela deu um tapa no balcão e revirou os olhos.

— Você estava trabalhando em um *drive-thru* nojento. Ele te fez um favor, meu Deus, você…

— Não é esse o ponto. Ele é um babaca.

— Quem é um babaca? — Jackson, o irmão da Olivia, entrou na cozinha, sem camisa, só de calça de moletom, e o cabelo loiro bagunçado do banho. Ele me deu uma piscadinha antes de abrir a geladeira. — Oi, Drew.

— Jackson! — Olivia bufou, apontando o polegar para mim. — Ela fez o Bellamy West… ser preso!

— Aqueles caras que se fodam. — Um sorriso se abriu no rosto do Jackson quando ele pegou um energético e fechou a porta da geladeira. Em seguida, o cara estendeu a mão como se esperasse que batessem nela. Um cumprimento que Olivia afastou com um tapa.

— Aff. Não. Jackson! Ela fez o Bellamy West *ser preso...* — Os olhos de Olivia se arregalaram. — E ele *sabe*. Não há nada a comemorar.

Jackson abriu a lata da bebida, depois tomou um gole.

— Quer que eu cuide do West para você?

— Hmm... — Meu olhar foi dele para a Olivia.

Eu gostava da Olivia, e não queria ser a responsável pelo irmão dela levar uma surra. Porque o Jackson era legal, e o Bellamy invadiu a minha casa com um *taco de beisebol*. Bellamy o massacraria.

— Não seja idiota, Jackson — Olivia disparou. — Estamos falando do Bellamy West e da ganguezinha de bandidos dele. Ele vai acabar com você.

— Vá se foder, Gremlin com cara de cachorro. — Ele a fuzilou com o olhar, e foi para a sala pisando duro.

Olivia resmungou baixinho, falando do quanto ele era idiota, antes de se virar para mim.

— Simplesmente... — Ela segurou minha mão. — Conte para o seu pai. Ele vai te tirar dessa, não vai? Tipo, não é nada engraçado...

O quê? Que o Bellamy me fez ser demitida do *Frank's*, e que depois eu armei para que ele fosse preso, e que agora ele invadiu a nossa casa e destruiu tudo? Não. Aos olhos dele, tudo aquilo seria culpa minha. Eu passaria mais dois anos devendo a ele por toda a mobília que o Bellamy e os amigos estragaram.

Os dedos de Olivia tamborilaram no balcão enquanto ela parecia concentrada. Então o movimento cessou.

— Você deveria simplesmente ser expulsa da escola. Isso é o que você deveria fazer.

Aquela... não era uma ideia ruim.

Olivia foi até a geladeira e parou na frente da porta aberta.

— Isso é tipo... uma loucura completa. O tipo de insanidade digno da Netflix.

Para ela, sentada bonitinha lá no Barrington, talvez; mas, quanto a mim... eu estava prestes a ter que voltar para os quintos dos infernos, e teria que enfurecer o Diabo.

— Eu não posso contar para ele. E tenho que ir para a mesma escola que ele amanhã. — E gemi.

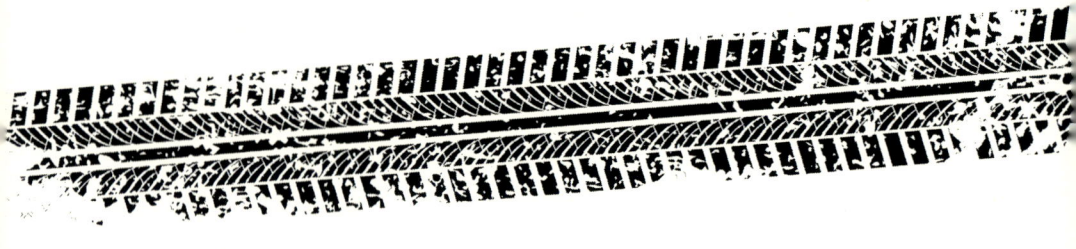

9

BELLAMY

— Ela não estava vendendo maconha! — um garoto chamado Dickey gritou, encolhendo-se no armário para se livrar de um soco.

E aquilo era uma merda absoluta. O boato, sim, *boato*, de que havia alguém vendendo maconha no *Frank's* se espalhou como um incêndio. O que significava que ninguém andou vendendo maconha no *drive-thru*.

— Tipo… — Wolf deu de ombros, enquanto Hendrix segurava o cara na parede. — Ninguém chegou a dizer que realmente comprou…

Eu fui na direção do garoto, ficando cara a cara com aquela expressão de estou-prestes-a-me-cagar de pavor do moleque.

— Como você sabe?

— A Nikki me pagou um boquete para que eu espalhasse. Sou o paciente zero. — O cara se encolheu como se esperasse que eu fosse socá-lo, e quando não soquei, o vômito de palavras começou: — Eu nem sequer conhecia um Drew. Pensei que fosse algum cara com quem a Nikki estava brava, e pensei que fosse mentira. Desculpa. Eu só queria muito o meu primeiro boquete, cara.

Primeiro boquete. Jesus Cristo. Acenei para Hendrix e, com relutância, ele largou o cara.

— Que merda, Bellamy — ele bufou, apontando para o garoto que se arrastava devagar ao longo da parede de armários. — Ele deveria ter acabado com dois olhos roxos. Não com um só.

E aí o garoto disparou, o tênis guinchou no ladrilho quando ele virou no corredor.

Wolf bateu a mão no meu ombro.

— E o nível da psicose acabou de chegar a dez: chupar o pau de um cara como se fosse uma prostituta cracuda só para espalhar um boato idiota.

Furioso, eu me afastei da mão dele e encarei o corredor, mesmo que tivesse feito o que precisava ser feito para salvar as aparências. Apesar de tudo. Se surge um boato de que alguém está traficando, a gente precisa cuidar da pessoa. Mas na situação em que a maioria das pessoas quase se cagam, tentando nos convencer de que é mentira, no segundo que olhamos para elas, a Drew bateu de frente comigo. *Depois* me fez ser preso e me irritou ao ponto de eu cometer a *porra de um crime* ao invadir a casa dela.

Talvez eu matasse as duas: ela e a Nikki.

— A gente se fala. — Wolf foi para a aula, e Hendrix veio atrás de mim, resmungando por não ter podido bater no garoto. Quanto mais longe eu ia, mais a raiva se dissipava em outra coisa. Jesus Cristo. Estaquei em meus passos e soquei meu peito dolorido. Aquilo era culpa. *Culpa!* Pelo quê? Fazer a garota ser demitida e destruir a casa dela porque ela queria... fazer o que fosse que Drew fazia. Que palhaçada. Ela causou aquilo a si mesma.

Hendrix me deu um soco no estômago.

— Por que você está no armário dela?

Porque dediquei tempo a bagunçar a vida dela, sendo que ela não estava fazendo merda nenhuma.

— Vá para a aula, Hendrix.

Seus olhos se arregalaram. E ele me empurrou.

— Ah, não, cara. Não vai ficar bonzinho com a garota só porque você quer comer ela. Ela pisou no seu tapete. — Ele bateu a ponta do pé no chão. — Você não pode ser bonzinho para aqueles que vão pisar no seu tapete.

Eu o empurrei.

— Eu não vou ser bonzinho. Vá para a aula, tá?

Mas, é claro, ele não foi. Em vez disso, ele bateu a testa no armário da Drew.

— Ela te fez ser preso, seu merda. E a vingança? O sangue derramado? A guerra?

— A gente invadiu a casa dela, babaca — falei. — E destruímos tudo. O que mais você quer fazer? — Encarei o corredor lotado, procurando as curvas perfeitas da Drew. — Queimar o carro dela?

— Bem, para começar, sim...

Eu me recostei ao armário e balancei a cabeça. Não havia como agradar ao Hendrix, principalmente pelo irmão dele não estar mais por perto para puxar as rédeas.

— Não vamos queimar o carro dela... nem a casa dela. Acabou, cara. A gente assustou a garota pra caralho, e ela nem estava fazendo nada.

Ele agarrou a cabeça como se tentasse deter uma explosão nuclear.

— Filho da puta! E daí? É ainda pior. Ela não estava fazendo porra nenhuma, e mesmo assim... — Ele saltou para cima e para baixo, batendo os pés no chão. — Pés. No. Tapete. O que você vai deixar a garota fazer depois? Pegar as suas bolas e ordenhar cada gota preciosa de porra que você tem?

Eu só queria respostas, e o idiota ali nunca entenderia.

— Vá para a aula, otário.

Bufando, ele se afastou devagar dos armários, apontando para mim.

— Chicoteado por uma boceta que você nem chegou a macetar. Que doentio, cara. — Ele foi saltando pelo corredor. — Doentio pra caralho.

Quando o Zepp saísse da cadeia, eu o esganaria por ter batido no Hendrix com o taco de plástico quando eles eram crianças.

Esperei no armário da Drew, repassando a forma como ela ficou ofegante quando a prendi contra a parede. Eu ainda ia comer a garota; isso era certo. Drew atravessou a multidão, e nossos olhares se encontraram. O ritmo dos seus passos vacilou por um milésimo de segundo antes de ela endireitar a postura e erguer o queixo. Como se estivesse tentando provar que não tinha medo. E quando ela esbarrou em mim, se certificou de me fuzilar com os olhos.

— O que você quer? — perguntou, ao abrir o armário com força.

Não falou nenhuma gracinha. Não foi sarcástica. Só uma pergunta seca e sem qualquer entonação. E pelo que eu sabia daquela garota, aquilo não era nada típico dela.

— Você não estava vendendo maconha. — Aquela declaração deveria ter sido seguida por um "desculpa", mas a palavra ainda não estava pronta para sair.

— Não brinca. — Seu cenho franziu de raiva quando fechou a porta do armário com força. — A menina de Barrington que não precisa de dinheiro não estava vendendo maconha. Você chegou a essa conclusão por sua maldade própria?

E... ela estava de volta, assim como a minha raiva. Cerrei a mandíbula, meu olhar travado com o dela. A garota não tinha humildade, então por que deixei a semente de culpa fincar raízes no meu peito estava além de mim.

— Você nem tentou negar, Drew.

Tudo o que ela fez foi revirar os olhos, então tentou se afastar, como se eu fosse deixar. Ah, não, essa garota tinha uma ou duas coisas a aprender sobre a hierarquia do Dayton. Eu a agarrei pelo ombro e a virei de volta para os armários.

— O que foi que você me disse, garotinha? — Aproximei o rosto do dela, e pude sentir o cheiro de morango de seu brilho labial. — Algo tipo: *"E se eu não der a mínima para o seu aviso"*?

Ela empurrou meu peito, mas eu não me movi. Em vez disso, aproximei os lábios da sua orelha, incapaz de resistir à tentação de mordiscar o lóbulo antes de zoar com ela.

— *"O que você vai fazer, Bellamy?"* — Eu mudei de posição para olhar feio para ela. — Foi idiotice.

— Você arrombou a porra da minha casa, seu psicopata. — Ela tentou se afastar do meu agarre, mas eu segurei com mais força. — Me solta.

A imagem dela de toalha, o cabelo encharcado e a pele úmida, saltou para a minha mente. Logo seguida pela reação que ela teve quando envolvi a mão ao redor da sua garganta. Ela tinha gostado daquela parte da minha invasão.

— Não pense que não notei sua respiração acelerada quando coloquei aquele taco entre as suas pernas. — Ergui uma sobrancelha. — Você gosta dessa merda, garotinha.

Ela estreitou os olhos. A mandíbula delicada cerrou. Nada na raiva dela deveria ter me excitado como excitou.

— Me solta — ela disse, entredentes.

— Quer que eu te solte? Fique de joelhos e me obrigue.

Ela se aproximou, um músculo se contraindo na bochecha.

— Eu *nunca* vou chupar o seu pau, Bellamy. Agora me deixe em paz. Se me vir no corredor, não fale comigo.

— Você acha que é você que dá as ordens? — Dei um sorriso enviesado, e me afastei. — Claro, garotinha. Claro, porra.

— Eu vou te dizer uma coisa, Bell. — Hendrix apalpou uma das bolas de queimada. — Taca fogo em alguma coisa.

O apito do treinador soou, e as meninas correram para a quadra com a camisa larga e o short supercurto da Educação Física.

— Meninas — começou o treinador. — Já que algumas das colegas de vocês acham engraçado amarrar um absorvente interno na antena do meu carro, vocês podem ir correr lá na pista. Meninos. Peguem a bola.

As garotas resmungaram ao ir para a porta. Todas, menos a Drew. Ela ficou lá com o short mal cobrindo a bunda, avaliando suas unhas. E tudo em que eu podia pensar era em envolver as mãos ao redor da sua garganta de novo, e fazer a menina gemer. Seria a foda de ódio do século.

— Srta. Morgan! — gritou o treinador. — Circulando.

— Ah, desculpa. — Ela levou a mão ao peito, o sorriso mais falso do mundo no rosto. — *Eu* não posso ir para a pista. Tenho alergia a grama.

E aquilo era mentira. Eu li a ficha dela, e ela não tinha alergia nenhuma.

O treinador olhou através do ginásio, para nós, com uma expressão embasbacada no rosto.

— Alergia a gram… Bem, você é alérgica a plástico?

Ela entrecerrou os olhos.

— Não.

— Então pegue uma bola e entre em fila com os meninos.

— Você quer que eu jogue com *eles*? — Acenou para a fila com aquela mão de princesinha fresca.

— Algum problema?

Para a princesinha fresca, com certeza. A careta irritada dela me disse que eu estava certo. Esperei que ela choramingasse, que talvez desse um chilique, mas ela simplesmente suspirou e tomou seu lugar na frente do Hendrix.

Hendrix deu uma risadinha.

— Ótimo. Não posso tacar fogo no carro dela. Mas na bunda… eu vou marcar a bunda dela com a bola. — As sobrancelhas dele se agitaram antes de ele assumir a posição atrás da linha.

O apito soou, e todo mundo avançou. Drew e Hendrix foram para a mesma bola. Ele a pegou, recuou e atirou direto na coxa dela. A garota gritou e mancou por alguns passos.

A marca vermelha que ficou lá me causou uma inquietação na boca do estômago. Era só queimada, mas eu não suportava que fizessem merdas daquelas com as garotas. Assustá-las pra caralho, com certeza. Chegar a machucá-las fisicamente, não.

— Não acerte ela de novo, cara.

Hendrix olhou feio para mim.

— Que merda você acabou de dizer?

— Não acerte ela.

Os olhos dele se arregalaram, e ele balançou a cabeça antes de ir para trás da linha.

— Eu juro por Deus, se você deixar o tesão por causa de uma bunda gostosa anuviar suas ideias…

O apito voltou a soar. Tênis guincharam pelo chão. Drew chegou antes na bola dessa vez, atirou, e acertou as bolas de Hendrix. Ele caiu de joelhos, agarrando a virilha enquanto murmurava:

— Filha da puta.

— Srta. Morgan! — o treinador gritou. — Nada de mirar na região peniana.

— Desculpa. Mira ruim.

Hendrix me fuzilou com o olhar da posição fetal em que estava curvado.

— Assustar a garota pra caralho, né? — grunhiu. — Tacar fogo no carro dela te parece legal agora?

10

DREW

Eu era mulher o bastante para admitir que ele tinha me assustado, me assustado de verdade, e jurei a mim mesma que eu estava farta do cara. Farta desse nível de loucura, porque eu não podia competir com aquilo, nem precisava disso na minha vida.

O sinal do fim da aula tocou. Peguei a mochila no armário, depois fui até a biblioteca para pegar um livro sobre Revolução Americana para um trabalho que eu deveria fazer com a Nora.

A biblioteca do Dayton era deplorável. Nada estava organizado. Metade dos livros não possuía mais as lombadas. Levei vinte minutos para localizar o livro de história na seção de autoajuda… Quando saí, a correria dos estudantes havia diminuído. Segui pelo corredor, enviando uma mensagem para a Genevieve, quando ouvi a voz do Bellamy.

— Sério, Nikki? Você sabe mesmo que isso é psicopatia?

Parei e me demorei no canto em que os corredores se interligavam.

— Foi uma piada, Bellamy.

— Eu pareço ter achado graça nessa merda? — A voz era um estrondo feroz, mal contida, e fez com que eu me retraísse.

— E por que você se importa? — ela perguntou, havia um leve tremor nas palavras. — Tipo…

— Você é idiota a esse ponto? — Algo bateu no armário. Se eu tivesse que adivinhar, foi o punho do Bellamy. — Cacete! A gente deu uns pegas. Uma vez. Quando eu estava doidão. E você só… — O corredor ficou silencioso. — Deixe a garota em paz, Nikki.

Tive que me perguntar sobre quem eles estavam falando e o que ela tinha feito para irritar o cara, porque ele parecia furioso. Esperei até que

STEVIE J. COLE   LP LOVELL

mais alguns minutos de silêncio se passassem antes de virar à esquerda e sair da escola, seguindo para o estacionamento meio deserto.

Eu me juntei a Nora e Diana, encolhidas no carro de Nora, usando o uniforme das líderes de torcida.

O olhar de Diane seguiu Bellamy e Hendrix enquanto eles atravessavam o estacionamento.

— O que faz esses caras parecerem ainda mais gostosos depois que são presos?

— Fale por si. — Nora abriu a porta do carro e jogou a bolsa esportiva lá dentro. — Eu tive que abrir mão da minha cama para o irmão mais novo dele dormir. Era para o Bellamy ter ficado com o moleque, e ele foi preso. — O desdém escorria da voz dela. — Por vender drogas. De novo.

Diane franziu as sobrancelhas.

— Isso foi meio do nada. Por que a mãe não ficou com o menino?

— Ela trabalha em, tipo, três lugares, ou algo assim. O pai dele é um bêbado. Só merda. Só merda...

Um nó se formou na minha garganta. Olhei para Bellamy, do outro lado do estacionamento. Ele estava de pé atrás da caminhonete do Wolf. Todo cheio de tatuagens e marra. Ele não parecia o tipo de cara que cuidaria de uma criança.

— O Bellamy toma conta do irmão? — perguntei.

Nora deu de ombros.

— O garoto está com ele quase o tempo todo.

Uma sensação terrível assentou no meu peito. Culpa. Ah, foda-se esse cara. Ele foi um babaca nessa situação toda. Não eu. Eu tentei me agarrar a isso, mesmo quando imaginei a vida dele com um pai vagabundo, uma mãe que nunca estava presente, e um irmão que contava com ele. Não queria me sentir mal pelo cara, mas mais que isso, eu não queria ser a cretina mimada que ele pensava que eu era. Talvez eu tenha ido longe demais. Eu tinha o costume de ir com tudo ou deixar para lá, mas ao contrário do Black Mountain, as consequências para alguém de Dayton eram imediatas e a longo prazo. Bellamy não era um herdeiro cujo papai poderia pagar para sumirem com a ficha dele. Ainda não era desculpa para ele ter invadido a minha casa, mas... ele disse que eu tinha mexido com a família dele, uma criança, e isso me fez sentir a pior pessoa do mundo naquele momento.

— Ah, merda...

Segui o olhar de Nora. Bellamy estava atrás de um Camaro velho, com o taco erguido. Ele o desceu com tudo no para-brisa traseiro, e a coisa estilhaçou antes de ele rodear o veículo, e quebrar cada janela, e arrancar os retrovisores.

— O que será que a Nikki fez para irritar o Bellamy? — Diane perguntou.

Nikki veio correndo, gritando, e ele lançou um olhar frio na direção dela. Hendrix se encontrou com Bellamy no meio do estacionamento.

Meu pulso acelerou quando eles pararam no meu carro. Bellamy girou o taco do lado do corpo, e eu me lembrei bem demais do que ele tinha feito com aquele taco da última vez que esteve em suas mãos. Minhas coxas se contraíram. Era doentio. Pervertido.

— A gente se vê — eu falei, então disparei na direção do meu TT. Aquilo não podia ser bom.

— Carro legal. — Bellamy chutou o pneu dianteiro, a camiseta apertada e jeans rasgado sobre os músculos contraídos. Igual a um psicopata.

— Nem pense — falei, encarando o taco.

— Não vou fazer nada, garotinha. — Ergueu as mãos e se afastou do meu carro.

Fiquei parada lá por um instante, pesando as minhas opções. Como um coelho na mira de um predador, eu não sabia o que fazer. Fugir e arriscar que ele fosse atrás de mim, ou congelar e ter esperança de que ele me deixasse em paz. Ele me observou como um falcão quando abri a porta do carro, e se o sorrisinho fosse algum indício, ele estava tramando alguma coisa.

Eu me acomodei atrás do volante e dei a partida. Odiei as minhas mãos estarem tremendo, porque eu sabia que ele só queria me assustar. Então, em vez de arrancar de lá como eu queria, sem pressa nenhuma, mudei a estação de rádio, depois abaixei a capota. É claro, ele ainda estava parado lá.

— Eu te disse para me deixar em paz.

Ele se aproximou, e cruzou os braços na minha janela.

— Bem, eu deixaria. Mas, infelizmente para você, o que estão dizendo por aí é que você armou para que eu fosse preso. Eu esperava de verdade que isso ficasse entre nós, mas…

Três palpites para onde ia aquela história. Nenhum lugar bom, isso era certo.

— Você que começou. Depois você invadiu a minha casa e destruiu tudo.

Ele passou a mão pela boca, achando graça.

— É, mas o problema é que… Eles não sabem. — Ele apontou com o queixo para as pessoas ali no estacionamento, que nos encaravam.

Eu não fazia ideia do que ele faria, e quando aquele sorrisinho lento abriu caminho em seu rosto, não aguentei mais.

— Vá se foder, Bellamy.

Um assovio baixo soou por cima do ronronar do motor. O reflexo de Hendrix apareceu no meu retrovisor.

Eu tinha me esquecido dele e percebi a estupidez monumental que foi isso quando o cara girou uma faca na mão, e o sensor de pressão dos pneus piscou no painel.

— Você não… — murmurei, entredentes.

Bellamy se apoiou no meu carro, e colou os lábios bem perto da minha orelha.

— Vai mentir para mim de novo?

— Você é mesmo um psicopata. Você sabe disso, não é?

— E você está mesmo optando pela saída mais fácil…

Fácil? Esse cara só podia estar de sacanagem.

— Em menos de vinte e quatro horas, você rasgou os meus pneus e invadiu e destruiu a minha casa. Isso é crime e contravenção. Seu maluco de merda!

Tudo o que ele fez foi rir. E aquele sorriso foi devastador, porque ficou evidente que eu era uma maluca de merda também. Agarrei o volante, tentando me concentrar em alguma coisa, qualquer coisa, menos no quanto ele era gostoso, e no quanto eu era louca.

— Sabe, eu era sã antes de te conhecer.

— Isso faz dois de nós — ele falou. Palhaçada.

Meu carro balançou, me fazendo parar de olhar para o Bellamy.

— Esperei por isso o dia todo. — Hendrix subiu no meu porta-malas, e logo colocou o pau para fora.

— Mas que porra… — O resto da frase se perdeu quando um jato de mijo caiu no banco do carona. Agarrei a maçaneta para abrir a porta do carro, mas o corpo imenso do Bellamy bloqueava a saída.

— Me deixe sair agora, Bellamy!

Mijo ricocheteou no couro, gotas espirraram no meu braço. Bellamy só sorriu para mim, recusando-se a se mover. Eu perdi o controle. Com um rosnado, fiquei de pé, subi no meu assento e fui para o porta-malas. Agarrei o Hendrix pelo tornozelo.

— Saia do meu carro! — Puxei com bastante força, ele perdeu o equilíbrio e caiu de lá gritando.

Deus, espero que tenha se machucado. Com sorte, ele ralaria o pau.

— Mas que porra, cara! — Hendrix se levantou feito um raio, segurando a cabeça, com o pau ainda para fora. Um fio de sangue escorria de sua testa. — Ela acabou de quebrar o meu crânio. — Hendrix deu a volta, ainda segurando a cabeça quando parou do lado do Bellamy. — E é por isso que eu quero tacar fogo no carro dela!

Atear fogo no meu carro. Ah, isso estava indo longe demais. Deslizei do porta-malas, sem nem me importar pelo meu vestido ter subido até a cintura. Então meti o dedo no peito do Hendrix.

— Espero que você tenha uma concussão. Não que você tenha algum neurônio para perder.

Os dois me encararam como se tivesse acabado de brotar uma segunda cabeça em mim, e chifres.

Saí feito um furacão do estacionamento, peguei o telefone para ligar para alguém vir rebocar o meu pobre carro.

— Puta merda! — Nora correu até mim, deslizando até parar. — O que você está fazendo? Eles são doidos, Drew, você não é páreo para eles!

— Nora, ele mijou no meu carro! Não é como se eu fosse ficar sentada lá e assistir. — E eu podia muito bem acabar morta por isso, mas que merda eu poderia fazer agora?

Nora se ofereceu para me levar para casa. No caminho todo, ela tagarelou sobre o quanto o Bellamy e o Hendrix eram horríveis, pintando o irmão do Hendrix, o Zepp, como nada mais que um monstro completo que deveria ficar atrás das grades, lugar em que ele, evidentemente, foi colocado.

Dei as coordenadas para a minha rua e até a frente da casa e, ao estacionar, ela arquejou.

— Puta merda. Sua casa é imensa.

Olhei além do gramado bem-cuidado, para a casa de tijolos. Entre os meus pais, eu morei em Deus sabe quantas casas grandes. A cada vez que vinha de visita do colégio interno, eu sentia falta do dormitório que dividia com a Genevieve. Lá era um lar. Isso… isso era miséria, razão pela qual eu passava mais tempo na Olivia do que na casa do meu pai desde que cheguei.

— Quer entrar? — perguntei, ao sair.

Sorrindo, ela saltou do carro e me seguiu até a frente da casa. Depois lembrei que a casa toda ainda estava destruída, e congelei. Mas era tarde demais, eu já tinha convidado a menina.

— Então... A casa está um pouco bagunçada.

— Eu não ligo.

— É, então tá bom... — Enfiei a chave na fechadura.

A porta se abriu no vestíbulo vazio. E revelou vários buracos na parede em que as obras de arte ficavam penduradas. Olhei a sala, surpresa por ver que tudo tinha sumido. Toda a mobília quebrada havia sido retirada, deixando para trás apenas o lustre e um tapete.

— Então, a gente vai ter que ir para um dos quartos se você quiser assistir televisão. — Comecei a subir as escadas, e Nora veio atrás de mim, boquiaberta enquanto reparava na carnificina.

— O que aconteceu?

— Invasão.

Ela parou no primeiro degrau, com os olhos arregalados.

— Puta merda, eles pegaram tudo.

Eu não tinha forças para explicar que eles, não verdade, não tinham levado nada, e agora que eu parava para pensar, parecia estranho. Eles vendiam maconha. Por que não penhorariam a televisão? Mas eu tinha a sensação de que Bellamy só queria enviar uma mensagem violenta.

Na metade do episódio de *Sex and the City*, série que eu já tinha assistido um milhão de vezes, meu telefone apitou, e o nome que dei a ele nos contatos surgiu à vista. *Imbeciloide*.

> Só para você saber, passei meu tempo na prisão batendo uma pensando no que eu faria com você quando eu saísse.

> Invadir a casa dos outros e assustá-los com um taco de beisebol te fez gozar?

> Outros? Nada... Você, claro, porra.

> Você é doente.

> E você acha que você não é?

> Questões mal resolvidas com o papai...

Péssimo, péssimo, péssimo.

Olhei para Nora do outro lado da cama, ainda entretida com a televisão.

> Estamos quites?

> Depende…

Não. Para mim já tinha dado essa história com Bellamy West. Pelo menos foi o que eu disse a mim mesma…

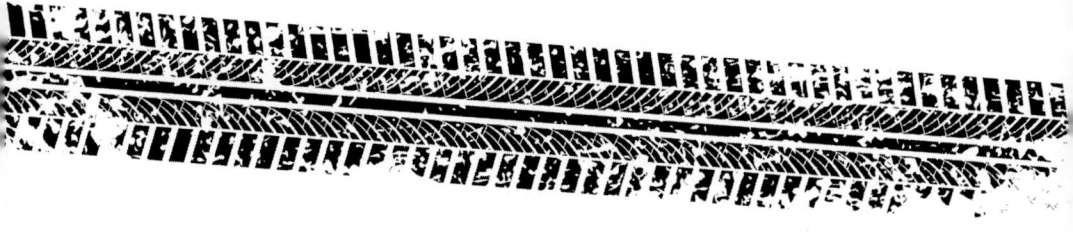

II

DREW

Fiquei parada no meio do corredor lotado, encarando a mensagem no meu telefone.

> **Espero que você esteja gostando da escola nova, meu bem. Beijinho. Irina.**

Minha mãe.

Que se recusava a me deixar chamá-la de qualquer coisa, a não ser Irina. E quem, evidentemente, não fazia ideia de que tipo de escola o Dayton era, ou eu teria esperado em Deus que ela tivesse refreado o meu pai. Bem quando fui responder, alguém deu um tapa nas minhas mãos, jogando o celular longe.

— Puta de Barrington.

Um grupo de meninas riu ao se separar ao meu redor, Nikki ocupava um lugar de destaque entre elas com um sorriso malicioso no rosto antes de elas seguirem caminho. Deus, a garota era patética. Elas não podiam nem pensar em algo mais original... *Puta de Barrington* tinha sido riscado no meu armário. Parece que a conversa dela com o Bellamy, que ouvi ontem, tinha ferrado com tudo.

Suspirando, me ajoelhei para pegar o meu telefone, mas quando me abaixei, alguém o pegou.

— Oi, Drewbie. — Hendrix sorriu, agitando o dedo nas juntas dos meus antes de se levantar.

Um band-aid xadrez do *Bob Esponja* decorava a sua testa, o que me lembrou de que eu quase o nocauteei por acidente.

— Hendrix — gemi ao me levantar. — Devolve.

— Paciência. — Ele começou a andar pelo corredor, mexendo no meu telefone enquanto se desviava dos estudantes.

— Hendrix! — Corri atrás dele.

— Me chame de papai, e eu devolvo.

— Você é nojento. — Quando tentei pegar meu celular, ele se esquivou.

— Ah, qual é. Você deve ter algumas fotos dos peitos e da xereca em algum lugar aqui. — Com um balançar de cabeça, ele jogou o aparelho para mim, então foi na direção do banheiro dos meninos. — Você me decepciona, riquinha.

Mostrei o dedo para ele antes de virar no corredor e ir para a aula de História. Eu me sentei, e o telefone vibrou no meu bolso, devia ser minha mãe enviando foto do iate novo.

Não. Era só mais um número desconhecido.

> Estou cagando agora. Preciso de apoio moral. É um dos grandes.

Eu não precisava perguntar quem era. Larguei o celular na mesa, me recusando a reconhecer a pessoa desprezível que o Hendrix era. Segundos depois, o aparelho voltou a vibrar, e uma foto de um cocô enrolado apareceu na tela. E aquilo… levou a coisa a outro nível.

O Sr. Weaver estava no meio da aula sobre a Revolução Americana quando o sistema de alto-falantes estalou:

— A aluna Drucella Morgan poderia se apresentar na Diretoria, por favor?

A turma riu, repetindo meu nome horroroso, e eu xinguei os meus pais pela milésima vez por me odiarem desde o berço, ao que parecia. Empurrei a carteira e segui pelos corredores vazios até a diretoria, imaginando por que eu tinha sido chamada. Talvez alguém tenha dito alguma coisa sobre o meu carro ter sido danificado em terreno escolar. Duvidoso. Todo mundo nessa escola se atirava aos pés do Bellamy e do Hendrix.

Quando atravessei a porta de vidro, a secretária olhou para cima.

— Srta. Morgan?

— Sim?

— O treinador Todd me disse que você tem alergia a grama, mas… — Ela virou várias páginas do meu arquivo, empurrando os óculos para cima.

— Não está listado no seu registro médico. Preciso que você assine um formulário para que possamos adicionar a informação. E você também precisará andar com uma injeção de epinefrina.

Quem diria que o Colégio Dayton se importava com a possibilidade de os estudantes morrerem do nada?

— Oh, não é sério a esse ponto. Eu só fico me coçando. — Soou plausível... eu achei.

Ela me olhou por cima da armação dos óculos, uma sobrancelha pintada erguida.

— Coceira?

— É.

Com um suspiro, ela se levantou detrás da mesa.

— Deixe-me pegar outro formulário então...

Enquanto eu esperava, dois caras usando camisetas largas do *Star Wars* entraram. Eles se sentaram de qualquer jeito nas cadeiras ao lado da sala do diretor, remexendo-se e enxugando o suor da testa.

— Ele vai matar a gente.

— Se a gente não entregar alguém, vamos ser expulsos.

Expulsos. Olhei para o outro lado, e encarei a impressora na mesa dos fundos, tentando não deixar óbvio que eu estava ouvindo a conversa sussurrada.

— Mas se o West for expulso, o Hunt mata a gente. — Um choramingo escapou dos lábios do garoto. — O Hunt é louco.

— Mas se dermos outro nome, outra pessoa será expulsa, e não foi essa pessoa a culpada. — Bem, pelo menos eles tinham consciência.

Eu deveria ter me limitado a cuidar da minha vida, mas, é claro, nunca fui capaz de controlar os meus impulsos. Eu me virei, a curiosidade estava mais que aguçada.

— O que o West fez? — perguntei.

Os dois congelaram, me encarando de olhos arregalados como animais assustados. Um deles começou a abrir a boca, mas o outro o cutucou nas costelas.

— Kyle, não. Ela é tipo... *dele*.

Nossa.

— Hmm, não sou, não — olhei feio para eles por um momento —, mas posso ser capaz de ajudar vocês.

O cara da direita balançou a cabeça.

— Não faça isso. Ser expulso é bem melhor do que acabar morto.

Bellamy era um babaca, sem dúvida, mas assassinato soava meio exagerado.

— Ele vendeu maconha para vocês? — perguntei.

Eles olharam de um para o outro antes do que se chamava Kyle não aguentar mais.

— Foi uma prova.

O amigo bateu no braço dele.

— Ele o quê? Vendeu uma prova para vocês?

Ambos acenaram afirmativamente. Bellamy estava mesmo envolvido com tudo o que havia de ruim. Mas *aquilo* era digno de expulsão? Foda-se, eu não me importava com a razão, só em sair dessa escola horrível e me livrar daquele psicopata. Uma leve preocupação sussurrou lá no fundo da mente, falando que essa expulsão poderia pôr em risco a minha aceitação na faculdade. Mas, bem, meu pai já tinha pagado a eles para não me recusarem depois de uma expulsão, e por mais importante que fosse para mim, o direito de se gabar era ainda mais importante para ele.

A porta do diretor Brown se abriu. A adrenalina correu pelas minhas veias. Foda-se o Bellamy e foda-se essa escola. Eu ia dar o fora dali.

Eu me virei para os dois.

— Olha — falei, fingindo angústia. — É só não dizer ao Brown que eu vendi a prova. Vou reembolsar vocês.

O rosto dos dois ficou pálido. O diretor Brown pigarreou. Quando me virei para ele, o homem estava com ambas as mãos nos quadris gordos, o sapato barato tamborilando no chão.

— Você faria o favor de entrar na minha sala, Srta...

12

Quando fechei o meu armário, Kyle e Robert, dois caras do clube do computador, estavam a alguns metros, me encarando como os esquisitões que eram. Um empurrou o outro alguns centímetros para frente.

— Não sei o que aconteceu — ele sussurrou. — A gente só estava lá.

Coloquei a mochila no ombro e olhei feio para os dois. Não era nada bom quando eles começavam se defendendo.

— Do que você está falando?

— Nós fomos pegos com a prova…

Um leve latejar começou na minha têmpora. Se um desses idiotas me entregou…

— Continue — falei, entredentes.

— E, é… Tipo, a gente não te entregou. Jamais faríamos isso. Mas…

— Ele mordeu o lábio, depois respirou fundo. — A menina nova…

Eu juro por Deus, se a Drew tentou me colocar em apuros por causa dessa merda, eu iria até o mercado e compraria uma caixa de fósforos tamanho-família para o Hendrix, e a gente queimaria as merdas dela até virar cinzas.

— O que tem ela?

— Ela disse que vendeu as provas.

— Para o Brown. — Robert deixou escapar. — Ela disse para o Brown! E aí ela se meteu em encrenca.

A garota assumiu a culpa por vontade própria. Por algo com o qual não tinha a ver. Mas que porra?

— A gente não fez nada por ela. Só ficamos lá, pirando, porque não queríamos que você nos matasse, e não queríamos ser expulsos, e ela ouviu a gente. Quando o Brown abriu a porta para nos chamar, ela disse que foi ela.

E o Brown deu uma suspensão para a garota. A gente não sabia o que fazer. — Ele respirou fundo. — Por favor, não bate na gente.

Ergui uma sobrancelha. Desde que eu não estivesse encrencado, eu não me importava com quem eles delataram sem querer.

— A gente sabe que ela é meio que sua namorada ou algo assim, e você deve estar bem bravo, mas... — O outro ficou um pouco mais pálido, e agarrou a barriga como se fosse vomitar.

— Foda-se, cara, eu não dou a mínima — resmunguei, e me virei para ir embora.

Só quando cheguei à saída foi que entendi. O Brown tinha suspendido a garota. Foi por isso que ela fez o que fez. Ela estava tentando trocar a prova roubada pelas chaves para sair do inferno.

E o diabo não gostou disso.

O sol batia em mim enquanto eu me encostava no para-choque do carro, encarando o meu telefone.

> Onde você está, garotinha?

É claro que ela não respondeu. Mas graças ao Hendrix ter pegado o telefone dela mais cedo, tudo o que eu precisava fazer agora era usar o aplicativo Buscar Amigos. E foi o que eu fiz. Aquele pontinho azul ainda estava em cima de uma casa a dois quarteirões dali, conforme esteve na última hora. Eu não podia negar que foi genial fazer o Hendrix adicionar o meu contato naquele aplicativo idiota, mesmo que o simples pensamento de que ela podia estar na casa de algum babaca de Barrington dando umazinha me deixasse puto. Mas valeu pelo fato de eu ser capaz de aparecer como um gênio, sempre que quisesse para deixar a garota mais irritada. Porque nós só estaríamos quites quando eu decidisse.

O pontinho azul finalmente se moveu, e eu tirei a camisa e me reclinei no capô queimado de sol do meu carro. Eu a imaginei chegando na frente da casa e me encontrando esparramado com o tanquinho tensionado, e logo ficando nervosa, e eu ia gostar muito disso.

Observei as nuvens brancas e fofas passando, flutuando por trás da linha das árvores, e um bufo veio do fim da garagem. Segundos depois, uma sombra me cobriu.

— Você está bloqueando o meu sol — falei, ao me sentar e ajustar a cruz do meu cordão.

Seu olhar foi para a minha barriga, e eu a flexionei um pouco. Só pelo prazer de ser babaca.

— Estou surpresa por você não ter simplesmente entrado.

Eu teria, se ela não tivesse trocado a chave sobressalente de lugar.

— Eu vou me lembrar de fazer uma cópia da chave extra da próxima vez. — Deslizei do capô.

Drew recuou, então parou como se estivesse se esforçando para enfrentar algum valentão e cruzou os braços.

— O que você está fazendo aqui?

— Eu te mandei mensagem. — Continuei seguindo na sua direção, e a garota nem se mexeu.

— Eu estava ocupada.

— Não… — Passei a mão pela bochecha macia, segurando sua mandíbula por um segundo. Minha atenção foi direto para os lábios entreabertos e, porra, tive que lutar contra o impulso de cobrir seus lábios com os meus. — Quando diz respeito a mim, você nunca está ocupada, garotinha.

Ela ofegou, e o olhar deslizou para a minha boca. O lance era que, ela podia me odiar, mas não conseguia esconder que estava atraída por mim. Assim como eu não podia esconder minha atração por ela. Meninas como ela só seguiam caras como eu para uma van quando fazíamos jus a cada fantasia sórdida que elas tinham. E a atração magnética que nos fazia continuar voltando era nada menos que puro desejo sexual. Drew podia me odiar o quanto quisesse. O ódio nunca impedia ninguém de trepar, só de se apaixonar. E era tudo o que eu queria dela: uma boa trepada e um desafio.

Então por que eu me sentia quase eufórico por estar perto dela? Por que fiquei incomodado quando pensei que a razão mais provável para ela querer tanto sair do Dayton era para que ficasse longe de mim? Eu me aproximei, passando o polegar pelo lábio carnudo e borrando seu batom.

— Roubando a minha glória para ter uns dias de folga?

Bufando, ela afastou o rosto da minha mão.

— Eu estava tentando ser expulsa.

— Por roubar uma prova de História que não era nem a final? — Caí na gargalhada, batendo uma mão no meu peito suado. — Jesus Cristo.

— Foda-se. — Ela começou a andar pela calçada da sua casa ridiculamente grande e cara. — São só mais dois meses.

Jeans Armani. Carro caro. Gênio ruim... e esse pequeno pormenor era a minha criptonita. Ela estava mexendo comigo de uma forma que eu não precisava, e no minuto que ela saísse do Dayton, qualquer que fosse a merda que havia entre a gente acabaria. Que era do que eu precisava.

— Vale a pena para você? — gritei, bem quando ela chegou à porta.

Ela parou.

— Sair do Dayton? Muito.

— Bom. — Fui na direção da porta dela. Eu podia ajudar a nós dois a sair dessa. Fazer a garota ficar longe de mim e conseguir exatamente o que eu queria... o que nós dois queríamos.

Ela me fuzilou com os olhos.

— O que você está fazendo?

— Se chama fazer um acordo, garotinha. — Passei por ela, me permitindo entrar e meio que revirando os olhos para a decoração nova. Gente rica. Simplesmente substituindo as coisas como se não fosse nada.

Ela me seguiu.

— Que tipo de acordo?

— Decoração legal... — Contornei o corredor e fui para a cozinha. — Um acordo em que você é expulsa do Dayton, e eu acabo na sua cama.

— O quê? — Ela franziu as sobrancelhas. — Você não está falando sério.

Eu me sentei no balcão imenso, olhando ao redor do tipo de cozinha que deixaria o *chef* Gordon Ramsey com inveja.

— Não é como se eu não soubesse que você quer. Qual é... Você foi comigo para a van, garotinha.

— Antes de eu saber que você era um babaca. — Ela recuou para o balcão, e cruzou os braços.

— Como se isso tivesse algo a ver com trepar comigo. — Dei uma risada debochada. — Naquele momento da sua vida, você não teria dado a mínima para o quanto eu era idiota.

— Alguns de nós têm respeito próprio.

Essa merda, então?

— Respeito próprio? — Eu me levantei da bancada, e ela recuou, agarrando-se à beirada. — Por que você dar para mim significaria que não se respeita? — Parei diante dela, segurando seu queixo e inclinando sua cabeça para trás. — Hein, garotinha?

— Porque eu te odeio.

Eu a peguei pela cintura e a coloquei em cima do balcão, me posicionando entre as suas coxas.

— É? Você me odeia?

Ela começou a respirar com dificuldade, as bochechas logo ficaram rosadas.

— Muito.

Rindo, eu me aproximei.

— Que bom, vai ser muito mais divertido quando você ceder.

Então cobri a boca carnuda com a minha, e agarrei seu cabelo enquanto abria os seus lábios. E ela não resistiu nem por um segundo. As mãos foram para os meus braços, as unhas cravaram na minha pele enquanto eu fodia sua boca com a língua, imaginando que era a boceta dela. Quando senti suas pernas comprimirem meus quadris, eu me afastei.

— Diz que você não ia gostar...

Ela hesitou, a raiva transparecendo em seu rosto. Porque ela queria, tanto quanto eu, apesar do tanto que eu a odiava, ou que ela me odiava.

— Trepar é animalesco. Instintivo. — Passei a ponta dos dedos em sua coxa. — Algo além do controle. E não se deve mexer com caras como eu. — Meu olhar se desviou para o meio das suas coxas. — Você quer dar para mim. Eu quero te comer. Isso só deixa tudo mais divertido. Um lance único, nada sério.

— Eu não quero você.

Meus dedos subiram mais, e ela não vacilou nem por um segundo. Nem tentou me impedir.

— Confesse, garotinha. Você quer esse desrespeito. Uma única vez.

E ela ainda não me deteve. Que foi a única razão para eu continuar. Movi a mão para debaixo da sua saia, então parei e arqueei uma sobrancelha.

— Você e eu sabemos que se eu subir mais um centímetro, você vai estar molhadinha para mim. — Abri um sorriso malicioso. — E aí não vai ter como negar que quer uma provinha do bandidinho.

Eu não precisava pôr a mão entre suas pernas. A forma como ela lutava para respirar, o rubor nas bochechas, todos esses sinais diziam tudo o que eu precisava saber.

— Confesse. — Levei os lábios para perto dos dela. — Diga que você não ia me foder gostoso, eu te ajudando ou não.

Ela entrecerrou os olhos.

— Se você me ajudar, eu dou para você. Uma vez.

— Não, garotinha. — Meus dedos brincaram na pele macia da sua coxa. — Confesse que você daria para mim, mesmo se eu *não* te ajudasse.

Porque ela ia. Mas isso… isso deixaria tudo mais divertido.

— Eu fui contigo para aquela van, não fui?

Exatamente, porra. Voltei para o banco e bati a mão no balcão.

— Vamos aos negócios, então?

Ela saltou da bancada, abriu a geladeira e pegou um daqueles picolés idiotas que ela sempre pegava no almoço. No segundo dia da garota no Dayton, eu fui até o refeitório antes dela, peguei cada um deles e os escondi debaixo dos sorvetes. Ela reclamou o almoço todo, e eu continuei a fazer o mesmo todos os dias depois daquilo. Eu gostava de vê-la fervilhando de raiva.

Drew arrastou a língua na ponta daquele picolé de um jeito que fez meu pau ficar duro. Então o empurrou para os lábios. Não era possível ela não estar fazendo de propósito, e se ela queria chamar atenção para aquilo, bem…

— É assim que você paga boquete? — perguntei, ao me ajustar.

Ela secou o canto da boca com o dedo antes de lambê-lo também.

— Então, como você vai me fazer ser expulsa?

— Ah, *eu* não vou te fazer ser expulsa. Sou mais um consultor sobre como você vai conseguir com que te expulsem. — Eu não confiava na garota o bastante para saber que ela não me arrastaria com ela como um último 'vá se foder', e a última coisa de que eu precisava era ser mandado para o reformatório que ficava a uma hora dali. — E nós já discutimos os valores… — Deus, eu ia fazer a garota ser expulsa amanhã.

Ela me encarou com irritação.

— Tá bom, babaca. Como eu vou ser expulsa?

— Brigando…

— Não vou entrar numa briga.

— Trepando… e não estou achando isso legal.

Ela revirou os olhos.

— Estou fazendo um acordo em troca de uma trepada, não para ter um dono.

O que ela parecia não enxergar, no que dizia respeito a qualquer um do Dayton, era que eu já era dono dela.

— Tudo bem. Então você vai vender maconha — falei.

— Ah, a ironia. — Ela deu uma boa lambida naquele picolé. — Me deixa adivinhar, eu vou ser presa também.

— Depende de quanta maconha e do humor do Brown no dia. — Eu me concentrei na forma que a língua dela passava pelo picolé cor de arco-íris. A imagem dela, de joelhos, surgiu na minha mente como um rolo de filme só de pornografia. Meu pau nunca teve tantos momentos de decepção como quando acontecia quando ela estava por perto. Voltei a me mexer, tentando dar a ele um pouco mais de espaço na calça.

Erguendo um dedo, ela pegou o telefone no bolso, em seguida apertou a tela, ainda chupando o picolé. Segundos depois, o aparelho apitou, e Drew sorriu.

— Okay. Tudo bem. Minha mãe vai dar um jeito.

Senti minhas sobrancelhas se erguerem. Não é possível que essa menina perguntou à mãe se ela pagaria a sua fiança por vender droga... para ser expulsa do colégio.

— Sua mãe vai... dar um jeito?

— Fichas criminais são inconvenientes.

Que merda eles ensinavam aos alunos daquelas escolas particulares, porque, até então, parecia que a lógica da vida real não estava no meio da grade curricular?

— Não me olhe assim. Não sou uma pirralha mimada.

Como se ela não fosse. Coloquei a mão no balcão frio, e virei a banqueta para dar uma olhada na cozinha gigante.

— Certo... Jeans Armani. Audi. Mansão. A capacidade de pagar para a ficha criminal desaparecer. Nem um pouco mimada.

Ela me fuzilou com o olhar, o picolé a meio caminho da boca quando ela deu uma mordida que o dividiu em dois. Aquilo quase extinguiu minha ereção. Quase.

— Meu pai é um babaca, tá bom? Ele me colocou naquela escola, o que foi praticamente como me lançar aos lobos.

— Ele te *colocou* no Dayton? — Não havia um cretino de Barrington que eu conhecia que mandaria de bom-grado seu precioso rebento para o Dayton.

— O Dayton é um castigo. E eu quero sair.

O Dayton era um castigo para ela, e vida para mim. E se isso não resumisse Barrington, eu não sabia o que resumiria.

Eu me levantei.

— Vou levar a maconha para você.

— Okay.

Então atravessei a cozinha, e parei à porta para olhar para ela.

— E só mais uma coisa. Vou te deixar fazer isso, e vou ter que revidar. Tenho uma reputação a zelar...

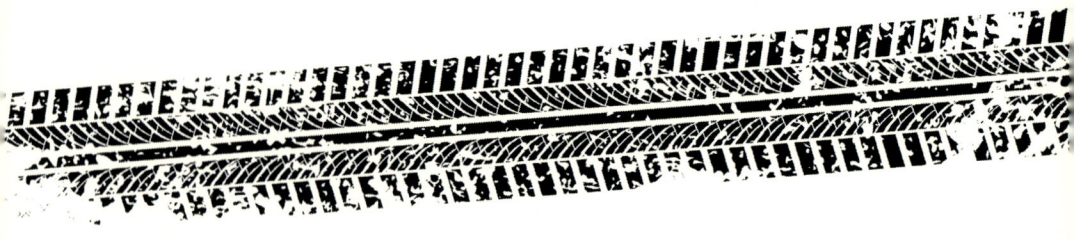

13

DREW

A porta se fechou com um baque, e eu fiquei lá na cozinha, segurando a embalagem vazia do picolé e me perguntando com que merda eu tinha acabado de concordar.

Eu havia acabado de me prostituir, literalmente, em troca da ajuda dele para conseguir que me expulsassem do Dayton. E, o pior de tudo… eu sabia que não precisaria da ajuda dele. Eu queria ser expulsa em parte para me livrar dele, mas eu também queria o babaca.

Era aquele tipo de situação de você fez a sua cama, então agora tinha que se deitar nela.

Uma única noite, eu poderia ter uma transa, só uma dose do Bellamy, para curar essa ânsia. E então, ficaria livre, livre daquela escola de merda, e nunca mais teria que ver o cara de novo.

As meninas encaravam, cobriam a boca e cochichavam enquanto eu passava pelo armário da Nora. Aquela suspensão de dois dias não tinha sido tempo o bastante longe daquele inferno.

Nora olhou para trás quando parei ao seu lado.

— Então, fiquei sabendo que você foi suspensa porque falou que roubou as provas que todo mundo sabe que foi o Bellamy. — Ele franziu as sobrancelhas. — Tipo, você fez por vontade própria, ele te ameaçou para que assumisse a culpa ou o quê?

— Eu vi uma oportunidade. — Meu lugar não era ali, mas a situação com o Bellamy piorava ainda mais as coisas. Eu precisava dar o fora dessa escola e me afastar dele. Mas não podia dizer aquilo sem ferir os sentimentos dela. — Eu simplesmente preciso ser expulsa daqui, Nora.

A mágoa surgiu em seus olhos antes que ela pudesse esconder, em seguida Nora fechou a porta do armário com força.

— Essa escola é uma merda. Eu iria para o Barrington, se pudesse.

— Falando em ser expulsa, estou prestes a começar a vender maconha. Me deseje sorte.

Ele ergueu as sobrancelhas.

— Você vai ser expulsa ou presa?

— Talvez os dois.

— Boa sorte. — Em seguida, ela abriu caminho pelo corredor e entrou na sala de aula.

Segui adiante e parei caminho e parei no saguão principal que cruzava os corredores. Meu coração acelerou quando enfiei a mão na mochila e peguei os papelotes minúsculos que o Bellamy tinha me dado.

Eu estava mesmo confiando no cara com quem eu meio que tinha uma rixa para me tirar desse buraco? Sexo não parecia uma boa garantia. Olhei ao redor dos armários pichados, as meninas me encaravam como se fossem me cortar caso a oportunidade se apresentasse.

É. Eu confiaria mesmo.

— Quem quer maconha? — gritei, e o corredor ficou em silêncio. — Eu tenho maconha! — Sacudi o saquinho, depois o atirei para um dos caras que tinha parado para me olhar com a testa franzida como se eu tivesse enlouquecido. E eu, basicamente, tinha.

Uma energia nervosa passou por mim quando a multidão de alunos continuou a amontoar, mesmo que o motivo de todo esse espetáculo tivesse como objetivo que eu fosse pega. Eu tinha que me livrar dessa escola, me livrar do castigo idiota do meu pai.

A reunião de alunos se moveu. Os murmúrios se transformaram em cochichos enquanto as pessoas se atropelavam para sair do caminho. Soube que era o Bellamy antes de meu olhar se focar ao dele. E, sim, eu tinha que fazer isso para me livrar dele.

No segundo que seu olhar pousou em mim, ele cerrou a mandíbula. Wolf e Hendrix se postaram ao seu lado, me fuzilando com os olhos, e quando vieram na minha direção, joguei um saquinho para o Hendrix.

— Toma aqui um pouco de maconha.

— Puta. Merda. — Ele a pegou, enfiou na calça, depois apontou para mim. — Ela está *dando* erva, cara.

Se eu não tivesse planejado a coisa toda com ele na noite anterior, eu juraria que a fúria nos olhos de Bellamy era verdadeira.

Com um sorrisinho, ele passou a mão pelo queixo e veio para cima de mim. Não era como se eu precisasse de ajuda para ser arrastada para as coisas ruins, mas quando ele me olhava como se quisesse me machucar, ele fazia o perigo parecer mais que atraente.

O cara avançou, e eu recuei até minhas costas se chocarem contra a porta de uma das salas. Ele me enjaulou e quase grudou o nariz ao meu. Senti a pulsação disparando, e isso não tinha nada a ver com o nervosismo, e tudo a ver com seu hálito quente provocando os meus lábios.

— O que você está fazendo, garotinha?

— Ah, sabe, não estou traficando. — Engoli em seco, lutando para olhar para outro lugar que não os lábios cheios. — Não estou aceitando dinheiro.

Um sorriso se espalhou pelos seus lábios à medida que a mão subia pela minha coxa.

— Não é muito inteligente. — Os dedos provocaram a bainha da minha saia, e eu balancei na direção dele.

— O que posso dizer? — sussurrei, um pouco excitada demais por estar nessa situação. — Você sabe como eu amo uma retaliação.

— Verdade? — Ele inclinou a cabeça como se estivesse prestes a me beijar, e o ar ficou preso na garganta.

Eu sabia que era fingimento, mas, naquele momento, eu não estava fingindo, e não estava muito certa de que ele estivesse.

— O que você vai fazer, Bellamy?

Ele me segurou pela nuca. Esfregando. Acariciando. Então a mão foi para a minha garganta, o que fez meu coração disparar em uma corrida eufórica.

— Vou te fazer ficar de joelhos, garotinha. — Os lábios tocaram os meus, o sabor de hortelã passando da sua boca para a minha em um hálito quente. — E vai ser com força.

Mordi o lábio inferior antes de fazer algo para ferrar com tudo, tipo beijar o cara. Porque inimigos não se beijavam, e eu precisava desse lembrete tanto para mim quanto para o público reunido atrás de nós no corredor.

— O que está acontecendo aqui? — uma professora gritou, batendo palmas e dispersando a multidão.

STEVIE J. COLE LP LOVELL

Os dedos de Bellamy passaram pela minha garganta enquanto ele dava um passo lentamente para trás. Meu olhar se manteve focado ao dele, até a professora colocar a mão no meu ombro e me arrastar para a sala do diretor.

Ela fez com que eu me postasse diante da mesa do Brown, em seguida jogou um dos saquinhos de maconha em cima do monte de papel que havia lá.

— Maconha! Ela estava vendendo maconha. No corredor.

— Na verdade, eu estava dando de presente — falei. — Para fins medicinais.

Brown franziu as sobrancelhas de taturana.

— Obrigado, Sra. Tate — ele a dispensou, sem desviar o olhar entrecerrado na minha direção. A porta fechou com um clique.

— Roubo de provas. Dando substâncias ilegais de presente. — A cadeira rangeu quando ele se inclinou para frente e cruzou os dedos sobre a mesa. — Deixe-me adivinhar, você não gosta daqui do Dayton?

— Quem gosta?

— Entendi. — Ele me deu um breve aceno de cabeça antes de folhear os arquivos em sua mesa. — Nesse caso, creio que eu não tenha escolha, a não ser te dar mais dois dias de suspensão. — Escreveu algo em um papel. Dois dias. Por distribuir maconha! Era loucura...

— Olha — disparei, sem rodeios. — Vamos acabar logo com isso. Eu vou ser expulsa em algum momento. Você tem uma escola cheia de delinquentes, a maioria dos quais não quer estar aqui. Por que não facilita a sua vida e me expulsa de uma vez?

Um sorriso presunçoso repuxou seus lábios quando ele destacou a minha suspensão e a entregou para mim.

— Eu acho que facilitaria a *sua* vida, Srta. Morgan. Eu já estou acostumado.

Semicerrei os olhos. Por que eu estava rodeada por homens que queriam fazer da minha vida um inferno?

— Ótimo. — Arranquei o papel rasgado da mão dele, e saí pisando duro da sala.

Quando virei no corredor, a catinga de borracha queimada me atingiu. Um grupo de alunos estava parado, reunido perto da entrada. O rosto pressionado no vidro enquanto cochichavam entre si. *Merda. Merda. Merda.*

As chamas vermelhas eram visíveis através da porta, vermelho brilhante e estendendo as labaredas para o céu enquanto uma nuvem preta e grossa de fumaça engolia o meu carro.

— Filho da puta — falei, e empurrei as portas. Sussurros e risadas baixas se arrastaram pela multidão de alunos. Parei no fim da calçada, a irritação envolvendo o meu peito. Eu tinha deixado o babaca atear fogo no meu carro como uma falsa retaliação, e eu nem sequer fui expulsa. Aquilo era uma merda absoluta.

Sirenes soaram na estrada, segundos antes de os carros da polícia e o caminhão dos bombeiros fazerem uma curva fechada no terreno da escola.

Passei a hora seguinte falando com a polícia. É claro, eu poderia simplesmente ter dito que não tinha ideia de quem era o autor do crime, mas aquele era o ensino médio. Todo mundo tinha inimigos, e concluí que se eu, uma menina de Barrington, estudando no Dayton, não pudesse dar nem ao menos um nome, pareceria suspeito. Então, agindo em nome do carma, mencionei que Nikki Wright me odiava com paixão. Conforme evidenciado pelo "Puta de Barrington" escrito com marcador permanente no meu armário. Eu sabia que eles não fariam porra nenhuma, mas esperava que causasse algum inconveniente para ela. E aquela retaliação pequena de nada facilitaria um pouco ter que suportar essa merda.

Depois de os policiais terem ido embora, fiquei ao lado dos restos fumegantes e carbonizados do meu carro, meus dedos digitando com raiva uma mensagem para o Bellamy. Deus, isso era uma merda.

> Pronto

O imbeciloide respondeu logo em seguida.

> Parabéns. Vou te pegar na igreja metodista no fim da rua.

Depois de caminhar quase dois quilômetros pelo acostamento coberto de sacos de lixo, cheguei à igreja metodista. A julgar pelas seringas descartadas no chão, era ali que os drogados ficavam. Fiquei na beirada do estacionamento, vendo se o carro porcaria do Bellamy estava vindo.

Meu telefone vibrou no bolso, e eu o peguei, esperando que fosse ele me dizendo que estava de sacanagem quanto a me dar carona, e talvez me mandando ir à merda, mas, em vez disso, era a Nora.

> Então, você foi expulsa?

> Não. Suspensa de novo.

> Meus pêsames.

> Sinto muito se te magoei, Nora.
> Não foi a minha intenção.

> É egoísmo meu não querer que você
> vá embora, mesmo esse lugar sendo
> uma merda.

> Eu só preciso me livrar do Bellamy.

Era praticamente uma confissão, mas não de tudo. Todo mundo sabia que éramos inimigos. O que ela não sabia era que odiá-lo era a parte fácil. A parte que me fazia fugir era algo muito diferente de ódio.

> Tem certeza de que você não deu
> para ele? Porque você parece ter
> levado uma surra de pau.

> Eu não dei para ele! E não levei
> uma surra de pau.

> Talvez devesse. No corredor. Ou na
> mesa do Brown. Isso vai tirar ele da
> sua cabeça e te fazer ser expulsa ao
> mesmo tempo. Hahaha.

> Sacanagem. Não toque nele. O cara
> é nojento.

Bellamy era muitas, muitas coisas. Gostoso, sacana, arrogante. *Nojento* não era uma delas.

> Eu não vou.

Até eu ser expulsa, e ele cobrar o pagamento. E por que aquilo me deixava com tesão era muito, muito preocupante.

O baixo soou segundos depois do carro do Bellamy disparar pela estrada. Ele saiu da pista com os pneus levantando uma nuvem de poeira quando parou na minha frente. A maçaneta quase saiu quando a puxei para abrir a porta.

Marcas de cigarro pontilhavam os assentos, e a única coisa segurando o painel eram tiras de fita *Silver Tape*. A coisa não aprecia segura, isso para não mencionar o fato de eu duvidar que Bellamy dirigisse com segurança. Essa poderia ser muito bem a forma que eu morreria... Ele trocou a marcha. O motor soltou um ruído estranho, igual a uma Maria-Fumaça velha, e disparou. Ao voltar para a estrada balançando a traseira, ele abaixou o volume do rap que estourava nos alto-falantes.

— Você não é alérgica a látex, é? — Riu, baixinho.

— A gente não vai trepar. Eu não fui expulsa. — Bufei. Quanto mais eu pensava no assunto, mais puta eu ficava.

— Oi? Como assim você não foi expulsa? Você estava distribuindo maconha...

— Dois dias de suspensão.

— Mas que porra? — Ele voltou a trocar a marcha, e passou voando pelo sinal vermelho. — Você estava distribuindo maconha igual um Willy Wonka. Por que ele não te expulsou, cacete? O que você fez? Tocou uma punheta pro Brown ou o quê?

— Não, o Brown fez uma cara presunçosa, como se soubesse que eu queria vazar de lá. — Bati a cabeça no assento, encarando a merda da cidade de Dayton passar zunindo pela janela. — Por que estou rodeada de homens que querem arruinar a porra da minha vida?

— E o Jacobs não discutiu com ele?

— Jacobs?

Lancei uma olhadela para o Bellamy, e ele me olhou feio antes de virar bruscamente à esquerda, me jogando contra a porta.

— Jacobs. O policial... Não me diga que ele nem ligou para o Jacobs?

— É, não. Fiquei no escritório dele por, tipo, cinco minutos.

— Que palhaçada. — Acelerou ao ver o sinal vermelho, e eu agarrei a alça acima da janela, porque eu sabia que ele ultrapassaria esse também.

— Sabe — falei —, você me deve uma agora.

Então ele pisou no freio. Minhas mãos foram direto para o painel; o cinto quase dividiu meu peito quando o carro parou cantando pneus.

— Seu idiota!

— Eu não te devo nada. Não é culpa minha você não ter sido expulsa por algo que te expulsaria sem sombra de dúvida. É por sua causa... — Ele olhou para a minha coxa exposta. — Por ser gostosa ou uma merda dessa. Deus, meu pau não pode aguentar mais, não...

Ele me achava gostosa. Não, espera, não é esse o ponto.

— Eu te deixei queimar a porra do meu carro!

— Correção. Você — apontou o dedo para mim — sugeriu que eu queimasse o seu carro.

Só porque a distribuição de maconha no corredor, sem dúvida, pareceria que era eu tentando detonar com ele. E ele deixou claro que precisaria fingir uma retaliação. Foda-se. Hendrix estava querendo queimar meu carro. O cheiro de xixi não ia sair nunca do assento mesmo, então ele podia muito bem atear fogo na coisa. Não é como se o seguro não fosse me dar outro.

O sinal ficou verde, e ele, de alguma forma, pisou tão fundo que a traseira do carro derrapou.

— Você está louca se pensa que estou em dívida contigo. — Deu uma risada de escárnio. — Eu estava tentando te fazer um favor.

— Você estava *tentando* fazer um favor para o seu pau. Agora tenho duas suspensões e um carro queimado. Ah, e ignorei cada ligação e mensagem do meu pai desde que ele descobriu que fui demitida do trabalho por vender maconha. — E ele estava prestes a ficar sabendo que eu estava traficando na escola. Ele ia me matar. Talvez me enterrar no quintal...

— A casa é tão grande que ele manda mensagem para gritar com você, porra — ele resmungou. — Jesus...

— Você é engraçado. — Eu gemi. — Certeza que ele vai voltar para casa para me dar uma surra.

Bellamy congelou, e notei os nódulos dos dedos ficando brancos ao volante. Longos segundos se passaram, o único som era o zumbido dos pneus no asfalto.

— Ele bate em você? — Bellamy encarou o para-brisa, a mandíbula pulsando.

Percebi tarde demais que "uma surra" soou mal. No mundo do Bellamy, aquilo devia ser muito literal. Na mesma hora, eu me senti mal por reclamar do meu pai como se ele fosse algum tipo de monstro. Ele nunca me machucou fisicamente.

— Não. Não. — Puxei a bainha da saia e balancei a cabeça. — Ele é só... — Um idiota indiferente.

— Entendi — ele falou, então voltou a aumentar a música.

Apoiei a testa na janela e assisti aos *fast-foods* e às lojas de penhores passarem até serem substituídos pelas áreas e os parques mais bem-cuidados. O carro do Bellamy quase parou quando começamos a subir a colina que levava ao *Barrington Estates*. Meu telefone vibrou no bolso, depois parou. E vibrou de novo. Tinha que ser o meu pai, e eu esperaria para ler as mensagens quando não estivesse no carro com o Bellamy.

A lata-velha engasgou até parar na frente da minha casa, e eu me virei para ele, tentando ignorar o quanto ele ficava bem com uma mão na marcha e a outra segurando o volante com indiferença.

— Bem, acho que nos veremos em dois dias. Se eu não tiver sido enviada para o reformatório. — Meu telefone vibrou de novo. — Ou ter sido enterrada debaixo do deque da piscina.

— É. — Ele deu uma olhadela para a minha casa, depois para mim. — Claro.

Desci e entrei na casa vazia, dizendo a mim mesma que o Bellamy não dava a mínima para mim nem para a possibilidade de o meu pai me bater. Porque a última coisa de que eu precisava era começar a gostar dele de verdade.

14

Se qualquer um que não fosse a Drew tivesse feito uma daquelas, a pessoa, com certeza, teria sido expulsa, e teria que lidar com o babaca do Jacobs. Dois dias de suspensão? Palhaçada. O *crack* que o Brown fumou hoje me custou uma trepada pela qual eu estava desesperado. Fiquei tentado a fazer da vida dele um inferno por um ou dois dias só para aliviar a dor.

Virei na minha rua e respirei fundo quando vi a caminhonete do meu pai lá e a piscina de plástico do Arlo amassada debaixo do pneu. O babaca já estava de cara cheia. Quanto mais cedo ele ficava bêbado, mais idiota ele era, e hoje não era dia para essa merda.

Estacionei atrás da picape, saí do meu carro e fui para a caixa de correio, repassando a pilha de avisos de cobrança que chegavam com cada vez mais frequência.

— Você é o maior babaca da história!

Eu me afastei da caixa de correio. Nora atravessou a rua feito um furacão, com os punhos cerrados ao lado. Eu não a via brava assim desde que cortei uma das marias-chiquinhas dela na terceira série.

— Que merda eu te fiz?

— Você sabe que ela só está tentando ser expulsa?

Ah, porra. Folheei a correspondência, fingindo que estava cagando e andando. Porque eu não ia...

— Bem, ela podia tentar encontrar uma forma de ser expulsa sem precisar pisar no meu calo, então. — Olhei para cima. — Hmm?

— Você queimou o carro dela, Bellamy!

— Ela estava distribuindo maconha. O que mais eu deveria fazer, cortar os dedos dela fora? — Ri comigo mesmo com aquela.

— Ai, meu Deus. Você é um babaca. — Ela bufou, deu meia-volta, marchou para a porta de casa enquanto fiquei parado e atordoado na frente da minha.

— Ela não é um mártir, Nora!

Ela me mostrou o dedo do meio antes de fechar a porta com brutalidade. Aquela menina era irritante pra caralho. Atravessei o quintal e fui para a porta dos fundos. No segundo que pus o pé no deque de madeira, meu cachorro meio cego de doze anos de idade se sentou. Ele se espreguiçou e veio mancando e balançando o rabo.

— Oi, Scooter. — Eu me ajoelhei para fazer carinho nele antes de deixá-lo entrar pela porta da cozinha.

A poltrona reclinável do meu pai rangeu.

— Melhor você não ter trazido aquele uísque com gosto de merda de novo, Carol — resmungou, arrastado.

O fato de ele esperar que minha mãe estivesse à sua disposição enquanto ele não fazia nada além de chafurdar em piscinas de álcool e fichas de pôquer me irritou.

— Sou eu — murmurei. — Não a minha mãe.

Passos cambaleantes ecoaram pelo corredor.

— Bem, onde ela está então, porra?

Joguei as contas em cima da mesa e olhei para cima quando ele se apoiou no batente. Só de olhar para ele eu já sentia uma onda de ressentimento.

— Que tal no trabalho? Sabe, já que ela é a única que faz alguma coisa para pagar as contas.

Os olhos injetados se estreitaram.

— Vá se foder — ele falou, e se arrastou para a geladeira.

Scooter veio mancando, e meu pai tropeçou, batendo na parede antes de acertar o cachorro com a bota, errando por pouco.

— Esse seu cachorro maldito cagou no chão. Eu deveria bater nele por isso. Ou talvez eu deva dar uma surra em você.

Seus lábios se contraíram, em seguida ele arregaçou as mangas, um movimento que eu conhecia bem demais. Uma das minhas primeiras lembranças era dele empurrando a cabeça da minha mãe através de uma cristaleira. Quando eu tinha oito anos, perdi a conta das vezes que ele feriu o meu lábio por causa de um bofetão bem dado na cara.

— Você é um merdinha sem educação nenhuma. — Deu um golpe, e eu desviei. O punho bateu em cheio no armário atrás de mim.

Por instinto, eu o ataquei.

— Seu merdinha. — Ele me pegou pela gola da camisa, então a testa se chocou contra a minha antes de eu arrastá-lo para o chão. Consegui dar um bom soco no seu nariz, depois na têmpora, e ele me soltou.

— Você é um merda! — Peguei as chaves na mesa, o Scooter e fui lá para fora. O som das coisas quebrando lá dentro me seguiu até a frente da casa. Eu o odiava. E com cada vez mais frequência eu me via desejando que ele morresse. Minha mãe nunca vai deixar esse merda, e ela merece muito mais que essa porcaria. Todos merecemos.

Coloquei o Scooter no banco de trás e arranquei, fui para o ponto de ônibus a alguns quarteirões para esperar o meu irmão. Repassei a briga com o meu pai na cabeça, criando um rio lento de raiva que precisava ser desviado. Passei as estações de rádio. Mexi no telefone. Então, por fim, mandei uma mensagem para a Drew.

> Próximo item da lista: brigar ou trepar.

Minutos se passaram e nada de pontinhos aparecendo. A curiosidade levou a melhor, e abri aquele aplicativo ridículo no meu telefone, esperando que o pontinho azul aparecesse. Deus, eu balancei a cabeça, porque eu tinha problemas. De verdade. Instalei essa coisa para ferrar com a vida dela, e aqui estava eu, praticamente perseguindo a garota para satisfazer a minha curiosidade mórbida. Não deveria ter importado ela estar na mesma casa do outro dia. Não deveria, mas porra, se não importou.

O ônibus amarelo desceu a rua trepidando e parou, e quando as portas se abriram, Scooter latiu assim que Arlo saltou pelos degraus. Um sorrisão se espalhou no rosto dele, correndo em disparado até abrir a porta com tudo.

— Você trouxe o Scooter! — Ele jogou a mochila no assoalho do carro, depois entrou, logo passando os braços ao redor do pescoço do cachorro. Era fácil deixar aquela criança feliz. Baguncei o cabelo do meu irmão, deixando-o ainda mais desgrenhado do que já era.

— O papai está bravo de novo, é?

— É. — Engatei a marcha, seguindo para a direção oposta à da nossa casa. — Quer um raspadinha?

— Sim!

Arlo misturou três sabores e sorriu para mim quando a porcaria entornou pela tampa.

— Vou chamar de vômito de monstro.

— Bom nome.

Ele começou a percorrer o corredor, depois se virou e me entregou a bebida.

— Me dá vinte e cinco centavos para eu usar na máquina de pegar bichinho?

— Você sabe que aquela coisa nunca funciona.

— Por favor…

A criança tinha um senhor olhar pidão.

— Ótimo. — Peguei uma moeda no bolso e a coloquei na mão suja e toda rabiscada. — E me espera lá. Tenho que pegar uma coisa.

— Tá. — Ele foi saltitando até lá na frente, e eu virei na seção de artigos de higiene pessoal, procurando por um frasco barato de hidratante para me masturbar. Eu tinha planejado passar a tarde com as pernas da Drew empurradas para trás da sua orelha enquanto eu a comia até o ódio passar, mas aqui estava eu. Numa loja de conveniência. E ao perceber que nenhuma garota faria isso agora, essa era a minha única opção.

Escolhi uma marca barata e fui para o caixa. Arlo estava perto da máquina de pegar bichinho, o rosto colado na janela da loja. Com um unicórnio de pelúcia debaixo de um dos seus braços e uma sacola pendurada no outro.

A criança tinha o hábito de roubar coisas de vez em quando, e mesmo eu tendo ameaçado tomar o abajur dele durante a noite, ele não parava.

— Arlo — falei. — Onde você pegou essa sacola?

— Aquela moça me comprou uns picolés de arco-íris. — Ele apontou para a janela no momento exato em quando Drew entrava no lado do passageiro de uma Mercedes vermelho-berrante. — E ela pegou esse cavalo com uma espada na cabeça para mim.

— Por quê?

— Ela disse que te conhecia. Então ela não é uma estranha, né?

Coloquei uma mão em sua cabeça, e observei o carro dar ré.

— Não é uma estranha…

Algo comprimiu meu peito, e eu soube exatamente por que os assassinos em série não queriam conhecer as vítimas antes de matá-las. Porque quando alguém se tornava real, tudo se tornava mais difícil. E aquilo a deixou real demais para que eu continuasse a odiá-la.

Arlo estava no sofá do Hendrix, jogando PlayStation com ele.

— Bell, o seu irmão é um trapaceiro.

— Não sou, não.

— É, sim. Quem trapaça come traça.

— Você é um cuzão.

Hendrix caiu na gargalhada.

— Isso! Eu amo quando essa criança xinga.

Wolf balançou a cabeça e acendeu um baseado ao se sentar diante de mim na mesa da cozinha.

— Ficou sabendo que ela só foi suspensa?

— Fiquei.

— O que é uma palhaçada! — Hendrix gritou lá da sala.

Eu não tinha contado a eles sobre o meu acordo com a Drew, só porque não queria ouvir os dois falando merda. E se eu tivesse contado ao Hendrix que foi a Drew quem sugeriu que ele ateasse fogo no carro dela, ele não teria feito isso, só por princípio.

Wolf soprou uma nuvem de fumaça.

— Aposto que o papai rico dela mexeu um monte de pauzinhos.

E foi como se uma luz se acendesse. Tinha sido exatamente por isso que a Drew não foi expulsa. O pai era um otário do cacete que mexia pauzinhos para manter a garota na escola de merda só porque era uma escola de merda. Era outro patamar de filha-da-putagem de gente rica.

— Será que ela tem uma mãe rica que gosta de um garotão? — Wolf riu, antes de dar outro trago.

— Provavelmente…

— Cara. — Wolf bateu a mão na mesa frágil. — Por que você não está mais puto?

— Eu estou puto. — Ele não tinha ideia do quanto, porque aquilo custou uma noite dentro da boceta apertada da Drew.

— Mentira. Você está encarando o nada assim… — Ele torceu os lábios com uma pitada de desgosto. — Desse jeito.

Saí da mesa, rodeei o balcão e peguei uma Coca na geladeira.

— Não estou encarando nada. Estou pensando.

— Sobre foder a garota ou foder com ela? Porque… — Ele me olhou por um momento, tragando o baseado. — Se outra pessoa estivesse distribuindo saquinhos de maconha feito o Papai Noel no trenó, você estaria andando para lá e para cá na cozinha, esbravejando.

Ele estava certo, então comecei a andar.

— Estou andando para lá e para cá.

— Você gosta dela!

— Cala a porra da boca, cara. Eu não gosto dela.

— Hendrix! — Wolf gritou. — Ele está dando uma de Zepp.

Ouvi o controle se chocar contra a parede antes de o Hendrix vir voando para a cozinha. Ele me agarrou pela camisa, e eu o empurrei.

— Não ceda à tentação, seu fracote de merda. Essas meninas são como a Medusa, elas te atraem com aqueles olhos frios de pedra cheios de ódio e aí. *Pá!* — Ele bateu as mãos diante do meu rosto. — Elas te prendem pela rola, te arrastam por aí, te fazem comprar joias e aí te mandam para a cadeia.

— Ela já *mandou* ele para a cadeia. — Wolf ergueu uma sobrancelha.

Hendrix semicerrou os olhos, um sorriso enojado nos lábios.

— Pelo menos o Zepp conseguiu uma xaninha e uns boquetes antes de ir para a cadeia.

Peguei uma lata de cerveja vazia no balcão e a atirei no Hendrix, atingindo-o na cabeça antes do Arlo atravessar a porta feito um raio.

— O que é um boquete? E o Zepp levou uma xaninha para a cadeia? Eu quero ver ela! De que cor ela é? — Arlo entrou debaixo da mesa, ao que parecia procurando pela gata que ele pensou que o Zepp tivesse. — Vem aqui, gatinha.

Os dois caras estavam rachando de rir. Peguei o Arlo e o tirei de debaixo da mesa.

— Eles não têm um gato, Arlo.

— Mas a xaninha, com certeza, era laranja. — Hendrix debochou. — Ela se chamava Ruiva.

Eu o cutuquei no ombro, articulando um cala a boca com os lábios antes de pegar o meu irmão, jogá-lo no ombro e levá-lo escada acima até o banheiro.

— Quero voltar lá para baixo.

— Você precisa tomar banho. — Peguei uma toalha no armário do corredor.

— Eu não estou sujo.

— É. Está, sim. — Tampei o ralo, depois abri as torneiras e me sentei na pia enquanto a banheira enchia.

Arlo tirou a roupa e jogou para tudo quanto é lado antes de entrar na banheira.

— Eu quero dormir com o Spike hoje.

— Spike?

— É. Spike. O cavalo com a espada na cabeça.

Ele estava preferindo aquela coisa, em vez do burrinho com quem ele dormia desde que tinha dois anos? Aquela merda era séria. Evidentemente, o encanto da Drew ferrou com a cabeça de uma criança de seis anos com a mesma facilidade com que ferrou com a minha.

— Você conhece ela, né? Pode mandar uma mensagem agradecendo?

Cerrei a mandíbula.

— Não.

— Por que não?

— Porque, não.

— Mas seria legal agradecer, Bubba. — Ele bateu as mãos na água.

É claro que seria. Mas eu não era legal, e ela também não era.

Depois que a água chegou na borda, eu desliguei as torneiras e voltei para a pia. Se eu não ficasse lá, ou o Arlo não se lavaria direito ou se afogaria.

Mexi no telefone, ignorando a necessidade que senti de enviar uma mensagem de agradecimento para a Drew, até que não consegui mais.

> Obrigado pelos picolés e pelo cavalo com chifre na cabeça.

> Foi o meu irmão que pediu pra agradecer.

> Eu ainda te odeio. Bj

> Ele é fofo, e o gosto dele por picolé é extraordinário. Te odeio também. Bj

E no segundo que sorri para a mensagem, fui até os contatos e editei seu nome para Medusa.

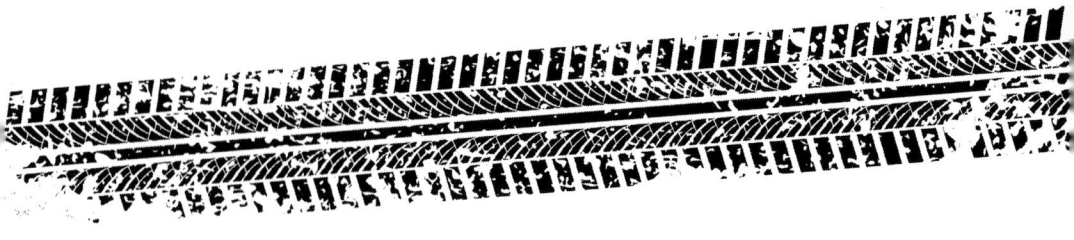

15

DREW

Consegui passar mais um dia ignorando as ligações, mensagens e e-mails do meu pai antes de ele, inevitavelmente, aparecer. E, puta merda, o homem estava bravo. Em qualquer outra ocasião, eu teria me maravilhado com isso, mas o tique nervoso no olho dele me fez agir com mais cautela.

— Suspensa! Duas vezes! Vendendo cannabis. O seu carro… — Ele respirou fundo e esfregou o peito enquanto andava para lá e para cá na cozinha. Ele estava tendo um infarto?

Eu me sentei no balcão e agarrei uma garrafa d'água enquanto o observava. Havia vezes que eu atacava o meu pai, em outras, não. Se tivesse conseguido ser expulsa, eu estaria impossível agora. Mas não consegui, e isso significava que ele ainda tinha todas as cartas na mão.

— Meu carro sofreu vandalismo — falei. Assim como a casa.

Ele balançou a cabeça.

— Você está tentando arruinar a sua vida, Drucella?

— Eu? — O motivo de eu estar ali era ele não ter acreditado em mim quando falei que não tinha colado na prova do Black Mountain. Se ele pelo menos tivesse me ouvido. Se tivesse tentado me defender… Mas, não, em vez disso, decidiu me castigar. — É você quem está arruinando a minha vida, pai. Você faz ideia de como são as coisas naquela escola?

Para ser sincera, a pior parte do Colégio Dayton era o Bellamy. Havia vezes em que eu não queria ser expulsa, quando parecia que a emoção por estar perto dele era a única parte boa do dia, e era exatamente por isso que eu precisava me afastar dele. Porque aquele cara era perigoso e muito, muito mau.

Uma noite. Eu teria uma única noite. E era tudo de que eu precisava.

O olho do meu pai voltou a tremer. Meu pai era muitas coisas, mas raramente se irritava, mesmo com toda a minha merda.

— Estou tentando te ensinar a ser adulta, caramba! — A voz ressoou pela cozinha. Ele parou do outro lado do balcão, fulminando. Punhos cerrados, bochechas vermelhas, narinas infladas. Com certeza, ele estava prestes a infartar.

— Você pelo menos se importa se eu estou infeliz? Ou só está preocupado com o que os seus colegas do clube de golfe vão pensar? Sei que não deve ser nada bom para as aparências ter uma filha que foi expulsa do *Colégio Dayton*.

Ele alisou a gravata, a raiva se dissipando em um único suspiro enquanto ele se forçava a se acalmar.

— É o que você pensa? Que vai conseguir cavar sua expulsão? — Ele riu, sem achar graça. — Ah, não, Drucella. Eu posso te assegurar que enchi o bolso do Sr. Brown com tanto dinheiro que você pode atear fogo naquela escola sem ser expulsa. Você vai ficar lá, e é isso. São dois meses. Cresça e lide com isso, Drucella.

Ah, aquilo me pareceu um desafio. Brown só pode fazer vista grossa até certo ponto, então as pessoas começarão a fazer perguntas, e um diretor recebendo suborno? Até mesmo no Dayton isso seria um escândalo.

— E sua suspensão foi revogada. Você volta para a escola amanhã. — Ele saiu da cozinha, ainda esfregando o peito.

— Eu não tenho carro! — gritei para ele.

— Vá com o meu. — Ah, o papai querido estava mesmo determinado. — Vou fazer os arranjos para comprar outro para você.

Se depender de mim, estarei fora daquela escola até o fim da semana. Então poderia retomar minha vida de sempre. Dinheiro e gente falsa e caras que não me fariam querer coisas ruins para mim. Mas já que o Brown estava sendo subornado, eu precisaria da ajuda da mesmíssima pessoa de quem eu tentava me livrar.

> Preciso te ver.

> Quer a foto da coisa toda ou só da cabecinha?

> Ver VOCÊ, não a sua rola.

> Do que você precisa?

> Ver. Você. Já não disse?

> P

> O

> R

> Q

> U

> Ê

> ?

Ele tirava qualquer um do sério.

> PQP! Você ainda me deve uma. É por isso.

> Você quer mesmo ir por aí?

> Porque, de acordo com o meu ponto de vista, você ainda me deve um boquete...

> Genevieve.

Ele era tão babaca.

> Só venha me pegar, seu idiota. Eu não tenho carro, já que você atou fogo no meu.

> Ou, sabe, eu poderia pedir a ajuda de outra pessoa. Tenho certeza de que o Hendrix me ajudaria com a briga... e a foda.

Vários minutos se passaram antes de ele responder.

> Tenho que resolver umas incumbências, se quiser me ver, vai ter que ir comigo.

"Incumbências." Foda-se.

> Tudo bem. Até logo.

Incumbências.

Depois de ele quase me matar acelerando pelas ruas esburacadas de Dayton, nós paramos em um shopping caindo aos pedaços. Grama brotava do concreto rachado, e carrinhos abandonados estavam espalhados pelo estacionamento do mercado *Piggly Wiggly*. Qual era o problema com o nome das coisas ali naquela cidade?

Bellamy parou do lado do prédio abandonado, perto de uma lixeira, mas não saiu.

O lugar era suspeito pra caralho.

— É, o que você está fazendo? — perguntei, ao encarar um barraco de papelão apoiado no compartimento de cargas.

— Não se preocupe com isso. Do que você precisa?

Suspirei e me ajeitei no banco, apoiando as costas na porta para poder olhar para ele.

— Ainda preciso sair do Dayton.

— Eu já te falei… — Ele encarava o para-brisa com um olhar fixo, como um predador em busca de uma presa. — Brigar ou foder. — O olhar se voltou para o meu, e ele abriu um sorriso malicioso. — Ou os dois.

— Tudo bem. Me deixa te dar um soco na cara lá na escola.

— Negativo.

Ergui uma sobrancelha antes de encarar a sua virilha.

— Não vou trepar contigo em um corredor cheio de gente.

E o sorriso que se abriu em seu rosto, enquanto ele praticamente me despia com os olhos, fez pensamentos explícitos correrem para a minha cabeça.

— Não, garotinha, eu não ia querer que você fizesse isso. Não gosto das pessoas olhando o que é meu.

Pressionei a cabeça na janela como se o vidro frio tivesse a chance de esfriar o calor que rastejava pela minha nuca.

— E você ainda não cumpriu com a sua parte do acordo… — Engoli em seco, me perguntando por que eu continuava abrindo a boca. — Nem com a ameaça que me fez no primeiro dia, foder com a minha vida primeiro. — *Eu vou foder com a sua vida, e aí vou foder você.* Não havia lógica para aquela ameaça ter me dado um tesão do caralho.

Os dentes dele se afundaram no lábio inferior.

— Você acha que não, o que só prova o quanto eu... — Sua mão pousou na minha coxa, e foi subindo enquanto ele se inclinava sobre o console.

O cheiro cítrico do perfume dele estava em toda parte. Minha pele formigou sob a intensidade do seu olhar, e me perguntei por um momento por que eu queria tanto me livrar daquele cara.

— Porque não há um único motivo para você me querer. — Sua boca tocou a minha, quase um beijo antes de ele agarrar meu lábio inferior entre os dentes. — Nenhum motivo para você ter feito esse acordo...

Eu o queria mesmo, e ele estava certo; eu não deveria. Aquilo ia além de um simples ato de rebeldia ao me sentir atraída por um cara que não prestava. Soube que no segundo que eu cedesse, ele me destruiria. Porque caras como ele e meninas como eu... Bem, era um desastre esperando para acontecer. E foi por isso que eu fiz o acordo. Preto no branco. Linhas desenhadas na areia. Uma única noite. Ele não poderia me destruir em uma única noite. Poderia?

— Eu te como aqui mesmo, garotinha, se você quiser... — Os dedos estavam logo ali, como se esperassem permissão para me tocar de novo. — Cumpro minha primeira promessa... — A outra mão foi para a minha nuca, e tudo dentro de mim pegou fogo.

Respirando fundo, envolvi seu punho com os dedos, incerta se deveria afastá-lo ou aproximá-lo mais. Então sua testa pressionou a minha, o fôlego oscilante provocou os meus lábios, como se ele estivesse lutando tanto quanto eu para se conter. Meus pulmões gritavam, meu corpo doía por ele. Cogitei a ideia de dar para ele bem ali no banco da frente do seu carro surrado. Não seria a primeira vez que eu ficaria nua para ele em um estacionamento...

A batida do baixo rompeu o silêncio tenso, e Bellamy se afastou. Como se fosse fácil demais quebrar o feitiço.

Um Trans-Am enferrujado passou zunindo pela esquina do mercado e parou cantando pneu perto da lixeira.

Bellamy saiu do carro, foi direto para o lado do motorista do outro veículo e se inclinou através da janela entreaberta. Testemunhei a troca de dinheiro por drogas, então Bellamy deu um aperto de mão esquisito e o carro disparou.

Ele tinha me trazido para negociar drogas, e eu não fiquei nem surpresa nem irritada. Não é como se eu não soubesse o que ele fazia para ganhar dinheiro. Embora vir com ele tenha sido uma má ideia simplesmente porque estar confinada com ele não era nada bom. Eu o observei contornar a frente do carro e levar a mão à porta. Até mesmo a forma como ele andava gritava sexo.

Quanto antes eu fosse expulsa, melhor, porque, de uma coisa eu tinha certeza, esse cara me arruinaria, bem como ele prometeu.

Bellamy se acomodou atrás do volante, enfiou as notas amassadas na carteira e a jogou no painel.

Engoli em seco, me concentrando no que eu fui fazer ali, e não nos lábios dele, nem nas suas mãos nem... em outras coisas.

— Meu pai está pagando o Brown para me manter na escola.

— Imaginei.

— Então... diga aí. Em que você pensou?

Ele deslizou a mão pelo volante.

— Você tem um taco de beisebol, ou quer o meu emprestado?

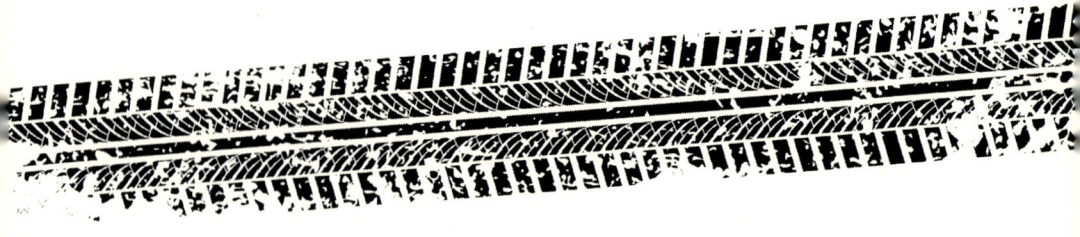

16

BELLAMY

Na tarde de sexta-feira, eu estava encostado na caçamba da caminhonete do Wolf, cobrindo o sorriso enquanto a Drew brincava com o SUV do Brown.

Cacos se espalharam para todo lado quando ela deu com o cabo do taco no para-brisa traseiro. Depois ela foi direto para a lanterna enquanto gritava para o Brown ir se foder. E tudo aquilo estava me deixando excitado. Certeza que eu ia comer a garota naquela noite.

Wolf se apoiou na lateral da caminhonete e colocou o baseado atrás da orelha.

— Em nível de loucura, eu acho que ela está pareada com a Nikki, cara.

— Provável.

— Todas as gostosas estão...

Brown, por fim, abriu caminho em meio aos estudantes que se reuniram ao redor do espetáculo, o rosto dele quase roxo de tão vermelho.

— Srta. Morgan! — ele titubeou. — Que merda você pensa que está fazendo?

Ela apoiou o taco no ombro, e sorriu.

— Imaginei que com todo o dinheiro que o meu pai está te pagando, que você poderia comprar um carro novo.

E quebrou outra lanterna, e eu não deveria, de nenhuma forma, de jeito nenhum, ter sentido tanto tesão por aquilo.

— Caramba — Wolf murmurou. — Ela é descontrolada.

E isso, ela, com certeza, era.

Brown tentou tomar o taco, mas ela o puxou, dando mais um golpe antes de jogá-lo aos pés dele. O metal tiniu ao bater na calçada.

STEVIE J. COLE   LP LOVELL

— E agora eu acabei.

E agora meu pau estava duro. De novo.

— Caaaaaaaraaaaa… — Wolf bateu no meu braço e riu. — Cara. Se você não estiver interessado…

— Cala a boca, Wolf.

Brown saiu feito um furacão com a Drew a reboque. Quando eles passaram pela caminhonete de Wolf, ela me deu uma piscadinha.

Wolf balançou a cabeça.

— Você está muito fodido, seu filho da puta.

Assisti à bunda dela entrar na escola.

— Não, cara. Não estou. — Porque aquilo a faria ser expulsa, me daria a minha foda, e a tiraria da minha vida, eu querendo ou não.

Uma mensagem da minha Medusa chegou muito tempo depois.

> Eu fui suspensa de novo! Não fui expulsa. E também estou de castigo.

Gemendo, passei a mão no rosto. Aquilo era ridículo.

Arlo estava do meu lado no *Waffle Hut*, saltando para cima e para baixo enquanto comia batata frita.

— Você está bravo, Bubba?

— Não.

Hendrix bufou antes de enfiar a batata rosti na boca.

— Bubba…

Eu o ignorei, e voltei para a mensagem. Não é possível que ela não foi expulsa.

> Você está de sacanagem.

Ela enviou uma foto do aviso de suspensão. O pai devia estar pagando uma fortuna ao Brown, porque o dano que ela causou no carro dele foi bem feio.

> Você não vai fazer sexo hoje.

> Não com você.

A essa altura, eu estava com tanto tesão por ela que não conseguia nem pensar em outra garota. Mas ela não precisava saber disso.

> Bom saber que não temos um acordo de exclusividade.

> Para quem você está dando, Drew?

> Algum babaca do Barrington?

Eu pensei naquele pontinho azul que praticamente morava na outra casa.

> Quem você está comendo?

> Com ciúme, garotinha?

— De que que você está rindo? — Hendrix me fulminou com o olhar, e derramou molho picante na batata.

— De nada.

— Se você estiver escondendo foto de periquita aí… — Ele ergueu uma sobrancelha antes de enfiar comida na boca.

— Eu estou na *Waffle Hut*, otário.

Arlo se mexeu ao meu lado, bebendo refrigerante.

Hendrix sorriu.

— É um bom lugar para ver um P-O-R…

Atirei uma batata no Hendrix.

— Ele sabe soletrar.

Hendrix revirou os olhos e resmungou baixinho.

Arlo puxou a manga da minha camiseta, segurou a virilha e se remexeu no assento de plástico.

— Eu preciso fazer xixi.

— Então vai. — Apontei o polegar para o banheiro, e ele disparou. — Não fale de periquita e pornografia na frente do meu irmão, seu merda.

Hendrix deu de ombros.

— Como se ele soubesse de que tipo de periquita estou falando. Ele acha que é um bicho que vive trepado no pau. — Ele congelou com o garfo a meio caminho da boca, um sorriso orgulhoso se espalhando pelo rosto. — Puta merda. Periquitos ficam mesmo trepados no pau. — E ele e o Wolf caíram na gargalhada.

O sino da porta do restaurante tocou, e um grupo de otários do Barrington, usando a jaqueta do uniforme do time, entrou.

Hendrix inclinou a cabeça para o lado, e Wolf enfiou o resto do misto-quente de hambúrguer na boca, o olhar fixo neles. A merda entre o Dayton e o Barrington era feia, e sempre que um de nós podia cavar a cova do outro, fazia com prazer.

Jackson Bennett, o *quarterback* que substituiu Max Harford, depois que o Zepp o mandou para o hospital no início do ano, parou na nossa mesa. As unhas limpas demais de menino rico tamborilaram lá enquanto o resto dos otários dos amigos formaram uma fila de jaqueta de time e calça cáqui às suas costas.

— Vou falar uma vez só, West, apenas uma vez... — Meu sangue aqueceu com a ameaça inacabada do Zé Boceta. — Deixe a Drew Morgan em paz.

E virou um inferno. Ele a conhecia. Bem o bastante para pensar que tinha o direito de começar um derramamento de sangue por causa dela. E ele não era exatamente o tipo de cara que ela preferia?

— Eu sabia que você era idiota, Bennett. Mas, sério? — Por instinto, meus dedos cerraram. — Idiota o bastante para me ameaçar?

Hendrix disparou da mesa. E Wolf se agarrou a ele como um cachorro em uma coleira, e ele foi para a beirada do banco.

A mandíbula de Bennett se contraiu.

— Dou uma surra nessa sua bunda de lixo branco bem aqui. E agora.

Se eu tivesse que adivinhar, ele só teve coragem de dizer aquilo porque eles estavam em seis, mas mesmo com três a menos, a gente ainda daria uma surra neles. Os riquinhos não tinham ideia de como usar os punhos em uma briga.

A porta do banheiro abriu, e o som do Arlo cantando "Bob Esponja Calça Quadrada" ecoou acima da música do *Waffle Hut* tocando no *jukebox*.

— Se meu irmão não estivesse comigo — falei. — Você estaria morto.

Arlo virou no corredor, e os caras do Barrington recuaram.

— Eu fiz o número dois! — Arlo ergueu dois dedos no ar antes de pegar uma batata no prato e enfiar na boca. — E até lavei as mãos.

— Foi um prazer, West. Espero ter esclarecido tudo. — Bennett foi em direção ao corredor.

— É. Vou dizer a ela que você mandou oi.

Hendrix me fuzilou com o olhar, e um de seus olhos se contraía.

— Betty Suga-Tuba disse que vai ter uma festa na casa do Bennett amanhã à noite. Ela até mandou a localização…

E eu não pude resistir à tentação.

— Parece uma boa ideia, cara.

Terminamos de comer, Hendrix olhando feio para os babacas do Barrington a maior parte do tempo, então levei o Arlo para tomar uma raspadinha na loja de conveniência.

Hendrix me mandou o endereço por mensagem, e eu o encarei, meu sangue ferveu de ciúmes. Porque o endereço do Bennett era o mesmo em que Drew praticamente morava. Arlo sacudiu a maçaneta.

— Abre, Bubba.

Pressionei o botão e Arlo disparou do carro, indo direto para a loja de conveniência enquanto eu me enfurecia por causa de uma garota que não era minha.

— Mas que merda. — Joguei o telefone no console e saí do carro, indo direto para a parte de mercearia. Peguei um energético no freezer, virei no corredor e parei, de repente. Drew estava na frente da seção de camisinha, com uma caixa em cada mão. O calor se alastrou pela gola da minha camiseta enquanto o pensamento dela e do Bennett transando catapultou para a minha mente.

Ela me viu, congelou, depois sorriu.

— Bellamy. — Ela mostrou os pacotes. — Qual?

O rosto de Bennett piscou na minha cabeça. O sorriso presunçoso de quando ele me disse para deixá-la em paz…

— São pequenas demais. Devolve — falei, e peguei um pacote de salamitos, tentando controlar a onda de ciúme que estava me percorrendo.

Ela mordeu o lábio, sorrindo. Então devolveu um pacote.

— Eu disse para devolver.

— Ou o quê?

Cada punhado de medo que incuti nela havia sumido. Ou porque ela gostava sentir medo ou porque eu a queria o bastante para fazer um acordo, o que deu a ela uma falsa sensação de segurança.

— Peguei todos os três sabores, Bubba! — Arlo veio saltitando pelo corredor. — E um refrigerante. Assim dá pra chamar de cocô de monstro. — Arlo olhou para a Drew. — Chamei o meu cavalo de espada de Spike. — Então ele saiu correndo, pegou uma caixa de camisinha na prateleira e sacudiu. — Podemos levar algumas, Bubba?

A mão da Drew foi para a boca, disfarçando a risada.

Aquilo era culpa do Hendrix, que foi dizer ao Arlo que eram balões de água, da vez que ele foi a única opção de babá que restou.

— Devolve, Arlo.

— Por quê? O Hendrix sempre compra. Ele disse que a loja de conveniência é boa para duas coisas. — Arlo ergueu dois dedos. — Camisinha e leite de vaca. E a gente já tem leite de vaca em casa. — Ele pegou o meu braço e deu um puxão. — Por favoooor. — Eu ia matar o Hendrix, sério.

Ela virou o pacote de camisinha na mão, lendo por cima a parte de trás e ergueu uma sobrancelha, devagar.

— Aposto que você tem uma fila de vacas dando a volta no quarteirão.

— Nã-ão. — Arlo balançou a cabeça. — A gente compra leite no mercado.

Drew sorriu para ele.

— Ah, é mesmo?

Bennett. Ela estava dando para o Bennett. Tinha que estar. E, Deus, eu a odiava por isso.

— Vá se ferrar.

Os olhos do Arlo se arregalaram, e ele franziu a testa.

— Isso não é legal.

E, agora, eu me sentia um merda por ser um mau exemplo.

— Você está certo. — Eu o peguei pelos ombros, e o fiz seguir adiante. — Vá pegar um chiclete ou qualquer outra coisa.

Ele saiu pulando, e eu redirecionei minha atenção para a Drew e o pacote de camisinha. Puto pra caralho por ela querer alguém que não eu. Mais puto ainda por dar a mínima. Antes dela, nunca dei a mínima para menina nenhuma, e agora tudo sobre ela me incomodava e me deixava puto porque tudo nela me fazia desejá-la.

— Estou surpreso pelo pau de cinco centímetros do Bennett não escorregar da camisinha. — Eu não conseguia nem manter a boca fechada no que dizia respeito a ela. — Melhor pegar aquela para genitálias desafiadoras.

— Cuidado, Bellamy. Você quase parece estar com ciúmes. — Ela fingiu limpar algo na minha camiseta. — E eu sei o quanto você se importa com a sua reputação...

Deus, havia algo mais intenso que o ódio? Resmungando, fui para o caixa e peguei o Arlo no caminho para lá. Ele colocou a raspadinha no balcão, junto com um pacote de chicletes. Foi quando notei o volume na camiseta que ele tinha acabado de enfiar para dentro da calça.

Respirei fundo, não querendo descontar toda a minha raiva por aquela Medusa de Prada no meu irmão.

— Algo mais pelo que precisamos pagar?

— Nã-ão.

Fazendo careta, me ajoelhei ao lado dele e puxei a camisa para fora da calça. Barras de *Kit-Kat* e de *Crunch* caíram no chão sujo da loja.

— Droga, Arlo. — Peguei os chocolates e joguei no balcão. — O que eu falei sobre roubar?

A ponta do tênis de velcro ralou o chão.

— Que não é certo.

— Então não roube.

Eu roubava. Muito. Algumas pessoas diriam que tentar ensinar moral ao meu irmão mais novo, sendo que eu era um delinquente total, seria hipocrisia, mas eu roubava por necessidade. Para dar a ele uma escapatória da vida de merda que me foi imposta.

— Mas o Hendrix disse que se eu esconder debaixo da camiseta, eu não estou roubando — ele sussurrou. — Porque só é roubo se a gente for pego. — O Hendrix, de alguma forma, conseguiu foder com tudo o que tentei endireitar no Arlo.

— É. Bem. O Hendrix é um otário, Arlo. — Coloquei os doces no balcão e o atendente nos chamou. — Um babaca.

Arlo me encarou, fazendo careta.

— Seu melhor amigo é um otário?

Drew riu. Olhei feio para a bunda que montava o pau do Bennet antes de colocar o dinheiro no balcão. Então peguei a sacola e mostrei o dedo do meio para ela ao ir para o carro. Sabe o que a garota fez? Jogou um beijo para mim. Como a porra da princesinha que ela era.

Arlo parou perto da porta traseira do carro.

— Por que você está sendo mau com a moça legal, Bubba? Ela ganhou coisas para mim.

— Ela ganhou coisas para você porque você é fofo. Mas o que ela é de verdade, bem lá no fundo, é o que a gente chama de puta sugadora de alma, Arlo. — Os olhos dele arregalaram. Merda, não foi a minha intenção dizer aquilo, mas, agora, a imagem dela espalhada com o rabo de Bennett estocando nela tinha fincado raízes na minha cabeça.

Arlo cutucou o meu peito.

— Essa é outra palavra que não é legal.

— Exatamente. — Eu abri a porta dele. — E ela não é legal.

— Mas… — Ele franziu a testa. Então me olhou como se estivesse pensando com mais afinco do que já pensou na vida. — Ela é bonita.

— E as bonitas são sempre as piores. Porque são convencidas.

— Convencidas?

Eu o peguei no colo e o coloquei na cadeirinha.

— É. Convencidas. O que quer dizer que cagam na sua cabeça na primeira oportunidade.

Daí elas te dão uns amassos e te deixam com dor nas bolas. Flertam com você. Te mandam para a cadeia. Depois pedem conselho para comprar camisinhas que ela pretende usar com o babaca do *quarterback* do Barrington.

— Eca. Meninas fazem cocô! — O nariz dele franziu antes de a língua sair como se estivesse com ânsia de vômito.

A dor de cotovelo gigantesca diminuiu, e eu balancei a cabeça. A criança tinha seis anos. Se ele queria pensar que as meninas bonitas eram legais, machucaria?

— Não esquenta com isso, cara. Um dia você vai entender.

E ele entenderia, porque ele era de Dayton, o que, infelizmente, queria dizer que um dia ele descobriria exatamente o que aquilo significava.

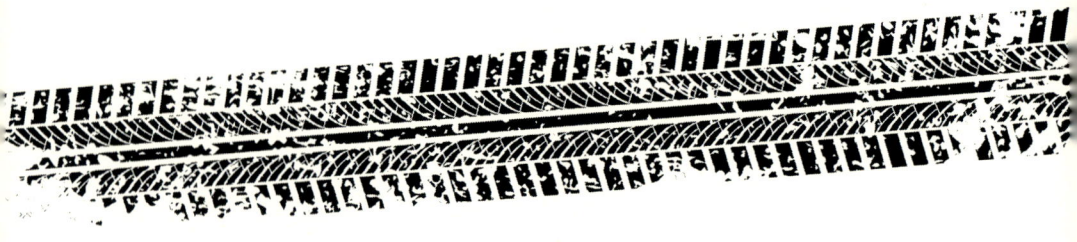

17

DREW

— Eu estou tão nervosa — Nora sussurrou, encarando a casa de Olivia através do para-brisa. A iluminação do jardim direcionada para lá fazia o imóvel parecer pretensioso pra cacete.

Nora havia me dito mais cedo que estava preocupada com o que a galera de Barrington pensaria dela. O que me deixou chocada. Era idiotice se importar com o que os outros pensavam, mas acontece que eu nunca fui uma menina pobre, então talvez não compreendesse sua preocupação.

— Vai ficar tudo bem. A Olivia e o Jackson são legais. — Desliguei o motor do Maserati do meu pai e saí. Tecnicamente, eu deveria usar o carro dele só para ir à escola e para emergências, mas ele viajou para jogar golfe, atividade a que nem a filha rebelde dele o impedia de ir. Então eu estava indo a uma festa, e de jeito nenhum caminharia os dois quarteirões até a casa da Olivia usando aquele salto. Concluí que dirigir ali na rua não faria mal a ninguém.

Atravessamos a trilha de paralelepípedos da entrada da casa. O barulho dos saltos da Nora parou de repente, antes de chegarmos à porta.

— Como estou?

Tudo o que ela usava, desde o vestido que abraçava suas curvas até os sapatos vermelho-berrante, eu tinha emprestado, e disse que ela poderia ficar com as peças. Sério, nunca vi ninguém tão feliz ao calçar sapatos Prada.

— Está ótima. — Com um sorriso, tirei um cacho de seu ombro e toquei a campainha.

Um misto de música pop ruim e gargalhadas estrondosas nos recebeu quando Olivia abriu a porta e me puxou para um abraço. Ela olhou Nora de cima a baixo quando as apresentei, e Nora acenou, tímida. Olivia mal prestou atenção na garota, e logo me pegou pelo cotovelo e me puxou para a cozinha.

Um monte de bebida cobria o balcão, e quando paramos em uma das pontas, um grupo de meninas fez careta para a gente.

— Ignore essas vacas — Olivia disse. — São admiradoras do Jackson, umas desesperadas. É bizarro.

— Falando em admiradores... — Abri a bolsa de mão e entreguei a ela o pacote de camisinha que comprei mais cedo na loja de conveniência, irritando o Bellamy sem querer. Não consegui conter o riso. Eu posso ter sido uma idiota, mas gostei do ciúme dele. Inclusive o queria. Mais uma vez, aquele garoto incitava a minha loucura. A esse ponto, eu meio que tinha me conformado com o fato de que ele me fazia agir como idiota.

— Drew! — Ela arrancou o pacote da minha mão, o rosto ficando vermelho-vivo quando abriu uma gaveta aleatória e enfiou o negócio lá dentro. — Ai, meu Deus. O Jackson vai me dedurar para os nossos pais em tipo, dois segundos.

— Vou te dedurar por causa de quê? — Jackson passou o braço ao redor dos meus ombros, e Olivia olhou feio para ele.

— Por tudo.

Ignorando a irmã, Jackson se virou para Nora e se apresentou.

Nora ficou vermelha como uma beterraba, ficou tão atordoada que não conseguiu falar.

— Aff. Senhor. — Olivia pegou uma taça de vinho no balcão, encarou um grupo de meninas do Dayton que estava do outro lado da sala. — É claro, o lixo do Dayton tinha que aparecer. — Então o olhar se voltou para Nora. — Vestido bonito. — Ela pegou o tecido. — É o quê? Gucci ou Armani?

— É...

— Gucci — respondi. — Né? Foi o que você me disse.

Olivia serviu uma taça de vinho para mim e uma para Nora, nos interrogando sem parar e com o olhar fixo em Nora.

— Eu não te vi no Barrington. Onde você estuda?

Nora ficou boquiaberta, olhou para mim, depois para o Jackson, depois para a Olivia.

— Sou educada em casa. Eu fui, é, expulsa da escola católica. — Precisei reunir toda a minha força de vontade para não olhar para ela. Ela tinha tanta vergonha assim do Dayton? E ela se importava tanto assim com o que pessoas que não conhecia pensavam dela?

— É? — Olivia tomou um gole. — O que você fez?

— Sexo! — desembuchou, e eu quase me engasguei com o vinho. — Sexo com um cara.

— Foda-se as escolas religiosas. — Jackson bufou e abriu uma cerveja.

— Esses católicos... — Tossi de novo.

— Ela sabe que eu sou de Dayton — Nora sussurrou no meu ouvido.

— Não, ela só sabe que você não é de Barrington. Porque essa cidade é tão pequena que fico surpresa pela maioria dos habitantes não serem parentes consanguíneos. — Olhei para ela. — Desculpa. Excluindo os presentes.

Jackson foi até um cara loiro com uma jaqueta de time, e Olivia voltou a mexer na gaveta, abriu-a rápido e enfiou as camisinhas no decote do vestido.

— Me faz um favor, distraia o Jackson para mim por, tipo, uma hora.

— Oi?

— Não vai ser difícil. Ele te acha gostosa. — Então abriu caminho entre a multidão, me deixando sem saber o que sentir pelo Jackson me achar gostosa.

— Oi, Drew? — Jackson acenou para que Nora e eu nos aproximássemos, e nos apresentou ao cara loiro, Max Harford.

Nora ficou embasbacada e corou quando Max segurou a mão dela e beijou seus dedos. Aquilo me deu ânsia de vômito.

Nós fomos com eles até o sofá, e durante quinze minutos, ouvi os dois falarem de futebol. Max estava praticamente fora do time, já que quebrou as pernas ano passado. A forma como aconteceu parecia ser um assunto sensível.

Olivia estava me devendo muito por isso...

Meu telefone vibrou na bolsa, e eu o peguei, sentindo o coração disparar um pouco quando vi a mensagem do Bellamy.

Garotinha...

Ocupada?

Agora? Estou.

Já não falei que você nunca está ocupada demais para mim?

Eu estava prestes a digitar a resposta quando...

— Qual é, otários? — A voz ribombando acima da música, com certeza, era do Hendrix, e como se alguém tivesse arranhado um disco, a atenção de todo mundo na sala foi para a entrada.

Hendrix e Wolf estavam perto da escada, bebendo cerveja. A eletricidade percorreu as minhas veias como um golpe, porque eu sabia que o Bellamy estava ali.

— Ótimo… — Jackson bufou, mas minha atenção ainda estava fixa na entrada.

Bellamy atravessou a passagem arqueada do vestíbulo e olhou ao redor da sala como se fosse o seu parquinho particular. Então o olhar pousou em mim, e o sorrisinho em seus lábios mudou para algo do qual não gostei.

— West — Jackson resmungou, bebendo o resto da cerveja e amassando a lata. — Deus, eu odeio esse cara.

— Se você odeia todos eles, por que simplesmente não pede para eles irem embora? A casa é sua.

Ele suspirou.

— Não é fácil assim. Não estou a fim de brigar. — E se tivesse que dar um palpite, o Jackson estava com um pouco de medo deles.

— Nada, foda-se, vamos acabar com ele. Há muitos de nós — Max falou, a voz exalando a raiva. — Talvez matá-los. — Max se inclinou na minha frente para sussurrar para o Jackson. — Seu pai tem armas, não tem?

A mão de Jackson pousou na minha coxa, e fiquei tão chocada que nem pensei em tirá-la de lá.

Eles não podiam estar falando sério, mas Max cerrou a mandíbula antes de fulminar com os olhos o Bellamy e os outros caras, e isso era um indício de que ele estava.

— Qual é o problema de vocês? — Eu não me aguentei e empurrei o Max para longe.

— Calma, Drew. — O olhar de Jackson foi direto para a entrada. — Não vou pegar arma nenhuma. Mas depois do que eles fizeram com o Max, o que é deles está guardado.

Uma sensação desconfortável se assentou no meu peito, e dei um safanão na mão do Jackson, depois fiquei de pé e fui serpenteando em meio à multidão.

Hendrix tinha sentado uma menina de Barrington no balcão da cozinha e estava com os lábios no pescoço dela enquanto apalpava os seus seios. Aquele foi um lembrete doloroso de que toda menina… *cada menina*, queria um cara problemático, e isso atingiu o alvo em cheio quando olhei pela imensa janela do chão ao teto que ficava nos fundos da casa e vi o Bellamy no deque da piscina com outra menina. No segundo que seus olhos encontraram os meus, ele a puxou para o colo, e o meu peito se apertou. Eu tive o impulso muito verdadeiro de empurrá-la na piscina e chutar o saco dele. *Louca, louca, louca.* Ele que se foda.

Jackson chegou por trás de mim enquanto eu servia um pouco de vinho e tomava de uma só vez, e Bellamy nos observou como um falcão.

— Vamos lá para fora. — Jackson abriu um sorriso perfeito antes de me levar para a piscina. Mais perto de Bellamy e da loira.

Eu não devia me importar com o que ele fazia, então por que senti esse impulso insuportável de deixá-lo com ciúmes? Por que *eu* estava com ciúmes? Por causa de um cara que chegou ao ponto de fazer um acordo para poder me comer… era uma puta idiotice, mas inegável. Então, chutei os sapatos, tirei o vestido e saltei na piscina. Calcinha e sutiã não era muito diferente de um biquíni, não é mesmo?

— Caramba, Drew. — Jackson arrancou a camisa e ficou só de boxer antes de fazer uma bala de canhão na água.

Outras pessoas seguiram o exemplo, tiraram as roupas e saltaram. Olhei para o deque bem quando Nora se afastou do aperto no braço que o Bellamy lhe dava, e foi feito um furacão para a beirada da piscina, revirando os olhos.

— Ele é tão babaca — resmungou, e tirou o vestido antes de mergulhar.

— O que foi aquilo? — perguntei.

Max se postou às costas dela. Nora olhou para ele, depois balançou a cabeça.

— Te conto mais tarde.

Ficamos na água, e todo mundo ria e bebia, menos eu. Vez ou outra, meu olhar se desviava para o Bellamy. Aquela menina ainda estava no colo dele, mas não havia nada íntimo na forma como ele a segurava. Parecia mais como se ele estivesse prestes a parti-la ao meio a qualquer momento.

Um dos caras saltou na água com um funil de cerveja. Outro cara começou a girar a cueca acima da cabeça. E aquela foi a minha deixa para sair de lá. Olhei para a Nora.

— Vou sair.

Ela olhou para o Max, completamente encantada.

— Eu vou ficar.

Saí da piscina, e quando olhei para o deque, para onde o Bellamy tinha estado sentado, ele não estava mais lá, assim como a puta loira que tinha ficado grudada nele como um parasita a noite toda.

Tudo bem. Eu não me importava com o que ele fazia ou deixava de fazer com ela ou para ela.

Fui pegar o meu vestido, mas a cadeira em que o deixei estava vazia.

— Onde o meu vestido foi parar, cacete?

Claro, todo mundo estava bêbado, então ninguém prestou atenção.

— Sério? Cadê o meu vestido!

— Pode ir ao meu quarto e pegar uma camiseta, se você quiser — Jackson gritou, e passou a mão pelo cabelo molhado. — Você sabe onde elas ficam. — Aquilo pegou muito mal, pois eu tinha certeza de que ninguém ali sabia que a única razão para eu saber onde ele guardava as camisetas era porque dormi ali com Olivia um montão de vezes.

Percorri a casa, pingando água até chegar ao quarto do Jackson. A imagem do Bellamy comendo a loira em um banheiro em alguma parte pipocou na minha cabeça, e minhas unhas cravaram na palma das mãos. Eu a odeio, e odeio ele, e me odeio por deixar isso me afetar.

Fechei a porta do Jackson e fui direto para o banheiro pegar uma toalha, então encarei o meu reflexo enquanto secava o cabelo. O ciúme zumbindo dentro de mim se avolumou. A parada com Bellamy começou como um lance de uma noite só, e isso é tudo o que ele deveria ter sido, então por que caralhos eu estava deixando o filho da mãe me afetar tanto?

Suspirei, envolvi a toalha grossa ao meu redor e fui para o quarto do Jackson pegar uma camiseta.

Mal pus o pé para fora do banheiro quando meu olhar pousou no Bellamy fechando e trancando a porta.

— Você sabe onde ficam as roupas dele, é?

Cruzando os braços, eu o fuzilei com o olhar.

— Estou surpresa por você ter conseguido se separar da sua nova amiga. Ela parecia bastante grudenta.

— *Tá* bom... — Sua boca se abriu em uma risada desprovida de humor, antes de ele atravessar o quarto. — Você parece muito confortável com a toalha do seu cara...

Ele continuou a se aproximar. Cada vez mais. É claro, passou pela minha cabeça dizer a ele que o Jackson não era nada meu, mas aí a loira pipocou feito uma catinga e, bem, eu nunca fingi que era um ser humano racional.

Minha bunda bateu aos pés da cama do Jackson, e Bellamy estava bem ali. Na minha cara.

— E quer saber? — ele falou, a voz profunda e gutural. — Eu odeio essa porra.

A tensão se construiu, tão espessa que mal pude respirar. Então Bellamy me agarrou pela nuca e chocou os lábios aos meus em um beijo furioso, me empurrando para a cama do Jackson.

— Eu te odeio pra caralho. — Arrancou a toalha, e a boca veio para cima mim... lábios, e garganta, e seios. Mãos agarravam cada pedaço de pele nua que eu tinha.

— Eu te odeio mais.

— Parece que sim. — Os dedos foram para o meio das minhas pernas. Não havia gentileza em seu toque. Só dedos se estendendo e roubando o meu fôlego. — É por isso que está tão molhada para mim?

Gemi em sua boca, cada toque da sua mão fazendo o meu corpo se contorcer como se eu fosse a marionete dele. Parecia que havia uma bomba esperando para explodir, e esse filho da puta estava segurando o detonador desde a primeira vez que o vi.

Os dedos se aprofundaram ainda mais, a língua provocou meu pescoço antes de ele me pegar pela cintura e me puxar para cima dele. Uma mão envolveu a minha garganta, a outra ainda pressionada em mim, provocando e empurrando enquanto eu o montava.

— Você ainda não me fez ser expulsa — arquejei.

— E essa é a única razão para o meu pau não estar dentro de você agora. — Ele me fodia com os dedos com tanta força que eu sabia que ficaria dolorida, mas estava bom demais para me importar. — E do jeito que *tô* puto, você deveria estar agradecendo.

Sem vergonha nenhuma, rebolei em sua mão, amando a forma como seu aperto no meu pescoço se intensificava conforme eu perseguia algo de que precisava com desespero.

O calor se avolumou no meu corpo. Eu estava a segundos do êxtase absoluto quando ele me atirou na cama.

— E nem fodendo vou te deixar gozar primeiro dessa vez.

Ele começou a abrir o cinto, arrancou o pau para fora e o puxou antes de montar no meu seio nu.

— Lembra quando eu falei que ia gozar no seu rosto bonito de menina rica?

Eu não deveria querer, mas queria. Eu precisava que Bellamy estivesse tão louco por mim quanto eu estava por ele. Minha raiva se espalhou enquanto eu arranhava suas coxas e segurava os seus quadris. E então engoli seu pau, quase engasgando quando ele tocou o fundo da minha garganta.

— Porra… — As mãos dele foram para minha nuca, os dedos emaranharam no meu cabelo conforme ele estocava.

Cravei as unhas em suas coxas. Com força, ameaçando-o com um leve roçar de dentes, e ele puxou o meu cabelo. A barriga ficou tensa. Os músculos, trêmulos. Deus, ele era lindo, e vê-lo assim fez meu corpo se frustrar, tenso, no limite.

Bem quando soube que ele estava prestes a gozar, ele se afastou, agarrou o pau e punhetou. A cabeça tombou para trás com um gemido gutural que ecoou pelo quarto quando gozou no meu peito.

— Eu sempre soube que ficaria bem em você, garotinha. — Ele passou o dedo no canto da minha boca.

A porta sacudiu, rompendo o silêncio antes de uma batida soar lá.

— Drew? — A voz de Jackson soou do outro lado.

Merda, merda, merda. Eu tinha acabado de fazer o Bellamy gozar em cima de mim, na cama do Jackson. Peguei a toalha e me limpei.

— *Não* atenda a porta! — Apontei para ele. — Me dá dois minutos — pedi.

Bellamy saiu da cama fazendo careta.

— E a parte mais cagada dessa história: eu quase cheguei a gostar de você…

Uma culpazinha de nada me incomodou. Eu deveria ter dito que Jackson era só um amigo, que não era o que parecia. Mas aí me lembrei da razão para eu ter deixado o Bellamy pensar que eu era mais que amiga do Jackson.

— Quase tanto quanto você gostou daquela loira lá fora, tenho certeza.

Fui direto para a cômoda, peguei uma camiseta e me cobri no instante em que ele girou a fechadura. Ele abriu a porta com um puxão, em seguida se ajeitou no jeans.

— Qual é, Bennett? — O corpo enorme do Bellamy preencheu a porta mal-iluminada, praticamente fazendo o Jackson parecer um anão. — Eu a deixaria limpar a minha porra primeiro…

Ah, aquele filho da mãe.

Jackson afastou o punho, mas antes que ele sequer pudesse dar o soco, Bellamy o nocauteou. Puta. Merda.

— Bellamy! Qual é o seu problema? — arquejei.

Ele tinha acabado de nocautear o cara, na casa dele.

— Eu te disse que ia foder com a sua vida, Drew... — Ele atravessou a porta e sumiu pelo corredor. Meu coração marretava minhas veias como um trem desgovernado, e perdi as estribeiras ao me abaixar para verificar se o Jackson não estava morto.

— Mas que porra? — Olivia saiu do banheiro dela, com o cabelo desgrenhado e as bochechas ruborizadas por causa do sexo. Ela atravessou o corredor às pressas, o olhar fixo no Jackson. — O que aconteceu?

— Bellamy — resmunguei, completamente mortificada e possessa.

— Eles estão aqui? — Ela agachou do lado do irmão. — Vou ligar para a polícia...

— Eu vou me livrar deles.

— Ainda vou ligar para a polícia! — Olivia gritou, enquanto eu descia as escadas correndo.

Parecia que todo mundo estava olhando para mim. A puta de Barrington, usando a camiseta do Jackson e coberta com a porra do Bellamy. Não podia ficar pior.

Parei no vestíbulo, e avistei Bellamy perto da porta, aquela mesma loira mais uma vez do lado dele, olhando-o como se não houvesse nada que ela quisesse mais do que ficar de joelhos e deixar o cara gozar na cara dela, igualzinha a mim.

Fui envolvida pela dor e o ciúme irracionais. Jackson estava inconsciente, a Olivia estava puta, e o Bellamy... Bellamy estava me enlouquecendo, como sempre fazia.

Nora apareceu do meu lado, segurando a minha bolsa.

— O que está acontecendo?

— Nada. Estamos indo embora.

Olhei para o imbecil enquanto arrastava a Nora porta afora.

— Eu iria embora se fosse você — falei. Não que eu me importasse se ele fosse preso. De novo.

Um sorriso indiferente curvou os seus lábios quando ele passou o braço pela cintura da loira.

— Nada, acho que vou ficar. — Então beijou a testa dela.

Beijou.

A.

Testa.

Dela.

E fúria não expressava aquele momento. Eu queria atirar alguma coisa na cabeça dele e arrastar a garota pelo cabelo. Vermelho, foi tudo o que vi quando algo feio e perverso se contorceu nas minhas entranhas.

Ah, eu estava prestes a cometer alguma insanidade, só porque ele me levou a isso.

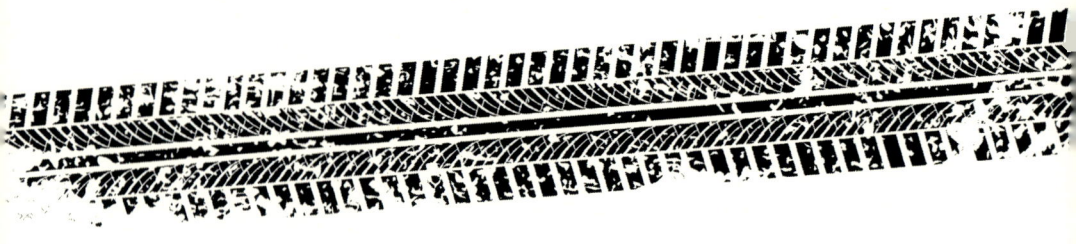

18

BELLAMY

No segundo que a Drew saiu feito um furacão, empurrei a menina para longe de mim.

— Vaza.

Ela me fuzilou com o olhar antes de sair pisando duro, puxando a saia para baixo.

Eu estava puto pra caralho. A noite tinha sido um desastre. Primeiro, eu entrei e vi a Drew aconchegada entre o Bennett e o Harford. O que me fez pegar uma puta magrela do Barrington só para irritar a Drew. Era o mínimo que eu podia fazer, já que tive que assistir àquele panaca tocá-la a noite toda. Depois, para coroar, quando estava prestes a abrir as pernas da Drew e dar a ela o melhor orgasmo que ela já teve na vida, o Bennett começa a bater na porta. Eu perdi a cabeça, mas qualquer cara racional teria perdido naquela situação...

— Ele nocauteou o Jackson! — Uma loira veio com tudo do corredor, apontando para mim enquanto olhava ao redor da sala.

Alguns dos caras do Barrington reagiram ao apito de cachorro dela e se levantaram como se fossem fazer alguma coisa.

— Ah, porra, é isso aí! — Hendrix empurrou a garota para fora do colo dele e ficou de pé, estalando o pescoço quando Max abriu caminho em meio à multidão. — Hora da briga.

Wolf rodeou a escada, os punhos a postos para dar uns socos. Parece que os babacas do Barrington nunca aprendiam a lição.

As mãos da loira pousaram no peito do Max, e embora tenha parecido que ele estava prestes a ir até ela, vi a hesitação, o medo absoluto fazendo o suor escorrer em sua testa.

— Não comece uma briga com esses Neandertais — ela falou. — Já liguei para a polícia.

— Ah, qual é, Olivia? — Max reclamou. — Vou acabar com eles muito antes de os policiais chegarem.

Aquilo fez um sorriso irônico atravessar o meu rosto. Eu não estive lá quando o Zepp foi atrás dele, mas o Zepp o deixou vivo, o que era mais do que eu podia dizer que faria se esse idiota tivesse feito a mesma merda com a Drew.

— Está mesmo a fim de outra temporada no hospital, Harford? — falei, e me curvei. — Ficarei mais do que feliz em atender o seu pedido.

— *Não* faça isso. — Olivia se postou na frente dele, agindo como se fosse ela, e não o medo dele, que o impedisse de dar o primeiro soco. — Não quero que vocês sejam acusados.

Hendrix veio por detrás deles, e a olhou de cima a baixo.

— Que jeito fofo de dizer que você não quer que eles levem uma surra.

Um estrondo soou lá fora. Um grupo correu para a imensa janela que ia do chão ao teto.

— Puta merda! — uma menina gritou. — Alguém acabou com um Maserati lá fora.

— Acho que é o da namorada do Jackson — outra pessoa falou.

E agora, eu ia matar todo mundo. Porque era a Drew, e as pessoas pensavam que ela era dele. A raiva disparou através de mim enquanto eu saía, mas consegui abafá-la e desci as escadas como se eu não desse a mínima. Wolf veio logo atrás, fumando um baseado.

O brilho fraco da luz de ré brilhava no lado do motorista do meu Civic enquanto o motor do Maserati rugia. Então o carro bateu no meu.

— Psicopatia nível vinte — Wolf murmurou, batendo a mão no meu ombro. — Você sabe escolher as suas garotas, não é, cara?

Eu nem sequer podia lidar com o Wolf agora. Passei as mãos pelo cabelo. A menina estava enlouquecida, e embora eu estivesse furioso, alguma parte masoquista e doentia minha gostou demais daquilo.

Gritos vieram da porta que deixei aberta quando saí feito um furacão. Algo espatifou. Hendrix deve ter começado uma briga. Olhei para o Wolf, e ele abaixou a cabeça enquanto a balançava.

— Vou lá pegar ele.

Fui para a rua, e o carro da Drew parou de repente. A janela baixou. Nora estava completamente mortificada no banco do passageiro, recusando-se olhar para mim enquanto Drew se inclinava para a frente, um sorriso falso nos lábios, e o corpo pequeno e firme ainda usando a porra da camiseta do Bennett.

— *Mil* desculpas. — Ela levou a mão ao peito. — Não consegui encaixar a marcha certa. Mira ruim e essas coisas. — O carro deu uma guinada para frente, então voltou a dar ré.

Metal triturado. Vidro estilhaçado. E o fio solto do controle ao qual consegui me agarrar a noite toda se desfez como um novelo de lã barata.

— Você está doida? — esbravejei.

— Estou! — Ela me mostrou o dedo, e arrancou, a lanterna quebrada do Maserati balançando na traseira do carro.

Ouvi o Hendrix xingando atrás de mim e me virei e vi o Wolf o arrastando para fora, sem a camisa, esperneando e gritando.

O lamento distante das sirenes soou, e eu peguei as chaves no bolso.

— Entrem no carro, otários.

Wolf soltou o Hendrix, e ele mergulhou através de uma das janelas quebradas da traseira enquanto o Wolf ia para o lado do passageiro.

Quando puxei a maçaneta do lado do motorista, a porta nem se moveu. Graças ao amassado gigantesco bloqueando aquela porra.

— Eu vou matar aquela garota — murmurei, ao contornar o carro. — Vou trepar com ela, e depois matar.

Empurrei o Wolf para longe, então passei pela porta do passageiro, então por cima do console e me acomodei no banco do motorista, dando a partida.

— Pelo menos ligou — Wolf disse.

Dei ré a toda velocidade e voei pela rua. Assim que saí de Barrington, mandei uma mensagem para a Drew.

> Se o idiota do seu namorado for esperto, ele vai seguir as regras e não vai prestar queixa.

> Dê o lembrete a ele.

Uma garota não deveria ser capaz de me deixar tão puto. E daí que ela queria dar para o Bennett? E daí que ela odiava o Dayton e a mim? E daí que ela tinha jogado um carro de cem mil dólares em cima do meu Honda 1988?

> **Vá se foder. Espero que você seja preso e que apodreça na cadeia.**

Minha pressão nunca esteve tão alta. Até aquele exato momento, eu não tinha ideia de que aquilo podia afetar a visão.

Digitei furiosamente na tela, esperando o sinal ficar verde.

> **Você sabe que tem problemas com a raiva, né?**

Mensagem não entregue. E então atirei o celular no assoalho do carro.

19

DREW

A luz do sol do início da manhã entrou pela janela. E eu não tinha chegado a dormir direito.

A noite toda guerreei comigo mesma. Por mais que quisesse fingir que não me importava com o Bellamy, ficou evidente que me importava. Por que mais o garoto me levaria à beira da insanidade?

Ele me usou, deixou todo mundo saber, socou o meu amigo na própria casa do garoto, e depois foi atrás de outra menina, sem mais nem menos.

E lá no fundo, em uma fissurazinha fria do meu coração de pedra, eu estava magoada porque o Bellamy me fez sentir um nada quando fui idiota ao pensar que talvez, talvez, eu fosse algo para ele. É claro, eu sendo eu, isso se transformou em fúria cega e comportamento psicopata, o que resultou em dois carros destruídos.

A campainha tocou, e voltou a tocar. Joguei as cobertas para longe, vesti o roupão e fui lá para baixo.

Através do vitral da porta, consegui ver o contorno de uma camiseta preta e de um cabelo escuro, e soube que era Bellamy. Meu peito se apertou quando me demorei no vestíbulo, pronta para me virar porque eu não tinha nada a dizer a ele.

Ele bateu na madeira grossa.

— Se você não me deixar entrar, vou arrombar a sua casa de novo, Drew.

Teve um momento em que a imagem dele no meu quarto, naquela noite, com a mão na minha garganta, passou pela minha cabeça, e meu corpo reagiu de formas que não deveria. Ficando quente e ansiando pelo toque dele. Mas logo sufoquei aqueles sentimentos.

— Bater no seu carro não deixou tudo claro? Vaza. E eu peguei a chave sobressalente, então boa sorte para não disparar o alarme.

— Desbloqueia a porra do meu número então.

— Não! Saia da minha vida, Bellamy.

Ele precisava, antes que nós nos matássemos.

Um rosnado veio do outro lado da porta.

— Ótimo… você quer se fazer de desentendida. — Ele desceu os degraus e desapareceu em meio aos arbustos.

Inacreditável, resmunguei para mim mesma ao ir para a cozinha.

Repassei os acontecimentos da noite anterior da cabeça, ajustando a cafeteira. Só de lembrar dele beijando a testa daquela garota senti a raiva borbulhar. A cafeteira apitou, e eu peguei uma caneca bem quando vidro se estilhaçou lá no vestíbulo, seguido pelo clique da fechadura. O barulho estridente do alarme perfurou os meus ouvidos. Fechei os olhos, gemendo, porque, é claro, o Bellamy ia realmente invadir a minha casa. E por que não? Não é como se ele já não tivesse feito isso.

Passos pesados vieram do corredor.

— Cadê você?

— Que merda você tem de errado? — Eu me afastei do balcão quando ele apareceu à porta. — Ah, não trouxe o taco de beisebol dessa vez? — Por quê? Por que eu tinha que ter uma quedinha por um psicopata?

— Bennett é *amigo* do Harford? — A expressão dele ficou tensa, e não entendi a razão.

Tipo, era isso? Essa era a grande revelação? Não fode. Jackson e Max jogavam futebol americano juntos, é claro que eles eram amigos.

— Se manda da minha casa! — Passei por ele para ir até o alarme no corredor. A sirene silenciou.

— Eles são bons amigos, Drew?

Foi por isso que ele invadiu a minha casa, parei por um momento. Ele tinha invadido a minha casa, e eu estava voltando para a cozinha para pegar café, como se aquilo fosse completamente normal.

— Sério, depois de tudo o que aconteceu ontem, você invade a minha casa para falar do Jackson? Sai daqui antes que eu atire uma faca em você.

— Eu juro por Deus, mulher.

Ele atravessou a cozinha, e eu peguei minha caneca, pronta para atirá-la nele. Mas algo no olhar desesperado me fez parar.

— Por que você se importa se eles são amigos?

— Porque o Harford é um merda.

— É claro. Ele é de Barrington, e todos nós somos um bando de merdas, não é? Vaza.

— Puta merda, Drew. Ele... — Ele passou a mão pelo cabelo. — Foda-se o Jackson. O Max é um merda, e se você der a mínima para a Nora, você precisa dizer a ela para ficar bem longe dele. E você também. Fique longe daquele cara!

Nora? Desde quando ele dá a mínima para a Nora? Algo revirou no meu estômago, porque aquilo parecia demais com ciúme.

— Sério, Bellamy? Você odeia a garota.

A frustração estava estampada em seu rosto.

— Eu não odeio a Nora, mas mesmo se odiasse, garota nenhuma merece a merda que eles fazem.

— Ótimo. Bem, não tenho nenhum interesse no Max. E vou dar o recado para a Nora.

Ele ficou parado na porta, olhando feio para mim. Com um espasmo na mandíbula e as narinas infladas.

— E você também não deve confiar no Bennett.

E lá estava, o ciúme que ele não podia esconder. Ele, Jackson, aquela garota... tudo aquilo fez o meu temperamento entrar em ebulição. Ergui a mão.

— Conheço o Jackson há mais tempo que você. Então, se já acabou, pode ir.

— Eu juro por Deus, se eles fizerem algo com você, ou com a Nora... — Ele foi para o corredor. — Eu vou matar os dois. E isso é uma promessa, não uma ameaça. — E saiu feito um furacão. Segundos depois, a porta abriu e fechou, e eu fiquei lá, completamente embasbacada.

Até que ponto ia o ciúme dele?

Eu estava na sala, observando o carro dele arrancar quando o telefone fixo tocou. Era a polícia verificando se estava tudo em ordem, e embora eu tenha dito que sim, com certeza não estava.

Limpei os cacos de vidro no *foyer*. Por todos os motivos que o Bellamy tinha para vir aqui... aquilo era a maior besteira. Não. *"Desculpa por eu ter sido um filho da puta e ter dado a entender que te usei."* Só mentiras e palhaçada. O de sempre.

Joguei tudo no lixo, levei meu café para a sala e liguei no programa matutino, sem prestar nenhuma atenção. A meio caminho do episódio, mandei mensagem para a Olivia, pedindo esculpas pela cena de ontem à noite. Ela pareceu não ligar, e o único conselho que me deu foi: Bellamy West é o tipo de cara com quem você trepa, e enquanto eu mantivesse as coisas assim, não faria mal nenhum.

Nenhum problema, então... Pelo menos foi o que eu disse a mim mesma.

Maratonei três horas de *Sex and the City* até que porta dos fundos se abriu.

— O que aconteceu com o meu carro? — meu pai gritou, antes de fechar a porta. Os passos firmes ecoaram pela casa, então pararam. — Drucella! Que merda aconteceu com o meu carro? — Ele estava de pé à porta da sala, com o rosto muito vermelho.

— É, isso... — Mordi o lábio.

— Eu disse que você poderia usar para emergências!

— Você ficou fora três dias. Eu fui comprar picolé. O que queria que eu fizesse? Morresse de fome? — Com certeza, eu faria o homem infartar antes de ele chegar à aposentadoria. — E antes que pergunte, alguém bateu nele no estacionamento. — Alguém sendo o carro vazio do Bellamy, e estacionamento sendo a rua depois da esquina. Só em pensar naquilo fez a minha raiva voltar a subir. — Desculpa — falei. Eu me senti um pouco mal pelo que fiz ao carro dele, mas o seguro pagaria. Isso e ele estar sendo um babaca comigo por não acreditar que não colei na prova.

— Desculpa? Desc... — Ele esfregou o peito. — Esse não é o estrago que acontece quando alguém dá ré em um carro no mercado, Drucella. — O rosto dele ficou vermelho. — Parece que o carro foi mandado para uma arena de demolição!

— Não sei o que você quer que eu diga. Eu encontrei o carro assim.

— Tenho certeza. — Ele tirou um molho de chaves do bolso e jogou no sofá. — Seu carro novo está lá fora. Eu providenciei um que não vai te causar problemas. — Ele voltou a esfregar o peito. — Você se importa de me dizer por que a casa foi invadida de novo?

— Bem, você enviou a sua filha para uma escola cheia de marginais. Poderia muito bem ter televisionado o fato de você ter grana, e eles, não. Destruíram o meu carro. A casa foi invadida. Duas vezes. Coincidência? — E tudo foi o Bellamy.

Meu pai foi até o bar no canto da sala, serviu um copo de uísque, bebeu de uma vez só, então olhou para mim. Abriu e fechou os punhos antes de parar e respirar fundo.

— Você vai ser a minha morte... — Provavelmente. Ele respirou fundo. — Conversei com o pessoal da escola. Você não está mais suspensa. Vai voltar na segunda-feira. — E então saiu da sala, levando a garrafa de uísque junto.

Foi isso que a minha vida se tornou. Eu não conseguia nem cumprir uma suspensão, que dirá ser expulsa.

Uma hora depois, eu estava na frente da minha casa, a mochila jogada no ombro, encarando o Range Rover velho e manchado de sol com a tinta descascando. Minha placa personalizada com TTdaDrew tinha sido colocada no lugar, zombando de mim.

Ao que parecia, meu pai estava ficando com o dinheiro do seguro do TT e me deixando com isso.

Bem, todo o resto já tinha ido para o inferno, e agora eu estaria dirigindo uma representação da minha vida. Sério, eu deveria ter previsto, já que exagerei demais com o meu pai. Mas isso não ajudou a suavizar o golpe em nada.

As dobradiças sem lubrificação rangeram quando abri a porta e me acomodei atrás do volante. O cheiro rançoso de cigarro e frango frito subiu dos assentos de couro rachado. O que me fez ter flashbacks terríveis da minha curta passagem pelo *Frank's*.

Abaixando as janelas, digitei o endereço da Nora no GPS do telefone, dei ré e segui as coordenadas para sair de Barrington.

Por fim, virei em um dos bairros decadentes que se situava entre as lojas de penhores e as casas de empréstimo consignado, e segui até ver o carro da Nora na calçada no fim de uma rua sem saída.

Floreiras decoravam as janelas, a grama era verde de verdade e, ao contrário da maioria das outras casas, o revestimento das paredes não estava desbotado nem apodrecendo.

Nora não tinha ficado muito animada quando sugeri que fizéssemos o projeto na casa dela em vez de na minha. Mas já que meu pai estava em casa... Ninguém precisava testemunhar o quanto ele cagava e andava para mim. Isso, e eu também precisava sair daquela casa. Muito.

Ela atendeu à porta, esfregando o braço.

— Então... só não me julgue nem nada assim. O lugar não é dos melhores.

— Você quer parar?

Ela deu um passo ao lado, e me conduziu pelo carpete gasto do corredor. Nós passamos por um zilhão de retratos de família, e algo desconfortável se remexeu no meu peito. Cresci com uma galera que tinha fliperamas em casa, piscina e quadra de tênis e, por mais ridículo que parecesse, jamais pensei em como seria não viver daquele jeito. Até pouco tempo, pessoas como Nora e eu estávamos em mundos diferentes, e aquilo me fez sentir culpa. Reparei nas mantas de crochê no encosto do sofá da sala, os jogos de tabuleiro enfiados na estante, as caixas tão gastas e surradas como os livros ao lado deles. Tentei imaginar meu pai chamando para jogar um jogo de tabuleiro, e aquilo quase me fez rir. Ele estava ocupado demais no trabalho para fazer algo tão trivial.

Ela me levou lá para cima, para o quarto dela, onde nada combinava... listras e bolinhas e cores misturadas, e havia certo charme naquilo que faltava na casa do meu pai.

Ela jogou o caderno em cima da cama, então saltou no colchão.

— Então, você falou com aquele que não deve ser nomeado?

— Não, eu bloqueei o número dele.

— Que bom. Ele é um babaca. Certeza que você deveria sair com o Jackson. — Não ia rolar. Bellamy e eu não estávamos nos falando, mas eu tinha a sensação de que ele o mataria, baseado no fato de que o cara tinha invadido a minha casa, de novo, só para me dar um aviso. Se o que ele disse de Max era verdade ou não... Eu tinha que contar a ela.

Suspirei.

— Bellamy me disse uma coisa. Do Max...

Nora virou de lado e pegou um gato de pelúcia aos pés da cama.

— Certo... O quê?

— Ele disse que falou contigo, que o Max faz umas merdas aí com as meninas... — Eu me sentei e apoiei as costas na parede.

— É, ele fez. Foi toda a conversa que tive antes de pular na piscina, pau da vida. Ele disse que o Max usa 'Boa-noite, Cinderela' com as meninas. — Ela revirou os olhos e jogou o bichinho de pelúcia para cima. — Ele é tão babaca.

Ele tinha avisado a Nora... desenhei um padrão no meu jeans, pensando.

— Não me entenda mal, o cara é um babaca, mas ele parecia muito bravo com essa história.

Bravo o bastante para invadir a minha casa. Bravo o bastante não só por mim, mas pela Nora. Parecia fora do normal para o Bellamy.

— Olha para esses caras, Drew, por que *eles* usariam essa porra de 'Boa-noite, Cinderela'? — Ela balançou a cabeça, então se sentou ao meu lado. — Sempre houve rumores do que se passava entre o Dayton e o Barrington. Os caras do Dayton odeiam quando as meninas daqui se envolvem com Barrington.

— Bellamy disse que se o Max fizer algo contigo, que ele mata o cara.

— E foi isso que me fez questionar se era verdade, porque o Bellamy não era o tipo de cara de arriscar o pescoço por causa de uma menina de quem ele não gostava muito, a menos que a situação exigisse.

Outro revirar de olhos seguido por um bufo.

— Desde quando o vilão banca o cavaleiro de armadura brilhante?

Eu não tinha certeza se o Bellamy era um vilão, ou se ele só era vilão na minha história... sem dúvida ele parecia um agora.

— Ele só está falando essas merdas para te atingir — Nora suspirou. — É assim que o Bellamy age. Só ignore. Juro pra você, ele só está falando besteira.

Besteira... fiquei de pé e fui para a janela.

O sol poente lançava um brilho âmbar sobre o bairro dilapidado. Um movimento chamou a minha atenção. Um cara do outro lado da rua empurrava um cortador de grama, e parou para tirar a camisa. Ele era musculoso, ostentava uma barriga tanquinho, e possuía a pele toda bronzeada. Então notei as tatuagens nos pulsos. Bellamy. É claro que ele morava de frente para a Nora, por isso que ela ficou com o irmão dele. Por que não me lembrei disso?

Nora apareceu do meu lado.

— Não se deixe enganar por isso.

Eu já tinha deixado. E por que ela não me disse que morava no mesmo bairro que ele?

— Você é vizinha de frente?

— Sim.

Entrecerrei os olhos, fingindo que o garoto não era tudo aquilo. Como se nunca tivesse ido parar nos fundos de uma van com as mãos dentro da sua camiseta. Ou na cama do Jackson com o pau dele na minha boca.

Pensei na menina com quem ele esteve ontem à noite, a forma como ele me levou à loucura, sem exagero.

Eu me afastei da janela, e começamos a fazer o trabalho. No meio do esboço, a Olivia me mandou mensagem.

> Então, ouvi falar que Bellamy chamou a Sheridan, a loira da festa, para sair.

Rápido assim? Meu estômago revirou, e lutei com os sentimentos estranhos borbulhando no peito. Aquela menina da festa... Por que eu me importava? E por que eu me sentia assim? Bati os dedos na tela.

> Tá. Bom pra ele?

> Só achei que você ia querer saber. Não queria que ficasse chateada. A Sheridan é uma puta. Ele também é.

> Você é boa demais para o lixo de Dayton, gata.

Eu sabia que ela queria me fazer sentir melhor, mas não foi o que aconteceu.

Depois que Nora e eu terminamos o trabalho, recusei educadamente o convite da mãe dela para ficar para jantar, meu humor agora pavoroso. No instante que atravessei a porta da Nora, avistei Bellamy, sem camisa e coberto de suor, segurando alguma ferramenta de jardinagem.

Nós nos encaramos. As palavras de Olivia soaram na minha cabeça. *Não fará mal nenhum.* Mas eu já estava mal. Então prometi a mim mesma que não me envolveria, porque só Deus sabe o que aconteceria se eu fizesse isso.

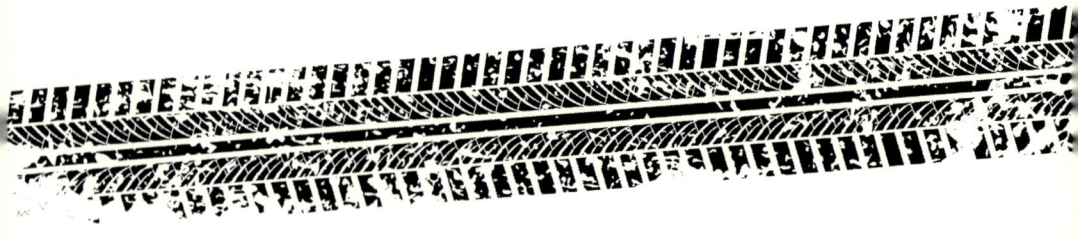

20

BELLAMY

Arlo atravessou o gramado recém-cortado, carregando um pote de vidro e tentando pegar vaga-lumes. Eu mexi no cortador, finalmente conseguindo fazer a coisa funcionar. Eu odiava fazer essa merda, mas o meu pai não faria e minha mãe ficava com vergonha quando o quintal estava uma merda.

— Bubba? — Arlo gritou por cima do zumbido do motor. — Posso molhar as flores?

— Pode, sim. Só não aqui.

O movimento do outro lado da rua chamou a minha atenção quando Drew saiu da casa da Nora. Eu odiei, odiei muito, ter tentado mandar um monte de mensagens ao longo do dia só para descobrir que ela não tinha me bloqueado. Drew Morgan não deveria importar. A garota me deixou com dor no saco o tempo todo em que ela, evidentemente, estava dando para o Bennett, destruiu o meu carro e fez uma quantidade insana de ciúme explodir dentro de mim como um vulcão raivoso. E aí bloqueou o meu número. Mas, porra, se aquele vestido não a abraçava nos lugares certos, e a forma como ela caminhava igual a uma modelo da *Victoria's Secret* na passarela deixava tudo ainda pior.

Ela atravessou o quintal da Nora, me dando uma olhadela ou outra. A vontade de dizer algo mostrou a cabeça feito uma serpente irada, e eu tentei resistir. Tentei agir como se não desse a mínima, mas, quando ela saiu da calçada, não consegui mais. Eu precisava de uma reação.

Desliguei o cortador de grama e sequei o suor que escorria pela barriga.

— Não olhou o bastante ontem à noite? — Agarrei a cintura da calça jeans e a puxei para baixo.

STEVIE J. COLE   LP LOVELL

Nenhuma reação. Ela me ignorou completamente, então parou do lado de um SUV detonado e abriu a porta do motorista.

Eu não me aguentei.

— Vi que Bennett te deu ouvidos e não prestou queixa. — O fato de ela me ignorar estava mexendo comigo…

Drew abaixou a cabeça, depois fechou a porta com força e atravessou a rua, marchando.

— Que merda você quer comigo? — Ela chegou feito um furacão, parando a poucos passos de mim. — Você conseguiu o seu boquete.

Aquilo era raiva pura, e eu duvidava muito que era por ela ter chupado o meu pau. Eu queria saber exatamente o motivo daquilo.

— E foi um boquete decente na melhor das hipóteses. — Era mentira. Foi o melhor boquete que já pagaram para mim.

— Bem, não se preocupe. Não vai acontecer de novo. — Ela estreitou os olhos. — Já deu de você.

E isso eu não podia suportar. De jeito nenhum eu deixaria essa garota acabar comigo para que pudesse cavalgar ao pôr do sol com algum otário de Barrington. Não quando ela está me fazendo passar miséria.

— Não, garotinha. — Diminuí a distância entre nós, pressionando meu peito suado em seus braços cruzados. — Não deu de mim.

— Por que você se importa? Ouvi falar que já tem outra garota de Barrington com quem se divertir.

Lutei contra o sorriso que queria se abrir no meu rosto. Ela só daria a mínima para esse lance de outra garota caso se importasse comigo, mas ela estava de rolo com Bennett, e o doce sabor da vitória murchou como um balão furado. A garota estava me deixando louco.

— Aposto que Bennett vai ficar emocionado ao saber que a namorada dele ficou louca de ciúme só porque conquistei outra mulher — falei, ao colocar uma mecha do seu cabelo atrás da orelha. Tudo em que pude pensar foi na sensação gostosa dos lábios dela nos meus, no quanto foi sensacional quando eles envolveram o meu pau, quando minhas mãos puxaram seu cabelo. Mas, acima de tudo, o quanto eu queria isso, esse gato e rato entre nós. Passei os dedos pelo seu pescoço, resistindo a tantas coisas que queria fazer com ela. — Acho que ele ainda não conseguiu descobrir como te fazer gozar gostoso igual eu faço, né?

Ela, enfim, afastou a minha mão com um tapa.

— Não gozei da segunda vez. Eu me acostumei, então acho que estamos quites agora.

A dor que acompanhou esse comentário foi inesperada. Porque não queria que ela pensasse que eu a usei. Ontem, eu estava puto e, por mais que odiasse admitir, até para mim mesmo, com ciúme. A noite toda, observei Bennett tocá-la, observei-a sorrir para ele com as pernas em volta do pescoço dele na piscina, e não aguentei. Se Bennett não tivesse nos interrompido ao bater à porta, não faço ideia do que teria acontecido ou como as coisas seriam diferentes agora. Mas ele tinha, e optei pelo papel que todas as garotas esperavam que eu interpretasse, o papel do babaca indiferente que não queria parecer fraco.

— Corta essa, Drew. Quis usar você tanto quanto você queria me usar. — A resposta era vaga o bastante para ela interpretar como bem quisesse. Uma que era segura, e que me fez parecer não estar mais envolvido nessa merda do que ela.

— Como eu disse, estamos quites.

Quites. Nem fodendo a gente estava quite, e, com toda certeza, para mim não tinha dado, porra. Eu duvidava que fosse o caso para ela também.

— Acha que bloquear o meu número vai consertar isso?

Ela abaixou a cabeça.

— Acho que é melhor se ficarmos longe um do outro.

Melhor? Talvez. Mas com que frequência as pessoas faziam o que era melhor para elas quando a merda que as mataria era muito mais divertida?

O jato de água da mangueira do jardim passou por mim e foi para a roseira meio morta.

— O que a moça do posto de gasolina está fazendo aqui? — Arlo correu para o meu lado.

— Indo embora. Vá aguar as plantas perto da casa. — Meu olhar se fixou na Drew. Em cada fôlego, cada mínimo movimento na mandíbula. — Agora, Arlo.

— Você é um cu! — ele bufou, antes de eu ouvir o jato de água bater no revestimento da casa.

Drew ainda estava lá, porque, assim como eu, ela odiava a situação tanto quanto gostava, eu podia apostar nisso. Havia algo nela que parecia não me bastar, e eu tinha certeza de que ela estava me levando à loucura.

Eu me inclinei e toquei sua orelha com os lábios.

— Você sabe muito bem que a gente não vai ficar longe um do outro. — Segurei o seu braço. — Não se engane, garotinha.

Ela tentou se afastar, e eu a puxei de volta, então passei os braços por suas costas, prendendo seu corpo pequeno no meu.

— E sabe como sei que você não vai me deixar em paz? Porque você é rebelde, e está louca pelo tipo de caos que o dinheiro do seu papai não pode comprar.

As mãos delicadas foram para o meu peito. Os lábios chegaram perto o bastante para que eu pudesse provar cada respiração irregular. Uma parte minha queria beijá-la, enquanto a outra queria agarrá-la pelo cabelo e trepar com ela até que se submetesse de bom-grado. Mas antes que qualquer uma dessas coisas acontecesse, um jato de água fria me atingiu.

Meus músculos ficaram tensos, e Drew pulou para trás ao gritar.

— Arlo! — Quando eu me virei, ele largou a mangueira e deu uns passos para trás.

— É o que o papai faz quando os cachorros do vizinho começam a brigar no quintal. — O nariz dele enrugou. — Não quero que você brigue com essa moça. E eu vou te dedurar pro Hendrix. Ele me disse para contar se uma moça parecida com uma das garotas da revista de mulher pelada do papai aparecesse. Ela parece com uma delas. Porque ela é bonita e tem os lábios grandes.

Eu fiz careta. Como o Arlo tinha conseguido achar o estoque das *Playboy* do meu pai, e desde quando meu irmãozinho estava me delatando para o Hendrix?

Eu me virei bem quando Drew entrou no SUV detonado. As luzes de freio acenderam, depois o motor rugiu.

Arlo desenhou uma linha na grama com a mangueira, depois cruzou os braços e bufou.

— Por que você está tentando brigar com ela, Bubba? Você disse que ela era co-co-co-sei lá o quê. E que elas eram do tipo que cagavam na sua cabeça.

Passei a mão na cabeça, a tensão e a raiva que estiveram me percorrendo desapareceram depressa.

— Certo...

— Eu não quero que ela cague na sua cabeça.

Observei as lanternas virarem a esquina.

— É. Eu também não, carinha.

E se alguma vez existiu uma garota que cagaria na minha cabeça, era essa.

Medusa está em Barrington Cove, 2112.

A notificação chegou quando parei na frente da casa do amigo do Arlo. E aquilo significava que ela tinha desbloqueado o meu número. Porque a garota sabia que eu estava certo – ela ansiava pela loucura.

Cliquei na notificação, observando o pontinho azul se mover em direção à casa do Bennett. Eu sabia, com cem por cento de certeza, que deveria desabilitar esse aplicativo idiota, mas uma parte doentia minha se recusava a deixar a parte decente ganhar a batalha.

— Tchau, Bubba! — Arlo passou os braços ao redor do meu pescoço antes de sair do carro, com a mochila já no ombro.

— Espera! — Atravessei o console e corri atrás dele até a calçada na frente da casa do amigo.

— Você é um irmão helicóptero. — Ele me cutucou, então bateu na porta. — É o que Jessie diz.

— Jessie é um desordeiro…

A porta entreabriu, e uma mulher com óculos redondos espiou por cima da correntinha.

— Ah, Arlo. É você. — A porta fechou para que ela pudesse abri-la. E no segundo que a puxou, Arlo correu para dentro, derrubando o amigo no tapete.

— Pego ele amanhã às dez?

Ela assentiu.

— Perfeito. Boa noite. — Ela foi fechar a porta, mas eu a impedi ao erguer a palma da mão.

— Ele é alérgico a Cheetos. Então nada de biscoito de queijo e essas coisas.

Ela sorriu.

— Tudo bem.

Então voltei para o carro, conferindo o telefone de novo. Drew ainda estava na casa do Jackson. Eu disse a mim mesmo que não importava. Que se ela fosse tão… tanto faz… para ficar de rolo comigo depois voltar para o Jackson, que nada disso importava. Ela era igual às outras meninas com quem já fiquei.

Quando cheguei à casa do Hendrix, eu sabia que era mentira. Porque olhei o aplicativo mais duas vezes. E três horas depois, Hendrix, Wolf e eu tínhamos amarrado o Jackson na traseira da caminhonete do Wolf; *Entrega Especial* estava escrito na cara dele como uma obra-prima de rolas desenhadas com marcador permanente nas bochechas.

21

DREW

Já passava da meia-noite quando voltei tropeçando pelo quintal e desviei da beirada da piscina. Eu tinha saído escondido de casa e ido para outra festa na casa da Olivia, por insistência dela. Além do mais, que tipo de filha rebelde eu seria se não pulasse a janela do meu quarto para sair e ficar bêbada, mesmo de castigo? Parei debaixo da sacada do meu quarto, olhando para cima e me perguntando se seria muito difícil escalar a treliça com o álcool zunindo nas veias.

Coloquei a mão em um dos buracos em forma de diamante, e bem quando estava prestes a escalar, meu telefone vibrou no sutiã.

> **Se divertiu na casa do seu namorado?**

Eu praticamente conseguia sentir o ciúme escorrendo das palavras, e gostei demais. As pessoas só sentiam ciúmes do que elas queriam, não é? Correção, ele estava com ciúme porque ele queria me *comer*, e estava achando que o Jackson já tinha me comido. *Não confunda as coisas, Drew.*

> **Vá se foder, Bellamy.**

Respondi a mensagem, o que queria dizer que agora ele sabia que eu tinha desbloqueado seu número. Mas foda-se. E por que mesmo eu desbloqueei esse cara? Porque me sentei na casa da Olivia, repassando a noite de ontem sem parar e ficando presa na mesma frase vez após vez. *E a parte mais cagada dessa história é que quase cheguei a gostar de você.* Na hora, não consegui ver nada além da loira, mas hoje eu a vi se atirando para outro cara. E aí me senti culpada por deixar o Bellamy pensar que eu estava com Jackson.

Culpa era coisa de gente covarde, porque ele beijou a porra da testa dela! Felizmente, eu tinha me lembrado daquilo mais cedo, que foi o que me impediu de fazer alguma idiotice, tipo mandar mensagem para ele primeiro.

> Você parecia brava quando foi andando para casa, garotinha. Qual é o problema? Bennett não está dando conta?

Como ele sabia que vim a pé para casa? Preferi ignorar o comentário sobre o Bennett.

> Agora deu para me perseguir?

> É claro.

> Você sabe que isso é bizarro, né?

> Com certeza.

> O primeiro passo é admitir que você tem um problema.

Guardei o telefone e escalei a treliça, praticamente caindo sobre o parapeito da janela ao entrar no meu quarto. Depois de vestir o pijama, peguei o celular, fui lá para baixo para pegar meu picolé noturno, e então me sentei no sofá para ver televisão.

> Deixei um presente para você na porta.

Segundos depois, uma buzina berrou lá fora. Fui para o vestíbulo e abri a porta, derrubando o que restava no picolé quando encontrei o Jackson inconsciente e deitado na varanda com um monte de rola desenhada no rosto. Um hematoma feio marcava a sua bochecha, o que me fez lembrar do espetáculo de ontem à noite e, para coroar, ele não usava nada além de uma calcinha de biquíni verde-melancia.

Meu maxilar ficou tenso quando tirei o telefone do bolso e disquei o número daquele babaca. Aquilo extrapolou os limites. A ligação mal deu o primeiro toque, e ele atendeu.

— Sentiu saudade, garotinha?

— Por que o Jackson está na minha porta? — Encarei o garoto, a irritação borbulhando através do meu pileque. Bellamy já não tinha aprontado o suficiente com o cara ontem? Agora isso?

— Não sei, Drew. Por que ele está na sua varanda? — Várias gargalhadas ecoaram pela linha.

— Você não pode sair sequestrando as pessoas.

— Sequestro é uma palavra muito forte. Eu simplesmente o transportei da piscina dele para a frente da sua casa.

Deus, eu odiava aquele cara.

— Bem, então volte aqui para pegá-lo.

— Não. *Tá* tranquilo.

— Ele está inconsciente, e pesa uma tonelada. — Olhei ao redor do quintal escuro. — O que devo fazer? Simplesmente deixar o cara aqui?

— Você está me perguntando como se eu me importasse com o que acontece com ele...

— Você é um babaca — falei, e desliguei. O meu rosto queimava de irritação.

Eu me ajoelhei ao lado do Jackson e o sacudi, mas ele nem se mexeu, então o sacudi de novo. Tudo o que ele fez foi respirar fundo, depois se virou de lado. Não havia como eu tirar o cara ali da varanda. Bellamy não ia voltar, então liguei para a Olivia.

O barulho da festa ao fundo surgiu antes de ela arrastar um:

— E aí?

— Seu irmão está na minha varanda. Usando calcinha de biquíni.

— Incrível. — Ela bufou uma risada. — Tira uma foto e me manda.

Nem fodendo eu tiraria uma foto dele nesse estado.

— Você pode juntar umas pessoas e pedir para virem pegar o seu irmão? Não consigo fazer isso sozinha.

— Sim. Em um minuto. Mas manda a foto primeiro para eu me preparar.

— Só vem pegar o cara. — Desliguei, sem tirar a foto. Devia ao Jackson um pouco de dignidade em sua hora de necessidade.

Entrei e peguei uma almofada e uma manta na sala, então o cobri. Fiquei lá na varanda uns minutos, encarando a rua escura, esperando que a Olivia se apressasse.

Revirei os olhos, e voltei para dentro. Não ficaria esperando lá fora por mais vinte minutos. Eu me deitei no sofá e voltei a assistir ao filme. Desmaiei antes de o cara conseguir ficar com a garota.

— Drucella!

Entreabri os olhos com um gemido. A luz brilhante do sol se esparramava pelas janelas da sala. Isso, aliado ao sabor do licor *Grand Marnier* na minha língua e a forma como meu pai me olhou feio, me deixou enjoada.

— Por que, pelo amor de Deus, tem um rapaz na varanda usando roupa íntima feminina, e com genitálias masculinas desenhadas no rosto, Drew?

Droga, a Olivia não veio buscá-lo?

— Não faço ideia. Deve ser um algum sem-teto.

Os olhos dele se estreitaram.

— Parece o filho do Nathaniel Bennett. Não um sem-teto.

— Bem, ele se tornou sem-teto recentemente? — Puxei a manta, e tentei me virar para fugir da luz do sol.

— Drucella Analise Morgan! — Eu me encolhi ao ouvir meu nome horroroso inteiro. — Vá lá acordá-lo. Agora.

— Tudo bem — resmunguei, então rolei do sofá e fui tropeçando até a porta. Claro, Jackson estava bem onde o deixei. Encolhido em posição fetal, roncando, com o cobertor enrolado ao redor das pernas.

Eu estava muito puta com Bellamy por causa disso. Jackson não fez nada para merecer isso. O cara ainda estava exibindo um hematoma por causa de sexta à noite, caralho.

Eu o cutuquei com o pé, e ele se engasgou com a respiração antes de abrir os olhos, de repente. Piscando, ele se sentou e agarrou a cabeça ao olhar ao redor da varanda, depois para a própria virilha.

— Mas que... Por que estou aqui?

— Não sei. — Eu poderia simplesmente ter dito que foi culpa do Bellamy, mas eu não precisava de mais animosidade entre nós três. — Liguei para a Olivia vir te pegar...

Com as bochechas vermelhas, ele ficou de pé com dificuldade.

— Foi o seu coleguinha de foda que fez isso? — Seu olhar irado encontrou o meu.

— Ele não é meu coleguinha de foda. Jackson, eu sinto muito, eu...

— Se poupe, Drew. Não dou a mínima. — Então se virou e saiu andando, atravessando o gramado quando os irrigadores ligaram.

Fiquei lá na varanda, odiando o fato de as coisas estarem naquele pé. Jackson e Olivia sempre foram legais comigo e eram meus únicos amigos quando eu tinha sido forçada a visitar o meu pai em vários feriados. E agora Jackson me odiava.

Eu não tinha como controlar o Bellamy, mas sabia que a culpa era minha, porque eu o deixei acreditar que o Jackson era meu namorado. Não que isso justificasse uma reação. Bellamy e eu não estávamos juntos, e ele caiu matando em cima daquela loira. E, bem, a tal loira havia acendido uma ira homicida que me levou a destruir o carro dele. Então acho que eu estava sendo hipócrita. Se eu o enlouquecia metade do que ele me enlouquecia, isso era um problema.

Um do qual eu precisava muito me afastar.

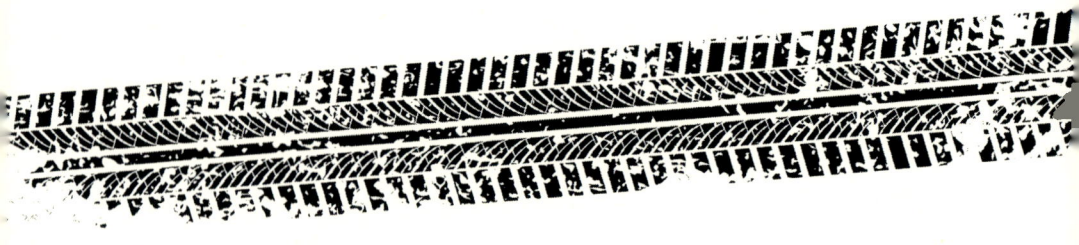

22

BELLAMY

Na manhã de segunda-feira, os estudantes lotavam os corredores, enfiando a mochila dentro dos armários. Parei no meio do corredor quando vi Drew parada no dela. Era para ela estar suspensa. Por uma semana. Ainda assim, aqui estava ela, arrancando livros do armário antes de fechar a porta de metal com brutalidade. Abri caminho em meio a um grupo de líderes de torcida tentando vender aquela idiotice daqueles laços de cabelo do time. E ela deve ter sentido minha aproximação, porque eu estava a cerca de meio metro quando ela se virou com o dedo do meio em riste.

— Me deixa em paz — ela falou.

— Então é até aí que vai o limite, né? Não quando você foi demitida. Nem quando o seu carro foi destruído. Mas largar o seu namorado desmaiado na sua varanda usando biquíni?

Ela parou no meio do corredor e se virou feito um chicote para olhar para mim, forçando os alunos a se desviarem de nós.

— O *limite* já passou há uns dez quilômetros. O Jackson não é meu namorado, então deixe o cara fora disso, Bellamy.

Não é namorado dela. Ah, tá. Então era o amigo colorido, porque ela ficava mais na casa dele que na dela.

— O cara com quem você está trepando, então.

— Eu acabei de dizer: ele não é meu namorado!

— Eu também não sou seu namorado, mas gozei na sua cara sexta à noite, não foi? — E por mais que tenha me sentido um merda ao dizer isso, eu queria a raiva dela, porque isso me dizia que eu significava alguma coisa para a garota.

— E se certificou de que todo mundo soubesse. — Os alunos se espalhavam ao nosso redor enquanto ela me fulminava com o olhar. — É o que você

STEVIE J. COLE   LP LOVELL

faz com as suas putas de Barrington? Também gozou na Loirinha depois?

Engoli o sorriso, então joguei gasolina.

— Você imaginou isso, garotinha? — Enfiei uma mecha de cabelo atrás da sua orelha, e ela se afastou do meu toque. — Eu gozando nela todinha enquanto as unhas da garota arranhavam as minhas costas?

Ela começou a se afastar, e eu a segurei pelo braço, fazendo-a parar, de repente, no meio do corredor lotado. Sua mandíbula cerrou, e ela bateu no meu peito com a palma da mão.

— Vá se foder, Bellamy. Deixe o Jackson em paz.

E a raiva na voz dela... eu não gostei. Era por causa dele, e eu queria aquilo só para mim.

— Vou deixar o Bennett em paz quando *você* o deixar em paz. — Porque eu não confiava que ele não a machucaria.

O ar crepitava com eletricidade estática, nossos olhares travaram por longos instantes até Drew finalmente se livrar das minhas mãos e sair pisando duro, abrindo caminho através do corredor lotado.

Nós nos ignoramos no almoço e a cada vez que nos encontramos no corredor. Mas quando ela se largou na cadeira ao meu lado, na aula de Biologia, seu perfume ficou no ar, e não pude controlar meus pensamentos. Ela. Eu. A cama do Bennett.

— Deixe-me adivinhar. O papai te tirou da suspensão?

Ela se recusou ao olhar para mim.

— Nesse momento, eu ia amar se *você* fosse suspenso.

Eu me aproximei dela, minha mandíbula tendo espasmos.

— Acha que se você se livrar do diabo, o inferno será mais tolerável?

— Sim, porque eu te odeio.

Olhei ao redor da sala, para as meninas que eu sabia que a odiavam só porque ela era de Barrington – esqueça que ela é gostosa. Depois olhei para os caras que eu sabia que causariam mais problemas do que os que ela poderia aguentar se não pensassem que ela era, de certa forma, minha.

— Posso te assegurar — sussurrei —, que a dancinha com o diabo que você tem feito é a única coisa que impede os demônios de te rasgarem aos pedaços, garotinha.

Suas narinas dilataram, a raiva que eu conhecia tão bem ganhou vida quando ela colocou a mão na minha coxa e se inclinou.

— Acha que não posso me virar sozinha? Porque, conforme vejo as coisas, eu cuidei muito bem de você.

— Ah, cuidou. Mas só porque eu deixei.

— Você deixa todas as suas putas de Barrington se safarem com tanto assim, Bellamy?

Ela não fazia ideia do limite que estava tateando. Com um sorrisinho, agarrei o cabelo da sua nuca, então puxei sua cabeça para o meu colo.

— Quer saber como as minhas putas de Barrington conseguem essa proeza?

Ela lutou para se livrar das minhas mãos, unhas cravando no meu jeans enquanto eu puxava mais forte.

— É assim que todas as garotas como a Loirinha conseguem.

Sussurros ecoaram pela sala. Os alunos na nossa frente se viraram para olhar.

— A intenção é que isso me faça me sentir bem, Bellamy? — Ela relaxou no meu aperto, descansando a bochecha perto do meu pau.

— Chame como quiser.

Então os dentes afundaram na minha coxa. Com força.

Engoli um gemido, então coloquei a outra mão na parte de trás da sua cabeça.

— Eu juro por Deus, quando eu comer você, não vou ter misericórdia nenhuma, garotinha. — Então me afastei. O cabelo dela estava uma bagunça e o rosto vermelho pra cacete. A qualquer minuto, eu esperava que ela me desse um soco.

— Sr. West! — A Sra. Smith bateu no quadro com a varinha que ela usava para apontar as coisas. — Eu juro pelo nosso Pai que está no céu. — Ela balançou a cabeça, pegou o bloquinho de advertência e preencheu uma. — Tudo isso de "sem nenhuma misericórdia, garotinha." Jesus Cristo, assuma o controle — ela falou, e colocou o papel no canto da minha carteira.

— É culpa sua! — Apontei para o papel rosa. — Juro por Deus, você é o rolo de uma noite que saiu direto do inferno.

— Não, a culpa é sua. — Ela empurrou o aviso de detenção na mesa. — Um rolo de uma noite só envolveria eu ter dado para você. E eu não vou fazer isso.

— Conta outra.

O sino tocou, e a Sra. Smith gemeu, a cadeira dela rangeu quando deduzi que ela se levantou para ir até o quadro. Ela começou a explicar o DNA mitocondrial.

No meio da aula, eu estava quase cochilando quando o sistema de alto-falantes apitou.

— Um intruso foi visto no prédio. Um intruso foi visto no prédio.

A Sra. Smith jogou a caneta de quadro no chão.

— Para debaixo da mesa. — Ela correu para a porta, trancou-a antes de correr até as janelas e fechar as persianas. Os alunos clamavam sob a mesa, e Drew saiu da cadeira e se virou para mim, em pânico.

— O que está acontecendo?

Eu a peguei pelo pulso e a puxei para o chão comigo.

— Só se abaixe.

— Fiquem quietos — a Sra. Smith falou dos fundos da sala.

Meu pulso acelerou, o pensamento de que aquilo podia ser de verdade passou pela minha cabeça, criando um redemoinho de ansiedade a cada porta que batia no corredor.

— Por que estamos nos escondendo? — Drew sussurrou, ao se apoiar na perna da mesa.

— Simulação de tiroteio ativo.

A Sra. Smith voltou a nos silenciar. A menina do outro lado de Drew começou a chorar. Essas coisas eram sempre uma merda, porque nunca sabíamos se era ou não verdade.

— Ai, meu Deus. — Drew puxou os joelhos para o peito, apoiando a testa lá. Ela parecia prestes a perder totalmente o controle.

— É um treinamento, Drew. Não entre em pânico. — E essa... essa foi a primeira vez que menti para ela. Eu não fazia ideia se era ou não um treinamento, mas se fosse de verdade, não era como se pudéssemos fazer alguma coisa.

— Como você sabe? — ela sussurrou.

Dei de ombros, e ela puxou as pernas para mais perto do peito. Segundos se passaram. O silêncio sobrenatural de uma sala que normalmente era caótica criou uma tensão sufocante. Imagens de documentários passaram na minha cabeça sem parar... o som dos tiros, as crianças saindo dos prédios com as mãos atrás da cabeça. Poderia ser a gente.

Drew soltou um suspiro irregular, concentrando-se no azulejo na frente dela.

— Estou com medo — ela sussurrou.

Eu também estava. Engoli em seco, e estendi a palma da mão no chão entre nós, e ela a pegou, e voltou a apoiar a cabeça nos joelhos.

Meu estômago revirou e deu um nó; a mão da Drew suava contra a minha. Observei o ponteiro dos segundos passando, esperando tiros soarem ou os policiais baterem na porta e dizer que a barra estava limpa, enquanto pensamentos do que seria da minha mãe e do Arlo giravam pela cabeça. Quando a polícia finalmente chegou e abriu a porta, nos deixando saber que o treinamento tinha acabado, a tensão na sala estava quase insuportável.

Calados, voltamos para as carteiras, fingindo que o treinamento não podia ser a merda da nossa realidade. Smith voltou para o quadro, levando a garrafa térmica aos lábios com as mãos trêmulas. Então retomou de onde tinha parado, e desenhou outro diagrama.

Drew se sentou ao meu lado, o lábio preso entre os dentes, lágrimas ameaçando se derramar. Ela ergueu a mão e pediu para sair, já estava a meio caminho da porta antes de a Sra. Smith perceber.

Ficou evidente que a garota nunca tinha participado de um desses treinamentos antes, e se eles me enervavam, eu podia garantir que a tinham deixado à beira de um colapso.

— Preciso mijar — falei, ao sair da sala.

Segui o corredor vazio até o banheiro das meninas. Drew estava na pia, secando o rímel borrado, mesmo que as lágrimas continuassem a cair. Eu não tinha nada que ter ido atrás dela. Não deveria dar a mínima se ela estava assustada, pelo simples fato de que a garota não era minha. Mas, ainda assim, aqui estava eu, me mostrando fraco diante dela a cada segundo que passava.

— Você está bem? — perguntei, minha voz ecoou pelos ladrilhos sujos.

O olhar encontrou o meu no espelho. Com um suspiro entrecortado, ela abaixou a cabeça, o movimento súbito cobriu o seu rosto com uma cortina de cabelo.

— Acho que você não tinha esses treinamentos lá na sua escola preparatória, não é? — Fui para trás dela, coloquei uma mão no seu ombro e afastei seu cabelo para o lado com a outra. Ela não se mexeu. Não reconheceu a minha presença. — Eles são uma merda — admiti.

— Não sei o que há de errado comigo.

— Isso te deixou com medo.

Ela virou o rosto para mim, e voltou a secar o rosto.

— É irracional estar chorando agora. Eu não morri.

— De todas as coisas irracionais que você já fez, garotinha, eu te prometo que essa não é uma delas. — Abri um meio-sorriso e passei a mão por sua bochecha molhada, aterrorizado pelo quanto aquilo pareceu normal. No quanto pareceu certo.

Seu olhar travou com o meu por um instante antes de ela agarrar a minha mandíbula, depois pressionar um beijo nos meus lábios. O tipo de beijo que não dizia que ela me queria, mas o tipo de beijo que dizia que ela precisava de mim. E, puta merda, aquilo fez o meu peito se apertar.

Agarrei-a pela cintura, puxei-a para perto e, para variar, não senti o impulso de curvá-la em algum lugar e trepar com ela. Eu não queria odiá-la. Só protegê-la.

— Não estou dando para o Jackson.

— E eu não estou comendo ninguém.

Porque eu queria a ela. Apenas ela.

Os dedos passaram pela minha bochecha quando ela deu um passo para trás, o olhar buscando o meu como se houvesse algo que pudesse descobrir de mim apenas me olhando com um pouco mais de atenção. Então, sem dizer nada, Drew saiu do banheiro.

E me deixou ali, me sentindo mais vulnerável do que jamais me senti em toda a vida.

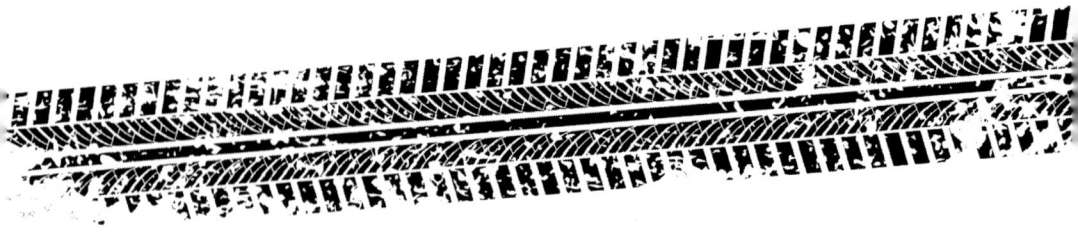

23

DREW

Naquela tarde, quando cheguei da escola, eu ainda estava abalada. Eu me sentei no sofá, me sentindo entorpecida, e só podia pensar no Bellamy. Ele tinha me visto chorar. E eu nunca, nunca deixava ninguém me ver chorar. Ele segurou a minha mão, me beijou... eu ainda podia sentir o calor dos seus lábios marcando os meus.

Onde estava o cara a quem eu deveria odiar?

Encarei o celular. Àquela altura, eu estava além de me importar. Minhas defesas estavam reduzidas. Ele tinha aberto uma velha e grande rachadura lá no espaço de uma aula.

> Obrigada. Por segurar a minha mão.

Parecia patético quando pus em palavras.

> É...

> Espero que não tenha arruinado a coisa toda de me odiar que estava rolando...

Deus, eu estava muito ferrada. Eu estava ferrada pra caralho. Qual era o ponto de continuar brigando...?

Digitei a primeira parte de uma resposta, quando outra mensagem chegou.

> Porque você toda brava comigo deixa meu pau duro pra cacete.

Então era por aí que a gente seguiria. E, com isso, eu poderia lidar com muito mais facilidade do que com as emoções estranhas que estavam tentando cavar o meu peito.

> Isso explica muito.

> Não acredite em mim. Diga que me odeia, e eu te mostro o efeito.

Uma leve excitação fincou raízes e, é claro, eu a enfrentei, porque Bellamy pode ter sido uma rocha sólida às minhas costas hoje, mas normalmente ele era o fogo ardente lambendo a minha pele, ameaçando me chamuscar. Isso... isso era o que a gente fazia, eu queria a familiaridade da coisa, como se o meu senso de mim mesma estivesse atado a ele sendo sacana e malvado. Apertei o ícone de áudio.

— *Eu te odeio pra caralho.*

Segundos depois, chegou uma foto do punho dele em volta do pau. O calor rastejou pela minha pele, e eu me vi esfregando as coxas. É claro, eu já tinha visto aquela rola, posto os meus lábios nela, mas ver a mão dele a rodeando... era totalmente diferente. Parecia tão mais brutal, quase raivoso.

> Vai bater uma para mim?

> Vai meter os dedos nessa bocetinha pra mim?

Deus, quando se tratava dele, eu era a porra de uma viciada.

No dia seguinte na escola, o Bellamy não estava esperando no meu armário, e a sensação estranha de decepção que veio me pegou com a guarda baixa. Tudo com ele era tão complicado, meus sentimentos nunca eram os mesmos de um dia para o outro. Eu continuava querendo que ele aparecesse, mas ele não apareceu.

Guardei o livro de Biologia no armário no fim do dia e peguei a mochila. Quando me virei, uma ruiva estava apoiada na parede de metal, me encarando.

Os peitos quase saltavam do decote da blusa, e ela tinha toda aquela aura de "não fode comigo". Exatamente o tipo de garota que carregaria uma navalha. Ela também era o tipo de garota que qualquer cara ia gostar de comer, então quando ela disse que Bellamy tinha pedido para ela falar comigo, logo presumi que ele tinha dormido com ela. E aquilo fez as minhas costas se retesarem.

Fechei a porta do armário sem fazer barulho.

— Cer-to.

— É melhor você ficar bem longe do Max, e não beba nada que não tenha servido para si mesma quando estiver perto daqueles babacas de Barrington. — Ela me olhou dos pés à cabeça. — Mas, bem, não sei com o que Bellamy está preocupado; é capaz de você estar segura. Você não é lixo de Dayton, é?

— Ele batizou a sua bebida?

Ela deu um aceno breve, a expressão vacilando.

— Só acredite em mim. Aqueles caras não são gente boa. — Ela deu um passo para trás. — Vou me certificar de dizer a mesma coisa para a sua amiga.

— Espera. Como você conhece o Bellamy? — perguntei.

Os lábios vermelho-sangue se abriram em um sorriso.

— Eu não dei para ele. — Então ela foi embora, desaparecendo rápido em meio à multidão nos corredores.

Coloquei a mochila no ombro e fui para a saída, pensamentos giravam pela minha cabeça. O Max tinha dado um 'Boa-noite, Cinderela' para aquela menina.

Eu me perguntei se Jackson e Olivia sabiam. Não deviam saber. Eles não deixariam o cara entrar na casa deles, não é? Mas, bem, em quem eles acreditariam? No amigo ou em uma menina do Dayton? E aquele pensamento deixou um gosto amargo na minha boca.

Meu encontro com a ruiva se repetiu na cabeça durante todo o trajeto até a minha casa. E quando Olivia mandou mensagem perguntando se eu queria ir comer alguma coisa com ela, tudo em que pude pensar foi em como poderia abordar o assunto com ela. Porque, se o que aquela garota disse fosse verdade, Olivia não arranjaria uma das minhas amigas para aquele cara.

A Mercedes da Olivia disparou pela estrada. Ela falava a cem quilômetros por hora sobre alguma festa nesse fim de semana enquanto eu olhava pela janela, observando as ruas de Barrington passarem zumbindo.

Mandei mensagem para a Nora, dizendo que precisávamos conversar, mas não tinha certeza se ela ouviria. Se a mensagem tivesse vindo de qualquer um que não fosse o Bellamy, talvez... eu sei que Nora estava ofuscada demais pelo glamour de Barrington e pelo ódio que sentia por Bellamy para dar ouvidos.

— Bem, o Max vai estar lá. — Olivia reduziu a velocidade ao pegar a faixa de conversão, e ligou o alerta. — E você deveria levar a sua amiga.

Segundos se passaram enquanto eu lutava para achar uma forma melhor de dizer isso...

— Falei com uma menina lá da escola hoje. — Passei a mão no meu jeans. — Ela disse que o Max Harford batizou a bebida dela. Ouviu falar?

Ela fez careta.

— Que menina?

— Uma ruiva. Não sei o nome dela; ela só foi me procurar e...

— Aff! Uma ruiva? Você está falando daquela namorada vulgar do Zepp Hunt? Sabe, o que andam dizendo é que ela mandou o cara para a cadeia. Eu não acreditaria em nenhuma palavra do que ela diz.

— Mas não foi o Zepp quem deu uma surra no Max?

Ela deu de ombros.

— Homens são neandertais. Vai saber o que ela falou para ele. São de Dayton. Dar uma surra no *quarterback* do Barrington é o auge para eles. Tipo, eles sequestraram o Jackson e o puseram na sua porta, Drew!

— É. — Mas eles não o machucaram, e considerando o quanto o odiavam, eles, com certeza, poderiam... Eu vi as cicatrizes no rosto do Max. Aquilo não foi só uma surra; foi uma punição. Uma dívida de sangue.

— Esquece. É bobagem. — Eu não achava que fosse, e se não era... eu podia entender por que Dayton odiava Barrington. Por associação, eu podia ver por que Bellamy me odiava.

Olivia parou em um terreno de cascalho cheio de caminhonetes e motos. Encarei a placa laranja e marrom com as luzes da metade das letras apagadas: *Waffle Hut*. Que porra de nome era esse?

Entrei com ela, e uma mulher de meia-idade atrás do balcão apontou para uma mesa vazia no canto. Eu me acomodei no assento de plástico, minhas mãos grudaram lá antes de eu pegar o cardápio gordurento e passar os olhos por pelo menos uns vinte jeitos de comer batata rosti.

Minutos depois, o sino da porta tocou. Jackson entrou com o Max e a Nora. Eu nem sequer sabia que ela estaria ali, mas aqui estava ela, com a mão no braço do Max. Aquela sensação ruim voltou a tomar conta de mim.

— Deus, eu moro com você. Me deixa em paz. — Olivia bufou ao se mexer para abrir espaço.

Jackson olhou feio para mim antes de se acomodar ao lado da irmã. Ficou óbvio que ele ainda estava chateado por causa da façanha do Bellamy no fim de semana. Não que eu pudesse dizer que ele estava errado.

Max se largou ao meu lado, praticamente me empurrando para a parede para que a Nora pudesse caber lá. Nunca senti tanta repulsa por estar perto de alguém.

Fizemos nossos pedidos e, dez minutos depois, um banquete de comida gordurosa apareceu na mesa. Pela aparência da seleção, não fiquei triste por ter pedido só um *milkshake*.

Peguei a cereja que estava por cima do chantily, e me encolhi quando o Max passou o braço pelos ombros de Nora. Eu queria arrancá-lo de lá e arrastá-la daquele lugar. Mesmo antes de saber o que descobri sobre Max, eu já pensava que ela era boa demais para um riquinho arrogante como ele.

Jackson desviou o olhar do celular em que esteve prestando atenção nos últimos cinco minutos.

— Davis disse que está fora. Então estaremos em oito.

— Ainda assim vamos sentar a porrada neles. — Max riu, esfregando as mãos antes de pegar o garfo.

Deus, homens e a testosterona.

— Vão sentar a porrada em quem? — perguntei, sugando o *milkshake* pelo canudo.

Jackson digitou uma mensagem antes de lançar um sorriso nojento para mim.

— West e os caras dele.

Ah, isso não era bom. Claro, eu podia entender por que eles sentiam que precisavam revidar, mas pareceu errado. Injusto.

— Parece meio extremo — falei. — Tipo, vocês não estão acima disso?

Max virou o foco para mim.

— Então, tipo, o que há entre você e o West, Drew?

— Nada?

— Não foi o que fiquei sabendo.

Jackson se mexeu e enfiou o resto do sanduíche gorduroso na boca antes de empurrar o prato.

— Você está do lado de quem, afinal das contas, Drew?

— De ninguém. Só acho que é uma briga idiota.

O telefone de Jackson voltou a apitar, o que o fez parar de prestar atenção em mim.

— Davis disse que vai encontrar a gente às dez, na Paradise Valley. A Sheridan disse que os otários estão na casa do Hunt.

Os caras continuaram falando de descer a porrada na gentalha de Dayton, e a cada comentário sarcástico que eles faziam sobre o Bellamy, mais agitada eu ficava. Depois de poucos minutos, eu disse que ia ao banheiro. Porque aquilo era uma idiotice.

No minuto que fechei a porta suja do reservado, peguei o telefone. Talvez a minha lealdade deveria ter ficado com a Olivia e o Jackson, mas oito contra três não parecia nada bom. Eu não sabia mais em quem confiar, mas algo sempre me arrastava de volta para Bellamy, não importava o quanto parecesse estúpido. Eu não podia deixar de avisar a ele.

> Só um alerta… os caras de Barrington vão aparecer na casa do Hendrix mais tarde e, cito, "para sentar a porrada em vocês".

> Ah, é?

> E como você sabe?

Deus, ele era um idiota. Não podia simplesmente agradecer pelo aviso?

> Importa?

> Se você estiver com ele, sim.

> Eu já te falei que não estou trepando com ele!

> Não importa.

Possessivo não começava nem a descrever.

> Só tome cuidado.

> Qual é, garotinha. Não venha me dizer que você pensou mesmo que ele vai me sentar a porrada.

> Não acho que eles estejam pensando em um mano a mano, Bellamy.

Quando voltei para a mesa, mais dois caras do Barrington tinham aparecido. Pedi batata frita, só para deter o Jackson e aqueles caras um pouco mais, esperando que talvez o babaca do Bellamy mudasse de ideia e fosse embora da casa do Hendrix. Mas, para ser sincera, eu sabia que ele não abandonaria o amigo.

Eu tinha acabado de enfiar o resto das batatas horrorosas do *Waffle Hut* na boca, sentindo que ia vomitar, quando o sino da porta tocou.

— Ah, poxa. — Max sorriu, e apontou a porta com a cabeça. — Parece que vai ser antes do esperado.

Olhei para trás e vi Bellamy, Wolf e Hendrix de pé à porta. Os punhos cerrados na lateral do corpo, e o olhar irado do Bellamy fixo em mim.

Como ele sabia onde a gente estava?

— Ouvi dizer que você está com um problema comigo, Bennett? — Bellamy moveu o queixo para cima. — Quer me sentar a porrada?

— Você contou a ele, Drew? — Jackson balançou a cabeça, xingando baixinho.

— Não é como se fosse segredo! — E movi o meu olhar possesso para o Bellamy. Eu ajudo o cara, e ele me delata.

— Ela não tem porra nenhuma a ver com isso — Bellamy falou, ao arregaçar as mangas.

Olivia me fuzilou com o olhar.

— Sério? Você é leal ao lixo com quem está trepando, Drew? — O olhar dela me percorreu, e se transformou na forma como ela olhava para todo mundo do Dayton. Como se eu estivesse abaixo dela.

Hendrix deu um passo adiante.

— Chateadinho porque o Bell fodeu a boca da sua namorada, Bennett?

E por causa daquele comentário, Jackson disparou da mesa, com Max logo atrás. Os outros dois os seguiram pelo corredor.

— Ah, seu otário. Não aprendeu a lição da primeira vez? — Wolf debochou, olhando feio para o Max.

Hendrix cutucou o Wolf, saltitando feito um filhotinho.

— Eles acham que vão descer o cacete na gente, Wolf. Só porque a gente não está com os tacos de beisebol dessa vez. — Inclinou a cabeça para trás e gargalhou. — Esses merdas.

Bellamy foi lá para frente, tamborilando nas mesas vazias.

— Vou te dizer uma coisa, Bennett. Você vai ficar de joelhos agora, como a putinha que você é, e não vou te sentar a porrada por falar com a minha garota.

Aquilo deveria ter me deixado puta, porque eu, com toda certeza, não era a garota dele. Mas, puta merda, só serviu para me deixar com tesão. Porque foi possessivo, e arrogante, e problemático da cabeça aos pés.

— Sua garota? — Jackson riu. — Você quer levar uma surra por causa dessa cadela, West? — Jackson caçoou.

Bellamy cerrou a mandíbula. Fúria cega cobriu o seu rosto. Jackson deu um golpe. Bellamy nem sequer se encolheu, simplesmente se esquivou, voltou a se endireitar e atingiu Jackson em cheio, bem na têmpora.

A cabeça de Jackson voou para o lado antes de ele desabar no chão de ladrilho.

— Quem é a cadela agora? — Bellamy cuspiu nele, e tudo foi para o inferno.

O resto dos caras partiu para cima um do outro, trocando socos. Hendrix gritou "filhos da puta" bem alto antes de cair para dentro. Eu não podia afastar o olhar de Bellamy, a forma como ele se movia sem fazer esforço, músculos retesados, com um ar de tranquilidade que contrastava com a violência. Eu gostava de pensar que estava acima dessas coisas. Acontece que eu não estava. A forma como ele se movia me fez querer suas mãos marcadas na minha garganta, o corpo em cima do meu, me dominando… doentio, perverso, viciante.

Olivia pegou o telefone na bolsa, passou os dedos pela tela antes de levá-lo à orelha.

— Sim. Eu quero denunciar uma briga…

Merda. Agarrei Nora pelo braço e a puxei da mesa, me esquivando dos caras do Barrington caídos no chão e dos socos antes de arrastá-la porta afora para o ar úmido do Alabama.

Nora me seguiu pela rua, passando pelas lojas de penhores antes de parar e suspirar:

— A gente não pode ir a pé para casa.

— Está tudo bem. — Digitei no meu telefone enquanto andávamos pelo acostamento cheio de lixo. — Vou pedir um Uber. — Correção, não havia nenhum, porque estávamos em Dayton! Carros passaram correndo por nós, e um caminhão buzinou, lançando uma rajada de vento. Continuamos andando, e minha cabeça girava a mil por hora. Bellamy, Jackson, Max... Nora aparecendo com o Max. Pensar nela saindo com um cara daqueles me deixou com uma sensação horrível.

— Sabe, eu não acho mesmo que o Max seja um cara legal, Nora.

— Drew...

— Falei hoje com uma garota para quem ele deu uma bebida batizada. Pode chamar de instinto, mas acreditei na menina.

Ela bufou e cruzou os braços.

— A gente pode não falar disso agora?

Olhei para Nora, cabisbaixa, caminhando ao meu lado. A garota parecia derrotada, e eu tive a sensação de que ela acreditava; só não queria que fosse verdade. Ela queria que o cara gostasse dela, o que era compreensível. Eu me senti mal pela menina.

— Tudo bem.

Tínhamos percorrido metade do quarteirão por onde eu nunca havia andado na vida quando um carro diminuiu a velocidade ao chegar perto de nós. A janela do carona abaixou, e Bellamy se inclinou por cima do Hendrix.

— Entre no carro, Drew.

Hendrix me fuzilou com o olhar, como se eu tivesse roubado o seu brinquedo preferido.

Nora cruzou os braços.

— Para quê? Para irmos todos para a cadeia quando eles denunciarem a sua placa, Bellamy? Não, obrigada. A gente vai a pé.

Dei uma olhada nas prostitutas vagando do lado de fora da loja de penhores do outro lado da rua; o carro parado no canto que, com certeza, estava vendendo drogas naquele momento.

Hendrix se inclinou sobre a janela, sorrindo.

— Owwn, a Sonora Nora está toda tristinha, tadinha, porque o merdão do Barrington levou porrada. De novo.

— Eu estou me lixando se você vai entrar ou não, Nora. Mas Drew... Você vai entrar, caralho. — A voz de Bellamy estava autoritária e profunda, o que enviou um calor incandescente para as minhas bochechas.

Hendrix se largou no assento, revirando os olhos enquanto debochava do Bellamy.

Eu me virei para Nora.

— Só entra. São cinco minutos ou uma caminhada de meia hora por... essa merda. — Apesar da palhaçada do Bellamy, eu sabia que ele não a deixaria ali.

— Foda-se — ela disse, antes de ir para o carro.

Hendrix saiu do banco do carona, jogou-se para o de trás e bateu na coxa.

— Hora de ficar confortável, Nora Bora.

O cheiro que era todo Bellamy me cumprimentou no segundo que me acomodei no banco do carona. A mão dele estava na marcha, e minha atenção foi para os dedos esfolados antes de se desviar para o lábio cortado. Disse a mim mesma que o calor no meu ventre era só uma reação à violência, mas eu sabia que era mais que isso. Bellamy era um tipo de horror do qual eu não tinha certeza se queria escapar.

Ele pisou fundo, ziguezagueando pela rua antes de ultrapassar o sinal vermelho. Quando chegamos à rodovia, Hendrix apareceu entre os assentos.

— Hoje vocês vão trepar feito gato e cachorro de rua ou o quê? — Ele deu um pescotapa no Bellamy. — Miau, miau, porra. — E se largou no banco com uma gargalhada.

— Não. Eu odeio ele — falei, se virando para olhar a traseira do carro.

— Como se isso significasse alguma coisa. Eu odeio a Hora Nora, mas ainda deixaria a garota montar no meu pau e dar uma volta. Não se preocupe, perna roliça, ninguém vai julgar o seu juízo se você der uma voltinha no Caralhossel. — Ele beliscou a cintura da Nora, e ela deu um tapa na cara dele. Fiquei boquiaberta por um instante, porque todo mundo sabia que o Hendrix era louco.

— E agora você fez o cara de pau ter uma ereção, Nora. — Wolf balançou a cabeça. — Parabéns. Ele vai te roçar feito um cachorrinho com o negocinho para fora. — Os caras riram, enquanto Nora fulminava Hendrix com o olhar, como se ela fosse enforcá-lo se pudesse.

O carro parou no sinal vermelho, e eu voltei a olhar para frente, incapaz de ignorar a forma como os postes brincavam com as sombras do rosto do Bellamy. Ele se virou e me viu encarando.

— Não se preocupe, eu te odeio também, garotinha. — A mão dele foi para a minha coxa, os dedos calejados varrendo a pele supersensível.

Virei o olhar para a janela, encarando os prédios fechados com tapume enquanto tentava não reagir ao calor da mão do Bellamy marcando a minha pele, prometendo que em algum momento ele me conquistaria. Nora suspirou lá atrás.

— Vocês sabem que vão ser presos?

Os caras caíram na gargalhada. Quando o sinal ficou verde, Bellamy tirou a mão da minha coxa e encaixou a primeira marcha. Senti falta do contato.

— Qual é, Hora Nora, não é assim que as coisas funcionam entre Dayton e Barrington. Você sabe.

Bellamy foi ziguezagueando pela estrada, enfim fez uma curva fechada em Barrington e passou feito uma bala pela divisa. Os pneus cantaram quando ele pisou no freio na frente da minha casa. Nora gritou para Hendrix sair antes da porta de trás se abrir, então a bateu com força.

— Obrigado pela mensagem. — Bellamy roçou os dedos calejados e esfolados na minha bochecha, e meu coração acelerou como um passarinho moribundo. — Foi fofo.

Passei o polegar pelo seu lábio machucado.

— Ponha um pouco de gelo nisso — murmurei, então saí do carro.

Nora estava de pé lá na frente, olhando feio para o Hendrix, que estava com o rosto colado na janela de trás. A língua pressionou o vidro antes de o carro sair com um estouro do escapamento.

— Isso… — Nora apontou para a rua conforme as lanternas do carro do Bellamy sumiam ao virar a esquina. Ela começou a subir a trilha para a minha casa e parou à porta para me esperar. — Sério, Drew, eu estou te falando, continua aí de rolo com Bellamy, e você vai acabar se machucando.

Não era nada que eu já não soubesse, mas não conseguia evitar. Ele era como um tsunami do qual eu não podia fugir, e eu sabia que tinha acabado de escolhê-lo em vez de aos meus amigos. O cara tinha a minha lealdade, gostasse eu ou não. Eu ia me afogar.

Destranquei a porta, e a empurrei para o vestíbulo frio.

— Não é bem por aí.

— Eu vi a mão dele na sua coxa, Drew.

— É... — Deixei as chaves na mesinha da entrada, então seguimos pela casa escura em direção às escadas.

— Foi só uma carona, Nora. O que ele ia fazer? Nos deixar caminhar por Dayton...

— Você perdeu a parte em que ele te chamou de 'sua garota'? Ou que ele estava disposto a me deixar lá enquanto exigia que você entrasse no carro?

— Ele só disse aquilo para irritar o Jackson. — E eu gostei, até demais. Mudei de roupa, colocando uma camiseta gigante antes de me sentar ao lado dela na cama. — E ele não teria te deixado lá.

— Se eu estivesse sozinha, ele nem teria parado, para início de conversa. Ele não é legal, Drew.

Não, ele não era, mas mesmo com toda a merda entre nós dois, ele nunca chegou a me machucar. Embora agora percebesse que ele poderia ter feito isso com muita facilidade; eu entendia o caminho enorme que as pessoas abriam para eles no corredor. O medo, a reverência. No meu mundo, dinheiro era poder, mas, no deles, a violência governava. E isso, eles tinham para dar e vender.

— Só estou tentando te avisar. Dá para ele se quiser, tanto faz. Só não se apaixone por ele. Okay?

Nora dormiu, e embora eu geralmente achasse que o som da respiração de outra pessoa fosse reconfortante – graças a sempre ter dividido um quarto –, eu não consegui dormir. Minha mente estava uma confusão só; meu corpo, inquieto... e era tudo culpa do Bellamy. Eu não podia tirar o cara da cabeça. Tentei bloqueá-lo depois da festa na casa do Jackson, disse a mim mesma que ele era mau e que para mim já tinha dado, mas não tinha.

> Você me chamou de sua garota...

> Foi

Nada de "porque você é" nem "eu só estava irritando o Jackson". Apenas "foi".

> Então, você vai me dizer por que estava lá com ele?

Ele deixou para lá bem rápido, e escolheu o assunto óbvio. Eu não devia explicações a ele, mas depois do soco que ele acabou de levar do

Jackson, eu poderia supor que o assunto fosse bem sensível agora. Embora o Jackson sempre tenha parecido ser um bom rapaz, essa noite vi que ele não era. Ele queria colocar oito contra três, era amigo de um cara que dopava as meninas, e a forma como a Olivia olhou para mim... Pensei que talvez eles fossem legais, desde que eu coubesse na caixinha perfeita de Barrington. Eles não eram melhores que o meu pai. E, agora, eu não era melhor do que o lixo com quem me "juntei". Preferia ser um lixo do que ser uma babaca.

> Nós éramos amigos. Mas não somos mais.

Eu não tinha outros amigos aqui além deles, mas foda-se. Prefiro sair com a galera do Dayton a interpretar o papel previsível de riquinha arrogante. Eu não entendia o fervor contra uma pessoa só porque ela não tinha dinheiro.

> Não posso dizer que sinto muito...

> Tenho certeza de que você está no topo da lista do Barrington. Nada mais de meninas ricas para você...

Eu precisava mesmo deixar aquilo para lá, mas, sim, não ia acontecer nem tão cedo. Sim, eu era mesquinha e ciumenta.

> Eu sempre estive no topo da lista. Só tem uma menina rica de quem eu gosto. E você, com certeza, NÃO é Barrington.

Digitei uma resposta, deletei, digitei outra. O tempo todo aquelas palavras se repetiam na minha cabeça. *E a parte mais cagada dessa história é que quase cheguei a gostar de você...*

> Eu odeio você.

Era verdade. Pessoa nenhuma nunca me fez querer beijá-la e matá-la ao mesmo tempo igual ele fazia.

> Não seria tão divertido se não fosse o caso.

> A propósito, vamos a uma festa amanhã à noite.

> Okay... divirta-se?

> Você vai também. E não foi um convite.

Maldita seja a parte minha que sentia tesão pelas ordens dele.

> Tudo bem, mas você não vai vir me pegar.

Se ele viesse, seria tipo um encontro. E eu não tinha certeza de que estava pronta para *sair* com o Bellamy West.

> Como quiser, garotinha.

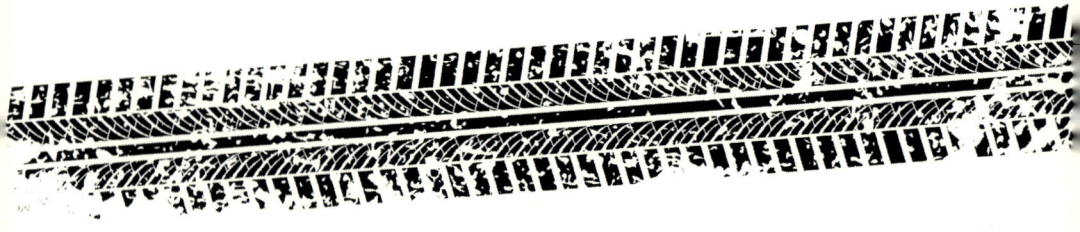

24

BELLAMY

Joguei o celular na cama, depois peguei a bolsa de gelo no chão e coloquei de novo no meu lábio. Esqueci que o Bennett estava tentando nos pegar desprevenidos; no segundo que entrei no *Waffle Hut* e o vi na mesa com ela, tambores de guerra dispararam na minha cabeça, convocando alguma parte primitiva para a batalha. Porque, ela gostasse ou não, a parte muito animalesca aqui dentro a havia reivindicado como minha.

Foi a isso que me rendi essa noite, e ela ter ido embora comigo significava que, sem perceber, ela havia se rendido também.

A porta do meu quarto rangeu.

— Bubba! — Arlo entrou, então saltou na minha cama. — Estou com fome. A mamãe foi trabalhar mais cedo, e não tem macarrão de lata.

Joguei a bolsa de gelo no chão.

— O pai não te deu comida?

— Não.

Era quase dez horas. Antes do incidente no *Waffle Hut*, eu tinha ido para a casa do Hendrix tentar fazer um carro pegar. Minha mãe mandou mensagem me dizendo que tinha sido chamada para ir trabalhar quando eu estava levando a Drew para casa, e ela disse que tinha deixado um sanduíche para o Arlo, o qual, eu supus, meu pai comeu nos dez minutos que o Arlo ficou ali sem mim.

Trinquei os dentes e saí da cama.

O zumbido da televisão na sala se arrastou pelo corredor, e o meu sangue ferveu.

Meu pai era um inútil. Peguei uma camiseta no chão, vesti, depois peguei o envelope de dinheiro na penteadeira e o enfiei no bolso de trás.

— Vamos lá, quer ir ao McDonald's?

— Sim! — Ele saltou da minha cama e correu para a porta, e parou antes de sair em disparada. A testa franziu quando o olhar pousou no meu lábio machucado.

— Foi o papai?

— Não?

— Então quem foi?

Eu o segui até o corredor.

— Bati na porta do carro. — Eu odiava mentir. Mas ele não precisava saber de algumas merdas. Como que o irmão mais velho dele tinha entrado em uma briga por causa de uma garota que ele disse que cagaria na sua cabeça?

O bater de um sino e o rugido de uma multidão soaram na TV antes de dois homens cheio de óleo no corpo partirem para cima um do outro em um ringue. Meu pai estava na poltrona reclinável, desmaiado com um cigarro apagado em uma mão e uma garrafa de uísque na outra.

Meus dedos se contraíram com o impulso de arrancar a bunda inconsciente dele de lá. Mas aquilo só causaria problemas para a minha mãe, e aquela era a última coisa que eu queria fazer.

No caminho para o McDonald's, parei no correio e deixei o envelope, endereçado à minha mãe, com quase dois mil dólares dentro.

O sol de fim de tarde se derramava pelos pinheiros que rodeavam o quintal do Hendrix. Terminei de raspar o chassi do Chevy, batendo nos mosquitos que me picavam com vontade.

— Qual é, cara. Vai ter um monte de meninas lá — falei. Eu não sei nem por que eu estava tentando convencer o Hendrix a ir à festa, tudo o que ele ia fazer era me encher o saco por causa da Drew. Mas ele e Wolf eram os meus caras. A gente fazia tudo juntos.

Hendrix bateu no capô e balançou a cabeça.

— Eu não vou à festa do The Dump. A ruiva vai estar lá. — Deu a volta no carro, pegou uma chave inglesa no mato alto e a apontou para mim. — Ir naquela festa é como cagar em cima do Zepp.

— Sério, cara?

— Sério, otário.

O Hendrix odiava a namorada do Zepp, porque ele tinha cem por cento de certeza de que ela era a razão para o irmão ter ido para a cadeia. Mas Zepp tinha me dito que a prisão era culpa dele. É claro, Hendrix se recusou a dar ouvidos porque ele era o Hendrix.

— É o lixão, Hendrix — falei. — É o nosso território.

— Era! *Era* nosso território até a ruiva maligna aparecer. — Ele enfiou a chave inglesa na caixa de ferramentas. — E eu já te falei, nós vamos ao culto da igreja metodista.

Ele tinha assistido a algum documentário sobre seitas e se convenceu de que meninas da igreja eram fanáticas. Limpei a graxa das mãos em uma toalha, observando enquanto ele jogava a caixa de ferramentas no chão e remexia em um dos coolers na varanda dos fundos.

— Eu não vou à igreja, cara.

Ele abriu um refrigerante e me lançou um olhar de desaprovação.

— Você vai ao Lixão por ela. Seu fracote.

— Eu vou ao Lixão porque a sua teoria de achar fanáticas no culto é muito distorcida.

Hendrix bufou.

— Qual é, Bell. É um lugar cheio de virgens meigas famintas por um pouco do sabor do demônio.

E isso, isso era algo de que eu nem chegaria perto. No segundo que o Hendrix e o Wolf pusessem o pé lá, o lugar pegaria fogo.

— Você tem problema, cara.

Ele bebeu mais refrigerante ao ir para a porta dos fundos.

— Ah, tá, como se você não tivesse.

— Eu não tenho.

Ele balançou a cabeça.

— A Drew foi lá e fodeu com você. Deixando de lado as virgens e Jesus... — A porta de tela bateu atrás dele.

Ah, a garota fodeu comigo direitinho...

Saí do Hendrix e passei em casa para pegar o Arlo e levá-lo para dormir na casa de um amigo. E quando voltei, meu pai já estava de cara cheia. Ele estava diante da geladeira aberta, cambaleando enquanto pegava outra cerveja.

Minha mãe entrou na cozinha, prendendo o cabelo escuro para longe do rosto antes de pegar uma lata de ervilha na despensa.

— Não quero essas merdas de ervilhas para o jantar, mulher. Quero bife e purê de batata.

Ela congelou, em seguida devolveu a lata à prateleira.

— Não tem batata, Dan.

— Bem, então vá comprar.

— Não tenho tempo. Preciso estar na loja...

— Não estou nem aí para o que você tem que fazer. Quero comer algo decente.

— Não fala com ela assim, porra! — Meu coração batia com força contra as costelas, a sensação ecoava na garganta. Peguei a lata de ervilha na prateleira e a bati no balcão desgastado. Ela trabalhava até morrer, e o amava, mesmo ele não merecendo. De jeito nenhum eu ficaria ali assistindo calado enquanto ele a tratava feito lixo. — Ela não vai ao mercado.

— Bellamy... — minha mãe sussurrou.

Meu pai já estava erguendo os ombros.

— Ela *vai* à porra do mercado. — Ele cambaleou na minha direção. — Acha que é um homem grande e malvado agora, filho?

Pensei em todas as vezes em que o vi bater nela, todas as vezes que ele me deixou com um olho roxo quando eu era criança. Em seguida lembrei de ele não ter dado comida para o Arlo.

— Dan, por favor — minha mãe sussurrou, então ele recuou como se fosse bater nela, e eu perdi o controle.

Pratos quebraram. O *drywall* rachou. Depois de eu ter atingido meu pai na boca e no nariz e ele ter quebrado uma garrafa de cerveja na minha cabeça, eu o agarrei pelo colarinho da camisa e o empurrei pela porta de tela.

— Dá o fora daqui.

Ele ficou de pé, em passos trôpegos, e limpou o sangue do nariz.

— Eu juro por Deus — falei, respirando com dificuldade e tentando me controlar. — Se você voltar antes de ficar sóbrio, eu te mato.

Ele congelou e respirou fundo antes de sair tropeçando pela lateral da casa. O motor da caminhonete dele engasgou, os pneus amassaram o cascalho, e a casa ficou em silêncio.

Minha mãe ficou parada perto do balcão, as mãos apoiadas na pia e cabisbaixa. Odiei ela ter ficado chateada, mas eu não o deixaria bater nela. Com um suspiro profundo, peguei a vassoura na despensa e comecei a varrer os cacos de vidro e de porcelana barata.

— Você não precisa limpar, Bellamy...

Peguei mais uns cacos e mordi a língua até não conseguir mais. Quando eu me virei para jogar tudo no lixo, lancei um olhar em sua direção.

— Abandona ele, mãe. Abandone aquele homem antes que eu seja obrigado a matá-lo.

Suspirando, ela se ajoelhou ao meu lado, pegou alguns cacos e os jogou na sacola.

— Eu...

— Você pode.

E então baixou a cabeça.

— Eu o amo.

— Ele é um babaca.

— Mas ele não costumava ser...

A irritação lambeu as minhas veias, e eu odiei a situação. Ela era a última pessoa na face da Terra com quem eu queria estar puto, mas, às vezes, era muito difícil. Porque ela merecia algo melhor, mas não se permitia ver isso. Minha mãe ainda estava presa à ideia de quem ele *costumava* ser. O homem que costumava lhe comprar flores e manter um emprego. Ela se agarrou àquilo como a uma tábua de salvação em meio a essa tempestade ferrada, e a noção de amor era o que eu temia que acabasse na morte dela ou na minha. Porque toda vez que ele partia para cima dela, era mais e mais difícil, para mim, parar de socá-lo quando eu o derrubava.

Balançando a cabeça, fiquei de joelhos para pegar mais cacos de vidro. Seguimos todo o ritual para limpar a destruição, então ela pegou a carne na geladeira e ficou na ponta dos pés para beijar a minha bochecha antes de ir para o fogão.

— Eu te amo, Bellamy.

— Eu também te amo. — O que mais eu poderia dizer a ela?

Eu a ajudei com o jantar, então me sentei ao lado dela para comer. Depois de lavar os pratos, enviei uma mensagem para a Drew.

> Não vou poder ir. Desculpa.

Porque nem fodendo eu ia deixar a minha mãe sozinha ali. E quando ela foi para o turno às onze, peguei a garrafa de uísque pela metade do meu pai que estava sobre a mesinha de canto, e fui olhar as estrelas porque, às vezes, aqueles pontinhos brancos eram a única coisa que me lembravam de que algumas coisas nasciam da destruição.

E, às vezes, aquela era a única esperança à qual eu podia me agarrar.

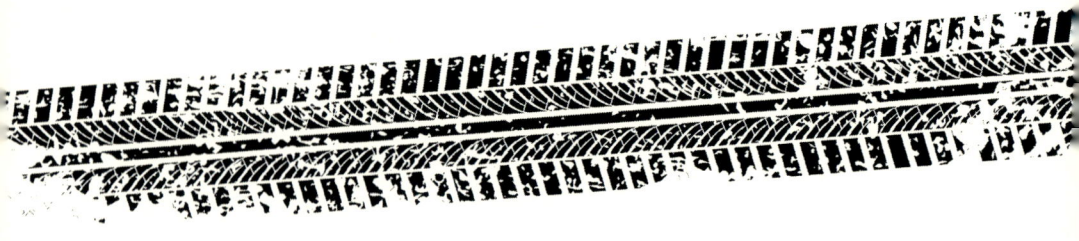

25

DREW

Eu me sentei na caçamba de uma picape qualquer, encarando as pessoas dançando perto da fogueira. Sozinha. Tentei conversar com Nora sobre o Max, enquanto passávamos pelo bosque para vir a essa festa caipira, mas, é claro, ela não me deu ouvidos. Quando estacionei no meio de outros SUVs e caminhonetes detonadas, ela estava irritada. No segundo em que parei o carro, ela saiu feito um furacão.

Passei a última meia hora sentada ali, esquadrinhando a multidão de adolescentes bêbados, procurando pelo Bellamy. Ele não estava em lugar nenhum. Conferi meu telefone – não havia mensagem dele. Mais meia hora se passou antes de eu ver a Nora tropeçando por ali com uma garrafa de vodca pendendo da mão. Ela desabou ao meu lado na caçamba, afastando os cachos escuros do rosto.

— Você está bem? — perguntei.

Ela levou a garrafa aos lábios, tomou um bom gole antes de me oferecer um pouco.

— Estou dirigindo. — Porque eu não queria ficar bêbada e perder todas as minhas inibições perto do Bellamy. Não que tivesse muitas, para início de conversa. — Nora. — Eu a peguei pelo braço e notei que seus olhos estavam vidrados. — O que foi?

— A Monroe veio falar comigo.

— Ah.

— É. — Outro gole. Ela ia passar mal.

— Olha, você é melhor do que aqueles otários de Barrington.

Ela me olhou com desesperança.

— Você é de Barrington, Drew.

Eu ri.

— É, e eu sou uma otária.

— Não é, não.

Ela encarou a garrafa no colo e brincou com o rótulo.

— Sinto muito por não ter acreditado no que você disse sobre o Max... É só que o Bellamy...

— Eu sei. — Desde o primeiro dia, Nora me avisou para ficar longe dele. Eu entendia porque ela não acreditaria nele, mas sobre algo tão sério? — Posso perguntar por que você odeia tanto o cara?

Ela suspirou, e tomou mais um gole de vodca.

— Não é difícil odiar o Bellamy, Drew. Ele é uma pessoa horrível. — Não, não era, mas, ao mesmo tempo, não era muito difícil desejá-lo. — Ele não é horrível com você, então você não enxerga.

Encarei a fogueira, observando a forma como as chamas dançavam, lançando sombras nos troncos das árvores.

— Sinto muito pelo Max.

— Pensei que ele gostasse de mim. — Ela virou a garrafa, o líquido gorgolejando no vidro. — Por que a gente acaba gostando de quem não deve?

Se pelo menos eu soubesse a resposta.

— É algo arraigado no DNA feminino, isso de ir atrás de caras que vão acabar ferrando com a gente.

Voltei a olhar o telefone, e mandei uma mensagem para o Bellamy.

> **Cadê você?**

Outra caminhonete encostou na clareira, e eu me estiquei para ver se era a do Wolf.

— Por que você não para de olhar o telefone?

— Não estou.

Ela estreitou os olhos e os arregalou em seguida.

— Você está esperando por ele? Ah, não. Não, não. — Ela apontou a garrafa para mim. — Conheço esse olhar. Não se apaixone por aquele idiota, Drew.

— Calma, Nora.

Meu telefone vibrou.

> **Não vou poder ir. Desculpa.**

Meu estômago revirou quando senti algo muito parecido com decepção. Nora se inclinou sobre o meu ombro, depois me olhou de soslaio.

— E agora você está parecendo um cachorrinho sem dono. Não estou entendendo nada.

Guardei o telefone e empurrei a vodca para o peito dela.

— Só fique bêbada, tá bom?

E Nora não se limitou a ficar bêbada. Ela tomou um porre do cacete.

Era quase meia-noite quando a ajudei a entrar no carro enquanto ela ria e soluçava.

— O Max é um babaca — ela falou, arrastado.

— É.

Prendi o cinto dela enquanto ela tentava me empurrar.

— Eu estou bem.

Quando entrei no carro, percebi que não tinha ideia de como sair de lá, nem de como cheguei ali. Tudo o que vi ao meu redor foi uma parede de árvores. Segui por uma trilha qualquer, pensando que sairia em algum lugar. Não foi o caso.

Terminamos no meio da mata fechada, meus faróis iluminando a beira de um penhasco.

— Merda — resmunguei, engatando a ré. — Como a gente sai daqui?

O brilho de uma tela de telefone iluminou o interior do carro. Nora passou os dedos pela testa, estreitando os olhos para protegê-los da luz.

— Se eu usar esse aplicativo, posso encontrar a minha casa. — Ela semicerrou ainda mais os olhos. — Espera. Imbeciloide? — Ela jogou o telefone para mim. — Esse telefone é seu. — Então ela mexeu na porta procurando o dela.

Olhei para o aparelho no meu colo. Um mapa estava na tela com uma janelinha na parte debaixo que dizia: Amigos. E um contato estava listado. Imbeciloide. Encarei a tela, confusa pra caralho porque nem sabia que aplicativo era aquele, então como o contato do Bellamy tinha acabado ali?

— Mas que…

— Por que você está rastreando o Bellamy? Isso é bizarro, Drew.

— O quê? Não. — *Rastreando* o Bellamy… — Nunca usei esse aplicativo, não sei como… — Então eu me lembrei da vez que o Hendrix pegou o meu telefone.

Aquele filho da puta.

De repente, tudo fez sentido. Aquele idiota espertalhão. Bellamy estava me vigiando. O que explicava como ele soube que eu estava no *Waffle Hut*, ou quando voltei da casa do Jackson para que o largasse lá na minha varanda. Ele soube de todas as vezes que estive na casa do Jackson e da Olivia. Bem, agora o ciúme descontrolado fazia sentido, e eu ia matar aquele idiota.

— Então, *ele* está rastreando *você*. Certo. Isso é doença, Drew! — Ela continuou mexendo no telefone. — Mas meio que dá tesão. Eu odeio o cara, mas… — Ela acenou ao léu, e eu saí com o carro.

— Só tire a gente daqui, Nora.

Quando finalmente parei na casa da Nora, meu olhar foi para a do Bellamy. Eu não podia acreditar que aquele babaca tinha acionado um rastreador no meu telefone, mas, sério, eu não deveria ter ficado surpresa, já que ele tinha invadido a minha casa. Duas vezes. Dei a volta no carro e parei no meio do caminho quando vi o corpo esparramado na entrada.

— Ah. — Bati a porta do carro, silenciando o som dos grilos. — É o Bellamy?

Nora tropeçou pelo quintal.

— Deve ser.

Deve ser? Por que ele estava deitado ali? Do lado de fora? Em Dayton. Vítima de assalto violento estava praticamente estampado na testa dele.

Segui a Nora pelo gramado, agarrando seus ombros para impedi-la de cair de cara nos arbustos.

— Ele está morto?

— Não. Ele só faz isso.

— E você não acha esquisito?

— Bem, dã, claro que é esquisito. — Ela soluçou. — Ele é esquisito, esquisito, esquisito. E mau, mau, mau. — Ela tocou os lábios com uma risadinha. — Meus lábios estão formigando.

— Nossa. Okay, bebinha. Só… — Abri a porta, e ela cambaleou para cima de mim ao entrar.

Levá-la lá para cima foi uma façanha. A gente quase desceu rolando umas três vezes antes de chegarmos ao quarto dela, e no segundo que pisou lá dentro, a garota caiu de cara na cama.

— Você vai vomitar? — perguntei.

— Não. Vomitar é coisa de amador.

E eu raramente tinha visto a Nora bêbada de verdade.

Tirei seus sapatos, em seguida coloquei a lixeira perto da cama, só para garantir.

Tomara que ela não vomitasse, porque se a mãe dela desse a mínima para a filha menor de idade ter saído para beber, Nora estaria em uma enrascada.

Ela já estava roncando quando desci as escadas em silêncio e fui embora. Fiquei parada na varanda, encarando o corpo do Bellamy ainda deitado lá na frente como um completo lunático. Rastreador. Ele colocou um rastreador no meu telefone. Idiota.

Atravessei a rua escura.

— Você colocou um rastreador no meu telefone!

— Na verdade, eu mesmo não pus merda nenhuma no seu telefone. — A brasa suave do cigarro flamejou antes de amenizar o brilho vermelho. O Bellamy não fumava...

— Você é um otário. — Continuei indo até ele. — Lá estava eu pensando que você estava me perseguindo, e você estava mesmo me perseguindo.

— Mantenha seus amigos perto e seus inimigos mais perto ainda.

Parei e olhei feio para ele por um segundo.

— Você ficou chateado? Por me ver na casa do Jackson o tempo todo? — Tomara que ele tenha ficado puto da vida. Nada menos do que ele merecia.

— Quando apaguei o cara, imaginei ele te comendo todas as vezes em que esteve lá, então, sim. Pode-se dizer que isso me deixou chateado.

Juro por Deus que os meus ovários se contorceram um pouco, e o fato de ele ter ficado puto aplacou um pouco a minha raiva.

— Karma.

— Para ele... — Ele deu um trago no cigarro. — Sim.

Meu olhar vagou pela faixa exposta de pele acima do jeans. A iluminação do poste brincava com o V profundo que desaparecia por debaixo do cinto, e odiei que algo tão simples tivesse feito o meu corpo aquecer.

— Por que você está deitado no chão?

— Por que você está de pé? — Ele virou a cabeça na calçada, soprando uma corrente fina de fumaça. Reparei na mandíbula forte, no ângulo reto do nariz, e sob a luz fraca, mal notei a bochecha vermelha e inchada.

Ele levou o cigarro de volta aos lábios, o olhar não deixou o meu enquanto eu me acomodava ao lado dele no asfalto e suspirava.

— Você entrou numa briga?

Ele desviou o olhar e se sentou, levando a garrafa aos lábios.

— Foi.

— Bem, você está se jogando em tudo o que é ruim essa noite. — E eu sabia um pouco sobre se jogar em tudo o que era inevitavelmente ruim para mim.

Ele podia beber, fumar e brigar. E eu? Eu estava sentada ali porque queria me jogar *nele*. Meu próprio vício. Arranquei o cigarro de seus dedos, e antes que pudesse levá-lo aos lábios, ele o tomou de volta.

— Não fica bem em você. Eu não gosto.

— *Eu* não ligo se você *não* gosta.

Ele se mexeu, apoiou os cotovelos nos joelhos e olhou para mim.

— Você mente mal.

Talvez fosse o caso. Passei os dedos pela bochecha machucada e me perguntei com quem ele tinha brigado, por que ele não tinha aparecido hoje…

— Sabe, ficar bêbado sozinho é meio trágico.

— É. Bem. Dayton é trágico pra caralho.

— É, sim — sussurrei, e um aperto repentino se formou no meu peito. Eu me senti mal por ele. Essa cidade era o meu inferno temporário, mas, para ele, era um lar permanente, e aquilo era uma merda. — O que você vai fazer depois que se formar?

— Não sei. Talvez eu vá para a faculdade estadual do Alabama. — Ele fez uma pausa. — E você? Vai para alguma faculdade de rico?

— Cornell.

— Nova Iorque?

— É.

O silêncio se estendeu entre nós, preenchido apenas pelo suave chilrear dos grilos e o zumbido do tráfego na rodovia. Todo o meu corpo vibrava com a consciência da proximidade dele, e eu só quis estender a mão e tocá-lo.

O fundo da garrafa bateu no pavimento, então Bellamy mudou de posição, colocando a palma quente da mão na minha perna.

— Colocou essa saia para mim?

A forma como seus dedos brincaram sobre a minha pele foi como provocação estática.

— E se tiver sido o caso?

Sua mão subiu até a minha nuca, puxando meu rosto para perto do dele. O cheiro de cravo e uísque me cobriram, e a atração de seus lábios pareceu um ímã, um ao qual eu não resisti.

— Então vou te dizer uma coisa, você está gostosa — murmurou, entrelaçando os dedos no meu cabelo.

Eu queria tudo o que esse cara tinha a oferecer, o que era ruim. Tão ruim...

— E se não tiver sido? — sussurrei.

— Então eu não faria isso. — Os lábios pressionaram os meus, o aperto na minha nuca aumentou quando ele se moveu e me fez deitar de costas no chão ao se acomodar entre as minhas pernas. — As escolhas ruins ainda estão voltando para te assombrar, garotinha? — A mão deslizou pela minha coxa, embolando a minha saia, então parou.

Agarrei sua camiseta, o calor do seu corpo quase me incendiando. Eu não podia mais me convencer de que o Bellamy era uma escolha ruim.

— Não.

Ele sorriu na minha boca antes de me morder.

— Que bom. — Então a mão afundou entre as minhas coxas, deslizando para dentro da calcinha.

Um toque e eu já estava me desfazendo. Minhas mãos bateram na calçada para me firmar enquanto os seus dedos iam mais fundo.

— Eu nunca quis ninguém igual quero você. — Seus lábios estavam na minha garganta, a mão livre agarrando meu queixo. Tudo na forma como ele me tocava era possessivo, animalesco, e cada parte minha ansiava por aquilo. Precisava... — O que me deixa muito pau da vida. — Os dentes afundaram na minha pele com um gemido profundo, e aquele entrar e sair em si quase me fizeram chegar ao limite.

O rock explodiu do seu telefone, e ele ignorou, pressionando o dedo mais fundo e com mais força, me levando mais e mais próximo da perda do controle. E o aparelho tocou e tocou.

— Merda... — Tirou o telefone do bolso, os dedos ainda dentro de mim enquanto levava o aparelho ao ouvido. O barulho de uma criança chorando ecoou na noite, e ele se afastou.

As sobrancelhas de Bellamy franziram.

— Okay. Eu chego em... merda. Me dá vinte minutos, Arlo. Okay... — Mais choro. — Sim. Eu sei. Estou indo. Vinte minutos, carinha.

Ele largou a garrafa de bebida quando ficou de pé com dificuldade.

— Tenho que ir pegar o meu irmão.

Fiquei de pé, puxando a saia para baixo. Aquilo não era nada digno.

— Tudo bem.

Bellamy já estava no meio do quintal.

— O que você está fazendo? Você está bêbado — gritei, às suas costas. — E é uma da manhã.

Ele se virou, continuou andando e quase tropeçou na calçada.

— É por isso que vou a pé.

— Sério? — Ergui as mãos. — Entre no meu carro, seu idiota. — Eu me virei e atravessei a rua, indo para o Range que ainda estava na frente da casa da Nora, com Bellamy cambaleando atrás de mim.

Ele me deu as coordenadas para chegar a outro bairro decadente, a outra casa decadente, e me deixou lá no carro enquanto corria até a porta. Quando alguém atendeu, eu me perguntei por que o irmão tinha ligado para ele em vez de para os pais.

Uma sombra minúscula saiu de lá, arrastando-se pela entrada junto com Bellamy.

Ele abriu a porta, colocou Arlo para dentro e afivelou seu cinto no banco de trás; o tempo todo, o garoto me encarava, com os olhos vermelhos e a testa franzida.

— Oi, Moça do Posto de Gasolina. — Cruzou os braços, irritado.

Bellamy fechou a porta e veio para o banco da frente.

— Ele parece irritado — sussurrei, ao dar a ré e me afastar da casa detonada.

— O amigo dele fez xixi na cama. — Bellamy esfregou o rosto. — É por isso que ele me ligou chorando como se alguém tivesse tentado matar ele. Empata-foda...

— O que é um empata-foda, Bubba?

Bellamy deu um tapa no rosto e respirou fundo.

— É... Jesus Cristo...

— É uma criança que faz xixi na cama? — sugeri.

— Por quê?

Fiz careta e olhei para o Bellamy, que não foi de ajuda nenhuma. Ele só sorriu e acenou como se eu devesse, em um passe de mágica, pensar em alguma coisa.

— Bem... por que você se chama Arlo? Porque, sim. — Virei na rodovia, passando pelo enxame de viaturas na loja de conveniência.

— Meu nome é Arlo, porque a minha mãe gostou dele.

— E eu gosto de empata-foda. — Fiz careta. Acabei de falar para uma criança que eu gostava do termo empata-foda.

— Xixizento é mais legal que empata-foda — Arlo resmungou. — Empata-foda parece como se você estivesse reclamando de futebol. — Ele voltou a bufar. — Eu gosto de xixizento.

A criança era cansativa.

— Tudo bem, vamos trocar então. Vai ser xixizento.

Percorremos os bairros precários de Dayton. Mudei a rádio sem parar, tentando encontrar algo à uma da manhã de uma noite de sexta-feira, e que não tivesse nenhuma letra falando de putas e vagabundas.

— Preciso saber de uma coisa, Moça do Posto de Gasolina. — Arlo disse, de repente. — Você vai cagar na cabeça do meu irmão?

O Bellamy bufou uma risada, cobrindo a boca ao olhar pela janela.

Lancei um olhar para o garoto pelo retrovisor – ele estava olhando feio para a frente do carro.

— Hmm, não.

— Promete?

— Prometo. Não é a minha praia.

— Bubba, você disse que ela ia cagar na sua cabeça!

— Arlo... só deixa para lá.

Depois de uns poucos minutos de silêncio estranho, parei na casa do Bellamy. Uma caminhonete velha que não estava lá quando saí, agora estava parada na entrada, e era quase impossível ignorar o suspiro profundo de Bellamy.

— Espera na varanda, tá? — ele falou, olhando para o irmãozinho por cima do encosto de cabeça. — O Scooter está lá.

O garoto soltou o cinto e saltou do carro, disparando pelo quintal escuro até a lateral da casa.

— Então — falei, ao erguer uma sobrancelha. — Eu vou cagar na sua cabeça.

Ele abaixou a cabeça e riu baixinho.

— A criança tem que conviver com o Hendrix... não julgue o garoto.

— Não precisa dizer mais nada. — Eu ainda estava espantada com a foto de cocô que ele tinha me mandado.

Ele me encarou, o olhar pousando nos meus lábios, e eu pensei, por um minuto, que ele ia me beijar de novo, mas a luz da varanda da frente apagou, e a mão dele foi para a porta.

— Tchau, garotinha.

E ele saiu e correu para casa.

Naquele momento, Bellamy não pareceu o garoto problemático. Ele só era um cara disposto a caminhar vinte minutos pelas favelas de Dayton para ir buscar o irmão mais novo. Só porque o amiguinho tinha feito xixi na cama.

26

BELLAMY

Wolf jogou uma moeda na mesa, acertando o copo, depois disse para Hendrix beber enquanto eu enviava uma mensagem:

> Tem certeza de que o Arlo pode ficar aí de novo?

A Srta. Wright respondeu em seguida:

> Pela terceira vez, tenho. Ele passou o dia pedindo. Eles vão se divertir.

> Obrigado. Vou pegá-lo às dez.

— Para quem você está mandando mensagem, Bell? — Hendrix veio por trás de mim, esticando o pescoço para tentar olhar a tela. — Drewbers?

— Vá se foder, seu merda. — Fechei o aplicativo de mensagens e guardei o aparelho no bolso, depois joguei a moeda no copo e disse para o Hendrix beber.

— Feliz aniversário na prisão, Zepp. — Wolf virou a cerveja.

Hendrix pegou uma no cooler, abriu e a entornou na pia, cantarolando o 'parabéns para você'.

Aquilo era uma merda. Joguei a moeda e acertei o copo.

— Beba, Hendrix.

Ele bebeu a cerveja, depois se largou na cadeira à minha frente.

— O Zepp disse que não tinha bolo. Que palhaçada.

— É a prisão, cara — o Wolf falou.

Hendrix arregaçou as mangas e se reclinou na cadeira.

— Eu disse ao Zepp, quando vi ele hoje, que eu ia dar outra surra no Harford. Ele disse que seria o melhor presente de aniversário que ele já ganhou. — Hendrix caiu na gargalhada, depois ficou quieto, movendo o anel da latinha para frente e para trás até ele soltar.

Ficamos quietos por uns minutos, bebendo e pensando. A campainha tocou, e Hendrix correu para atender. Meninas riram e, segundos depois, ele as levou para a cozinha e as encheu de vodca barata. A música começou a tocar na sala quando mais pessoas apareceram. E foi tudo do que precisou, uma distração da realidade de merda de Dayton.

— Ei, Bell! — Hendrix gritou, segurando uma garrafa de tequila na mão e uma de uísque na outra, servindo as duas em um copo gigante. — A Mary te acha gostoso. — Sacudiu as sobrancelhas na direção de uma das meninas que ele tinha levado para dentro.

— Parabéns, Mary — falei, mal olhando para ela.

Wolf riu, e Hendrix me olhou feio antes de largar a bebida e correr para Mary e passar um braço ao redor dela.

— Está tudo bem, Mary. Eu te acho gostosa. — Ele voltou a me encarar com raiva.

— Cara. — Wolf deslizou a moeda para mim por cima da mesa. — Você acabou de dispensar uma gostosa.

— Aquilo? — Apontei o polegar para a garota que eu teria achado gostosa antes de conhecer a Drew. — Não, cara. Aquilo não é nada.

Ele ergueu uma sobrancelha.

— Aquilo não é nada? Aquele par de peitos gigantes de uma menina que dizem que te chupa feito um aspirador?

E nada daquilo chamava a minha atenção. Mexi no telefone, mudando o contato de Drew para Garotinha de novo. Medusa não combinava com ela, mesmo sendo bem provável que ela fosse me seduzir e depois foder comigo.

Enviei uma mensagem:

> Quando você vai voltar para a gente terminar o que começou?

Mais pessoas entraram na cozinha. Meninas de vestidos colados, caras que queriam se esbaldar no que elas ofereciam. O cheiro pungente da maconha preenchia o ar enquanto algumas pessoas passavam um cachimbo fumegante para lá e para cá.

> Não sei. Já é a segunda vez que você me deixa na mão. Eu esperava mais, seu delinquente.

A coragem daquela garota. Tomei um gole da minha bebida, e me recostei na cadeira frágil da cozinha.

> Na minha cabeça a gente já estava dando uns amassos fodidos quando rolou o problema com o empata-foda.

> Xixizento, na verdade.

> E só para você saber, ficar de brincadeira na calçada não é como costumo passar as noites de sexta-feira.

> Por enquanto...

Pensar na minha mão debaixo da sua saia, nos meus lábios devorando os dela, enviou uma gota de pré-sêmen para a cabeça do meu pau duro.

> Talvez tenha sido uma oferta por tempo limitado. Talvez eu só queira trepar contigo quando estou te odiando muito...

Hmm... me odiando. Gostando de mim. Essas palavras pareciam intercambiáveis esses dias. E eu aceitei.

Joguei a moeda no copo e disse ao Wolf para beber.

> Em uma escala de 1 a 10, quanto você está me odiando agora?

> Você está em 5. Precisa melhorar seu jogo.

> O quanto você me odeia agora?

> **Mais que o suficiente.**

Uma menina de saia curta se empoleirou ao meu lado na mesa.

— Ouvi falar que você meteu porrada no Bennett.

— É. Vaza.

Ela fez careta. Outra menina se sentou na frente do Wolf.

— É, Nancy. Ele bateu no cara por causa daquela garota de Barrington. Olhei para cima bem na hora que ela revirou os olhos.

— É, foi mesmo. Algum problema com isso? — As duas se levantaram, abrindo caminho para a sala. As meninas estavam me dando nos nervos.

> **Que bom. Eu não seria tão divertida se não fosse o caso.**

> **Eu quero te ver.**

> **Quando?**

> **Agora.**

Segundos se passaram. Aqueles pontinhos surgiram e depois desapareceram.

> **Estou de castigo.**

> **E?**

> **A riquinha com problemas com o papai, que tem uma quedinha pelo delinquente de Dayton... Como se você fosse dar a mínima por estar de castigo.**

> **Quem disse que eu tenho uma quedinha por você?**

> **Sua boceta molhada quando enfiei os dedos nela ontem à noite.**

> **E dizem que o romance está morto...**

> Você devia vir à casa do Hendrix.
> Acabaria com a noite dele...

> Talvez...

Hendrix me deu um pescotapa, então jogou uma cerveja para mim.

— Beba, seu saco de bolas peludas. — Depois foi para a sala, pegou uma garota qualquer e sarrou nela ao ritmo da música.

— Quanto você quer apostar que ele vomita antes de meia-noite? — Wolf sugeriu, apontando para Hendrix, que já estava tirando a camiseta.

— Bem provável.

E então abri o *Buscar Amigos* no meu telefone, e sorri quando vi que ela não tinha me bloqueado. Porque como eu disse a ela, ela ansiava pelo caos. E, porra, não era uma merda ela estar indo fazer faculdade em Nova Iorque?

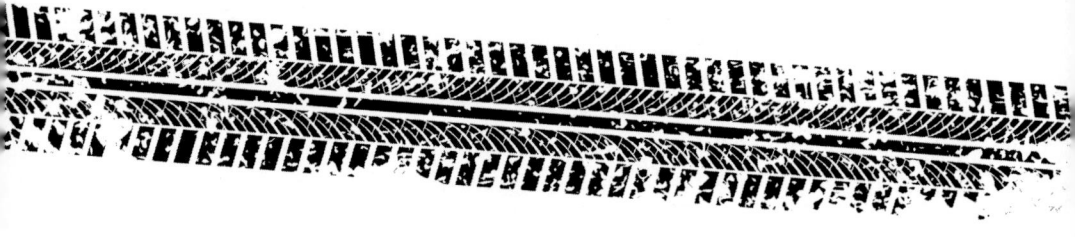

27

DREW

> Talvez...

Eu tinha enviado aquilo porque, primeiro: um cara como Bellamy West estava acostumado demais a conseguir o que queria com as mulheres; segundo: eu estava morrendo de medo do rumo que aquilo estava tomando. Dali a dois meses, eu nem sequer estaria na cidade. Eu tinha aceitado uma vaga na Cornell há semanas. Em Nova Iorque. Então, seja o que fosse o que estava rolando entre mim e Bellamy... não podia ser mais do que uma diversão, um pouco de sexo gostoso. E ele me convidar para ir a uma festa na casa do melhor amigo... aquilo era mais do que só "eu quero comer você". Qualquer outra festa, claro, mas com os amigos dele. Não.

Eu não ia... mas já tinha colocado um vestido curto, passado o melhor delineador da Dior acima dos olhos, e Chanel N° 5 no corpo. Porque eu era uma viciada, e o Bellamy era o meu vício. Um que era zero racional. Fechei meu colar da Tiffany, depois olhei a última mensagem que havia chegado no meu telefone. Uma oferecendo uma desculpa plausível para encobrir minha obsessão recém-descoberta.

> Diane: Está tendo festa no Hendrix hoje. São sempre as melhores. Bem mais divertidas que as de Barrington.

> Nora: Não. Não. Não.

> Nora: Diz a ela que não, Drew.

Diane: Você é uó, Nora. Drew, as festas do Hendrix são divertidas.

Diane: E todas nós sabemos que você tem uma quedinha pelo rapaz rebelde.

Diane: Também conhecido como Bellamy

Nora: Não encoraja essa merda, Diane.

Diane: A Nora só está azeda porque a gente não pode mais ir às festas do Bennett.

Não mencionei o fato de que o Bellamy já tinha, na verdade, me mandado ir à tal festa. Ou que eu já estava vestida.

Parece divertido. Que horas?

Nora: Hendrix. Hunt. O cara que lambeu a janela, Drew. Não!

Bufei.

Tipo, foi, mas me diz que você não...

Diane? Que janela? É algum código para a sua pe-pe-ca? MDS. NORA!!! Você deixou o cara cair de boca em você????????????????????

Nora: NÃO!

A gente vai. Vai ser divertido. Pego vocês às dez.

— Não posso acreditar que você me convenceu a vir. — Nora estava emburrada no banco do carona, encarando a casa dilapidada de Hendrix pelo retrovisor.

— Se anima, Nora. — Diane saiu do carro, balançando uma garrafa de vinho ao ir até lá na frente.

Peguei a tequila que roubei do escritório do meu pai, então a segui pelo labirinto de carros espalhados pela rua.

A música martelava lá dentro, e no segundo que passamos pela varanda meio torta, algo lá dentro se quebrou, seguido por gritos de comemoração. Verdade seja dita, eu não esperava nada menos do que o caos completo em uma festa na casa de Hendrix.

A porta abriu, e uma garota muito bêbada usando short e sutiã saiu tropegando, enfiando uma bebida na minha mão.

Olhei para o copo meio cheio com marcas de batom na borda.

— Estou tranquila.

Ela o empurrou no meu peito mesmo assim, não me dando outra escolha senão pegar o copo, a não ser que eu quisesse a coisa toda derramada na frente do meu vestido. E então ela foi tropeçando até a grade e vomitou por cima da varanda.

Joguei a bebida nas plantas.

Nora olhou dela para a mim, em seguida para a garrafa de tequila na minha mão, então estendeu o braço.

— Eu dirijo hoje.

Dei de ombros e entreguei a chave para ela. Se ela queria tentar fazer isso sóbria… a todo custo. Problema dela.

Abrimos caminho pelo corredor lotado e chegamos à sala abarrotada. O lugar parecia meio abandonado. O tapete estava gasto e manchado, e o papel de parede descascava nos cantos do teto. O cheiro de suor, cerveja e maconha era repulsivo. As pessoas viviam mesmo desse jeito? Não pude deixar de me perguntar se era o mesmo com o Bellamy.

Hendrix estava em cima da mesinha de centro, sem camisa, e com um fardo de cerveja na cabeça.

Várias meninas corriam pela sala com os peitos de fora, enquanto ele dançava alguma versão de Macarena.

Um cara da aula de História estava recostado no sofá, recebendo um boquete de uma garota. Eu nunca vi esse tipo de baixaria na minha vida.

Fazendo careta, Nora apontou pela sala.

— Vocês duas quiseram vir até... isso.

— Mais uma vez. — Diane tomou outro gole de vinho. — Relaxa, Nora. É uma festa.

Hendrix congelou no meio de um movimento de quadril, e passou a mão pelo peito muito tatuado.

— Nora Aventureira! — Gargalhou, em seguida voltou a mover os quadris enquanto cantava: — Tudo o que você precisar, sei que posso te ajudar. Tudo que você precisar, sei que posso te ajudar... Bolinhas, bolinhas.

Eu não sabia nem o que dizer.

Diane franziu o cenho.

— Ele acabou de inventar uma versão pervertida de Dora, a Aventureira?

— Claro que foi, porra! — Ele agarrou a virilha e deu um apertão, antes de saltar da mesa. — Fique à vontade para pegar um número. Vou me certificar de que você seja atendida antes de a noite acabar. Troca de óleo grátis com a minha sonda de orgasmos. — Ele apontou para uma bilheteira de plástico vermelho no canto, onde havia uma plaquinha presa que dizia: *Retire o seu número*. Algumas meninas foram mesmo lá e pegaram um número naquela coisa.

De todas as merdas inúteis para se ter...

— Onde você conseguiu aquilo? — perguntei.

— Roubei do departamento de trânsito.

É claro que sim.

— Eu não entendo. O cara é nojento. — Nora balançou a cabeça para as meninas com os números. — Vou pegar água. — E saiu.

— Ah, ela entende. — Diane riu, olhando Hendrix dos pés à cabeça como se ele fosse o seu próximo lanchinho.

Uma mão quente me segurou pela cintura, deslizou pela minha barriga e fez disparar pelas minhas veias uma excitação que só ele poderia provocar.

— Ah, garotinha. — O fôlego de Bellamy aqueceu o meu pescoço, e meu coração disparou em uma corridinha de júbilo quando ele puxou minhas costas contra seu peito. — O que você está fazendo aqui?

Diane me lançou um olhar de cumplicidade antes de sumir no meio da multidão.

Eu me virei nos braços dele, encontrando aqueles olhos cor de mel.

— Mudei de ideia. Decidi que viria e testemunharia a depravação.

— Não. — Ele se inclinou para mim, os dedos brincando nos meus quadris. — Não acho que você mudou de ideia.

Segundos se passaram, o baixo soando ao fundo, e as pessoas dançando ao nosso redor desapareceram com o entorno. O calor da pele dele se infiltrava pelo tecido do meu vestido, e aquele zumbido inebriante ganhou vida entre nós.

— Suas amigas sabem que você veio aqui só para me ver?

— É o que você acha?

— É o que eu sei. — Os dentes roçaram os meus lábios, em seguida ele entrelaçou os dedos nos meus e me conduziu pela festa lotada. Eu não apenas o segui sem nem ao menos hesitar, como segurar a mão dele pareceu normal demais, e odiei ter gostado tanto daquilo.

Passamos pela cozinha e fomos para a varanda dos fundos decorada com piscas-piscas e placas velhas de rua.

Wolf estava sentado a uma mesa de cartas bamba, rodeado por meninas, e no segundo que o Bellamy parou lá, a atenção de cada menina presente se desviou para mim.

— A gente vai jogar 'Eu Nunca' — ele declarou, a mão ainda firme na minha quando nos conduziu ao redor da mesa até uma cadeira vazia, logo me puxando para o colo como se fosse a coisa mais natural do mundo. Mas não era, porque todo mundo sabia que éramos inimigos, e isso era uma declaração muito pública de que, com certeza, não éramos.

Só que eu não sabia bem o que éramos; então, enrijeci e olhei feio para ele. Um sorrisinho repuxou os seus lábios, aquele piercing de sobrancelha subindo de uma forma que dizia que ele sabia exatamente o que estava fazendo. Ele pegou a garrafa de tequila da minha mão e a colocou na mesa.

Wolf a arrancou de lá e olhou o rótulo.

— Puta merda, cara. É *Gran Patron*...

— E daí? — Uma das meninas resmungou, me fuzilando com o olhar.

— E daí? Custa tipo, quatrocentos dólares a garrafa.

Ela se irritou ao ouvir aquilo, revirou os olhos e cruzou os braços.

— Ainda assim, só te deixa bêbado — comentei. Eu odiava admitir, mas de todas as garrafas da coleção de bebidas do meu pai, aquela devia ser a mais barata.

Wolf voltou a colocar a garrafa na mesa.

— Bêbado igual gente rica...

Bellamy tirou a rolha da tequila e a passou para mim, enquanto o olhar de Wolf se alternava entre nós. Então ele balançou a cabeça.

— Puta merda, cara. Puta merda...

— Vá se foder, Wolf. — Bellamy se acomodou na cadeira, a mão firme sobre a minha coxa nua, me queimando. — Regras: a pessoa mais nova na mesa começa.

As meninas me olharam como se fossem cortar o meu pescoço se tivessem a oportunidade.

— Tudo bem. — Lutei contra um sorriso. — Eu nunca fui presa.

Wolf e Bellamy beberam. Bellamy me olhou feio ao tomar um gole.

— Eu nunca gozei ao pensar em alguém aqui nessa mesa — ele falou. A garrafa já estava nos seus lábios antes mesmo de ele terminar a frase, o olhar fixo no meu. — Não minta, garotinha. Eu sei que você gozou.

Tomei a garrafa dele, nossos dedos se roçaram antes de eu beber. Porque eu tinha gozado pensando nele em várias ocasiões. E o filho da puta sabia.

Wolf balançou a cabeça.

— Eu nunca *trepei* com ninguém aqui nessa mesa. — Wolf bebeu, assim como várias das meninas, mas para a minha surpresa, Bellamy não, e nem eu.

Wolf fez careta para o Bellamy.

— Sério, cara? — Ele acenou ao redor da mesa. — Ninguém?

Bellamy deu de ombros, o olhar fixo apenas em mim.

— Sou exigente.

— Puta merda. Que tipo de cara é exigente com boceta? — Ele amassou a lata vazia, depois a jogou no canto da varanda quando um grupo de pessoas chegava ao quintal. — Não é possível que você não tenha pegado a garota de jeito. — Apontou para mim. — Não é possível.

— Tipo, comi com o dedo, comi com a língua… mas não comi-comi.

O calor cobriu o meu rosto, e fingi repentino interesse pelo rótulo da tequila ao dar uma cotovelada no Bellamy.

Uma garota saiu da mesa e sumiu lá para dentro.

Continuamos com as perguntas até restar apenas quatro de nós, e eu estava meio alegrinha de tequila.

Depois de eu nunca ter dado ou recebido boquete em um banheiro, Wolf me encarou através da sua bruma bêbada.

— Não é possível você ser pura assim, Paris Hilton. — Soluçou antes de se largar no assento. Do jeito que estava bêbado, o cara ia vomitar mais tarde.

— Ou você está fazendo as perguntas erradas — falei. — Trepar no banheiro do Colégio Dayton. Jura? Nojento.

Bufando, ele cambaleou ao ficar de pé, e segurou o braço de uma loira que estava do lado dele.

— Parabéns, porra! Você ganhou — declarou, e a deixou o levar para dentro da casa.

E ficamos apenas Bellamy e eu e o zumbido do barulho da festa lá dentro.

— Nossa — murmurei. — Isso é… — As palavras foram se calando quando os olhos de Bellamy desceram para a minha boca. Algo selvagem correu pelas minhas veias, despertando para a vida com uma combinação de tequila e ele. O cheiro, o toque, aquele sorrisinho devastador que me pegava todas as vezes.

A mão calejada se arrastou pela parte interna da minha coxa, enquanto os lábios roçavam o meu pescoço. Eu podia estar só altinha, mas o toque dele me deixou completamente embriagada.

— Você gosta quando eu te toco, garotinha?

— Eu não deveria — suspirei, me apoiando em seu peito quando a mão se atreveu a avançar.

— Você está certa. — Os dentes arranharam a minha garganta. — Não deveria mesmo.

Não dever e não fazer estavam a milhões de quilômetros de distância no que dizia respeito a Bellamy. Eu o odiava, eu o desejava, refletia por que ele era uma péssima ideia, e toda as vezes a coisa se resumia a instinto animal básico que era tão natural quanto respirar.

Não havia nada racional naquilo. Ele era horrível, mas a tequila abafou a voz da razão até ela virar um suspiro para o qual eu não ligava.

Os dedos subiram mais um centímetro. Eu me movi, abrindo as pernas o bastante para ele ter acesso.

— Mas você está sempre tomando más decisões, não é? — murmurou contra o meu pescoço.

— Só no que diz respeito a você.

— Que bom.

Os dedos roçaram a minha bochecha, e bem quando o calor dos seus lábios tocou os meus, a porta dos fundos se abriu com uma batida e pessoas saíram tropeçando.

Com um gemido, Bellamy abaixou a minha saia, pegou a tequila e me levou pelo quintal cheio de mato até uma cama elástica caindo aos pedaços.

Ele se içou sobre as molas, depois me puxou para o seu lado. Assim que me deitei na lona, ele partiu para cima de mim, agarrou o meu cabelo e me beijou. As mãos vagaram pelo meu corpo, subindo a parte de baixo do vestido antes de as palmas quentes deslizarem pelas minhas coxas. Aquilo não era mais simplesmente eu querendo trepar com ele e tirar o que quer que fosse aquilo da minha cabeça, e eu não estava mais resistindo, porque pensei que tinha perdido toda a dignidade. Isso era eu morrendo de medo de perder todo o controle.

Mudei nossas posições e montei em seu colo.

— Sabe, você não me fez ser expulsa.

— Mas eu fodi com a sua vida... — As mãos agarraram os meus quadris, puxando-os para si com um gemido.

Eu não sabia se ele tinha fodido com a minha vida porque, sério, ele, de alguma forma, se tornou o ponto alto dela.

— Você tem ideia de há quanto tempo eu quero ficar com você? — As mãos espalmaram minha bunda, apertando, enquanto a boca descia pela garganta até chegar aos meus seios.

— Desde que esteve comigo naquela van?

— Não. Eu quis te *comer* desde que estive com você naquela van.

Hmm... Me comer... Ficar comigo. Duas coisas diferentes. Uma das quais eu jamais esperei dele.

Ele me virou e empurrou meu vestido para cima das coxas. A cada toque, eu derretia por ele, e aquilo me assustou porque ele já parecia ser muito mais do que simplesmente luxúria para mim.

— Eu venho te *querendo* desde que você me fez ser preso.

— Bizarro.

— Claro que é...

28

BELLAMY

O barulho da festa tinha diminuído para um zumbir baixo da música. Encarei as poucas estrelas que conseguiram irromper pelo brilho elétrico da cidade, então chupei o gosto da Drew dos meus dedos.

Por mais que eu quisesse, não tentei transar com ela. E isso não tinha absolutamente nada a ver com o nosso acordo. No que dizia respeito a mim, ele havia sido anulado e não tinha mais nenhum valor desde a festa do Bennett. Desde que percebi que aquilo era muito mais do que precisar de uma simples trepada. E aquilo me deixou ansioso porque ela iria embora em poucos meses.

Afastei o cabelo de seu pescoço, e ela pegou a minha mão, levando-a para perto do rosto.

— Nunca se esqueça do lugar de onde você vem; alguém sempre te lembrará — ela leu as palavras da minha tatuagem.

— DMX sabe dessas merdas.

Lancei um olhar para a tatuagem do meu pulso. Foi a minha primeira, aos dezesseis. Com o Zepp e o Hendrix, todos tatuamos a mesma letra de música. Porque sendo de Dayton... não importa aonde chegássemos, alguém sempre nos lembraria, mesmo que fosse só para nos rebaixar.

— E a outra?

— É do Linkin Park. *"Tudo o que quero, é ser mais como eu e menos como você."* — E aquela eu tinha feito só para lembrar a mim mesmo que eu não precisava me transformar no meu pai.

— Ótima música. — O dedo contornou a tatuagem.

— Você não parece o tipo de pessoa que ouve *hard rock*.

— Não? — Ela sorriu. — O que eu deveria ouvir? Taylor Swift?

— Provavelmente. Ou a Katy Perry. Talvez a Cardi B? — Eu ri.

— Eu te mandei para a cadeia, Bellamy. Se isso não gritar, *In This Moment*[1], não sei o que gritaria.

Fazia sentido.

— Você está ligada que você é a rebelde de Barrington, né? Ouvindo heavy metal. Saindo com os delinquentes da periferia.

— Vou te contar um segredo. — Os dedos dela percorreram a parte interna do meu braço, um sorrisinho brincando em seus lábios. — Esses colégios internos caros para onde as pessoas mandam os filhos pensando que eles se tornarão clonezinhos perfeitos delas? São um viveiro de problemas com os pais e rebeldia desenfreada.

— Não brinca?

Ela passou a mão pelo meu corpo.

— O melhor exemplar deles. Porque eu gosto muito, *muito*, de delinquentes.

— Não, garotinha. — Eu me inclinei sobre ela e cobri seus lábios com os meus. — Você só gosta *deste* delinquente. — Minha língua mergulhou na sua boca, meu corpo foi todo para cima do dela.

Pensei que talvez fosse ter uma segunda rodada, até a Nora gritar o nome da Drew lá do outro lado do quintal. Drew resmungou, e murmurou um "merda" contra os meus lábios.

Passos amassaram a grama seca, então cessaram.

— Que nojo!

Aprofundando o beijo, mostrei o dedo do meio na direção da voz da Nora.

— Eu não consigo encontrar a Diane. — Nora bufou, e a Drew me empurrou. — Ela mandou mensagem dizendo que vai ficar aqui. E eu tenho um toque de recolher.

— Tenho certeza de que ela está bem. — Drew se sentou, tirando uma folha seca de pinheiro do cabelo, uma expressão de preocupação franziu a sua testa. — Cadê o Hendrix?

Nora esfregou as têmporas.

— Eu juro por Deus, entre vocês duas…

— Ah, qual é, Nora. — Passei o braço ao redor da Drew. — Pode descer do salto. Você perdeu a virgindade com o Wolf no primeiro ano.

1   In this Moment – Banda de Metal norte-americana, liderada pela vocalista Maria Brink.

Drew olhou de mim para Nora, com os olhos arregalados.

— Ai, meu Deus. Nora, você não fez isso, né?

— Ela fez… — Era obrigação minha espalhar? Não. Mas estava óbvio que a Nora não queria que a Drew tivesse nada comigo. O que fazia dela uma hipócrita, e eu era um babaca, então…

Nora me mostrou o dedo do meio.

— Vou pegar o seu carro, Drew. Vamos.

Segurei o punho da Drew, depois mordi o seu pescoço.

— Fica.

— Não vou dar para você em algum quarto do bordel do Hendrix.

— Tudo bem. Você pode dar para mim aqui fora.

— Não vai ter trepada nenhuma perto da casa nojenta do Hendrix.

Nora resmungou.

— Você vai embora ou vai ficar?

— Ela vai ficar — falei, ao passar os dedos pelos fios sedoso do cabelo de Drew e descer os lábios para os dela.

Ela mordeu o lábio, depois me empurrou. O olhar foi de Nora para mim.

— Eu vou ficar e me certificar de que a Diane está bem.

Que mentira.

— Não, você vai ficar por causa dele. Mas foda-se. — Nora se virou e foi na direção da casa. — Só passa na minha casa para pegar o seu carro amanhã. Se o cavaleiro de armadura pervertida conseguir te largar… — E sumiu pela porta.

— Ela não está errada — declarei, me sentando na beirada da cama elástica e pulando para o chão. — Você está ficando por minha causa.

Estendi a mão para ajudá-la a descer.

Ela a segurou e revirou olhos.

— Não vou dar para você.

— Você já falou isso. — Eu a levei pela varanda dos fundos, até a cozinha.

— Preciso ir atrás da Diane para abrir uma porta e atirar camisinhas na cabeça dela?

— Não sei. Precisa?

— Se ela estiver com o Hendrix, sim!

Algumas garotas estavam dormindo no sofá, outra estava desmaiada no degrau no meio de uma pilha de latas de cerveja. Era assim que as festas costumavam acabar ali. Mas era melhor elas estarem ali do que na rua.

Chegamos ao primeiro andar e ouvimos o ranger das molas e a cabeceira da cama do Hendrix se chocar contra a parede. Gemidos ressoavam pelo corredor, seguidos pelo som de pele batendo na pele.

— Me chama de Big Papa.

— Tarde demais. — Grew gemeu. — Ela está pegando clamídia e ficando grávida.

Colocando um braço ao redor do ombro dela, eu a puxei pelo corredor.

— Acredite se quiser, o Hendrix é uma opção segura. Ele tem um aquário cheio de camisinha na mesa de cabeceira. Germes deixam o cara apavorado.

— O mesmo cara que me mandou uma foto do cocô dele?

— É.

Abri a porta do quarto do Zepp e acendi a luz. Era estranho entrar ali. Não que ele fosse se importar. Na primeira vez que o visitei na prisão, ele me disse que eu poderia me mudar para lá se eu quisesse. Manter o Hendrix na linha, me livrar do meu pai, mas eu não podia deixar a minha mãe e o Arlo.

Tudo só parecia vazio e era impossível ignorar que ele não estava mais ali.

Drew parou perto da mesinha de cabeceira e analisou uma foto da Monroe e do Zepp.

— Esse é o Zepp?

— É.

— Ele se parece muito com o Hendrix.

Dei uma olhada na foto.

— Ele não é tão doido quanto ele.

— E quem é?

Aquela era uma boa pergunta. Não queria percorrer o caminho da depressão, então parei de pensar no Zepp. Tirei a camiseta e a joguei para ela.

— Quer dormir com ela?

— Pode abrir o meu fecho? — Ela afastou o cabelo para o lado.

— Você sabe que isso é errado, né? — Fui descendo o fecho aos poucos, expondo a pele das suas costas enquanto me certificava de inspirar o cheiro do seu pescoço.

— O quê? — ela sussurrou.

Deslizei a alça por um ombro, depois pelo outro, e o tecido caiu em uma poça ao redor dos saltos altos. Meu pau endureceu. As bolas se contraíram.

— Me pedir para fazer isso sendo que não vou poder comer você. — Eu não podia. Se quisesse de verdade, não tinha dúvida de que poderia convencê-la, mas eu a respeitava mais que isso.

— Bem, não posso abrir o meu próprio fecho, posso? — Ela pressionou as costas nuas contra o meu peito, depois se virou para me olhar enquanto recuava. Seu corpo curvilíneo agora só com a lingerie de renda e salto alto.

Tirei meu jeans e encarei os seus mamilos, rijos e convidativos. Precisei reunir toda a minha força de vontade para não a agarrar pelos quadris e a jogar na cama.

— Comporte-se — ela falou.

Eu me larguei no colchão, pensando que essa garota ia quebrar a minha rola.

— Você está exibindo os peitos, e está me pedindo para me comportar?

Com um sorrisinho, ela vestiu a minha camiseta, depois tirou os sapatos e apagou a luz.

— Melhor?

— Não. Estava gostando mais quando conseguia ver os seus peitos.

— É claro que gostava. — Ela rastejou para o meu lado. — Não faça pirraça.

Um silêncio estranho se entendeu entre nós ali na escuridão. O que eu deveria fazer? Desejar boa-noite e virar de lado?

Passei a mão pelo queixo, então virei o travesseiro para poder olhar para ela.

— Esse sou eu não comendo você.

Drew riu e, puta merda, ela ficava linda quando sorria daquele jeito.

— Está se saindo muito bem.

Eu queria beijá-la. Mas beijos deixariam o meu pau mais duro ainda. E aí eu ia querer tocá-la. E depois eu precisaria trepar com ela.

— É uma primeira vez para você? Ter uma garota na *cama* e não transar com ela?

— Ter uma garota em uma cama é uma primeira vez, garotinha. — Levar uma garota para a cama dizia coisas; era pessoal demais, e dava a elas todas as oportunidades para tentarem ficar. Quando se pegava uma na traseira de um carro, em um banheiro, em um armário… elas não tinham escolha a não ser ir embora.

— É agora que você confessa o seu segredo de que que está se guardando para o casamento?

— É… não.

— Então, o que você faz? Só transa em uma van qualquer? De quem era aquela?

— Do meu vizinho, e em qualquer lugar, menos em uma cama.

— Você já esteve em uma cama comigo, então só está de gracinha.

— A cama de um otário de Barrington não conta.

— Hum-hum. Não se preocupe, não vou contar para ninguém.

Ela foi me beijar, e eu a segurei pela garganta. Porque se ela queria me torturar, eu a torturaria também.

— Se você não quiser que eu te coma, não me beije aqui nessa cama.

O sorriso lento se abriu em seu rosto.

— Nem mesmo um beijinho?

Dei um selinho em seus lábios, depois ajustei a ereção.

— Agora vá dormir, ou vou te foder.

Rindo, ela jogou a perna em cima da minha, depois apoiou a mão no meu peito, como se aquela fosse a coisa mais normal do mundo. E eu encarei o teto, percebendo que estava mais do que oficialmente ferrado.

Eu estava na cama.

Com uma garota.

E estava em paz com o fato de que não ia transar com a tal garota porque eu gostava dela a esse ponto.

29

DREW

As panelas batendo na cozinha me acordaram cedo demais na manhã seguinte.

Um braço pesado estava enlaçando minha cintura. A respiração áspera de Bellamy me acalmou, e seu aperto firme no meu corpo era reconfortante e protetor.

Outra batida alta veio lá debaixo, e Bellamy gemeu, me apertando com mais força.

— O que o Hendrix está fazendo? — resmunguei, me encolhendo por causa da luz brilhante que se infiltrava através das cortinas puídas.

— Vai saber. — Ele me deu um beijo na nuca, e um calor confortável rastejou pelas minhas veias. — Mas é melhor não perguntar.

Eu não queria sair daquela cama, mas estava de castigo e não fazia ideia de quando o meu pai ia aparecer. E mais, a Nora estava com o meu carro.

— Você pode me levar para casa? A Nora está com o meu carro.

— Sim. Eu tenho que ir pegar o Arlo também. — Ele jogou as cobertas para longe e saiu da cama. Meu olhar vagou pelas costas largas e pela bunda durinha quando ele se abaixou para pegar a calça jeans. — Acho que vou ter que levar a sua amiga para casa também. O babaca do Hendrix, com certeza, não pode.

Eu me vesti, então completei a caminhada da vergonha pela casa decadente do Hendrix. Com a exceção de que eu não tive uma transa de uma noite só.

A gente dormiu na mesma cama, e o Bellamy não tentou nada. Ele até chegou a me dizer para não beijá-lo, assim não ficaria tentado, e eu não sabia bem o que fazer com isso.

Viramos no corredor e chegamos à sala. Pratos bateram na cozinha antes de algo estilhaçar.

— Que merda você está fazendo, seu idiota? — Bellamy gritou.

Eu o segui até a cozinha, e logo cobri os olhos quando vi a Diane de joelhos na frente do Hendrix.

— Mas que porra, cara? — Bellamy se virou, pressionando meu rosto ao seu tórax e me poupando de ter que ver o Hendrix fodendo a boca da minha amiga. — Você tem um quarto — Bellamy disse.

— E você tem uma casa...

— Sério?

— Na cozinha é melhor — Hendrix disse, rindo. — Vocês podem sair para ela terminar?

Bellamy começou a me empurrar para a sala.

— Ela vai terminar em cinco... não, em dois minutos! — Hendrix gritou. — Caramba. Onde você aprendeu a fazer *isso*...

Senti um peso no estômago quando Bellamy parou na frente da minha casa e vi um Maserati novinho lá na frente. Meu pai tinha voltado antes. E eu deveria estar de castigo.

Na maior parte do tempo, eu não ligava para os castigos que ele me dava, e ele também não, desde que houvesse pelo menos a percepção de que eu estava obedecendo.

Tombei a cabeça para trás e gemi.

— Merda.

Bellamy se inclinou para frente, encarando a entrada.

— Então o babaca optou por um preto dessa vez?

— Parece que sim. Acha que posso convencê-lo de que saí para correr? — perguntei, tentando encobrir que eu, provavelmente, estava prestes a ser colocada em prisão domiciliar.

O olhar de Bellamy me varreu de cima a baixo.

— Nesse vestido? Não. Acho que não, garotinha. — Ele passou o polegar pelo meu lábio, borrando a pequena mancha de batom que deve ter sobrado. — Uma vergonha. Você parece ter trepado muito, mesmo que não tenha sido o caso.

STEVIE J. COLE   LP LOVELL

— Só para jogar lenha na fogueira — resmunguei ao levar a mão à porta. — Reze por mim.

Ele agarrou o meu queixo entre os dedos, colidiu a boca na minha antes de os dentes cravarem nos meus lábios.

— Eu não rezo.

Toquei o crucifixo prateado que ele sempre usava.

— Poderia ter me enganado. — Então saí, corada e ofegante.

Abri a porta e vi o meu pai sentado ao pé da escada. Lábios cerrados. Mangas arregaçadas e mãos cruzadas em cima da calça social. Ele se levantou sem dizer nada e moveu o dedo, me dizendo para ir com ele até a cozinha.

Eu não tinha medo do meu pai, mas, naquele momento, tive.

Fui demitida por vender maconha, suspensa duas vezes, bati o carro dele e estava de castigo. E, agora, ele me pega voltando para casa usando as roupas de ontem em um domingo de manhã. Não podia ficar muito pior.

Ele puxou uma banqueta do balcão.

— Sente-se aí. — E foi para o outro lado.

Eu me sentei empoleirada na beirada enquanto a tensão fazia minha coluna ficar reta que nem uma vara.

— Onde você estava? — ele perguntou.

— Na casa de um amigo.

— Na casa de um amigo. É assim que chamam agora? — As narinas dele inflaram. — Você está de castigo, Drucella.

— Fiquei estudando até tarde? — Merda, foi uma mentira ruim, mas o que eu deveria dizer? Eu estava em uma casa que mais parecia um bordel, em Dayton, com o Bellamy West?

— Sim, tenho certeza. — Ele olhou para mim com a odiosa decepção de sempre envolvida com uma boa dose de desgosto. — Onde está o seu carro?

— A Nora pegou emprestado. O dela quebrou. — Outra mentira ruim.

— Bem, quando a *Nora* o trouxer de volta, você me entregará as chaves dele.

— O quê? Você vai me tomar o carro?

— Vou.

— E como irei para a escola?

— No ônibus escolar.

Ai. Meu. Deus. Juro que pensei que não houvesse mais nada que ele pudesse fazer para piorar a minha vida. Parecia que o fundo do poço tinha um esgoto.

— Você irá para a escola. Depois vai voltar para casa. — O dedo batia no balcão. — E não fará mais nada. Evidentemente, não fui rígido o bastante contigo, e dado o seu comportamento, posso ver que o Black Mountain não foi nada mais que um desperdício. Nem mesmo *eles* conseguiram instilar um pouco de decência em você. — Começou a se afastar do balcão. — Mas eu vou conseguir, Drucella. Mesmo que isso me mate.

E saiu.

Eu não sabia nem o que dizer. Então, liguei para a única que pessoa que poderia me salvar: a minha mãe.

Irina nada mais era que a típica mãe rica e ausente, mas tentava fingir que se importava ao distribuir bens materiais. Tipo carros.

Uma hora depois, já no meu quarto, ouvi meu pai gritando ao telefone lá na sala. Com um sorriso, coloquei meus fones de ouvido e a deixei fazer a magia dela.

Mergulhei na cama, e pensei que tudo era uma merda. Não consegui deixar de pensar no Bellamy, em acordar nos braços dele.

A forma como ele me beijou como se eu fosse mais do que uma garota qualquer que ele queria comer, uma garota com quem ele tinha feito um trato. Eu não podia mais fingir que era o caso, porque nós dormimos juntos em uma cama, e ele não tentou me tocar.

Eu não conseguia entender quando passamos de nos odiar para isso, mas eu queria isso. E aquilo me assustava porque as coisas que queríamos de verdade eram as que tinham o poder de acabar com a gente. E Bellamy West tinha arrasador de corações estampado em todo aquele corpo bonito.

30

BELLAMY

As amigas de Nikki olharam feio para a Drew quando ela saiu do meu carro, na segunda-feira de manhã. Passei o braço pelos ombros dela quando fomos na direção da entrada da escola, acompanhando os outros estudantes mal-humorados.

— Você tem um fã-clube, garotinha.

— A Nikki, com certeza, vai partir para cima de mim com uma navalha — ela resmungou.

— Duvido muito. — Eu a havia reivindicado. O que queria dizer que todo mundo sabia que não deveria mexer com ela.

Passamos pelo segurança na porta e viramos à direita.

— Quando o seu pai vai te devolver o carro?

— Com certeza, nunca. À essa altura, estou surpresa por ele não ter posto um cinto de castidade em mim. Ou ter arranjado uma tornozeleira eletrônica. — Ela parou no armário, e entrou com a combinação. — Obrigada pela carona.

— Teria sido melhor se você tivesse me pagado um boquete no caminho, mas, okay...

Ela sorriu ao olhar para trás.

— Você me faria engasgar e estragaria o meu rímel.

— Eu gosto quando você se engasga com ele.

Ela fechou a porta do armário, depois se recostou lá. Eu me aproximei e juntei o tecido da sua saia na minha mão.

— Vestiu essa saia para mim, garotinha?

— E se foi o caso?

— Então eu vou fazer isso. — Cobri seus lábios com os meus, agarrei-a pelos quadris e a ergui na parede de armários até suas pernas rodearem a minha cintura. Foi um show. Eu estava fazendo a reivindicação final. — Você faz o meu pau ficar tão duro.

— O que você está fazendo? — ela suspirou. — Todo mundo está olhando. — Mas as pernas não largaram a minha cintura, e ela não fez nenhum esforço para separar os lábios dos meus.

— Não brinca. É essa a razão, garotinha.

Um apito soou.

— Coloque a garota no chão. — A Smith voltou a soprar o apito. — Isso aqui não é uma *jacuzzi* de fraternidade.

Meus dedos cravaram nas coxas de Drew antes de o apito voltar a soar.

— Crianças depravadas…

Coloquei a Drew no chão, e me virei, observando Smith escrever em seu bloquinho de advertências. Ela arrancou uma folha e a entregou a mim.

— Sr. Depravado. — Então preencheu outra e a entregou a Drew. — E Srta. Depravada.

Quando ela saiu, Drew acenou o papel na minha cara.

— Você é uma péssima influência.

Enlacei seus ombros e fomos em direção à sala em que ela teria aula.

— Certifique-se de mandar meus cumprimentos ao seu pai. — Dei um tapa em sua bunda antes de ela atravessar a porta, então voltei para o meu armário para pegar as minhas coisas.

Wolf espiou por detrás da porta do armário dele, acenando para a sala da Drew com a cabeça.

— Cara. Que merda foi aquela? — Fechou a portinha de metal com um baque e apoiou o ombro lá. — Você comeu ela, não foi?

— Não.

Uma das sobrancelhas grossas se ergueu.

— Você pegou a garota mais de duas vezes, você está fodido.

Hendrix, do nada, apareceu às minhas costas.

— Duas vezes? Mas que merda-merdosa é essa, Wolf? Não se volta para repetecos. — Ele bateu na cabeça do Wolf, que o atingiu no estômago.

Hendrix se curvou, tossindo.

— É praticamente uma regra de ouro. Deu uma e pronto.

Eu o empurrei para longe de mim.

— Eu não trepei com ela.

Drew era muito mais que uma trepada.

— Porque você é um frouxo. — Hendrix riu, entrando com a combinação do armário dele. — Você teve semanas, e ainda não espetou a garota com o seu arpão de caçar Moby Dick? A essa altura, eu já teria feito a menina gargarejar com as minhas bolas, dado umazinha e metido o pé.

Ele arrancou um livro do armário, e tudo caiu em uma cascata de papel e lixo. Hendrix se agachou, pegou os cadernos, e os jogou lá dentro antes de chutar o resto para o lado.

Balancei a cabeça e passei por ele.

Eu já estava no meio do corredor quando o Wolf me alcançou.

— Aquela merda lá nos armários foi uma declaração, cara.

— Eu sei. Foi a intenção.

Wolf parou de repente, abaixou a cabeça e a balançou.

— Ah, merda. Lá vamos nós de novo…

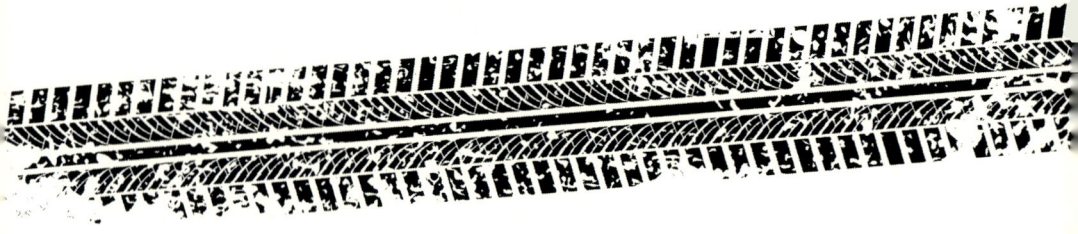

31

DREW

— Estão dizendo que Bellamy West é seu namorado — Nora comentou, caminhando ao meu lado enquanto eu atravessava o corredor lotado.

— O quê?

— E nunca ouvi falar do Bellamy com uma namorada.

Balancei a cabeça.

— Nós não estamos… juntos.

Estávamos? Não. A gente nem transou. E se havia uma coisa para a qual um cara como Bellamy geralmente se qualificava era para sexo sem compromisso. De alguma forma, no entanto, acabei presa ao compromisso sem a parte do sexo.

Fazia dois dias desde que ele tinha me beijado no corredor, e eu tinha notado uma mudança de comportamento ali no Colégio Dayton. Não havia mais olhares de ódio. Em vez disso, as pessoas se recusavam a olhar para mim, se moviam para sair da minha frente como se um esbarrão significasse uma sentença de morte.

Aquilo só podia significar uma coisa: pensavam que eu era dele; mesmo que não fosse.

— São só boatos, Nora.

— Como quiser.

Fui para o banheiro, e disse que a encontraria no refeitório.

Foi um erro.

Quando saí do reservado, meu coração acelerou no mesmo instante. Nikki e duas das suas amigas estavam recostadas à pia.

Nikky era Dayton dos pés à cabeça, e eu não era.

Enfiei a mão na bolsa, os dedos envolveram uma lata de *spray* de pimenta que eu sempre mantinha lá por causa das… navalhas.

STEVIE J. COLE   LP LOVELL

— Você vai mesmo me atacar no banheiro por causa de um cara, Nikki? Meio clichê, não acha? — Minha voz soou bastante firme, considerando o pânico que eu estava sentindo. Uma centena de cenários se passou pela minha cabeça, desde um nariz quebrado a ser esfaqueada e acabar sangrando no chão de um banheiro nojento.

— Você não passa de uma puta de Barrington. — Um esgar repuxou os seus lábios. — Logo, logo o Bellamy vai enjoar de te comer.

— Ótimo. Então por que você está aqui?

Ela deu um passo na minha direção, e todos os meus temores foram confirmados quando a louca puxou um canivete. As amigas avançaram para me agarrar, e nem sequer sei o que aconteceu em seguida.

Pânico ofuscante. Instinto de sobrevivência. Alguma coisa.

Pulverizei o *spray* de pimenta como se fosse um perfume no balcão de amostras. Enquanto eu me debatia, uma lâmina afiada cortou o meu braço. Eu não tinha ideia se a Nikki tinha mesmo me atacado ou se só ficou presa na merda do caos que eu armei, porque fiquei com os olhos fechados a metade do tempo.

Tropeçando para fora do banheiro, larguei o *spray* na bolsa e notei o sangue escorrendo do cortezinho de faca. Fui para o refeitório que nem um robô, peguei um guardanapo e, meio que em choque, o pressionei no meu braço sangrando.

Nora me encarou com os olhos arregalados quando me larguei no banco ao lado.

— Que merda aconteceu?

— A Nikki aconteceu.

— Espera. Ela te cortou? — Diane parecia horrorizada. Ali era o Dayton. Até mesmo eu, a garota que há dois meses estava matriculada em uma das escolas mais caras do país, não estava muito surpresa, então por que ela estava?

— Hmm, não tenho certeza. Havia *spray* de pimenta e gente se debatendo, mas, com certeza, ela puxou uma faca antes disso.

— Você espirrou *spray* de pimenta nela? — Nora bufou uma risada. — Você carrega isso na bolsa?

— Bem, sim, é o Dayton, Nora!

Diane pigarreou e apontou para o outro lado do refeitório com a cabeça.

— Só um conselho, é melhor você dizer ao Bellamy *antes* que ele descubra.

Com um olhar irritado, rasguei a embalagem de alumínio do meu picolé de uva.

— Ele não é o meu guardião. A gente nem está junto. Além do mais, posso ter deixado a garota cega.

Ela e Nora trocaram olhares.

— Drew — Nora respirou bem fundo. — Vou repetir. Ele não sai com ninguém. E está saindo com você, você percebendo ou não. O cara não é estável.

Diane assentiu.

— Tipo, eles incendiaram o carro de uma garota uma vez só porque ela terminou com o Hendrix e o chamou de idiota.

— Jesus Cristo. — Em que merda eu tinha me metido? Ah, espera, decidi sentir tesão por um cara depois que ele vandalizou a minha casa todinha e quase me fez gozar com o taco de beisebol utilizado para detonar com o lugar. Louca, louca, louca. Na verdade, eu temia um pouco por Nikki, e eu detestava a garota.

Nora deu uma mordida na maçã.

— Você precisa ir atrás do Brown antes de ele descobrir. Fazer a garota ser expulsa.

Diane tocou a minha mão.

— Descontando o fato de Bellamy ser um psicopata, e se ela tivesse mesmo te dado uma facada, Drew?

— Tudo bem. Se eles me tomarem meu *spray* de pimenta, eu vou ficar muito puta.

Então fui procurar o Brown, principalmente porque não queria levar porrada, mas também porque eu sabia, em primeira mão, a quais extremos Bellamy iria para se vingar. Eu não queria que ele se encrencasse porque a Nikki era uma doida de pedra.

O garoto não seria preso por causa de ninguém além de mim.

No fim do dia, a escola estava em um rebuliço com a fofoca de que a Nikki tinha sido expulsa.

Ótimo. Que bom que para ela isso foi bem fácil. Não que eu estivesse com inveja nem nada disso.

Hendrix olhou feio para mim quando entrei na detenção com Bellamy. A Sra. Smith acenou para mim.

— Boa tarde, Srta. Depravada. — Ela me entregou uma prancheta e me fez assinar o meu nome. — Vá se sentar e refletir por que deixou aquele menino enfiar a língua na sua garganta no meio do corredor. E você, Sr. Depravado...

Ela entregou a prancheta para o Bellamy.

— Você vai se sentar e refletir se acha normal desrespeitar a Srta. Depravada daquele jeito.

Ele assinou.

— Eu não me senti muito desrespeitada — murmurei, baixinho. E é claro que ela ouviu.

— Ah, claro que você sentiu alguma coisa. — Ela arrancou a prancheta da mão do Bellamy, depois tomou um gole do que estava na garrafa térmica. — A excitação dele pressionada nas suas partes femininas.

— Partes femininas. — Hendrix passou por nós ao voltar para a mesa. — Está mais para o molho agridoce dele espalhado no seu sanduíche de rosbife.

Revirei os olhos.

— Lá vai você chamar a coisa de sanduíche de rosbife. Essa imagem é...

Bellamy parou ao fim da mesa e bateu na cara do Hendrix com o caderno. Wolf riu e se largou no banco, de frente para Bellamy.

— Você vai causar uma lesão na cabeça dele.

— A cabeça dele já é lesionada, Wolf. — Bellamy olhou para o Hendrix e ergueu as mãos. — O que você quer que eu faça? Que dê um chute no saco dele quando ele diz essas merdas?

Hendrix o encarou do outro lado da mesa.

— Você acabou de ameaçar estragar o meu mixer de bebês?

— Nossa. O que a Diane vê em você... — resmunguei.

— Um pau de vinte e dois centímetros e uma língua que faz magia. Sei que é difícil de imaginar com a salsichinha de dois centímetros do Bell... — Hendrix agarrou a virilha. — Mas sou dotado que nem um camelo. Com certeza tenho futuro na indústria pornográfica.

— Parabéns?

— Vou me chamar de Karalhudo Kamikaze, porque não vai ter boceta que eu não vá bombardear.

Bellamy agarrou a minha mão e me puxou da mesa enquanto pegava os livros.

— Não posso mais lidar com esse neurótico hoje.

— Como você acabou se tornando amigo do Hendrix?

— Bloqueei — ele falou, antes de se largar no banco a algumas mesas dali.

— Tipo em um evento traumático?

— Exatamente.

O sol de fim da tarde se infiltrou pelas janelas do refeitório, transformando o lugar em uma espécie de estufa, considerando a falta de um ar-condicionado; o calor estava abafado e opressivo. Tirei o casaco antes de me sentar ao lado dele.

— O que aconteceu com o seu braço? — Ele avistou o band-aid azul berrante no meu antebraço.

— Hmm...

— Puta merda, Bell! — Hendrix gritou.

Olhei para o outro lado do refeitório, onde uma das líderes de torcida estava sentada ao lado daquele idiota.

— A puta louca foi expulsa por tentar esfaquear a Puta Louca Número Dois!

Quando olhei para o Bellamy, a mandíbula dele estava travada. Os olhos semicerrados.

Mostrei o dedo do meio para o Hendrix.

— Esfaquear faz tudo parecer dramático demais.

— É verdade? — Bellamy segurou o meu braço, e eu o afastei de seu toque. — Você simplesmente pensou em não me dizer nada?

Anos de síndrome de pirralha mimada voltaram com tudo, e eu me irritei com a noção de ter que contar qualquer coisa para ele.

— Eu precisava?

— Não sei, Drew. O que você acha? — Ele arrancou o band-aid, passando o dedo pelo corte fino de navalha.

— Eu cuidei de tudo — falei. Não muito bem, mas ainda assim...

— E a Drewbers espirrou *spray* de pimenta nela? — Hendrix gargalhou. — Pulverizou a garota que nem um gato, Bell! A Velha Tetas de Salame temperada com *spray* de pimenta.

Gemi e apontei para o Bellamy.

— Não diga nada.

Seu olhar manteve o meu cativo por um segundo antes de ele abrir o caderno.

— Da próxima vez que alguém fizer uma merda dessa, é melhor você me contar.

Lutei contra a fagulhazinha de indignação que surgiu em mim, e teria sido melhor eu ter mantido a boca fechada.

— Ou o quê?

Tudo o que ele fez foi sorrir.

Deus, o cara era irritante.

— Vá se foder.

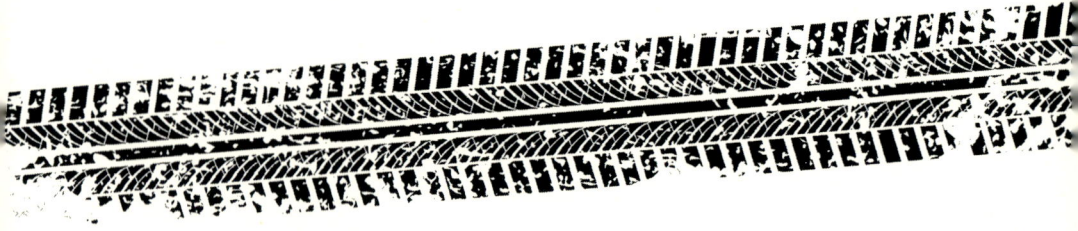

32

BELLAMY

Naquela noite, Hendrix e eu nos esgueiramos pelos becos escuros entre os trailers até encontrarmos o da Nikki.

Larguei a mochila no cascalho, em seguida procurei as duas garrafas de gasolina e os trapos.

Hendrix tomou uma da minha mão, e logo enfiou o pano no gargalo.

— Estou fazendo isso porque odeio a Nikki e porque gosto de tacar fogo nas coisas, não porque gosto da Drew.

— Não estou nem aí, cara.

O que estávamos prestes a fazer era uma merda? Com certeza. Como a metade das merdas que fazíamos. Mas a Nikki havia puxado uma faca para a Drew, e nem fodendo que ela ia se safar dessa.

Hendrix pegou o isqueiro no bolso.

— Por que você está fazendo isso, Bell?

Porque eu gostava da Drew.

— Porque tenho uma reputação a manter, babaca.

Hendrix girou a pederneira, o tremeluzir da chama atingiu a ponta da sua sobrancelha.

— Ela deve chupar uma rola como ninguém.

Às vezes, eu odiava aquele cara.

Acendemos as bombas, e as atiramos pelo parque de trailers antes de sair correndo. Tínhamos acabado de pular o primeiro alambrado quando o clarão do fogo iluminou o céu escuro.

Hendrix gargalhava enquanto íamos na direção do trailer do Wolf, subindo rápido a escada que sempre ficava encostada lá na lateral, e fomos para o telhado.

— Queima, baby, queima. — Wolf riu de sua cadeira, tragando o baseado que estava sempre preso aos seus lábios.

Desabei em uma das outras cadeiras esfarrapadas enquanto o Hendrix vasculhava o frigobar.

— Ah, cara. Você só tem cerveja ruim com gosto de mijo. — Ele fechou a portinha e se largou ao meu lado, abrindo uma lata mesmo assim.

Ficamos lá por um momento, nos refestelando com o brilho do carro da Nikki queimando. Eu podia ouvir a garota gritar a plenos pulmões.

— Vai explodir — Wolf disse, com um sorriso malicioso. — A qualquer momento.

Hendrix se recostou na cadeira e respirou fundo.

— Nada como o cheiro de carro explodindo para te fazer sentir vivo.

E não havia dúvida, nunca houve, de que a gente era um pouco fodido das ideias.

As chamas vermelhas e amarelas passaram dos telhados dos trailers, enviando uma espiral de fumaça cinza pelo céu escuro.

Não fiz aquilo pela minha reputação. Fiz porque estava furioso. Poucas coisas na vida me enfureciam: a merda do meu pai, alguém ferrar com a minha família e, evidentemente, agora, alguém zoar com a minha garota.

Wolf se sentou. Os olhos semicerrados encarando o parque de trailer.

— Ah, merda. Lá vem ela.

Bem na hora, notei uma sombra se movendo pelo caminho de terra batida.

— Bellamy! — Nikki gritou. — Eu sei que foi você!

Ela chegou como um furacão, no trailer do Wolf, e parou com as mãos nos quadris, encarando o teto.

— Eu vou te mandar para a cadeira. Igual ela fez.

Hendrix gargalhou, então entornou a cerveja meio bebida pelo teto, bem em cima dela.

— Cala a boca, Teta de Pepperoni. A gente ficou aqui bebendo a noite inteira.

— Mentira!

Wolf suspirou.

— Você tem algum vídeo para provar?

Um estrondo ecoou pela noite, o brilho do fogo cintilou como uma minibomba.

Nikki deu meia-volta, com as mãos na cabeça.

— Não posso acreditar, seus babacas!

— Talvez tenha sido aquele garoto, o Dickey — falei. — Sabe, aquele que você chupou em troca de ele espalhar boatos sobre a Drew.

Olhei pela beirada do telhado e, Deus, eu queria que tivesse mais luz, porque eu ia amar ver a cara da Nikki agora.

— A propósito, obrigado por isso. Se você não tivesse tentado armar para ela, eu teria perdido os melhores boquetes que já recebi na vida. A garota não faz ânsia de vômito.

— Você é tão… — Um grunhido de raiva ricocheteou pelos trailers.

Um brilho azulado de tela de telefone brilhou no escuro. A menina ia mesmo chamar a polícia? Ah, não. Não era assim que as coisas funcionavam em Dayton, e ela sabia.

— Quer mesmo seguir por aí, Nikki? — perguntei, e ela congelou, lançando um olhar na minha direção.

— Caguetes morrem pela boca — Hendrix falou, lançando um sorriso sinistro para mim.

— Qual é, Nikki — Wolf falou. — Tenho certeza de que a pessoa fez isso só pela diversão. — Ele engoliu a risada.

— Como tenho certeza de que você puxou uma faca para a Drew só pela diversão, não foi?

Momentos de silêncio se passaram, o estalar suave do fogo era o único ruído.

— Você é um otário — Nikki falou, e guardou o telefone antes de sair pisando duro para o trailer, vociferando.

Os caras caíram na gargalhada. Hendrix pegou outra cerveja na geladeira e se sentou ao meu lado, me fulminando com o olhar.

— Reputação o meu rabo, Bell.

— Como eu disse — Wolf jogou a guimba na lateral da casa. — Um filho da puta condenado.

E talvez eu fosse.

Saí do Wolf a tempo de chegar em casa antes de a minha mãe ir trabalhar.

Assim que desliguei o motor, ouvi meu pai gritar. E coisas se quebrando. Arlo estava lá na varanda, tapando os ouvidos e chorando.

A raiva se avolumou dentro de mim como uma bomba-relógio enquanto eu subia os degraus de madeira correndo. Eu me ajoelhei ao lado dele, mas algo bateu com mais força lá dentro, e o grito que a minha mãe soltou fez o meu sangue gelar.

— Fique aqui, Arlo — falei, já indo para a porta.

Da entrada, pude ver a minha mãe de quatro, chorando e implorando para ele parar.

Antes que eu pudesse alcançá-la, meu pai bateu com a cadeira na nuca dela, e minha mãe desabou no chão.

A fúria que sempre se manteve abaixo da superfície, borbulhando e aquecendo, esperando para explodir, irrompeu com a força de um vulcão milenar adormecido. Com total fúria e destruição...

As luzes da ambulância piscavam pela sala destruída.

> Você pode vir aqui pegar o Arlo?
> Por favor. Tipo, agora?

Eu mandei para a Drew, porque a família da Nora não estava em casa, e não havia mais ninguém em quem pudesse confiar para ficar com ele. E eu confiava nela. Eu confiava nela, porra...

— Filho, largue o telefone. — A bota do Jacobs esmagou o vidro quebrado espalhado pelo chão.

Sob circunstâncias normais, eu teria enviado a próxima mensagem enquanto fuzilava aquele filho da puta com o olhar, mas nada na situação que trouxe a polícia para a minha casa era normal.

Uma mensagem da Drew apareceu na tela:

> Claro. Está tudo bem?

Deixei o telefone ao meu lado no sofá.

Um dos policiais tinha trazido o Arlo para a sala e o colocado ao meu lado. Ele fungou, secando as lágrimas com a manga antes de se agarrar a mim.

— Vocês não podem levar ele para a cadeia. Ninguém mais vai cuidar de mim. — O soluço sofrido que se seguiu quase arrancou o meu coração do peito.

— Está tudo bem, carinha. Eles só precisam me fazer perguntas.

O outro policial me olhou de soslaio, e eu podia ver estampado no rosto dele. As mãos do homem estavam atadas, e ele não queria fazer aquilo, mas eles tinham um protocolo a seguir. Caso de violência doméstica... testemunha inconsciente. Eu ia para a cadeia.

Ele puxou o Jacobs para o lado e eles trocaram algumas palavras enquanto o Arlo chorava no meu ombro. Ele tinha visto merda que criança nenhuma deveria ver.

— A mamãe vai ficar bem?

— Claro. Ela vai ficar bem, carinha. Eles só vão precisar fazer com que ela se sinta melhor por alguns dias.

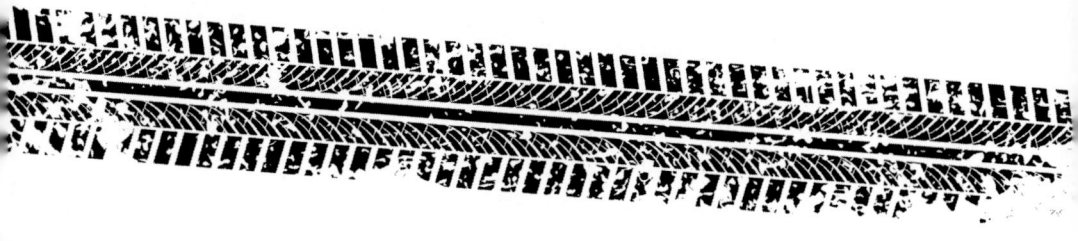

33

DREW

Já havia se passado cinco minutos, e o Bellamy não havia me respondido.

Eu teria saído assim que recebi a mensagem, porque, para ele me pedir para ir pegar o irmão... eu não fazia ideia da razão para ele não ter pedido à Nora, ou ao Wolf, ou até mesmo ao Hendrix, mas eu sabia o quanto o Arlo era importante para Bellamy. Ele não pediria se não estivesse desesperado... mas não consegui descobrir onde o meu pai tinha escondido as chaves do carro. Tentei ligar para a Nora, mas ela não atendeu.

Então acabei indo até o posto de gasolina para pegar o ônibus, e caminhei dois quarteirões até chegar à casa do Bellamy.

Assim que virei a esquina, as luzes vermelhas e azuis surgiram à vista, e eu entrei em pânico. Não tinha ideia do que havia se passado na casa dele, mas o que quer que fosse, eu sabia que foi ruim o bastante, pois Nora precisou ficar com Arlo quando o Bellamy foi para a cadeia.

Ele não confiava no pai para ficar com o menino... e me enviou mensagem pedindo por favor para vir pegá-lo. E agora os policiais estavam ali... disparei pela rua, passando pela viatura parada na frente da casa, e estaquei quando vi a janela quebrada na fachada.

Nunca estive numa situação dessas, e não tinha ideia do que fazer. Eu deveria bater à porta?

Subi as escadas, incapaz de ignorar os pontinhos do que parecia ser sangue no concreto. Então bati à porta, sentindo o coração despencar no peito.

Um policial de meia-idade a abriu.

— Drew Morgan?

— Sim.

Ele saiu e fechou a porta sem fazer barulho. Então colocou a mão no meu ombro e me afastou da entrada.

— Assim que puser a criança no carro, vá embora. Ele já viu o bastante, e não quero que veja o irmão sair algemado.

Algemado? Bellamy estava sendo preso...

— Senhora? Você me ouviu?

— Eu não... não tenho carro. Vim de ônibus.

— Merda... — Ele virou o rosto para o *walkie-talkie* no ombro. Um bipe soou. — Pode mandar outra viatura? Preciso escoltar uma jovem e uma criança para casa.

— Entendido, Robins.

Encarei as luzes piscantes. Que merda estava acontecendo?

— Vou te levar para casa — o policial disse. — Você não precisa andar por essas ruas a essa hora da noite.

Parte de mim não queria perguntar, mas...

— O que aconteceu?

— Violência doméstica. — Ele olhou para a porta. — A mãe ficou bem mal, mas creio que ela se recuperará. E, para ser sincero, o Dan teve o que mereceu.

A estática estalou no rádio. E a partir daquele fragmento de informação, entendi que Bellamy tinha batido no pai, provavelmente, porque ele agrediu a mãe dele. Ainda assim, era ele que estava sendo preso. A raiva me percorreu quando pensei no Bellamy sendo preso por defender a mãe. Aquilo era errado.

— Cinco minutos, Robins. — O policial assentiu antes de voltar lá para dentro.

Esperei lá fora, encarando o vidro quebrado na entrada quando uma pena paralisante por Bellamy e o irmão me invadiram.

Por fim, outra viatura chegou, e o policial Robins saiu com o Arlo, o rostinho vermelho e manchado pelas lágrimas, com uma mochila surrada nos ombros.

Ele fungou quando olhou para mim.

— Oi, Srta. Drew.

Meu peito se apertou quando coloquei a mão na sua cabeça.

— Oi, Arlo.

O policial abriu a porta do carro, e eu me acomodei com o menino no banco de trás.

Eu esperava de verdade que o meu pai não estivesse em casa para ver a viatura chegar, mas mesmo se estivesse, verdade seja dita, quando ele visse o Arlo, não diria nada.

O motor deu partida, e a patrulha saiu.

Arlo parou de chorar, olhando pela janela, para as ruas que passavam. Ele já estava condicionado a pensar que aquilo era normal, e foi de partir o coração. Pior, pelo pouco que vi do Bellamy com ele, eu sabia que ele se esforçava muito para dar algo melhor ao irmão. E, no fim das contas, foi isso que ele conseguiu.

— Onde você mora, Srta. Morgan? — o policial perguntou.

— Na Barrington Cove, 2112.

Ele parou no cruzamento.

— Barrington Cove? — Ele olhou para trás, com as sobrancelhas franzidas. Como se não acreditasse em mim.

— É. Há... algum problema?

— Tem ônibus em Barrington?

— Meu pai e eu tivemos um desentendimento que culminou na minha falta de carro.

Eu só podia imaginar no que ele estava pensando. Uma menina de Barrington aparecendo de ônibus para pegar um menino que presenciou um caso de violência doméstica.

— Ele não gosta dos caras com quem eu saio. — Aquela única declaração praticamente explicava tudo.

Ele pisou no acelerador.

— Ah. Okay...

O silêncio preencheu o carro, interrompido, vez ou outra, pelas fungadas de Arlo. Afaguei as costas dele durante todo o trajeto por Dayton.

Quando a viatura virou para Barrington, o cenário mudou por completo. Tudo perfeito e polido.

Arlo grudou o rosto na janela.

— São castelos?

— Não exatamente.

O policial nos deixou lá e, graças a Deus, meu pai ainda não tinha voltado.

— Obrigada pela carona, policial — agradeci.

— Não foi nada.

— O senhor sabe quando Bellamy será liberado? — perguntei.

Quando, não se, porque, com certeza, eles não poderiam manter o cara preso por ter defendido a mãe. Mas, bem, eu não sabia exatamente o que havia acontecido.

— As vinte e quatro horas de sempre. — Ele me olhou por um momento, depois deu um breve aceno de cabeça. — Tenha uma boa-noite, senhorita.

— Obrigada.

Ele saiu, e eu conduzi o Arlo até a porta.

Os olhos dele se arregalaram quando entramos em casa, demorando-se timidamente no vestíbulo.

Eu não tinha ideia do que fazer com uma criancinha que tinha acabado de passar por uma experiência dessas.

— Quer um picolé? — perguntei. Foi tudo em que consegui pensar.

— Não. Não estou com fome. — Ele projetou o lábio inferior para fora, que logo começou a tremer. — Eu não quero que o Bellamy vá para a cadeia, Srta. Drew. E quero que a minha mamãe fique bem.

Eu não sabia o que fazer, mas no segundo que ele começou a chorar, eu o peguei no colo e o levei para o sofá, abraçando-o enquanto os ombrinhos magros tremiam.

— Eles vão ficar bem, Arlo. O seu irmão te ama. Ele não te deixará por muito tempo. — Eu o envolvi com um cobertor, liguei a televisão e mudei do canal de notícias para o *Bob Esponja*.

Depois de alguns minutos, ele respirou fundo, saiu do meu colo e foi para o sofá.

— É molenga. — Ele voltou a pular, então se virou e caiu de cara no assento, os problemas temporariamente esquecidos. — E cheira bem. Você é rica, Srta. Drew?

Eu ri.

— Meu pai é.

Ele levantou a cabeça, devagar, e olhou para mim, com as sobrancelhas miúdas franzidas.

— Ele é famoso?

— Não, é só um velho que trabalha o tempo todo. Você o encontrará mais tarde. — E aquilo seria divertido. — Quando ele chegar, você aceita jogar um jogo?

Ele assentiu.

— Certo. Qualquer coisa que eu disser, você tem que fingir que é verdade. Aí, se você ganhar, você ganha picolé e outro brinquedo. Fechado?

— Fechado! Outro cavalo com uma espada na cabeça?

— Se for o que você quer.

— Oba! — Ele pulou nas almofadas antes de puxar a manta até o queixo e se acomodar para assistir ao *Bob Esponja*.

Meu pai apareceu algumas horas depois, parou à porta e franziu o cenho ao me ver jogando um jogo de tabuleiro com o Arlo.

— Drucella, quem é esse?

— Esse é o Arlo. Arlo, esse é o meu pai, o William.

Arlo se levantou rápido e disparou pelo piso de tábuas corridas, parando, de repente, na frente do meu pai e batendo uma continência. Meu pai ficou lá, encarando a criança como se ela fosse algum tipo de alienígena.

— Nunca conheci um rico antes, senhor. O senhor tem um quarto grande com todo o seu dinheiro e um trampolim de onde pula e nada lá igual ao Tio Patinhas?

Eu ri. Alto. A cara que o meu pai fez foi impagável.

— Não. Não tenho. — O olhar entrecerrado do meu pai foi de Arlo para mim. O coroa não tinha nenhum senso de humor. — Por que a criança está aqui?

Fiquei de pé.

— Xixizento, vá assistir à televisão rapidinho. Preciso falar com o Tio Patinhas.

Arlo saltou para o sofá e deu chutinhos antes de eu sair da sala.

Meu pai foi para a cozinha comigo.

— Você disse que queria que eu arranjasse um emprego, então virei babá.

— Babá?

— É. A Nora normalmente fica com ele, mas ela não podia, então...
— Se ele soubesse que o Arlo era, na verdade, o irmão mais novo do garoto problemático do Dayton por quem eu estava morrendo de tesão... E que eu estava com ele porque o tal garoto problemático tinha sido preso... ele teria uma síncope.

Meu pai se recostou ao balcão da cozinha e afrouxou a gravata.

— Ele parece sujo.

— Ele é uma criança. Notícias de última hora, quando elas não são criadas como robozinhos, elas brincam e se sujam — caçoei.

Ele foi em direção ao bar, então parou.

— Você. Virou. Babá? — Como se estivesse perplexo.

— Por que é tão difícil de acreditar? O dinheiro mais fácil que já ganhei. Ele come doce e assiste à televisão. Sou eu em miniatura.

Com um balançar de cabeça, ele pegou o uísque e se serviu de uma dose.

— Bem. Só… não o deixe manchar o tapete.

— Ele não é um cachorrinho. — Revirei os olhos e peguei dois picolés na geladeira. Qualquer um diria que o homem nunca esteve perto de uma criança.

Ah, certo, ele nunca esteve.

O policial disse que Bellamy ficaria vinte e quatro horas na cadeia, e os pais dele estavam, obviamente, no hospital, o que queria dizer que o Arlo não ia embora. Então peguei meu celular no bolso e fingi que mexia nele.

— Olha, a mãe acabou de mandar mensagem pedindo para eu passar a noite com ele. Ela precisa dobrar o turno. — As mentiras escapavam com tanta facilidade… eu deveria sentir vergonha.

— Tudo bem.

— Eu também preciso levar o garoto para a escola amanhã. Por favor, posso usar o carro?

Ele estreitou os olhos.

— Só amanhã — adicionei.

Meu pai cruzou os braços, a suspeita estampada em seu rosto.

— Estou tentando ser responsável. Não posso deixar o menino na escola dele e ir para a minha a tempo se não estiver de carro. Devolvo as chaves assim que voltar. Prometo.

Ele bufou, e eu soube que tinha conseguido. Porque essa devia ser a coisa mais adulta que já fiz em toda a minha vida, tomar conta de uma criança.

— Logo que acabar a aula.

— Obrigada.

— E ponha uma toalha na cama. Não quero que ele suje os lençóis.

— Jesus, eu não te aguento.

Quando virei no corredor, Arlo estava parado lá. Ele se virou e saiu correndo quando me viu.

— Seu enxerido — falei, quando o alcancei ao chegar na sala e joguei um picolé para ele.

— Nã-ão.

— Hmm, sim. — Fiz cosquinha nele, e ele gritou, rindo de um jeito que essas paredes enfadonhas jamais ouviram. — O que você quer assistir, Xixizento? Se eu tiver que ver mais um episódio de *Bob Esponja*, vou te jogar na piscina.

— Tem piscina aqui?

Depois de discutir com Arlo sobre o fato de que ele não tinha um calção, e eu tinha certeza de que ele estava mentindo sobre saber nadar, assistimos a um filme, e ele dormiu.

Esperei até o meu pai ir para o quarto para carregar o peso morto do Arlo até um dos quartos de hóspedes, então o acomodei com o unicórnio que eu tinha ganhado para ele.

Pensar que aquele bichinho de pelúcia idiota que eu tinha ganhado para a criança lhe trazia um pouco de alegria me deixou feliz. A vida dele era uma merda, e eu odiava a situação, por ele e por Bellamy. Porque Bellamy estava tentando o seu melhor, apesar das circunstâncias horríveis.

E uma noite com a criança me fez perceber que era um monte de responsabilidade para um adolescente.

Deixei Arlo na escola na manhã seguinte, e passei o dia no limite, mal fui capaz de me concentrar em nada.

Conferi o celular no intervalo de todas as aulas, esperando notícias de que Bellamy havia sido solto. Em parte, por mim, mas principalmente por causa do Arlo. Ele era uma criança maravilhosa, e eu não me importava de ficar com ele, mas não conseguiria burlar a situação com o meu pai para sempre. Ele precisava do irmão e de um pouco de estabilidade.

Foi só quando estava na fileira de carros, junto com outras mães, naquela tarde, que o meu celular finalmente apitou com um monte de mensagens de Bellamy.

> Acabei de sair.

> Obrigado por ficar com ele.

> Estou indo pegar o Arlo na escola.

> Desculpa. Não consegui mandar mensagem antes.

A porta de trás se abriu, e Arlo entrou.

— Oi, Srta. Drew.

— Ei, carinha, coloque o cinto, okay?

— Okay.

> Está tudo bem. Já estou aqui. O Xixizento acabou de entrar no carro.

> Pode me encontrar na praça em dez minutos? Pego ele lá.

Ele queria me encontrar na praça. Que estranho.

> Claro.

— A gente está indo para a praça, Arlo. Seu irmão está lá.

Ele gritou, e eu arranquei, rock alto tocava, e certeza de que a criança estava curtindo.

Tínhamos ouvido metade do último álbum do *In This Moment* hoje de manhã quando fomos para a escola, e ele se amarrou. Porque era melhor que o rap ruim que Bellamy ouvia.

Assim que estacionei na praça, vi o corpo alto e largo de Bellamy apoiado em uma das mesas, com os pés no banco. O cabelo estava bagunçado, e mesmo daqui, ele parecia cansado ou, talvez, só derrotado.

Arlo saiu correndo do carro mesmo antes de eu desligar o motor, e eu o segui à distância enquanto ele corria para o irmão.

— Eles não te deixaram preso! — ele falou, antes de se lançar à perna do Bellamy.

— Não. Só me fizeram perguntas. Você se divertiu na casa da Drew?

— Sim. Ela é rica. E o pai dela é... — Arlo colocou a língua para fora. — Eca.

Um grupo de crianças passou gritando, o que chamou a atenção do Arlo antes de ele sair correndo assim que parei perto da mesa comprida de piquenique.

Bellamy olhou para mim com uma expressão atormentada que cobria o seu rosto e que me fez sentir um aperto no peito.

— Obrigado de novo, por ficar com ele. — Coçou o pescoço. — A família da Nora não estava em casa, e eu...

— Está tudo bem, Bellamy. Ele é uma criança tranquila.

Ele mal conseguia olhar para mim, e eu só podia imaginar que estava se sentindo um grandessíssimo merda.

— Você sabe que eu poderia ter levado o Arlo para a sua casa — falei, apontando para a praça atrás de nós.

— É. A casa ainda está uma bagunça.

Quis perguntar o que havia acontecido e por que ele foi levado sob custódia. Mas eu tinha a sensação de que ele não me diria nada.

— Você está bem? — perguntei, a voz mal passando de um sussurro.

O olhar travou com o meu, como se estivesse tentando me decifrar tanto quanto eu tentava fazer om ele.

— Bubba! — Arlo voltou correndo, levantando poeira antes de parar derrapando.

Bellamy se ajoelhou quando Arlo o segurou pelo rosto e tentou sussurrar:

— Aquela é a Tina. Viu? Com a camiseta rosa de gato? Perto do balanço?

Bellamy olhou para o balanço, e sorriu.

— Vi. Quer falar com ela, Arlo?

Os olhinhos dele se arregalaram.

— Não.

— Se você gosta dela, tem que ir falar com ela. — A conversa foi tão fofa, que o otário do meu coração se engasgou.

Arlo arrastou os sapatos pelo cascalho, o olhar vagou até mim.

— Que nem você está falando com a Srta. Drew?

— É. — Bellamy bufou uma risada. Depois bagunçou o cabelo escuro do garoto. — Pronto. Agora você parece rebelde. Vai lá dizer que ela é bonita.

— Mas... como?

— Vou te mostrar. — Bellamy se levantou do banco, e se aproximou de mim em um instante. Ele segurou meu queixo enquanto eu estava lá, congelada, hipnotizada.

— Você é linda. — O polegar escovou o meu lábio. — Maravilhosa. Perfeita pra caralho.

Puta merda. Aquilo não deveria ter me feito derreter, mas, com certeza, fez.

Os dentes rasparam o meu lábio em um sorriso que dizia que ele sabia exatamente o que estava fazendo.

— Bem assim — falou, e soltou o meu rosto.

Mal notei o Arlo sair correndo.

— Você é muito babaca — resmunguei.

— Foda-se. Você gostou.

Observei o Arlo escorregar até parar na frente da garotinha, depois segurar o queixo dela, igualzinho o Bellamy fez com o meu. Seja o que for que a criança disse, fez as bochechas da menina ficarem rosadas, em seguida ela jogou os braços ao redor do pescoço dele.

— Pegador em formação — Bellamy caçoou, sorrindo.

— Quantos anos ele tem? Seis? — O fato de eu ter estado predestinada a cair na lábia de garotos assim desde a infância era perturbador.

— É...

— Ele é fofo. E até o meu pai achou o menino comportado, o que é mais do que ele diz de mim, então... — Significa alguma coisa quando uma criança de seis anos tem mais valor que eu. — Se quiser que eu fique com ele de novo...

Ele segurou o meu rosto e me puxou para si, levando a boca à minha enquanto os gritos das crianças sumiam ao fundo. A língua entreabriu os meus lábios. O polegar roçou a minha mandíbula. E bem quando pareceu que os meus pulmões explodiriam, ele se afastou.

— Você está ferrando comigo, garotinha. — Recuou um passo, devagar, aquele sorrisinho sexy já nos lábios. — Vamos, Arlo! — gritou, através do parquinho. — A gente tem que ir.

Quando cheguei em casa, fui direto para a geladeira pegar um picolé, e vi um *post-it* amarelo colado lá.

> *Drucella. Reunião de emergência. Vou ficar fora por alguns dias. Meu cartão de crédito está no balcão. Usar APENAS para comida. Não saia com o carro. Eu vou verificar a quilometragem. Pai.*

Alguns dias. Era terça-feira. Meu aniversário era na sexta. Apesar de ele ser um pai de merda, sempre fez um esforço para estar presente na data, como se um ato anual pudesse suprir a cota do ano. Ele voltaria. Nem mesmo ele perderia o meu aniversário de dezoito anos. Levei o picolé para a sala e me sentei no sofá. O silêncio dessa casa imensa, a solidão que estava sempre na periferia da minha vida se arrastou sobre mim.

Tentei ligar para a Genevieve, mas foi para a caixa de mensagem, e a sensação de abandono fincou ainda mais as garras. Sem carro, eu não poderia ir ver a Nora. Era só eu. Como odiei a situação. Essa casa, essa vida, o meu pai...

Meu telefone apitou como se o Bellamy pudesse sentir a minha agitação.

> Não me canso da sua boca.

Meu coração palpitou por um milésimo de segundo, e um sorriso ameaçou se abrir.

> Quem diria que você é um romântico?

Eu sabia que aquele comentário o irritaria.

> Não sou.

> Uhum...

> E desde quando eu te enforcar é algo romântico?

> Por acaso eu gosto de ser enforcada.

> Não brinca.

> Arlo não para de vir ao meu quarto, gritando para eu te dar um Oi.

Aquilo me fez sorrir.

> Ele é fofo. O Xixizento conseguiu um encontro?

> Levei o moleque na loja de conveniência para tomar uma raspadinha, e ele ganhou um anel para ela na máquina de bolinha.

> Tanto esforço para ele virar um pegador…

> Ounn! Que fofinho.

> Deixe o garoto ser bonzinho.

> Cagam na cabeça dos bonzinhos.

> Cagam.

> Não importa a merda que você diz. As meninas cagam na cabeça deles.

Eu não sabia mais se Bellamy era ou não bonzinho.

> MDS. É por isso que ele acha que eu vou cagar na sua cabeça?!

> Não. Eu não sou bonzinho. Eu sou um babaca.

> Eu sei.

> E você gosta.

Eu odiava gostar daquilo, porque se a situação não gritava "Problemas com figura paterna", eu não sei o que gritaria. Bellamy me prendeu entre querer uma coisa e ficar aterrorizada por consegui-la.

Encarei nossas mensagens trocadas, perguntando que merda eu estava fazendo.

Só teríamos aulas por pouco mais de um mês, depois viriam as férias de verão, depois a faculdade. E eu estava me apaixonando por um cara que jogava e escondia suas cartas tão bem contra o peito, que eu não tinha mais ideia do que estava fazendo.

> É agora que você diz: sim, Bellamy.
> Eu gosto mesmo...

> Eu gosto.

E aquela, sem dúvida nenhuma, seria a minha derrocada.

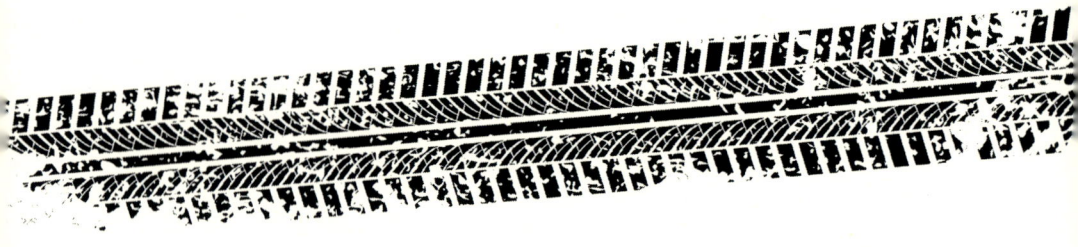

34

BELLAMY

Arlo abriu as mãos debaixo da bombinha automática de álcool em gel uma vez.

Duas.

Três vezes.

— Já está bom, Arlo — falei, observando o líquido pingar das mãos dele para o chão do hospital.

— O cheiro é bom.

Higienizei as minhas mãos e abri a porta do quarto da minha mãe.

Ela se ergueu na cama, sorrindo assim que nos viu.

— Aí estão os meus meninos.

As contusões em seu rosto tinham um tom feio de roxo, e o corte na cabeça precisou levar pontos. Cerrando os dentes, abaixei a cabeça e encarei o ladrilho do hospital.

Eu o odiava. Odiava ele ter feito isso com a minha mãe por grande parte da sua vida.

— Mamãe! — Arlo correu para a cama e subiu, aconchegando-se ao lado dela. — Fiquei em um castelo ontem à noite.

— Foi mesmo?

— Uhum. A Srta. Drew tinha picolé e Coca-Cola de garrafa de vidro. E mais quartos que um motel.

— Jura? — O olhar da minha mãe se focou em mim, uma sobrancelha arqueada. — E quem é a Srta. Drew?

Passei a mão pela nuca.

— A garota com quem estou… — Eu não sabia mais o que estava rolando entre mim e a Drew. Mas o que quer que fosse, quando não estava

STEVIE J. COLE LP LOVELL

perto dela, eu sentia saudade. — Saindo. Ela passou lá e pegou o Arlo enquanto... — Você era levada inconsciente para o hospital, e eu, sob custódia por agredir o meu pai. — Enfim.

Ela assentiu, puxando o cobertor do hospital.

— Foi muita bondade dela.

— Eu gosto dela — Arlo falou, com um breve aceno de cabeça. — Ela é legal e cheirosa.

— Os policiais disseram que as acusações contra você seriam retiradas agora que pude prestar depoimento e... — Cerrou a mandíbula. Os olhos marejaram, mas ela logo secou as lágrimas. — Eu sinto muito.

— Mãe, não. Você não fez nada.

— Eu só... — Ela respirou fundo, com dificuldade, então deu um beijo na cabeça do Arlo. — Eu queria que eles me dessem alta hoje. Eu estou bem. De verdade.

Eles a mantiveram sob observação já que ele havia feito ela ter uma concussão.

— Eles disseram que você vai receber alta amanhã.

— Só para poderem nos cobrar mais um dia de internação — ela resmungou.

Eu me larguei na cadeira à cabeceira da cama, cruzei os dedos, e me apoiei nos joelhos, encarando o chão.

Antes de sair da cadeia hoje de manhã, o policial Robins me ajudou a preencher uma medida protetiva temporária – os caras da delegacia estavam cansados de saber da merda que acontecia na minha casa, e eu não podia simplesmente deixar a minha mãe se submeter a isso. Eu não podia deixar o Arlo se submeter a isso. O que aconteceria quando eu, finalmente, fosse embora?

Passei na Vara de Família e deixei os documentos depois de pegar o Arlo na praça, e uma parte minha pensava que eu deveria contar à minha mãe, mas eu sabia que deveria dar a notícia quando o Arlo não estivesse por perto.

— O vô está vindo — falei.

— Oba! — Arlo bateu palmas. — O vovô está vindo.

— O meu pai? Você ligou para ele?

— Liguei. Não quero que você fique em casa sozinha.

Minha mãe respirou fundo.

Todos esses anos, ela nunca disse nada para ele. E me fez prometer que eu não diria nada, porque o meu avô era doido de pedra.

Na época, dei ouvidos porque era criança, e era o que as crianças faziam: ouviam os pais, mesmo quando sabiam que eles estavam errados.

Mas eu não era mais criança. E alguém precisava tomar conta dela.

Depois que saímos do hospital, passei na loja de ferragens e comprei fechaduras novas para as duas portas, e as troquei antes de fazer o jantar, depois arrumei o Arlo para dormir.

Um silêncio tranquilo pairava sobre a casa sem o zumbido do jogo de beisebol ao fundo ou o rangido constante da poltrona reclinável do meu pai. E talvez tenha sido por isso que Arlo entrou no meu quarto à uma da manhã. Estava quieto demais. Não sabíamos lidar com essa calmaria.

Ele se arrastou para a minha cama, enfiou o Spike entre nós dois e suspirou.

— Eles vão se separar?

O som dos grilos do lado de fora da janela preencheu o silêncio do quarto escuro.

— Vão.

Arlo sabia que o nosso pai era ruim, mas ele ainda era muito novinho.

Eu podia me lembrar de ter a idade dele e amar o meu pai, mesmo depois de ele bater em mim. Passei anos tentando entender por que eu queria agradá-lo. Por que eu amava alguém que me odiava. Eu nem tinha certeza de quando a necessidade de amá-lo se transformou em uma fúria cheia de ódio.

— Isso quer dizer que vou ter que ficar com ele, às vezes? — Arlo sussurrou. — O Billy tem que ir ficar com o pai fim de semana, sim, fim de semana, não, e eu não quero ficar com o papai sem você estar por perto.

Eu me virei de frente para o meu irmãozinho.

Ele fazia carinho no unicórnio, recusando-se a olhar para mim. Com a medida protetiva, ele não teria direito a visita, e mesmo se tentasse, nem fodendo eu ia deixar o meu pai conseguir algo além de uma visita monitorada. Com um pouco de sorte, ele ficaria alguns anos atrás das grades.

STEVIE J. COLE LP LOVELL

— Não. Você não vai ficar com ele. Não se preocupe com isso, tá?

Ele assentiu, depois pegou o meu braço e se agarrou a ele em uma prece silenciosa para que eu o deixasse ficar ali no meu peito.

Eu o abracei e afaguei as suas costas.

— Vai ser diferente de agora em diante. Prometo.

Passei a última demão de tinta na sala e me afastei, sorrindo.

Os lugares em que cobri os buracos com massa nem estavam visíveis.

Limpando a tinta na calça, peguei o balde e o rolo e fui lá para a varanda dos fundos para limpar tudo.

Passei o dia remendando buracos e limpando as merdas que o meu pai tinha quebrado no meio da briga. A mesa de centro se partiu em duas quando ele me jogou lá em cima, mas fui até um brechó e encontrei uma que talvez minha mãe gostasse, por dez pratas.

A porta dos fundos se chocou contra a parede da casa quando Arlo entrou correndo, balançando meu telefone acima da cabeça.

— Garotinha está te mandando mensagem! — E aquilo soou estranho saindo da boca do meu irmão de seis anos.

> Quando você vai voltar para a escola?

Encarei a mensagem e sorri.

> Ainda não sei.

> Vem aqui?

> Não posso dirigir o meu carro. Meu pai está ameaçando verificar a quilometragem agora.

> Eu vou te pegar.

Eu só queria vê-la. Muito. Fazia apenas alguns dias, mas eu não poderia aguentar muito mais tempo.

> Simplesmente venha para cá.

> Estou com o Arlo.

> Traz ele.

> Mas não estaciona na frente da casa.
> Meu pai tem a mania de aparecer como
> se fosse a porra de um gênio da lâmpada.

Enfiei o telefone do bolso, e enxaguei o rolo de tinta.

— Quer ir na Drew depois do jantar, Arlo?

— Oba!

— Ela disse que não eram castelos, mas acho que era mentira. — Arlo estava parado do lado de fora do carro, levantando o cós da calça no escuro, enquanto me esperava passar pelo banco do carona.

— Não são castelos — falei.

— Mas parecem.

E meio que pareciam, pelo menos em comparação às casas de Dayton. Dois e três andares. Tijolinho. Quintais bem-cuidados.

— Por que a gente teve que estacionar aqui? — perguntou, quando começamos a subir a pequena colina.

— Porque, sim.

— Porque, sim, não é resposta.

Deus, eu amava o garoto, mas, às vezes, ele cansava.

— Porque o Tio Patinhas não gosta que as pessoas visitem a Drew.

— Por quê?

— Ela está encrencada.

Arlo balançou a cabeça.

STEVIE J. COLE LP LOVELL

— É culpa sua, né?

Dessa vez, não era minha culpa. Era totalmente dela e de sua raiva ao bater um Maserati no meu carro...

— Não, não é culpa minha. — Dei um empurrão nele de brincadeira, e ele riu.

— Não acho que ela vai cagar na sua cabeça.

— Não?

— Nã-ão. Ela é legal. Meninas legais não cagam nas pessoas.

Eu ri, e baguncei o cabelo dele antes de atravessarmos o quintal dela, a casa gigantesca iluminada com luzes típicas de paisagismo.

— Espero que você esteja certo, carinha.

Ele disparou, subiu correndo os degraus da varanda e tocou a campainha. Sem parar.

A varanda foi iluminada quando a porta abriu. Ele correu lá para dentro sem nem dizer oi.

— Cabeção! Você deve dizer oi primeiro — gritei, beijando a Drew na boca ao entrar.

Ele voltou pisando duro.

— Oi, Srta. Drew.

— Oi, Arlo. — Drew foi para a sala, então voltou com as mãos às costas. — Tenho presentes para você.

Arlo saltitou antes de ela entregar outro unicórnio de brinquedo para ele, esse com um chifre azul brilhante.

— Obrigado.

Ela ergueu a sobrancelha.

— Não, *aquele* lá que você ganhou. — Depois ela entregou a ele um calção do *Bob Esponja*. — Você pode entrar na piscina dessa vez, Xixizento.

Ele pegou a peça, gritou, depois a abraçou.

— Eu gosto de você, Srta. Drew.

— Eu gosto de você também, Arlo. — Ela sorriu antes de nos levar lá para fora, passando pela cozinha.

Arlo parou nos degraus da varanda e arquejou. Um unicórnio enorme flutuava na superfície da piscina iluminada.

— Um cavalo de chifre! — ele gritou, mal parando para vestir o calção.

Drew se largou em uma espreguiçadeira, depois se sentou ereta quando o Arlo pulou, seu olhar fixo na água.

— Ele sabe nadar, né?

— Bem o bastante…

Ela começou a se levantar, e eu a puxei pelo braço.

— Sim, Drew. — Eu quase ri, mas não o fiz porque aquela merda estava rompendo a minha armadura. — Ele sabe nadar.

— Babaca.

Sim. Essa garota estava fazendo o meu coração se envolver, com certeza.

Bati no ombro dela e fiz sinal para ela se levantar. Drew hesitou antes de ficar de pé, permitindo que eu me acomodasse às suas costas. O corpo rígido foi relaxando aos poucos, e eu apoiei o queixo no alto de sua cabeça.

— Onde você comprou o calção? — De jeito nenhum uma menina teria um calção do *Bob Esponja* dando mole em casa.

— Nora e eu fomos ao mercado e compramos, no caso de ele vir para cá de novo. O garoto me infernizou para nadar da última vez.

E, pela primeira vez, acho que entendi por que as pessoas se apaixonavam. Por causa disso… disso que fazia o meu peito se apertar um pouquinho quando nada mais tinha conseguido essa proeza.

— E a boia?

— Ela, na verdade, eu comprei ano passado. O meu pai diz que é uma monstruosidade, então nunca usamos.

Passei o queixo pelo cabelo macio dela.

— É uma monstruosidade.

— O Arlo não concorda. — Ela apontou para a piscina.

As pernas dele estava ao redor do pescoço da coisa. O punho fechado no ar enquanto ele soltava um grito de guerra.

— Para a morte, Cavalo Galudo! — A água espirrou quando ele bateu os pés. Arlo não pronunciou a palavra galhudo direito o que me fez pensar…

— Agora estou imaginando um cavalo com uma ereção. — Drew riu.

— Tarada.

O silêncio se estendeu entre nós, preenchido pelos sons do Arlo chapinhando na água.

Ela respirou fundo e virou a bochecha para o meu peito.

— A sua mãe está bem? — As palavras mal passaram de um sussurro.

Era com essa merda que eu não era bom.

Ninguém, a não ser os caras e o Nash, sabia da merda que a minha vida era, e ela sabia. Não havia muito na minha vida que me deixava com vergonha. Cresci usando roupa de bazar e sapatos furados, assim como quase todo mundo em Dayton, mas aquela merda, a merda com o meu pai, aquilo não tinha nada a ver com não terminar os estudos, não conseguir passar de ano. Não era ter bebido um pouco demais ou estar viciado em uma droga que controla a sua vida. Essa merda não era só toda uma vida de decisões ruins; era quem ele era.

E agora ela sabia, e ainda estava ali.

— Ela vai para casa amanhã — falei.

— Que ótimo.

Minutos se passaram. Observei o Arlo se divertir como nunca, brincando de algum faz de conta com aquela boia de unicórnio.

— Você vai se encrencar mais por causa disso? — ela perguntou.

— Não.

Seus dedos brincaram no meu braço antes de ela soltar um suspiro profundo.

— Quer conversar sobre isso? — ela perguntou.

A lembrança daquela noite se esgueirou sem ser convidada. Minha pressão subiu na hora.

Eu queria conversar? Na verdade, não, mas eu não fazia ideia do quanto ela sabia, e não queria que ela pensasse que eu era o tipo de cara que batia no próprio pai, mesmo sendo o tipo de cara que invadiu e quebrou tudo na sua casa, com um taco de beisebol.

— Ele mereceu, Drew. Ele mereceu mesmo.

Ela endireitou a postura e passou as pernas sobre a minha coxa, depois afagou a minha bochecha.

— Não acho que você machuca as pessoas sem que elas mereçam.

Não consegui segurar a risada.

— Eu invadi a sua casa com um taco de beisebol e destruí tudo.

— Bem, eu te fiz ser preso. Pelo que, aliás, peço desculpas.

— E eu peço *desculpa* por ter feito você ser demitida. — Afastei o cabelo do rosto lindo. — Deus, essa palavra parece um espinho na minha garganta.

— O que quis dizer é que você não me machucou.

— Você é menina.

— Em um lugar como Dayton, isso importa?

— Merda assim deveria importar sempre.

Um sorrisinho tocou os lábios dela.

— Viu? Você é tipo um cavaleiro em armadura de brechó.

— Não, garotinha. Eu sou o vilão que só quer a princesa.

— Eu? Ah, não, eu sou a rainha má.

Nenhum **SANTO**

Eu a puxei para o colo, e a beijei.

— Melhor ainda.

— Ecaaaa! Por que vocês estão fazendo isso? — Arlo gritou lá da piscina. — Essa é a parte nos filmes em que você deve tampar os olhos.

— Feche os olhos se não quiser ver. — Eu a beijei com mais vontade ainda. Quando ela tentou se afastar, apertei os seus quadris.

— A gente vai assustar o moleque.

— Ele já viu as *Playboy* do meu pai. O garoto vai sobreviver.

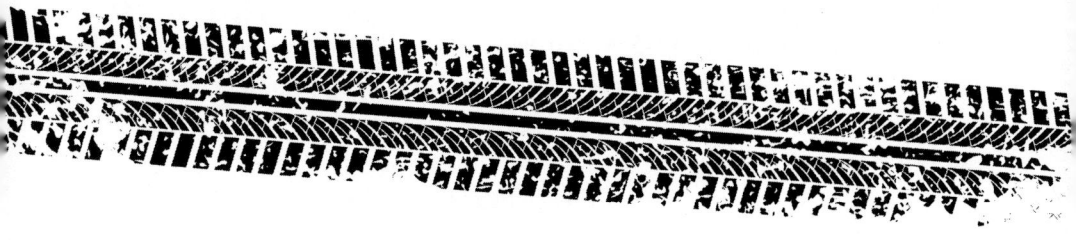

35

DREW

A data circulada no calendário zombou da minha cara quando fui pegar o leite. Que melhor jeito poderia haver de comemorar o meu aniversário de dezoito anos que comendo cereal na cozinha... sozinha?

Meu pai ainda não tinha chegado.

Nem mandou mensagem nem ligou, mas ainda eram sete da manhã.

Ele deve ter pegado um voo bem cedinho para que estivesse em casa quando eu chegasse da escola. Deus, por que eu me importava? Eu nem ao menos gostava do homem.

A campainha tocou, e eu joguei a tigela na pia e fui atender.

Um homem com uma prancheta estava parado lá e um caminhão barulhento estava estacionado de ré na entrada da garagem.

— Drucella Morgan? — ele perguntou, verificando o papel.

— Sim.

— Basta assinar. — E me entregou a prancheta.

Depois de assinar na linha pontilhada, ele me entregou um molho de chaves junto com um envelope. Então foi até o caminhão e ergueu a porta enquanto eu abria a carta:

> *Filha querida,*
>
> *Feliz aniversário de dezoito anos, meu amor. Espero que goste do carro. Amo você!*
>
> *Beijinhos,*
>
> *Irina*

Uma rampa desceu até o calçamento e, poucos minutos depois, um Porsche rosa-bebê com um laço imenso preso ao capô apareceu.

O carro deve ter custado uma pequena fortuna. Rosa-bebê. Cristo, eu odiava aquela cor.

Era dando presentes que Irina demonstrava afeto – eu jamais me atreveria a usar a palavra amor. A maioria das pessoas daria um braço por aquele carro, mas, para mim, nada mais era que um lembrete dos meus pais ausentes. Pelo menos minha mãe tinha lembrado. Meu pai nem sequer enviou uma simples mensagem antes da primeira reunião do dia.

Fechei a porta, enviei uma mensagem de agradecimento para minha mãe, terminei de me arrumar para a escola e fui esperar por Nora na varanda.

Ela parou na frente da minha casa. Eu podia vê-la atrás do volante, olhando, boquiaberta, para o carro da Barbie antes de eu chegar à calçada. Quando entrei, ela soltou um suspiro baixo.

— Carro maneiro.

— Obrigada. Minha mãe mandou. — Deixei de fora a parte "de presente de aniversário". Não queria atenção. E mais, se o meu próprio pai não se importou, por que outra pessoa se importaria? Era um dia como outro qualquer; não era importante.

Durante todo o percurso até a escola, fiquei atualizando o meu celular, verificando se tinha chegado mensagem. E cada vez que nada aparecia, eu me sentia pior. Eu me importava, mesmo não querendo.

Quando chegamos à escola, eu estava azeda.

Juro que a única coisa que fazia essa escola suportável era Bellamy. Mesmo quando éramos inimigos, ele pelo menos animava as coisas, e sua ausência apenas adicionou mais pessimismo ao meu negativismo do dia de hoje.

A hora do almoço chegou, e meu pai ainda não tinha dado sinal de vida, mas pelo menos a Genevieve me mandou mensagem desejando Feliz Aniversário.

Peguei o almoço ruim e nem me dei ao trabalho de comprar um picolé, porque só tinha de cereja, que era muito pior que o de uva. Irritada, larguei a bandeja na mesa e me acomodei no banco ao lado de Nora.

— Você está bem? — ela perguntou, remexendo a salada. — Parece que está meio brava.

— Estou bem. — Desembrulhei o sanduíche e levantei a pontinha do pão para dar uma olhada na carne.

— Por que você não para de olhar para o Hendrix, Diane? — Nora cutucou as minhas costelas. — Ela está, tipo, comendo o cara com os olhos.

— Não estou, não!

Nora começou a perturbar a Diane, mas o interrogatório parou abruptamente quando largaram um picolé de arco-íris na minha frente.

— Feliz aniversário, garotinha — Bellamy sussurrou no meu ouvido, baixo o bastante para ninguém mais ouvir. O hálito quente fez cócegas na minha pele quando seus lábios pressionaram a garganta, acendendo cada terminação nervosa do meu corpo. E lá estava... a razão verdadeira por eu sentir saudade dele. Ele não era só excitante. Ele ateava fogo na minha alma e preenchia o vazio frio que eu nem sequer tinha percebido haver dentro de mim até conhecer o cara.

Antes de eu poder agradecer, ele estava voltando para a mesa.

— Ownnn. — Diane suspirou. — Ele te deu um picolé!

— Deve ter roubado de algum calouro. — Nora balançou a cabeça. Bem provável.

Meu telefone vibrou na mesa, e um balãozinho de mensagem apareceu no alto da tela.

> E não pense que o presente não é em parte para meu próprio benefício. Eu gosto de te ver chupar.

Olhei para o outro lado do refeitório. A atenção de Bellamy estava fixa em mim, aquele sorrisinho convencido brincava em seus lábios. Não me importei por ter sido em benefício próprio. Eu não fazia ideia de como ele sabia que era meu aniversário, mas não me importei. Ele sabia, e se lembrava. O tempo todo, eu sabia que ele estava lidando com os próprios problemas. O que fez meu coração dar uma tossezinha patética.

> Obrigada.

Quando cheguei da escola, um pacote de Genevieve me esperava na varanda.

Levei a caixa para dentro e abri o laço roxo berrante, tirando de lá um vestido vermelho de piriguete.

Um bilhete voou para o chão, com a letra perfeita da Genevieve me desejando feliz aniversário. E ainda, nem notícia do meu pai.

Aguentei firme até as nove da noite, e me sentei sozinha na sala, encarando a mensagem.

> Oi

> Estou em um jantar de negócios.
> É importante?

Não, ao que parecia, eu não era importante. Não que já não soubesse, mas ainda assim...

A rejeição cortou fundo, como uma espada cravada entre as costelas, me impedindo de respirar, e eu cedi às lágrimas. Lágrimas que odiei derramar por causa dele. Lágrimas que ele não merecia.

Engolindo em seco, eu me recompus e enfiei as emoções naquele buraco pequenininho e escuro em que o Black Mountain me ensinou a escondê-las.

Digitei uma mensagem para o Bellamy, mas parei a meio caminho e deletei.

Eu estava para baixo e carente. Uma mensagem nesse momento seria eu começando a contar com ele, e aquela era uma ladeira escorregadia que não gostaria de trilhar. Não com um cara como Bellamy, não com um cara com quem eu perdia todo o controle.

Eu estava muito acostumada a não ter ninguém, e era melhor manter assim pelas próximas semanas, até Barrington e Dayton serem memórias distantes.

Então, em vez de convidá-lo para vir, servi uma taça de vinho, segurei-a pela haste e mandei mensagem para a Nora e a Diane.

> Festa na minha casa hoje. Convidem
> todo mundo. Bebida e piscina liberadas.

Meu pai que se foda.

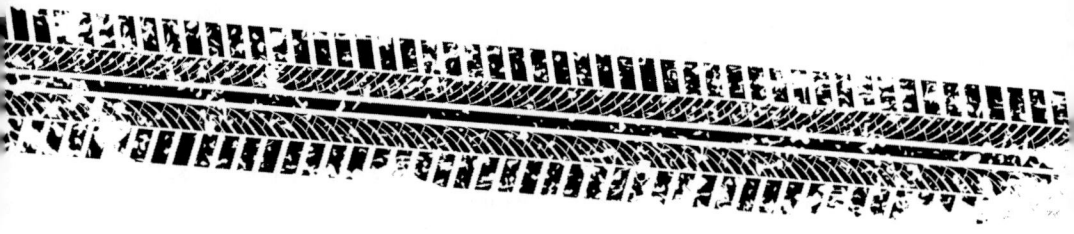

36

BELLAMY

> Hendrix: Você vai?

> Wolf: Ele vai.

Ela não tinha me convidado. Ela não tinha convidado ninguém… Foi a Nora. Aquilo me deixou em parafuso.

Nora não podia estar dando uma festa de aniversário surpresa na casa da Drew, e de jeito nenhum o otário do pai dela deixaria esse tanto de gente ir lá, ainda mais a galera do Dayton, então… que merda estava acontecendo?

> Hendrix: Um de vocês, babacas, vem me pegar. Bebida liberada. Eu vou macetar a cara. Depois vou macetar alguém…

> Wolf: O Bell vai macetar a Paris Hilton.

Carros estavam alinhados na rua quando estacionei na frente da casa da Drew. Cada janela estava acesa.

> Eu: Talvez. Não sei.

Enviei a mensagem para eles, depois guardei o telefone no bolso, passei por cima do console e comecei a atravessar o gramado da casa.

A iluminação externa brilhava na lateral de um Porsche rosa com um laço branco ridículo no capô. Porsche ou não, aquela coisa era pavorosa, eu não conseguia ver a Drew dirigindo aquilo.

Música alta vinha da porta aberta, e segui o burburinho até a cozinha. Não havia balões, nem bandeirolas, nada que indicasse que fosse a comemoração de um aniversário.

Nora e Diane estavam no balcão, tomando shots enquanto um grupo de jogadores de futebol americano as incentivava.

No segundo que Nora bateu o copo no balcão, ela me encarou.

— Oh. Oba. Você veio. — Ela cambaleou até mim e cravou o dedo no meu ombro. A bebida já devia estar fazendo efeito. — O que você está tentando fazer com a minha amiga? — ela perguntou.

— Sua amiga?

— É. Minha amiga. — Ela cruzou os braços e inclinou o quadril para o lado. — A que você está... de rolo.

— Ah. *Essa* amiga.

— Não seja você, Bellamy.

Peguei uma garrafa de cerveja no balde de gelo sobre a mesa. Alguma merda cara importada da Bélgica.

— E o que isso quer dizer? — perguntei.

— Não parta o coração dela.

Encarei Nora por um momento. Não acreditei nem por um momento que estivesse na posição de partir o coração da Drew...

— Ai, meu Deus. — Ela gemeu. — Se a Drew terminar como as outras meninas rejeitadas por você, chorando no banheiro por sua causa, eu mesma vou te dar uma navalhada. — Ela me lançou um último olhar, depois se afastou devagar.

Se as meninas nos banheiros do Dayton derramavam lágrimas por minha causa, era por causa das suposições ridículas delas mesmas. Porque eu jamais dei a nenhuma delas razão para acreditar que significavam alguma coisa.

Drew, por outro lado, estava rapidamente se tornando tudo para mim, e de jeito nenhum eu daria a ela razão para chorar.

Abri caminho em meio à multidão até lá fora.

Um dos calouros estava pendurado na grade, com a bunda de fora. O pé atingiu um dos vasos de concreto. A coisa caiu lá embaixo e espatifou antes de ele pular na piscina gritando.

A galera do Dayton não consideraria nada como festa a menos que coisas fossem quebradas e algo pegasse fogo. A casa da Drew ficaria detonada antes de a noite acabar.

Um coro de vivas irrompeu do canto da varanda, chamando a minha atenção. As pessoas erguiam os copos para o alto enquanto Drew subia na mesa do pátio usando um vestido vermelho colado no corpo, o decote profundo mal cobrindo os mamilos.

Ela ergueu uma garrafa no alto, rebolando os quadris no ritmo da música. Quando o refrão começou, ela fez uns movimentos que fariam uma dançarina de Las Vegas se envergonhar.

Eu me movi através da multidão, a raiva faiscando no peito por causa dos poucos caras que a encaravam um pouco demais.

Ela deslizou para a esquerda, e um lado da mesa empinou, jogando-a de lá, bem nos braços de um jogador de futebol americano do Dayton. Eu quis matar aquele cara. Empurrei as pessoas para longe e a peguei pelo braço, arrancando-a do colo dele.

— Que porra você está fazendo? — esbravejei, fulminando-o com o olhar.

Ele ergueu as mãos, acenando uma bandeira branca invisível antes de sumir no meio da multidão.

— Bellamy! Você veio. — Drew afagou o meu rosto com movimentos desajeitados. Ela estava trêbada. No aniversário dela. Data que eu tinha a sensação de que o pai havia esquecido.

Aquilo não ia terminar bem.

— É. Obrigado pelo convite.

— Eu disse para a Nora convidar *todo mundo*.

— Nora não é minha… — E parei antes de a palavra 'namorada' sair.

— Não fica triste. — Ela mal conseguia ficar de pé, e ainda bambeou quando virou a garrafa.

Peguei a bebida, segurando-a contra a luz da varanda. A porcaria estava quase vazia.

— Acho que você já teve o bastante. — Rebolando e com os peitos de fora. Ela, com certeza, já tinha bebido mais que o bastante.

Ela me deu uma secada antes de morder o lábio.

— Na verdade, ainda não tive o bastante de você. — Depois agarrou a minha camisa e me puxou para perto. — Quer ir me comer na mesa do meu pai?

A ideia de trepar com ela na mesa do pai teria sido impossível de recusar… se ela não estivesse tão bêbada.

Drew entrelaçou os dedos com os meus e me levou para dentro de casa, passando reto pela cozinha e indo para o escritório dele.

Em seguida, fechou a porta, e eu encarei a mesa abarrotada de papéis no fundo da sala, meu pau endureceu com a ideia de curvá-la ali em cima.

A fechadura fez barulho. O vestido se agarrava a cada curva à medida que ela atravessava a sala, e aquele batom vermelho berrante implorava para ser borrado. E mesmo que nunca tenha me sentido tão atraído por uma garota na vida, eu não podia trepar com ela quando ela não estava em seu juízo perfeito, e se ela me tocasse...

Drew se aproximou.

— Você está tão gostoso.

— E você está bêbada demais.

Então me empurrou com tanta força que eu caí em cima da mesa.

— Não tão bêbada assim — murmurou, apoiando as mãos de cada lado das minhas coxas enquanto subia e me montava.

— Drew...

Seu corpo se esfregando ao meu era quase demais para suportar.

A garota mordiscou a minha orelha, depois sussurrou:

— Eu quero o seu pau na minha boceta.

As palavras foram direto para o meu pau, como uma dose de adrenalina, e quando ela puxou o meu cabelo, uma chavinha virou. Eu não podia mais deixar de tocá-la.

Segurei as coxas nuas e fiquei de pé, e ela envolveu as pernas ao meu redor. Seu calor se infiltrou pela minha calça, e eu estava a segundos de perder o resto do controle ao qual me agarrava.

— Diga — ela suspirou, os lábios na minha garganta enquanto puxava o meu cabelo. — Pergunte se estou molhadinha para você.

Aquela merda era demais. Eu me virei e a larguei na mesa.

— Eu sei que você está.

Papéis amassaram, pilhas de pastas caíram no chão. Em seguida não havia nada além de mãos no cabelo e dedos tateando pelo meu cinto.

Meus lábios foram para a sua garganta, as curvas dos seios expostos, cada parte de pele nua que eu podia alcançar. Fazia tanto tempo que eu queria me enterrar nela, mas o que deixava tudo pior era que eu queria mais do que o agora. Eu a queria.

Puxei a calcinha fio-dental por suas pernas e a joguei para a lateral da sala enquanto ela abria a minha calça.

— Deus, eu te quero pra caralho — gemi, mordendo o seu pescoço.

— É, você quer.

Os dedos envolveram o meu pau e só aquele toque quase foi o bastante para me fazer gozar. E através do olhar cheio de desejo, minha consciência me corroeu. Eu não podia foder essa garota nessas condições.

— Você tem camisinha? — ela perguntou.

Engoli um gemido, sua mão pequena batendo uma punheta para mim.

— Não vou te comer bêbada assim.

— Eu daria para você mesmo estando sóbria.

— Não importa.

Ela puxou o meu pau para mais perto da boceta, e eu cerrei a mandíbula. Essa era uma tentação digna do círculo interno do inferno. E bêbada, ela era o capeta.

— Não vou te foder hoje, garotinha.

Deslizei as mãos para o meio das suas pernas e, puta merda, a garota estava molhada. Demorou incríveis trinta segundos para ela comprimir os meus dedos. Aquilo foi o bastante para me levar ao limite.

Finquei os dentes em seu ombro, com um gemido, e gozei na sua mão. E quando me afastei, ela deslizou os dedos entre os lábios e lambeu tudo.

— Você só pode estar tentando me matar.

— Eu não ia conseguir trepar contigo se fosse o caso. — Ela sorriu, depois saltou da mesa e pegou uma garrafa de bebida ao sair do escritório.

Sem sombra de dúvida, aquela garota seria a minha morte.

Uma hora depois, ela mal conseguia andar, e por isso eu estava levando seu rabo bêbado lá para cima.

Fechei a porta do quarto, e quando eu estava prestes a colocá-la na cama, ela engoliu em seco. E repetiu o gesto ao se concentrar em um lugar na parede.

— Você vai vomitar? — perguntei.

Ela acenou afirmativamente, e eu corri para o banheiro.

— Ah... — Ela fez ânsia de vômito.

— Não. Espera! Espera...

No segundo em que a coloquei na frente do vaso, ela colocou tudo para fora.

— Eu te falei que você ia acabar vomitando.

Ela ergueu o dedo do meio e se inclinou ainda mais no vaso.

Afastei seu cabelo do rosto para protegê-lo do vômito, e ela fez uma fraca tentativa de me empurrar.

— Vá... embora.

— E te deixar aqui para desmaiar no próprio vômito? Não...

Ela resmungou, vomitou mais um pouco, depois deu descarga e desabou na parede de azulejos.

— É o pior aniversário da minha vida. — Secou o rímel que escorria pela bochecha. — E agora você está me vendo vomitar.

Passei a mão pelo rosto antes de me sentar ao seu lado.

— Não é grande coisa.

— Ele esqueceu. — Ela passou um dedo pelo rejunte do azulejo, depois apoiou a cabeça no meu ombro, e algo se apertou no meu peito.

— É. Bem, ele é um otário.

— Eu não deveria dar a mínima pra isso.

— Mas você liga. E está tudo bem. — Eu sabia que era verdade. Eu odiava o meu pai, mas, ao longo dos anos, ainda me via tentando deixá-lo orgulhoso. Tentando ter um segundo de atenção. — Vamos lá, é melhor você ir para a cama.

Eu me levantei e a ajudei a ficar de pé antes de pegar a escova de dentes roxa que só podia ser dela. Então saí e a deixei escovando os dentes.

Passei a mão pelo cabelo, andando de um lado ao outro, pau da vida com o pai dela. Com raiva por ele a ter magoado. Furioso por não poder fazer nada. E nunca me importei assim com ninguém além da minha mãe e do Arlo.

Meu telefone apitou. Depois apitou de novo. Visualizei as mensagens de Hendrix.

> Cadê você, seu otário?

> Wolf e eu apostamos que você estava recebendo um boquete.

— Você me deu um picolé.

Enfiei o telefone no bolso e me virei para Drew, que estava de pé à porta do banheiro. As alças do vestido pendiam de seus ombros, e o olhar no seu rosto era digno de pena.

— É...

— Foi a única coisa que me fez feliz hoje.

E aquilo era triste pra caralho.

— Tem um Porsche lá fora e o *meu picolé* te deixou feliz. Bizarro. O picolé custou dois dólares.

— O carro é rosa. Minha mãe nem sabe que detesto rosa. — Ela se afastou da porta, tropeçou para a cama e desabou em cima das cobertas. — Mas *você* sabe que eu gosto de picolé de arco-íris. Não de uva nem de cereja. Mas de arco-íris.

Eu tinha toda certeza de que o fato de o pai ter esquecido seu aniversário a fez se sentir invisível. Eu me afundei ao seu lado na cama, afagando as costas expostas. Eu não queria que ela se sentisse invisível.

— Compro quantos picolés de arco-íris você quiser, garotinha.

Ela afastou o rosto do edredom e sorriu.

— Você precisa tirar essas coisas. — Eu a ajudei a se sentar e, devagar, tirei seu vestido. Passei as mãos pelas suas costelas. A forma que me sentia com essa garota, como se algo que faltasse estivesse bem ali, era algo que eu não podia ignorar mais. — Eu gosto de você pra caralho.

— Eu também gosto de você — ela sussurrou.

— Que bom. — Dei um beijo em sua testa, depois tirei a camisa e a ajudei a vesti-la. — Vamos lá. — Eu me deitei na cama, e a puxei para o meu peito.

— Obrigada.

— Pelo quê? — Passei a mão pelo seu cabelo embaraçado.

— Por ser legal.

— Só com você, garotinha. Só com você…

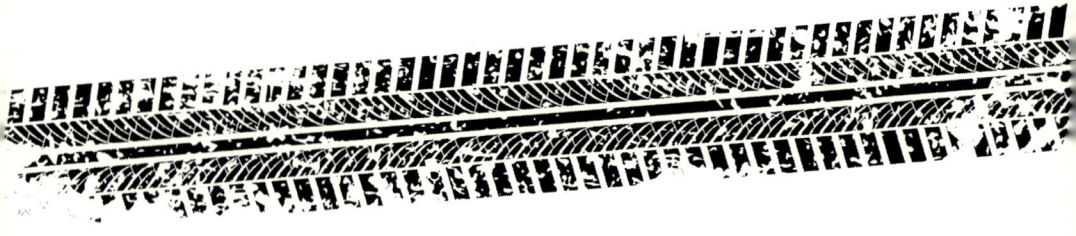

37

DREW

— Drucella Morgan!

Acordei no susto, depois gemi e enterrei o rosto no travesseiro.

— Vá embora — resmunguei contra o algodão macio. Minha cabeça parecia estar sendo marretada e o meu estômago ameaçava se rebelar.

— Saia da porra da minha casa!

Eu me levantei feito um raio, e vi o meu pai de pé na porta fazendo careta.

O pânico abriu caminho por mim quando notei o Bellamy, sem camisa, todo tatuado e com um sorrisinho que dizia que não dava a mínima por ter acabado de ter sido flagrado na minha cama, usando nada além de uma cueca boxer.

Mortificação não começava nem a descrever. Eu estava muito ferrada.

Passei a mão pelo ninho de pássaro que era o meu cabelo conforme me levantava da cama, usando a camiseta do Bellamy.

— Chego aqui e encontro a casa arruinada. De novo. E você com esse… esse… — Meu pai olhou o Bellamy dos pés à cabeça, com nojo, e eu sabia muito bem o que ele estava pensando… o que ele via.

Músculo, tatuagens, *piercings*. Bellamy tinha *problemático* estampado nele todo.

— Esse garoto — ele cuspiu a palavra. — Na sua cama. Drucella, você não tem mais jeito!

— Você pode me dar cinco minutos? — Fui até a porta e tentei empurrá-lo para o corredor. — Aí a gente conversa.

— Eu não te criei para agir igual a uma puta!

Ele podia muito bem ter me dado um tapa na cara, eu não sabia o que dizer. Ele estava esfregando sal na ferida que ele mesmo tinha aberto ao se esquecer do meu aniversário.

O olhar do meu pai se fixou às minhas costas. A mão do Bellamy tocou a minha cintura, e me puxou para trás, postando-se entre mim e o meu pai.

— Seu babaca do caralho — murmurou.

Tentei me mover, mas Bellamy me segurou.

— E você, jovem, não é bem-vindo na minha casa. Tirando vantagem da minha filha...

Dois segundos atrás, eu era uma puta...

— Apenas um presente de aniversário. — Bellamy riu, a mão na minha cintura me puxando para perto. — Porque, veja bem, eu não me esqueci do aniversário dela.

Tenho certeza de que o meu rosto ficou muito, muito vermelho. O do meu pai, com certeza, ficou.

— Saia da minha casa. — Meu pai esfregou o peito ao respirar fundo. — Antes que eu chame a polícia!

— Claro. — Bellamy vestiu a calça, fechou o zíper e depois segurou meu rosto entre as mãos. — Vá se vestir. A gente está indo.

— Você *não* vai com ele — meu pai disparou. A raiva em sua voz me fez me encolher.

Eu sabia exatamente com quem eu queria estar agora, e não era com o homem que tinha se esquecido de mim e me chamado de puta. Que se fodam as consequências.

Fui até o meu *closet*, e logo escolhi um vestido levinho; calcei os sapatos e saí antes que eles tivessem a chance de matar um ao outro.

Bellamy segurou minha mão e me puxou para a porta. Mas o meu pai não se moveu.

— Você me disse para ir embora — Bellamy falou, com algo na voz que nunca tinha ouvido antes. Ele avançou, se elevando sobre o meu pai. — Vai sair da frente ou não?

O medo se mostrou no rosto do meu pai, segundos antes de ele recuar. Ligeiramente.

Bellamy esbarrou no ombro dele ao me levar pelo corredor.

Estávamos no meio do corredor quando ele veio atrás de nós.

— Drucella! Você não vai sair com esse delinquente!

Bellamy se virou para ele, andando de costas.

— Sei que você esqueceu, mas ela tem dezoito anos agora. Ela não precisa dar a mínima para o que você diz. — E então mostrou o dedo do meio para ele bem quando começamos a descer as escadas.

Nora estava certa. O Bellamy era horrível. E eu nunca quis ninguém do jeito que o queria agora.

Ele chutou as garrafas vazias para longe conforme atravessávamos o vestíbulo.

— Eu quero dar um soco nele. — Ele fechou a porta com violência, sua raiva se avolumando ao me puxar para o carro. — Babaca do caralho.

Bellamy abriu a porta do carona, passou por cima do console e se acomodou no lado do motorista.

— Cretino maldito. — Enfiando a chave na ignição, ele fulminou a minha casa quando entrei.

Apoiei a cabeça no encosto do banco. Para ser sincera, eu estava cansada de brigar com o meu pai o tempo todo. Não que não tivesse a noção de que eu era um pesadelo, mas ele não dava a mínima para mim, e ser rejeitada pelo meu próprio pai me tornou amarga.

— Olhe para mim. — Bellamy agarrou o meu queixo, me forçando a encará-lo. — Você não é uma puta. — Então deu ré e saiu cantando pneu, deixando marcas no precioso caminho de paralelepípedos do meu pai. — Ele não deveria falar assim com você.

— Ele me odeia — declarei. — Está tudo bem.

O choque havia desaparecido. Pensando bem no assunto, não fiquei muito surpresa pelo meu pai ter me chamado daquilo. Eu já tinha praticamente ficado imune à perpétua decepção dele.

— Não está nada bem, porra. — Bellamy fez uma curva brusca para a direita e pisou fundo ao pegar a pista principal.

— Poderia ser pior. — Eu sabia que o pai dele era um babaca. Pelo menos o meu não era violento.

Quando chegamos à casa dele, Bellamy não estava mais tão tenso. Ele enfiou a chave na fechadura, e eu me virei para encarar a entrada vazia.

— Sua mãe está em casa? — perguntei, antes de entrar atrás dele.

— Não. Meu avô levou o Arlo e ela para uma feira de rua na Georgia, ontem. — Jogou as chaves na mesinha, depois passou a mão pelo cabelo bagunçado.

Eu o observei por um instante. Ninguém nunca tinha me defendido, e, com certeza, não havia se colocado entre mim e as palavras horríveis do meu pai. Mas o Bellamy, tinha. Qualquer que fosse a certeza à qual eu me agarrava, quaisquer que fossem as desculpas que eu tinha para evitar aquilo, evaporaram.

Eu o beijei com tudo, puxando o seu cabelo enquanto o meu corpo se moldava ao dele, como se a ele pertencesse.

— Você disse para o meu pai ir se foder.

— Foi. — Ele agarrou os meus quadris. Então cobriu os lábios com os meus em um beijo feroz. — Ninguém pode te desrespeitar assim.

— E se eu quiser que você me desrespeite assim? — Empurrei sua mão para o meio das minhas coxas.

Um sorrisinho curvou o cantinho dos seus lábios.

— Eu ainda não consegui te fazer ser expulsa — ele falou, mesmo que já estivesse levantando a minha saia.

— Eu disse que o acordo estava cancelado.

— Então você quer ser desrespeitada... — Envolveu minha garganta de leve com a mão, puxando a calcinha com a outra. — É o que você quer, garotinha?

Porra, com certeza.

Ele me penetrou com os dedos ao me fazer recuar pela sala.

— Porque o tanto que esperei por isso. — Os dedos foram cada vez mais fundo. — Esperei, porra...

Ele tinha esperado, e eu também.

Bellamy se afastou de mim apenas o suficiente para tirar a camiseta, e logo voltou, as mãos entre as minhas coxas, e os dentes arranhando o meu pescoço.

Quando dei por mim, estava entrando de costas no quarto dele, e o cara já tinha me deixado completamente nua e feito o meu corpo ficar muito, muito tenso.

Minhas pernas atingiram a beirada do colchão. Ele me empurrou e cobriu meu corpo com o seu. Cada roçar da mão na minha pele nua incitou um desejo feroz que apenas Bellamy conseguia espalhar por mim como um incêndio descontrolado.

Minhas mãos foram para o fecho do seu jeans, até empurrar a calça pelos quadris. Quando segurei sua ereção, ele gemeu e buscou algo no chão. Logo voltou, o olhar fixo entre as minhas pernas abertas enquanto colocava a camisinha.

— Eu vou te comer gostoso — ele falou.

Em seguida, me fez erguer as pernas quase até a minha cabeça e me penetrou sem nenhuma misericórdia, bem como prometeu. Meu fôlego ficou preso quando ele parou, enterrado até o fundo.

— Puta que pariu. — Os dedos cravaram nas minhas pernas em um agarre firme, antes de o ritmo acelerar. Cada estocada era forte e punitiva, como se ele me odiasse e me quisesse com a mesma intensidade.

Eu queria mais, queria que ele perdesse o controle.

— Pensei que você me odiasse — falei, arranhando suas costas largas.

Os dentes se afundaram no meu ombro com uma estocada que fez o ar ficar preso nos meus pulmões.

— Muito.

Bellamy era tudo o que pensei que seria, e mais. Bruto, rude, poderoso. Ele fez qualquer um antes dele parecer manso e recatado.

— Sua boceta é muito gostosa.

Minha cabeça batia na cabeceira a cada estocada. Um gemido escapuliu dos meus lábios, e o calor se construiu dentro de mim, se apertando e embolando enquanto eu lutava para respirar.

— Você gosta de me sentir bem fundo dentro de você?

Agarrei a bunda firme e gemi, puxando-o ainda mais para mim em resposta.

— Me fala o quanto é bom.

— É bom pra caralho.

— Está prestes a ficar muito melhor.

Ele foi mais fundo. Com mais força. Roçando em mim a cada rebolada de seus quadris até meu corpo se partir. Como se ele tivesse cavado tão fundo ali dentro, a ponto de separar cada fibra que me mantinha inteira. E quando ele me fez arquejar, incendiando cada terminação nervosa, ele apertou meus quadris com mais força e trocou as posições.

— Agora é você que vai me fazer gozar, garotinha.

Fui para cima dele, todo o meu corpo faiscando igual a um fio desencapado.

— Mais rápido.

Ele me puxou e empurrou os meus quadris, me forçando a ir mais rápido enquanto ele inclinava a cabeça para trás e soltava um gemido gutural. Quanto mais rápido eu ia, mais descontrolado ele ficava, até que me senti me fundir com a insanidade daquilo.

Sua cabeça se levantou do travesseiro, o abdômen tensionou, e o agarre se tornou mais firme e intenso. Os músculos dos seus ombros se retesaram quando ele soltou um grunhido que veio lá do fundo.

— Porra... — Os dedos cravaram nos meus quadris antes de ele me puxar para si. — Eu te odeio muito, muito *mesmo* — ele falou, ao me dar um beijo na testa. — Tipo, pra caralho.

Eu bufei uma risada.

— Eu também te odeio muito.

Fiquei na cama do Bellamy, usando uma das suas camisetas. Uma caixa meio comida de pizza estava diante de nós, e eu me senti a milhares de quilômetros da minha vida real. Eu trocaria o quarto minúsculo do Bellamy pela casa colossal do meu pai sem nem pensar duas vezes. Eu queria ficar ali comendo pizza gordurosa para sempre.

— Estou me perguntando o quanto o otário do seu pai está se divertindo limpando aquela casa.

— Ele vai pagar alguém para limpar. — Na verdade, era mentira. — Ou me fazer pagar pela limpeza. Ele pode adicionar à minha conta.

Ele passou os dedos pela minha coxa.

— Você pode ficar aqui se quiser. Ele que se foda.

— E a sua mãe?

— Ela não vai se importar. Já mandei mensagem para ela.

Meu coração patético acelerou. O que esse garoto tinha? Ele não tinha nada e, ainda assim, continuava a me dar tudo.

— Obrigada. Ele deve viajar a trabalho amanhã de novo. Ele nunca está em casa.

— Você ainda poderia ficar... — Os lábios pressionaram meu pescoço. — Eu faria valer a pena, garotinha. Prometo.

E em questão de segundos, a pizza estava no chão, e ele tinha me despido e me prendido debaixo dele.

Uma porta se fechou com força. Seguido pelo Arlo gritando por Bellamy. Ele disparou da cama, com a bunda de fora, tropeçou nos sapatos ao ir até a porta para trancá-la. A maçaneta tremeu.

— Bubba? Por que você trancou a porta?

— Estou estudando. — Bellamy arqueou uma sobrancelha para mim. Fiquei de pé, e me vesti.

— Sua mãe está aqui? — sussurrei, acima do contínuo chacoalhar da maçaneta.

— Acho que sim.

— Ai, meu Deus. — A mãe dele estava ali, e ele estava pelado, e eu ali no quarto, provavelmente parecendo que havíamos acabado de passar por dez rodadas, o que era o caso.

Joguei a camiseta para ele.

— Vista-se.

Com um revirar de olhos, ele a jogou de volta para mim, depois pegou a calça.

— Relaxa.

A maçaneta parou de balançar.

— Mamãe. O Bubba está com uma menina no quarto! Eu ouvi!

— Merda. — Fui para a janela, tentando abrir o trinco, mas estava travado pela ferrugem.

— Que merda você está fazendo?

— Não quero que sua mãe me encontre aqui — sussurrei, me virando para encará-lo. — Eu pareço uma biscate!

— Você é minha namorada. Não uma biscate. Jesus Cristo.

Namorada.

Nora disse aquilo, ele mesmo meio que tinha falado, mas era a primeira vez que ele dizia daquele jeito. Como se não fosse nada. Eu evitaria a discussão, feliz na minha breve negação, porque eu ia para a faculdade, e não precisava entrar em um relacionamento. Mas eu queria. De verdade.

Em seguida, ele foi até a porta e a destrancou. Arlo a abriu de imediato. O olhar foi de mim para o Bellamy e para a cama.

— Cadê os livros?

— Era… conta de cabeça — falei.

Arlo franziu a testa, então me puxou para o corredor.

— Você precisa conhecer a mamãe.

Fiquei nervosa com aquelas palavras. E se ela não gostasse de mim?

Bellamy tomou a minha mão da de Arlo, e continuou me levando até a cozinha.

Uma mulher de cabelo escuro se movia pelos armários velhos e amarelados. Um caleidoscópio de hematomas cobria o seu rosto, o que me fez engolir o nó na garganta. Não pude deixar de sentir pena dela.

Quando olhar foi de Bellamy para mim, um sorriso se abriu em seus lábios.

— Você deve ser a Drew. — Ela abriu um dos armários. — É um prazer te conhecer. Eu sou a Carol.

— Oi. É um prazer te conhecer também.

— Obrigada por ficar com o Arlo na semana passada. Foi muita gentileza. — Ela olhou para baixo, mas não antes de eu captar um vislumbre de vergonha em seu olhar.

— Imagina.

— Eu disse para ela que você tem um castelo — Arlo comentou, saltitando ao redor de um cachorro dormindo no tapete da cozinha.

Como se pressentindo o meu desconforto, Bellamy se abaixou e beijou a minha bochecha.

— Você está bem, mãe? — Foi fofo, completamente diferente de tudo o que ele projetava.

Ela assentiu. Depois vasculhou o armário e pegou umas caixas.

— Você trabalhou hoje?

Bellamy afastou o olhar de mim.

— Sim. Foi tudo bem.

Eu tinha certeza de que ela não estava perguntando ao filho como ia o negócio traficando drogas.

— Cadê o vovô?

— Ele deixou a gente aqui e foi para o bingo…

Bellamy ajudou a mãe a fazer alguns sanduíches. Depois de comermos, ela foi levar o Arlo à biblioteca, e nós voltamos para o quarto.

Caí na cama, me perguntando se a mãe dele sabia que ele vendia maconha. Ela não ligou para eu estar trancada no quarto com ele; talvez isso não a incomodasse também.

— A sua mãe sabe o que você faz para ganhar dinheiro?

— Claro que não. — Ele se jogou do meu lado, pegando uma bola no chão e a jogando para o alto.

— Então ela acha que você tem um emprego?

— Ela acha que eu e os caras cortamos gramados. — E jogou a bola de novo para cima. — Em Barrington… porque ninguém aqui poderia pagar por essa merda.

A imagem dele cortando grama naquele dia, quando saí da Nora, saltou na minha mente. Todo músculos e suor. Porra, eu pagaria para ele cortar a minha grama. Sem camisa. Assim como todas as donas de casa de Barrington.

— Entendo como isso é plausível.

— E só para você saber, a quantia que aqueles babacas ricos pagam para cortar a grama não chega nem perto de cobrir as contas. Porque eu tentei isso antes de traficar.

— Não estou julgando — falei, baixinho.

Eu já tinha visto o bastante da vida dele agora para saber que era difícil. Havia muitas pessoas no mundo ganhando muito mais dinheiro que ele, fazendo umas porras muito imorais sob o disfarce de presidentes de empresa ou de políticos.

Ele jogou a bola para cima mais algumas vezes antes de se virar de bruços.

— Não faço isso porque quero, Drew. Não quero ser essa pessoa. — Franziu o cenho. — As pessoas fazem o que é necessário, sabe?

— Não posso fingir que entendo. — Afaguei a sua bochecha com o polegar.

Bellamy fazia coisas repulsivas, mas quanto mais eu o conhecia, mais duvidava de que ele era mesmo ruim. Aquilo não era simplesmente sobreviver?

— Mas consigo ver o quanto é difícil.

Ele apontou para a cômoda.

— Abra a gaveta de cima.

— Tudo bem… — Eu me levantei e abri a gaveta. Um envelope cheio de dinheiro estava enfiado lá no fundo entre as meias.

— É o que vem pagando as contas nos últimos dois anos. Eu o lacro e anoto nosso endereço e envio para ela pelo correio. Porque ela, com certeza, não aceitaria se eu tentasse entregar em mãos. — Ele meio que riu. — Minha mãe reza todas as noites para abençoar a vida de quem envia. Eu odiaria dizer a ela que as preces não surtem efeito.

Bellamy tinha dezoito anos e suportava o mundo nas costas.

— Então… quando seu pai tenta agir como se soubesse quem eu sou? — Segundos silenciosos se passaram enquanto ele encarava o teto. — É isso o que sou. Eu roubo, trafico, e faço um monte de merda, mas essa é a razão.

— Bellamy... — Fui até a cama e me arrastei sobre ele. As mãos foram para minha cintura quando ele me encarou. — Eu sei quem você é. — Dei um beijo em seu queixo. — Você é o cara problemático. — Outro beijo. — Que é bonzinho em segredo. — E mais outro. — Não vou contar a ninguém, porque tenho uma reputação a manter, e não posso ser vista por aí com caras legais. Eu gosto de irritar o meu pai.

Ele sorriu antes de eu beijar seus lábios.

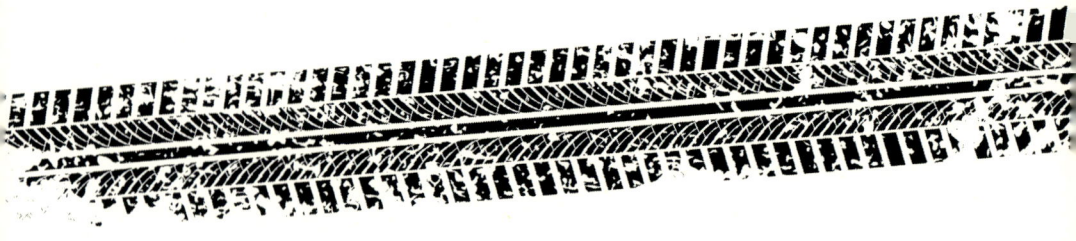

38

BELLAMY

— Não vai à igreja… você deveria se envergonhar. — O vovô balançou a cabeça e fechou a porta.

Olhei para Drew.

— Ele não vai à igreja. Está indo apostar.

— Prefiro jogar pôquer a ir à igreja — ela resmungou.

Minha mãe apareceu no corredor com o rosto cheio de maquiagem.

Ela parecia dez anos mais nova, só porque aquele babaca não estava mais em casa. A medida protetiva estava em vigor, e eu não poderia estar mais feliz. Haviam marcado a data do julgamento dele, embora ele tenha saído sob fiança.

— Vou levar o Arlo para a Genie — ela falou —, e vou ficar lá para conversar.

Porque ela nunca pôde fazer coisas sozinha, a não ser ir trabalhar ou ir ao mercado. Ele não deixava. Ela achava que precisava explicar. E aquilo me fez sentir que eu deveria ter deixado aquele filho da puta à beira da morte há muito mais tempo.

— Amo você, meu bem. — Ela se inclinou sobre o sofá e beijou a minha cabeça.

— Amo você também.

Arlo correu para a sala, trocou um aperto de mão esquisito com a Drew e foi com a mamãe até a porta.

— Ei, bundão! — chamei por cima do encosto do sofá. — Não vai me dar tchau?

Ele enfiou a cabeça pela porta.

— Tchau, Bubba! — E foi embora.

— Ele gosta mais de mim. — Drew abriu um sorriso convencido.

— Bom saber que a lealdade dele pode ser comprada com picolés. — Eu me inclinei e afundei a mão entre suas coxas. — Igual a essa bocetinha.

— Que baixaria.

— Nem é. — Cobri seus lábios com os meus, enfiei os dedos em seu cabelo e penetrei sua boca com a língua. Quanto mais eu ficava perto dela, mais não conseguia ter o suficiente.

O alarme do meu telefone disparou, e minha cabeça pendeu no encosto do sofá.

— Merda. Preciso ir fazer uma coisa. — Fiquei de pé. — Vamos.

Um sorriso lento tomou conta do seu rosto.

— Essa coisa é ilegal?

Essa garota gostava demais de emoção, e eu gostava que ela gostasse.

— É claro.

Estacionamos em frente à casa do Hendrix, e Drew ergueu uma sobrancelha ao sair.

— Eu deveria ter imaginado.

Hendrix abriu a porta, deu dois passos para fora e balançou a cabeça.

— Palhaçada, Bell. — Ele apontou para Drew. — Isso bem aí é uma palhaçada.

— Cala a boca, Hendrix. — Eu o empurrei ao passar, entrei na sala e fui em direção à varanda dos fundos.

— Sério. Sério mesmo que você trouxe a *Drucella* aqui para fazer as nossas merdas. Você está me decepcionando. — Hendrix abriu a porta de tela com um chute, resmungando baixinho enquanto o seguíamos até lá fora.

— Ele está irritadinho hoje — Drew sussurrou.

— Ele sempre está irritadinho.

Hendrix atravessou o matagal e foi até um carro coberto por uma lona que estava nos fundos do terreno. Ele puxou a capa, revelando um Chevy Dodger velho com o para-brisa rachado e sem o capô.

— O que é isso? — Drew ergueu uma sobrancelha.

Hendrix suspirou.

— Bell, você está de rolo com uma menina que nem sabe o que é um carro. Drew mostrou o dedo do meio para ele.

— Isso mal pode ser chamado de carro. — Em seguida olhou para mim. — É roubado?

— É.

Hendrix pegou um alicate na caixa de ferramentas e fez careta para a Drew.

— É roubado? Perguntou ela. Como se a gente fosse ter as paradas se ficasse de braços cruzados. Cacete, essas riquinhas, viu? — Ele foi até o carro e se inclinou sobre o motor. — Wolf e eu vamos a outro culto essa semana. Se conseguir se livrar da Medusa, você deveria vir.

Eu não tinha motivo nenhum para ir àquela merda com eles.

— Não estou tentando pegar ninguém, babaca.

— Ah. — Ele olhou para a Drew e revirou os olhos. — É mesmo. Está na coleira e essas merdas. Ótimo. Vamos manter as virgens para nós mesmos.

— Foda-se, Hendrix. — Peguei uma gilete no kit e fui até o lado do motorista para raspar o chassi.

Drew se apoiou na lateral do carro.

— Desculpa. Vocês vão ao culto. Para transar.

— É. — Hendrix gargalhou. — Pesquei duas virgens com um único anzol.

Olhei através do para-brisas bem quando o Hendrix puxou a virilha.

— *Pera.* Você levou duas virgens para um ménage? — Drew perguntou.

Balancei a cabeça e saí do carro para começar a trabalhar no número da porta.

— Não pergunte essas merdas para ele. Só dê um tapinha nas costas e…

— Pode me chamar de Casanova. — Ele jogou o alicate em mim. — E foda-se por não querer saber mais, ligeirinho.

O telefone da Drew tocou. E tocou de novo, e de novo.

— Irina. — Houve uma pausa antes de ela se afastar de nós. — Não, não vou abrir o vídeo. Por quê? Você não… Tudo bem. Cristo. — Ela olhou ao redor antes de ficar de costas para o quintal e segurou o telefone diante do rosto.

— Onde você está, pelo amor de Deus? — A voz de uma mulher soou.

— Por aí.

— Isso é… Você está fazendo caridade?

— Não! Olha, a gente pode se falar depois?

— Seu pai me disse que você fugiu com um menino de Dayton. Um criminoso. Que acabou com a casa dele. Ele está muito preocupado com o seu bem-estar. Você precisa voltar para casa, Drucella.

As orelhas de Hendrix ficaram em riste com aquele comentário. Ele se afastou do motor, e foi até ela.

— Quem é, Drewbers?

O olhar que Drew lançou para ele poderia ter feito o inferno congelar.

— É ele? — A mulher pareceu alarmada. — Você está na favela?

O rosto de Drew ficou vermelho.

— Mãe! Dá para parar? Eu vou ligar…

Algo dentro de mim estalou.

— Não. Não é ele — falei, indo até a Drew. Tomei o telefone da mão dela. Então encarei uma mulher de cabelo escuro com o rosto todo maquiado e as bochechas inchadas. — Esse é *ele*. Como vai, sogrinha? — Ergui o queixo, depois passei a mão pela barba por fazer.

Hendrix gargalhou ao fundo.

— Isso! Você acabou de passar de cadelinha para garanhão, Bell.

Drew tentou tomar o telefone de mim, mas eu o mantive fora de alcance.

— Você acabou de chamar ela de sogrinha!

A mulher me encarou por um instante, então levou uma taça de vinho aos lábios vermelhos.

— *Você* é um criminoso, jovem?

— Depende da definição que você der para a palavra.

Drew pulou e conseguiu pegar o telefone.

— Não, Bellamy não é um criminoso. Sim, acabei com a casa, porque dei uma festa já que ele esqueceu o meu aniversário. E mais, o meu pai me chamou de puta. Obrigada pelo Porsche. Eu te amo, e te ligo mais tarde!

— *Bisous*, meu bem.

E ela desligou e se virou para mim.

— Você… — Ela cutucou o meu peito. — E você! — E apontou para o Hendrix. — Não dá.

Ergui a sobrancelha.

— A favela…

— Ela é superprotegida! A mulher mora em *Saint-Tropez*, e pensa que é bom tomar champanhe no café da manhã.

E essa era a garota por quem eu estava me apaixonando. Com tudo e bem rápido, feito um idiota que salta de paraquedas… sem o paraquedas.

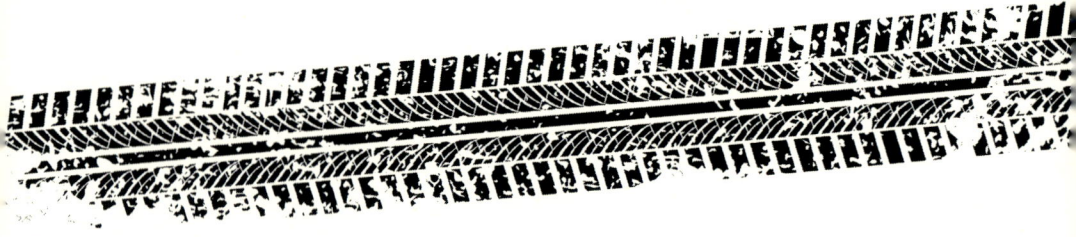

39

DREW

Uma nuvem preta saiu do escapamento quando o Bellamy arrancou, e eu fiquei lá na varanda da frente, encarando a porta. Meu pai tinha ligado para a minha mãe, e eles não apenas se odiavam, mas ele nunca admitiria os próprios erros para ela de bom-grado. E isso era o bastante para me dizer que o que eu estava prestes a encarar seria ruim.

Fechei a porta pesada de madeira devagar. O clique da fechadura ecoou, alto, pelo vestíbulo.

— Drucella. Venha aqui.

A força das batidas do meu coração me deixou nauseada quando segui o som da sua voz. Meu pai estava sentado ao balcão, com um copo de uísque diante dele.

— Espero que tenha se divertido. — Ele encarava o copo, girando o uísque, e logo o ingeriu de uma vez só.

— Desculpa por ter dado uma festa e ter acabado destruindo a casa. — Pela cara dele, eu precisava me desculpar, ou ele poderia muito bem me matar. — Era meu aniversário.

— E presumo que isso deveria servir de desculpa para o seu comportamento?

— Você esqueceu.

Ele se levantou, pegou uma garrafa de água na geladeira e um saquinho de papel no canto do balcão, e me entregou os dois. Fiquei ainda mais chateada por ele ter ignorado completamente o que eu disse.

— Nos faça um favor e tome isso. — Olhei dentro do saco, para a caixinha branca.

— Pílula do dia seguinte? Você está falando sério?

STEVIE J. COLE   LP LOVELL

— O fato de você saber o que é sem nem ao menos olhar a embalagem já diz tudo, Drew.

Um fogo brando se acendeu no meu peito. A forma como ele me olhava era muito diferente da forma como havia olhado para o Bellamy. E eu o odiei.

Eu o odiei por julgar Bellamy. Por me julgar. Por pensar que nada nunca era bom o bastante. Todo o ressentimento e a sensação de inadequação borbulharam à superfície.

— Bem, sabe, tenho mesmo questões mal resolvidas com o meu pai. Dito isso, eu não trepei com o Bellamy. — Não no sábado à noite, pelo menos. — Apesar de eu ser uma *"puta"*.

Soltando um suspiro profundo, ele passou a mão pelo rosto.

— Eu não deveria ter dito aquilo.

Mas isso não foi um pedido de desculpas.

— Aquele garoto não é bom para você, Drew — ele falou. — Acredite quando digo isso. — Ele veio até mim, tentando segurar os meus braços, mas eu recuei. — Só quero o melhor para você.

— Mesmo, pai? Porque pareceu que você só quer me fazer infeliz. Você me colocou naquela escola. Praticamente me lançou para os lobos depois de eu ter implorado para você não fazer isso. Eu nem sequer colei no Black Mountain. — Minha voz vacilou ligeiramente, a frustração estava me deixando emotiva. — E agora você está bravo porque estou namorando com um cara do Dayton.

— Você *não* está namorando com aquele garoto!

O desafio se mostrou ante qualquer pretensão de tato.

— Estou. Tenho dezoito anos. Você não pode me impedir.

Ele socou o punho no balcão, a pancada ecoou pelo pé direito alto.

— Ele não tem nada a te oferecer, Drew. Ele é de Dayton. As melhores perspectivas que ele tem são cumprir pena na prisão e uma série de empregos sem futuro. E não vou deixar esse garoto te arrastar para o nível dele.

— O que…

— Eu te mandei para aquela escola para tentar te ensinar a ter disciplina! Para te mostrar como a vida poderia ser, se você não entrasse na linha, não para você chafurdar na sujeira de lá com a escória.

Perdi totalmente as estribeiras.

— Ele não é nenhuma escória!

Meu pai respirou fundo e fechou os olhos, como se quisesse se acalmar.

— Me dê o seu telefone.

— O quê?

— Me dê o seu telefone. Agora!

— Não!

Ele praticamente arrancou a bolsa do meu ombro, tirou o meu telefone de lá e o segurou no alto.

— Eu pago por ele, então se eu achar que devo confiscá-lo, eu farei isso! Você não vai sair dessa casa, e não vai para a escola amanhã. Tente me desafiar, e eu te tranco no seu quarto.

Mas que porra?

— Você enlouqueceu!

A mandíbula dele teve um espasmo.

— Para mim já basta dessa conversa. — Ele pegou o copo de uísque no balcão e o colocou na pia. Ao se virar, apontou um dedo raivoso para mim. — E você terminou com aquele garoto. — E saiu feito um furacão da cozinha. Segundos depois, a porta do escritório se fechou com força.

Ele não tinha ouvido nada do que falei. Nem sequer se desculpou por esquecer o meu aniversário. E agora tinha tomado o meu telefone, me isolando ainda mais nessa casa.

Bellamy tentaria me mandar mensagem, e o que ele pensaria quando eu não respondesse? Que tomei chá de sumiço? Que não gostava dele?

Pensar naquilo me deu náuseas. Fui para o meu quarto e abri o meu *laptop*, pensando que poderia entrar em contato com ele pelas redes sociais, mas no segundo que tentei abrir o site, uma mensagem do provedor de internet apareceu, dizendo que elas tinham sido bloqueadas.

Meu pai era um cretino, e não havia nada que eu pudesse fazer.

STEVIE J. COLE   LP LOVELL

40

BELLAMY

> Ainda sinto seu cheiro nos meus lençóis.

> Seu sabor na minha língua...

Eu estava prestes a digitar algo bastante vulgar quando uma mensagem da Drew chegou.

> Drucella não vai te ver mais.
> William Morgan.

O calor se arrastou pelas minhas bochechas quando encarei o telefone. Arlo passou por mim correndo, fingindo fazer o Spike voar.

Drucella não vai te ver mais. Porque ele pensava que podia mandar na vida dela. Simples assim. Sendo que ele não pôde nem se dar o trabalho de se lembrar do aniversário da garota.

O calor se espalhou do meu rosto para o pescoço, depois desceu para o peito e eu peguei a chave na mesinha de canto e saí.

Eu ia mostrar o quanto ele estava errado.

Quando estacionei lá na frente, meu sangue era um caldeirão fervilhando de raiva.

Passei por cima do console e abri a porta do carona. Apertei a ponte do nariz ao percorrer a calçada que levava até a casa. Quando bati à porta, meu pulso parecia um tambor de guerra em meus ouvidos. A luz da varanda ridiculamente ornamentada acendeu. Em seguida a porta se abriu revelando o pai dela, tão virtuoso e arrogante quanto pareceu da outra vez.

O homem fechou a porta o suficiente para eu pensar que ele se sentiu seguro.

— Drucella não o verá mais.

— Besteira.

— Jovem. Você precisa ir embora. Agora. — Ele tentou fechar a porta de vez, mas eu espalmei a madeira, impedindo.

— Você pode tomar decisões por ela, mas não pode tomar decisões por mim.

Seu rosto ficou um pouco pálido.

— Eu vou te colocar sob ordem de restrição. Se você decidir voltar à minha propriedade, darei um jeito para que seja preso.

— Como se ser preso fosse alguma novidade...

Ele tentou fechar a porta de novo, mas eu não me movi. Drew foi a melhor coisa que já me aconteceu, e de jeito nenhum eu deixaria esse babaca me privar das últimas semanas que teria com ela.

— Você é rico — falei. — Então tenho certeza de que entende o que é determinação, o que quer dizer que, com certeza, me entenderá quando digo que estou determinado a ver a sua filha. — Com um sorrisinho, tirei a mão da porta, dei as costas para ele e fui para o meu carro.

Esperava que aquele imbecil permitisse que aquela declaração ressoasse.

Na manhã seguinte, encarei a mensagem do Sr. Morgan enquanto esperava perto do armário da Drew.

Devia ser a centésima vez que eu a lia, e ela ainda fazia um clarão de raiva dançar na minha visão.

A multidão nos corredores começou a diminuir, o ruído das portas dos armários sendo fechadas silenciou bem antes de o último sinal tocar. E a Drew não chegou.

Ela não apareceu no almoço.

Nem na aula de Biologia.

E quando a Smith não disse o nome dela na chamada, eu soube que o otário a havia tirado da escola. Ele tinha pagado o Brown para mantê-la ali naquela merda, mesmo apesar do roubo, do vandalismo e do tráfico de drogas, mas bastou me ver na cama dela para trancar a matrícula da garota.

Porque ela sair com um cara como eu era muito pior que qualquer uma das outras coisas...

Um ciclone de emoções que iam da raiva à derrota girava na minha cabeça quando enfiei os livros na mochila. Ao fechar a porta do armário com uma porrada, coloquei a mochila no ombro e segui para a saída.

Uma chuva fina caía do céu nublado, e abaixei a cabeça ao atravessar o estacionamento.

— Bellamy? — Nora me chamou pouco antes de eu chegar ao meu carro. O chapinhar dos seus sapatos nas poças soou antes de ela chegar ao meu lado, fazendo careta. — A Drew foi expulsa ou algo assim? Ela não estava na lista de chamada, e não está respondendo às minhas mensagens.

— É, o pai está com o telefone dela.

A chuva começou a intensificar.

— O quê? Por quê?

— Porque ele é um babaca. — Abri a porta do carona e joguei a mochila no banco de trás. — Ele me mandou mensagem ontem à noite, do telefone dela. Então meu palpite é que ele tomou dela.

Ela não estava mais matriculada no Dayton. Ele tinha ameaçado me mandar para a cadeia se eu aparecesse lá de novo. E ele estava com o telefone dela. Não havia como eu sequer falar com ela a essa altura. A menos...

— Me faz um favor — falei, me inclinando para o porta-luvas. Vasculhei em meio aos papéis, procurando o celular barato que tinha lá, assim como o carregador. — Leve isso para ela.

Estendi o aparelho, mas tudo o que Nora fez foi me encarar, confusa.

— Droga, Nora. Ele não quer me deixar falar nem ver a Drew. Você poderia, por favor, levar o celular para ela, para que eu pelo menos descubra como ela está?

Devagar, ela pegou o aparelho da minha mão.

— Então... é culpa sua?

— Minha culpa. Dela. Faz diferença?

Suspirando, ela enfiou o telefone na bolsa, e deu alguns passos para longe do meu carro antes de parar.

— Você gosta dela. Tipo, gosta dela de verdade, não é?

— Não brinca.

Ela me encarou por um instante.

— Tudo bem. Eu vou levar o celular para ela.

— Obrigado.

Entrei no carro, passei por cima do console e me acomodei ao volante, observando as gotas de chuva açoitarem o para-brisa.

Não sei o que esperava desse lance entre mim e Drew. Éramos de mundos diferentes, e mesmo se ela *não* estivesse indo para uma faculdade em Nova Iorque, no outono, eu sabia desde o primeiro dia que sua família jamais me aprovaria.

As pessoas de Barrington viviam em um castelo sobre uma colina, e eu não passava de um camponês. Era para ela ter sido um lance de uma noite só, algo de que eu poderia me afastar com facilidade e ir embora, mas não era assim que todos os vícios começavam? O pensamento de ficar sem ela disparou uma sensação incapacitante de desesperança dentro de mim. O que queria dizer que, como todos os viciados em busca de uma onda, eu, provavelmente, estava prestes a fazer uma idiotice enorme para satisfazer a minha fissura.

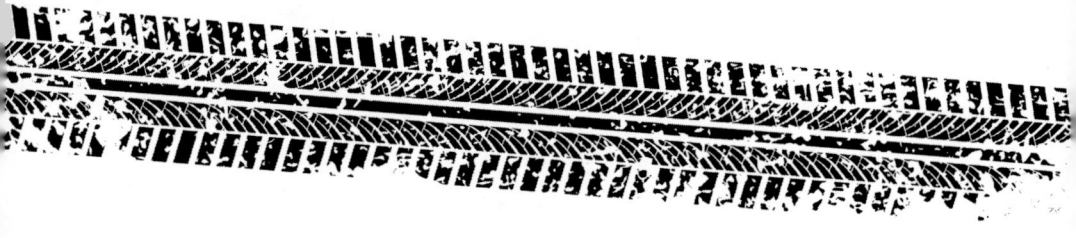

41

DREW

Um dia.

Foi tudo de que precisou para o meu pai me arrancar do Dayton e me colocar na escola que agora eu não queria frequentar.

Encarei o meu pai do outro lado do balcão, o ódio dentro de mim borbulhando feito lava. Ele parecia tão presunçoso por eu estar sentada ali, usando o blazer e a saia azul-marinho que faziam parte do uniforme do Barrington.

Era como se ele pensasse que ir para o Barrington me consertaria e me livraria da minha mácula. Eu podia ver estampado na cara dele... ele achava que a ordem tinha sido restaurada. Mas jamais seria, porque eu não cabia na caixinha rígida dele, e jamais caberia. Não importava quantos uniformes pretenciosos ele me forçasse a vestir. Tudo em que eu podia pensar era que a formatura seria em poucas semanas, depois viria o verão e eu poderia... O quê? Ir embora? Ir para a França? Era o que eu costumava fazer. Minha mãe era melhor que o meu pai, mas era outra bolha resplandecente de expectativa. E o pequeno aperto no meu peito me lembrou de que eu estaria a meio mundo de distância da única pessoa que me ofereceu um vislumbre de felicidade.

Ele deslizou as chaves do carro pelo balcão de mármore, o símbolo da Porsche no chaveiro.

— Você pode ter o carro de volta.

Aquele carro? Ele ia me dar *aquele* carro. Como se eu precisasse chamar ainda mais atenção para mim. O lixo do Dayton dirigindo um Porsche rosa-bebê.

Parecia que o tormento era o meu destino, quisesse eu ou não.

Quando parei no Barrington e estacionei entre os Mercedes e BMWs, meu estômago revirou.

Bellamy não manteve segredo sobre nós, me dando uns amassos nos corredores do Dayton. A fofoca se espalhava mais que fogo em cidades pequenas, e eu não tinha dúvida de que o povo dessa escola me veria como lixo, não importava quanto dinheiro eu tivesse.

Eu estava preparada, pronta para a enxurrada de merda. Mas ninguém nem me olhou duas vezes. Ninguém sequer falou comigo. Nem mesmo Olivia ao passar por mim no corredor.

Era como se eu não existisse. Eu quase tinha me esquecido de como os adolescentes ricos revidavam – com o ostracismo. Marcando alguém como leproso.

E depois de ir para uma escola cheia de carros-bomba e lâminas de navalha, ser ignorada nada mais era que uma paz muito bem-vinda.

Isso seria fácil. Não chamar atenção para mim, fazer as provas e, então, daqui a um mês, eu estaria livre dessa merda e do controle do meu pai.

O sinal de fim da aula tocou, e eu juntei os meus livros, atravessando os corredores lotados a toda pressa, indo em direção à saída, e disparando pelo estacionamento até o meu carro.

As regras do meu pai eram cristalinas: da escola para casa. A casa do Bellamy ficava a vinte minutos de distância, mas eu precisava arriscar, por-que, até onde ele sabia, eu tinha dado um perdido nele.

Acelerei por Barrington até as calçadas imaculadas pontilhadas com canteiros de flores virarem acostamentos cheios de mato.

Passei pelo ninho de rato de Dayton até parar em frente a uma casa térrea com o carro amassado do Bellamy estacionado do lado de fora. Meu peito apertou quando fui até a varanda, em seguida bati à porta e esperei.

Bellamy abriu. Ele era como a noite para o dia brilhante e ensolarado de Barrington, usando a camiseta preta justa e o jeans machado de graxa. E eu amava a escuridão.

O olhar percorreu o uniforme do Barrington, e na mesma hora ele ajustou a ereção.

— Barrington, hein?

— É uma merda. — Fazia só dois dias que o vi, mas parecia muito mais tempo.

No segundo que seus braços me envolveram, senti todos os meus problemas desaparecerem.

— Meu pai tomou o meu telefone. Eu não estava te ignorando.

— Eu sei.

Eu me afastei, mas ele não me soltou.

— Você sabe? — Foi quando entendi tudo. — Ele te mandou mensagem?

— Logo depois de eu ter te mandado uma mensagem dizendo que o seu gosto era bom.

Ai, meu Deus. Gemi e enterrei o rosto no peito forte, completamente mortificada.

— Estou me perguntando se ele assistiu ao vídeo que eu te mandei...

Uma risada quase satisfeita borbulhou em sua garganta. Pensar no meu pai, sentado à mesa dele, lendo nossa troca de mensagens sacanas, assistindo ao vídeo do Bellamy se masturbando... tudo dentro de mim enfraqueceu e se revolveu. Eu queria vomitar.

Bellamy se apoiou na porta, passando um dedo pelo cós da minha saia xadrez.

— Quer fazer um vídeo?

— Não posso ficar. — Eu queria. Deus, eu queria.

Em um rompante, ele meio que revirou os olhos e se afastou da porta.

— Só um segundo.

E sumiu lá no corredor, me deixando ali parada na varanda pequena, ouvindo o barulho de escapamentos explodindo e de cachorros latindo.

O chão rangeu lá dentro quando ele deu a volta no sofá, e pouco depois apareceu à porta. Ele me entregou um telefone antigo junto com um carregador.

— Eu pedi a Nora para te entregar, mas ele não deixou a garota te ver.

— O fato de a Nora aceitar te ajudar... — Aquilo só provava que eu estava em um ponto crítico. E o fato de o meu pai ter mandado a menina embora era ridículo. Eu jurava que o homem queria que eu fosse tão amargurada e solitária como ele.

— Você só precisa encaminhar qualquer mensagem para mim — ele falou.

Ergui uma sobrancelha.

— É um telefone de traficante, Bellamy?

— É um telefone de negócios, garotinha. — Ele empurrou uma mecha de cabelo para trás do meu ombro. — Deve agradar o seu pai.

Rindo, agarrei a frente da sua camiseta e o puxei para perto.

— Tenho certeza de que sim.

Quando pressionei os lábios aos dele, pareceu eletricidade pura, a adrenalina se arrastou pelas minhas veias em um fogo brando. Os dedos de Bellamy cravaram nos meus quadris como se ele fosse me manter refém se pudesse.

A essa altura, eu queria deixar. Ele era o escape da minha realidade de merda.

— Quantas vezes você vai conseguir escapar para cá? — ele perguntou, os lábios ainda tocando os meus quando uma brisa quente nos envolveu.

— Talvez umas poucas vezes, mas meu pai não é idiota. Ele é um carcereiro muito vigilante.

Bellamy cerrou a mandíbula ao ouvir aquilo.

— Você percebe que já fez dezoito anos…

— E dependo completamente dele. Meu telefone? Ele que paga, então pode me tomar. Meu carro? Ele que paga os custos. Eu moro na casa dele. Mesmo se eu arranjar um emprego, ele vai me tomar o dinheiro porque eu "devo a ele" pela mensalidade do Black Mountain. E minha única opção? A minha mãe, que mora na França. Ele me encurralou.

E eu odiava a situação, odiava que a vida privilegiada se equiparasse a uma gaiola dourada. Eu nem sequer podia namorar quem eu queria.

Respirando fundo, ele passou a mão pelo meu cabelo, me observando.

— Vou te mandar mensagem mais tarde.

— Dou uma semana, e aí ele vai sair em alguma viagem de negócios.

Ele me beijou com força, como se estivesse tentando deixar sua marca em mim. Eu não sabia quando o veria de novo, e aquilo como um pequeno punhal cravado no meu peito. Bellamy me fazia me sentir viva, e ficar longe dele lançaria a minha vida desolada em trevas ainda mais profundas.

42

BELLAMY

O conceito de não se esforçar era desconhecido em Dayton.

Ao crescer, não tínhamos muita escolha a não ser ajudar, fosse trabalhando ou roubando. Então o fato de que Drew, aos dezoito anos, não tinha nada dela me surpreendeu.

Eu comprava as minhas roupas. Paguei pelo meu carro. Pagava a minha gasolina. O meu telefone. E a minha parte nas contas...

Deitei-me na cama, mais consciente do que nunca do quanto a vida daqueles otários de Barrington era diferente. Eles ganhavam tudo de mão beijada, e parecia que aquilo pendia sobre a cabeça deles, sendo usado para manipulação e controle. Criando essa galera para serem os merdinhas manipuladores em que, sem dúvida, se transformariam porque tinham sido criados para acreditar que dinheiro era poder sobre todos ao redor.

Já fazia uma semana que ela tinha aparecido na minha casa, e minha cabeça passava a maior parte do tempo pensando nela.

> **Ele não vai sair nunca?**

Dois dias atrás, o pai dela deveria viajar a negócios. E não foi. Eu não tinha percebido o quanto *precisava* dela até ela ter ido embora.

> **Ele precisa ir. Não consigo aguentar tanto tempo.**

Eu sentia saudade dela, mas não podia dizer, então, optei por:

> **Minhas bolas estão prestes a explodir.**

> Sabe que a sua mão direita não caiu, né?

> Sério. É a única razão para eu ainda não estar morto.

> Você pensa em mim?

É claro que eu pensava. Em quem mais eu pensaria? Eu estava doido por essa garota. Ela tinha que saber.

> Eu peguei aquela foto no seu InstaPic em que você está em um iate com um biquíni minúsculo e descabelei o palhaço com ela.

> Já que você nunca me retribuiu e enviou fotos sacanas.

> Sua egoísta.

> Bem, eu te enviaria alguma coisa para você passar por esse período difícil, mas o seu telefone de "negócios" não tem câmera...

> Você pode se esgueirar pela janela do meu quarto e tirar uma você mesmo.

Como se eu fosse perder tempo tirando uma foto. Eu me enterraria nela até o talo dentro de dois minutos.

> Eu tiraria mais que uma foto...

> Eu sei.

Quinze minutos depois, estacionei no *Country Club* e atravessei o gramado do campo de golfe que ficava nos fundos da rua da Drew. Escalei a grade de ferro que rodeava o quintal dos fundos da casa dela.

De lá, consegui avistar a silhueta do carro chamativo do pai dela na garagem. Eu não tinha dúvida de que o babaca havia entrado com o pedido de ordem de restrição, e não tinha dúvida de que ele ligaria para a polícia se me pegasse lá. Então eu não podia deixar que ele me visse.

Porque isso... isso era uma palhaçada.

Saltei para o chão e fui direto para a lateral da casa; agarrei a treliça e a escalei, subindo na sacada como se eu fosse um idiota saído de alguma peça do Shakespeare.

Jesus, em que a minha vida se transformou?

Através das portas francesas que levavam ao quarto, eu podia ver Drew deitada, atravessada na cama. A cabeça pendendo de um lado, e o olhar fixo no teto.

Bati no vidro, e ela levou um susto. Assim que seu olhar se voltou para a janela, ela saiu da cama e abriu a porta da sacada o suficiente para que eu me espremesse ao passar.

— Ai, meu Deus. Eu estava brincando sobre você entrar escondido! — ela sussurrou. — Ele vai te fazer ser preso.

Segurando seu rosto, cobri seus lábios com os meus. Seu sabor sangrou em minhas veias, relaxando meus músculos tensos como uma droga muito necessária. Quando me afastei, seus dedos ainda estavam agarrados à minha camiseta, e pressionei a testa na dela.

— Não dou a mínima para o que ele faz.

Ela olhou ao redor do quarto, depois por cima do parapeito.

— Vem. — E me levou pelo cômodo, direto para o banheiro, onde trancou a porta e ligou o chuveiro.

— Está se arriscando a ser preso por causa de uma trepada?

Não por uma trepada, mas por ela? Sim.

— Não vou ser preso — declarei.

O vapor subiu devagar pela porta do boxe quando deslizei uma alça de sua regata pelo ombro, fazendo mesmo com a outra em seguida.

Então pressionei os lábios em sua garganta.

— Bellamy...

— Drew... — Minhas mãos seguraram os seios nus quando cobri sua boca com a minha. — Você não quer desperdiçar água, quer?

Tirei seu short, depois a calcinha fio-dental.

— A gente não pode transar com o meu pai aqui — sussurrou, não fazendo absolutamente nada para resistir a mim.

Meus dedos penetraram seu calor, provocando um gemido imediato.

Era perturbador estar fazendo isso. Na casa dela. Com seu pai lá embaixo. Mas ele que se foda por ser um otário.

Enfiei os dedos mais fundo. Então parei.

— Isso aqui é um indício de que a gente pode, sim…

— Você é um babaca — ela falou, agarrando o meu pulso e me forçando a voltar a mover os dedos.

— Sou mesmo.

Ela puxou o meu cinto e, em questão de segundos, tinha me despido, e eu estava com seu corpo nu imprensado à parede do banheiro, a cabeça inclinada para trás e gemendo enquanto eu me enterrava profundamente dentro dela.

Eu a queria mais do que já quis qualquer coisa na minha vida.

Beijei o seu pescoço, lambendo a água que cascateava pelo seu corpo, e tudo em que consegui pensar foi em como eu poderia manter isso aqui… como poderia mantê-la por um pouco mais de tempo.

— Não me faça passar dias sem isso de novo. — Eu me movi dentro dela.

Seu fôlego engatou, as coxas espremeram meus quadris.

Fui com mais força até suas unhas cravarem nas minhas costas, a ponto de eu ter que cobrir sua boca para silenciar os gemidos.

Ela se contraiu ao meu redor, e eu abaixei a cabeça, engolindo o gemido quando gozei.

A ideia de que nenhum de nós dois precisaria estar naquelas condições deu voltas pela minha cabeça. Faltavam só três semanas para a formatura. E depois o que…

Estávamos ficando sem tempo, mas era assim que eu vinha vivendo nesses últimos anos; roubando carros e traficando drogas para pagar as contas… havia um risco claro ali. E havia um risco imenso aqui. Cada dia que eu passava com a Drew, cada beijo, cada transa, me fariam sentir ainda mais a perda dela, mas eu não me importava.

Ela era uma onda, uma adrenalina, algo de que eu precisava mesmo sabendo que seria em detrimento de mim mesmo. Eu era do tipo que corria riscos, e tinha certeza de que Drew Morgan sempre seria o maior deles.

Ela desligou o chuveiro, depois secamos um ao outro.

Nua, sem maquiagem, com o cabelo molhado e emaranhado… Deus, ela era maravilhosa. Perfeita. Minha.

Minha por mais quanto tempo?

— Por quanto tempo você está pensando em ficar depois da formatura? — perguntei, passando a toalha em seu cabelo para secá-lo.

— Não sei. Normalmente eu passo as férias com a minha mãe, porque odeio o meu pai. Eu *estava* pensando em ficar por aqui esse ano.

— Por quê?

— Você sabe o porquê.

Por minha causa.

Entreguei a toalha, e ela a enrolou ao redor do corpo. Três semanas até a formatura. Depois oito semanas até ela ter que ir para a faculdade.

— Então por que você vai ficar *aqui*? — Peguei meu jeans no chão e o vesti. — Se a gente nem pode se ver?

Respirando fundo, ela assentiu.

— É a parte em que a gente termina?

— Não. Essa é a parte em que você vai embora. — Passei sete dias longe dela, e não queria repetir a dose. Seria precipitado, claro, mas não era assim que eu e ela funcionávamos? Em uma série de decisões precipitadas. Fui para o quarto dela, seguindo direto para o *closet*.

— O quê?

Peguei uma das suas malas e comecei a enchê-la de roupas.

Ela entrou no *closet*, segurando a toalha ao redor do peito.

— E ir para onde?

— Para a minha casa. Ele não quer que você me veja? Ele que se foda.

— Bellamy… — Ela soltou um suspiro. — Tenho certeza de que sua mãe não vai ficar de boa com isso.

— E se ela ficar? — Joguei uma pilha de calças jeans na mala. Eu conhecia a minha mãe, e ela não se importaria. — E se ela não ficar, arranjo minha própria casa. Não dou a mínima. Você não vai permanecer nessa casa igual a uma princesa trancada em uma torre. E se resolver ficar aqui, eu vou para a cadeia…

— Eu… — Seus olhos se fecharam, e uma dúvida momentânea apareceu. Talvez ela não sentisse o mesmo que eu. — Não é tão simples assim, e você sabe — ela falou.

— Não, eu não sei. — Joguei mais roupas na mala. — Porque não vou permitir que alguém me controle desse jeito. — Outra camisa pousou na mala.

— Você tem o seu próprio dinheiro, Bellamy. Eu sou só… uma pirralha mimada.

Ela não era. Ela era muito mais que isso.

— Então pare de ser uma pirralha mimada, Drew.

— Como? — Ela me encarou como se eu tivesse enlouquecido, o olhar se alternando entre mim e a mala que eu continuava enchendo. — Indo morar contigo? Você sabe que é uma loucura tão grande quanto parece.

— É? E você é louca pra caralho, então… — Fechei a mala e a encarei. Aquilo era loucura, e eu sabia, mas era o que a Drew fazia comigo. Ela me transformava em um lunático.

— E você me transformou num psicopata, sem tirar nem pôr — acusei. Um sorrisinho tocou os seus lábios.

— Acredite quando digo que não há nada que eu amaria mais do que sair daqui e mandar meu pai ir tomar no cu enquanto saio porta afora. Mas não tenho nada a te oferecer, Bellamy.

— Ah, você tem muito a me oferecer, garotinha… — Fui até ela e a segurei pela cintura. — Eu te teria à minha disposição. — Dei um sorrisinho convencido.

— Você é muito babaca.

Toda a razão para eu estar fazendo aquilo era egoísta. Cada uma delas. Porque eu queria ter o máximo possível da Drew antes de ela ir embora. Queria cada maldito segundo que conseguisse com ela. Então insisti, pois sabia que ela cederia.

— Cadê toda a rebeldia? A garota que me fez ser preso e que deixou o Hendrix atear fogo no próprio carro só para tentar ser expulsa da escola? — Eu a puxei para perto, roçando seus lábios com os meus. — Você não é uma pirralha mimada, garotinha, você é a porra de um pesadelo. E ninguém tranca a rainha má na torre…

— É por isso que o meu pai não gosta de você. Você me faz querer fazer um monte de loucuras. Você me faz querer tacar fogo em tudo o que é resplandecente e observar a porra toda queimar.

— Não. Eu só te entrego o fósforo.

— Você é doido pra caralho… — O olhar se demorou no meu por um momento antes de ela soltar um suspiro. — Foda-se. — E me beijou antes de recostar a testa à minha. — Ir morar com o meu namorado bandido? Por que não?

— É assim que se fala, garotinha.

— Mas a gente tem que planejar tudo…

E na manhã seguinte, eu estava no posto de gasolina na entrada de *Barrington Heights*, esperando o Maserati do pai da Drew passar para ir até a casa dela pegar suas coisas.

43

DREW

Saí do banco no centro de Barrington bem na hora do rush. Em vez de virar para o Colégio Barrington, segui para Dayton. Para o Bellamy.

Aquilo era loucura.

Eu o conhecia há poucas semanas e, na metade desse tempo, a gente se odiou.

Ele me viu no meu pior e, por mais incrível que pudesse parecer, era do meu pior que ele mais gostava. Em um mundo onde eu sempre fui inferior, ele me fez sentir como se eu fosse especial.

Eu queria o que quer que fosse aquele vício louco e ardente que eu tinha por ele. Eu ansiava pelo jeito com que ele me fazia sentir viva, como se todas as minhas imperfeições *fossem* perfeitas. Saltei para o desconhecido por ele, mas também por mim. Que se foda o futuro e os "e se" e os "talvez".

Aquilo podia ser um erro, mas não era um do qual eu me arrependeria.

Quando estacionei na casa do Bellamy, o carro dele estava parado lá com o porta-malas aberto. Ele saiu e foi direto pegar mais uma das minhas malas.

Eu estava mesmo fazendo aquilo. Não tinha volta.

Rapelei a minha conta antes que o meu pai descobrisse que eu estava indo morar com Bellamy e a família dele, porque eu sabia que assim que ele descobrisse, ele me deserdaria. Eu ia me rematricular no Dayton para terminar os estudos.

Puta merda. Eu estava indo morar com ele...

A mãe dele pensaria que eu estava arrastando o filho dela para a lama? Eu deveria conversar com ela e perguntar se podia ficar? O protocolo para juntar as escovas de dentes aos dezoito anos era meio nebuloso. Eu pagaria a ela... Passei a mão pelo dinheiro no envelope, cerca de seis mil dólares. O preço de uma bolsa. Agora era o preço da liberdade, pelo menos por um tempo.

Guardei o envelope e saí do carro.

Bellamy estava na traseira do Honda, uma expressão ilegível em seu rosto enquanto encarava o para-choque.

— Você não pode deixar essa coisa na frente da minha casa.

Olhei para o Porsche, depois para ele.

— Bem, onde você quer que eu o guarde?

— Não sei. — Ele passou a mão pelo cabelo. — A gente vai ter que arranjar uma capa. Alguém, com certeza, vai tentar roubar.

Fui até ele.

— Bem, *você* é o especialista...

Esse garoto era ladrão de carros, traficante, um criminoso, e embora eu tenha dito que ele não era nenhum cavaleiro, e eu não era nenhuma princesa, com certeza parecia que ele estava me salvando.

Ele me segurou pelos quadris e me puxou para um beijo.

— Acha que o Barrington já mandou para ele a mensagem de "você não está na escola"?

— Estou quase triste por não ter tido a oportunidade de fazer um espetáculo ao ir embora. Você sabe que eu gosto de um drama. — Eu podia imaginar a cara do meu pai quando percebesse que eu não ia voltar.

Não pensei nem por um segundo que ele ficaria chateado por perder a filha, só com raiva porque não poderia mais me controlar.

— Acho que a gente deveria matar aula e transar, já que não tem ninguém em casa. O que você acha?

Eu achava uma excelente ideia.

Eu tinha acabado de quebrar uma unha na cabeceira dele quando um barulho abafado de uma porta de carro sendo fechada com violência se infiltrou pela janela do quarto.

Bellamy se inclinou sobre a cabeceira para espiar através das persianas de plástico.

— A coragem desse otário...

— Quem é?

Ele saiu da cama, vestiu o jeans e foi feito uma bala até o corredor.

— O seu pai.

É claro que ele estava ali. O homem que mal me dava a mínima, mas, agora, quando decidi ficar com um cara pobre... ele, de repente, quer tentar ser um pai para mim.

— Bellamy, não bata nele! — eu disse, às suas costas, me apressando para me vestir.

Coloquei a blusa ao ir para o corredor bem quando a fechadura fez barulho.

— Você precisa dar o fora da minha varanda. — Contenção pura estava evidente na voz do Bellamy.

— Não vou fazer isso. Vim aqui buscar a minha filha.

O silêncio pareceu se estender por minutos, mas passaram poucos segundos até eu chegar à sala minúscula.

Bellamy estava lá de braços cruzados e com o jeans aberto. As marcas das minhas unhas estampadas em seu peito nu. Minha alma morreu um pouquinho naquele momento.

— Ela não vai embora. — Os músculos das costas dele se retesaram. Uma palavra errada do meu pai, e o Bellamy acabaria o nocauteando.

O olhar do meu pai passou por mim como se eu não fosse melhor que uma daquelas prostitutas paradas perto das casas de penhores de Dayton, e eu não deveria me importar, mas aquilo me deixou arrasada.

— Drucella...

— Eu não vou. — Prendi o fôlego, minha pulsação ficou descontrolada quando os dedos de Bellamy se entrelaçaram aos meus. — Eu tenho dezoito anos. Estou saindo de casa.

O rosto do meu pai foi ficando vermelho até chegar ao roxo.

— É isso que você quer ser? Ótimo. — Alisou a camisa social sempre bem-passada. — Se quer brincar de casinha pobre, que seja. Brinque.

O olhar foi de mim para Bellamy, e ele parou como se estivesse prestes a dizer alguma coisa.

— O mínimo que você pode fazer é usar preservativo. Não vamos permitir que a perda momentânea de juízo dela se transforme em uma punição para o resto da vida.

Quando olhei para o Bellamy, ele parecia prestes a explodir.

— Saia da porra — ele puxou uma respiração instável — da minha varanda.

Meu pai me lançou um último olhar de reprovação antes de se virar e ir pisando duro até o carro.

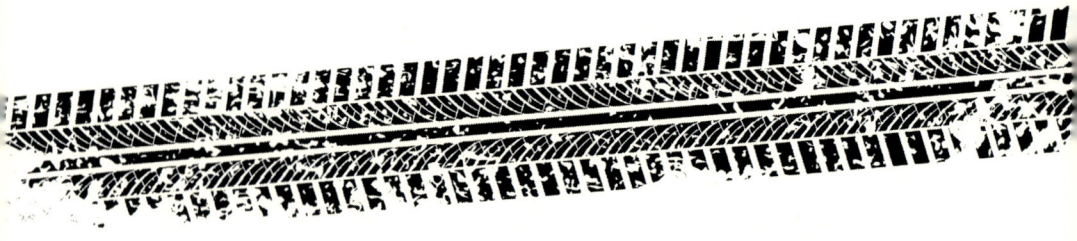

44

BELLAMY

No dia seguinte depois da aula, Drew foi pegar o Arlo comigo no ponto de ônibus, depois fomos encontrar os caras na *Waffle Hut*.

Arlo disparou lá para dentro, se jogou à mesa e deu um tapinha no assento de plástico.

— Srta. Drew, senta aqui do meu lado.

Hendrix ergueu a cabeça com uma careta, e encarou Drew enquanto atravessávamos o restaurante. Ela se sentou ao lado do Arlo, e eu me sentei ao lado dela.

— Não, cara. — Wolf balançou a cabeça para Hendrix. — Não.

Hendrix torceu o canudo de papel e o largou na mesa.

— Você me dá nojo, Bell.

— Jesus Cristo, cara. Cala a boca. — Não que estivesse esperando que Hendrix fosse ficar feliz pela Drew estar indo morar comigo. Passei o braço pelos ombros dela, e Hendrix se recostou no banco, rosnando.

— É uma palhaçada, Wolf. — Ele pegou o cardápio com raiva. — E você sabe disso.

Drew mostrou o dedo para ele.

— Precisa da minha ajuda para comprar uma coroa, rainha do drama? Um dos olhos dele se contorceu ao olhar para mim.

— E você decidiu morar com essa…

— A Srta. Drew vai morar com a gente? — Arlo bateu palmas. — Oba!

— Não, Arlo. — Hendrix se inclinou sobre a mesa, a expressão agora séria. — Nada de oba. Ela é um súcubo, e acabou de fincar as garras no seu irmão e vai arrastar o cara para um inferno cheio de estrogênio.

— Estrogênio?

— Não dê ouvidos ao Hendrix, Xixizento. — Drew deu um tapinha na cabeça do Arlo. — Ele só está azedo porque nenhuma menina gosta dele por mais de uma noite.

Aquilo não ia acabar nunca.

— Hendrix. Cala a boca. Drew, cala a boca. — Peguei o cardápio. — Arlo, sim, ela vai ficar com a gente por um tempo.

O Wolf riu, abriu o cardápio e escondeu o rosto lá atrás enquanto cantarolava *"Another One Bites the Dust"*.

Depois de a garçonete pegar o nosso pedido, Arlo se arrastou até o final do banco para ir ao banheiro.

Hendrix encarou Drew por um segundo.

— Então suponho que agora a gente vai falar dos negócios perto dela?

— É…

O olhar do Wolf foi para a porta.

— Droga… — Ele tirou o baseado detrás da orelha e o enfiou no bolso. — Os policiais estão vindo para cá.

O policial Robins parou ao lado da nossa mesa, com um copo de café na mão.

O olhar foi de Hendrix para Wolf, depois parou na Drew.

— Srta. Morgan, certo? Como você está?

Wolf e Hendrix encararam a parede.

— Estou bem… — Ela me relanceou um olhar como se eu soubesse o que estava acontecendo. — E o senhor?

Hendrix gemeu e tombou a cabeça para o encosto do assento.

— Bom saber. Só vim pegar um café. O daqui é muito bom. — Ele tomou um gole. — Só pensei em passar aqui e ver se você estava bem. Recebemos um informe na delegacia dizendo que você está desaparecida…

Jesus Cristo. Ela tinha dezoito anos; não havia nada que pudesse ser feito se ela decidisse ir embora. Mas já que o pai a via como nada mais que uma posse, acho que fazia sentido para ele.

— Ah, isso… não. Estou bem aqui.

— Bem, o seu pai parece achar que você está desaparecida. — Outro gole de café. — Creio que deva ser um daqueles desentendimentos, né? — O olhar dele desviou para mim por um momento.

Ela riu.

— Vamos apenas dizer que fugiu do controle.

— Estou vendo. Vou atualizar a informação quando voltar para a delegacia. Ligue para o seu pai e diga que você está bem.

— É claro.

— Tudo certo, então. Um bom dia para vocês, crianças. — E saiu.

Hendrix bufou em desdém.

— Senhorita? Nós somos chamados de babacas e merdinhas.

Porque a gente era. Drew pegou a bebida.

— Você é um babaca, Hendrix.

— É desse tipo de merda que estou falando, Bell. — Ele amassou o guardanapo e jogou na Drew. — Ficando toda simpatiquinha com a polícia. Me ofendendo. Me fazendo ter concussões. E depois? Tacar fogo na minha casa e cagar em cima? — Ele balançou a cabeça. — Cadê o limite?

— Você mijou no meu carro! — Drew quase gritou.

— Você fez o cara ser preso! — Hendrix gritou mesmo.

Wolf gargalhou.

— Deus, o Zepp está perdendo umas merdas muito boas.

Arlo voltou e Drew o ajudou a se sentar enquanto eu ignorava a discussão que não parava, fervilhando.

A garçonete trouxe a nossa comida antes de eu não aguentar mais. O pai dela achava que me colocaria em apuros, e isso só me deixou mais puto.

— Seu pai simplesmente insinuou que eu te sequestrei; você percebeu isso?

O bate-boca parou, e a mão da Drew pousou na minha coxa.

— Meu pai é um velho arrogante que está puto por eu não estar na linha. Ele só está fazendo o possível e o impossível, porque não tem controle sobre a situação. — E deu um apertão. — Sério, você deveria se sentir lisonjeado. Ele está na palma da sua mão.

Lisonjeado? Eu estava era puto.

Arlo ficou de pé no assento e deu um tapinha na cabeça da Drew.

— Srta. Drew, quer assistir à *O bom dinossauro* comigo hoje? É triste. Os pais do dinossauro morrem.

— Bem, você acabou de me contar o final.

Ele franziu o cenho.

— Não é o final. É bem no comecinho.

— Isso não é nada triste. — Ela bufou uma risada, puxando a camisa dele, que havia subido. — Claro. Vai querer pipoca?

Ele assentiu, entusiasmado.

— Certo. Coma seu hambúrguer antes que o Hendrix o coma como o abutre que ele é.

Ele se inclinou sobre a mesa, sussurrando:

— Arlo, lembre-se do código dos manos: manos vêm antes das vacas.

Drew cobriu os ouvidos de Arlo.

— Sério? Já, já ele vai perceber que você não está falando do tipo de vaca que dá leite.

Quando ela o soltou, ele olhou para mim, a testinha encrespada em confusão.

— *M* antes de *P* e *B*, e manos antes das vacas...

— Não! *Não* repita essa merda na escola.

Hendrix rachou de rir como o idiota que ele era, e eu enfiei as batatas fritas na boca.

Eu não podia lidar com essa merda...

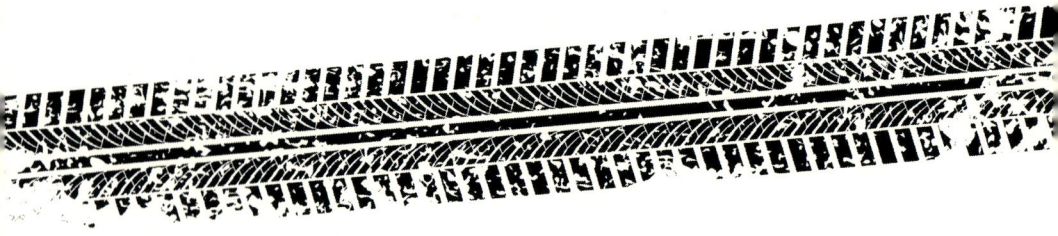

45

DREW

O resto da semana passou.

Eu acordando no Bellamy.

Nós dois indo juntos para a escola.

Isso se tornou um tipo estranho de normal, e senti um calorzinho que nunca tinha experimentado antes na minha curta vida. Bellamy, Arlo, a mãe deles. Eram uma família… uma família *de verdade*, ao contrário da minha.

Ao longo da última semana, observei Carol abraçar o Arlo e beijar a bochecha do Bellamy, e cada vez senti meu coração apertar, ansiando por algo que nunca tive e para o qual já era tarde demais.

Bellamy teve que ir "trabalhar", então eu me ofereci para pegar o Arlo no ponto de ônibus. Ele pôs a língua para fora assim que entrou no carro.

— Por que as coisas no seu banco são rosa? — ele perguntou.

— Não me julgue, garoto. Foi a minha mãe que escolheu. Que música você quer ouvir? — Baixei a capota, e um sorriso se espalhou em seu rostinho.

— A moça brava que grita.

A gente deu um soquinho no ar antes de eu trocar a música e arrancar com o carro.

— Você vai dizer para o seu irmão que rap é uma droga.

— Não. Isso vai magoar o coração dele, Srta. Drew.

Eu ri, porque era verdade. Magoaria mesmo.

Baguncei o cabelo do garoto.

— A gente não pode deixar isso acontecer, cara.

Eram só dois quarteirões até a casa do Bellamy. Comecei a encostar o carro, e pisei no freio quando vi uma picape estacionada onde eu costumava parar.

— O papai está aqui!

O pânico tomou conta de mim no mesmo instante. Estacionei na rua, encarando a caminhonete detonada.

— O quê? Aquele é o carro do seu pai?

Ele assentiu, estendendo a mão para a maçaneta, mas eu o segurei e travei as portas.

— Vamos esperar aqui. — Peguei o meu telefone e liguei para Bellamy. Chamou algumas vezes, então ele atendeu.

— Oi.

— Seu pai está aqui.

— Merda... Fique no carro. — O gemido do motor acelerando ecoou pelo alto-falante.

— Quando a sua mãe sai do trabalho?

— Só mais tarde.

— Devo ligar para a polícia?

— Não! O vovô está aí, e eles o prenderão. Só... eu chego em dez minutos.

Por que caralhos eles o levariam preso? Era o pai do Bellamy que tinha uma medida protetiva.

— Tudo bem... — falei.

Quando desliguei, o Arlo franziu a testa para mim.

— Por que a gente não pode entrar?

— A gente precisa esperar o Bellamy chegar, tá?

— Tá.

Houve um segundo de silêncio, preenchido apenas pela música raivosa que soava no sistema de som.

Encarei a frente da casa, me perguntando se o avô dele estava bem. Eu esperava que Bellamy estivesse certo, e que o avô fosse louco, porque, até onde pude ver, ele só era um pouco excêntrico e meio caipira.

Eu mal tinha pensado nisso quando gritos vieram lá da casa.

Um homem de cabelo grisalho, que parecia demais com um Bellamy mais velho, disparou pela garagem com sangue escorrendo da testa. Ele entrou na picape aos gritos, e o vovô veio correndo da lateral da casa segurando um taco de golfe acima da cabeça.

A lanterna da caminhonete acendeu, e o motor rugiu. Mas antes que o pai de Bellamy pudesse dar ré, o avô atirou o taco no para-brisa. Então pegou um tijolo no canteiro de flores e jogou no veículo antes de ele arrancar.

— Vovô! Vovô! — Arlo torcia.

Destravei a porta e, de olhos arregalados, encarei o avô doido de pedra do Bellamy enquanto eu saía do carro. O coroa estava com as mãos apoiadas nos joelhos e respirava com dificuldade.

— Precisa diminuir o cigarro, vovô.

— O cigarro não tem nada a ver com isso, docinho. — Levou a mão ao peito. — Só estou puto por não ter conseguido correr mais rápido. — Ele cobriu os ouvidos de Arlo com as mãos velhas e enrugadas. — Senão eu teria matado aquele filho da puta. Depois eu e você iríamos lá para a floresta enterrar aquele lixo. — Cuspiu no chão antes de descobrir as orelhas de Arlo.

Okay, ele era doido de verdade.

O carro do Bellamy chegou. Quando ele saiu, parecia estar puto pra caralho.

— Acertei o filho da puta no alto da cabeça com o próprio taco de ferro dele. — Vovô sorriu ao colocar um cigarro nos lábios e acender. — Quero ver aquele desgraçado voltar aqui. — Ele puxou a calça para cima e deu uma boa tragada no cigarro.

Bellamy lançou um olhar impassível para mim.

— Viu? Policial nenhum bateria na cabeça de alguém com um taco de golfe…

Aquilo era tão Dayton que eu não sabia nem como começar a expressar.

— Você acha que sua mãe faria aquele rocambole de carne gostoso que ela faz? — O avô bateu nas costas do Bellamy. — Tentativa de assassinato atiça o apetite.

Aquilo era loucura, e foi nisso que escolhi me meter.

Levei Arlo para dentro, e ele passou reto pelo buraco na parede, pela mesinha de centro virada e as molduras destruídas. Então se sentou no sofá e ligou a TV como se fosse um dia como outro qualquer. E foi quando senti uma pontada no coração, porque o garoto achava que aquilo era normal.

Eu me ajoelhei e comecei a catar os cacos do abajur de cerâmica.

Bellamy entrou, passou a mão pelo cabelo ao olhar ao redor e conferir o estrago antes de virar a mesinha de centro e a colocar no lugar.

— Você precisa verificar se ele não pegou nada? — perguntei, pensando no envelope de dinheiro na cômoda. — Tipo… no seu quarto.

— Ele não sabe daquilo. — E pegou uma moldura quebrada, tirando a foto antes de ir para a cozinha jogar fora os estilhaços de madeira e os cacos de vidro.

Arlo estava acostumado com isso, e Bellamy também.

Eu me perguntei quantas vezes o Bellamy tinha visto essa merda quando era pequeno, sem ter um irmão mais velho para cuidar dele. Desejei que alguém tivesse estado lá por ele, mas o cara ainda era o pilar que mantinha tudo, até mesmo agora.

Quando ele voltou para a sala, eu o segurei pelo queixo e o beijei. Não queria que ele se sentisse como um pilar solitário.

Sua mão foi para a minha cintura; a testa descansou na minha.

— Não me julgue por causa dessa merda.

O desenho da TV zumbia ao fundo, e eu, com certeza, o julgaria por causa dessa merda. Porque por mais que ele pudesse ficar envergonhado com aquilo, a forma com que ele lidou com tudo só mostrava o quanto ele era bom.

— Você não é um cara tão problemático assim — sussurrei.

— Não me fala essas merdas.

— Por quê? — Levei os lábios ao seu ouvido. — Faz você querer provar que estou errada?

As mãos foram para a minha bunda.

— Com certeza.

— Ecaaaaa! — Arlo gritou, antes de atirar uma almofada na gente. — Não gosto quando vocês fazem isso.

— Tá bom… — Bellamy bufou e entrelaçou os dedos aos meus antes de me levar para o quarto.

Ele trancou a porta e ergueu uma sobrancelha.

— Você vai se arrepender por me dizer que não sou problemático…

Eu não ia mesmo…

Mais tarde, depois de ter ajudado Arlo com o dever de casa, nós fomos fazer compras para o jantar.

Bellamy passou direto pelo mercado, e eu apontei com o polegar para o prédio iluminado.

— É, você não tinha que ir ali?

— Não posso ir nesse. Tem outro do outro lado da cidade.

Esperei que ele explicasse, mas, é claro, isso não aconteceu.

— Bem, você vai me dizer a razão ou vai me deixar curiosa?

— Hendrix não parava de roubar umas coisas aleatórias, e aí a gente foi banido. Não era nem coisa boa. Eram desentupidores e uns Papais-noéis de porcelana.

— Ele é cleptomaníaco ou algo do tipo?

— Não, o irmão costumava bater na cabeça dele com um bastão de plástico quando eles eram crianças. — Ele abaixou a minha janela, um vento fresco entrou no carro. — Ele também foi o comedor de cola da primeira série.

Bufei.

— Isso explica muita coisa. — Imaginei os três como crianças, deviam ser uns babaquinhas.

Bellamy estacionou nos fundos do mercado, pegou um carrinho em uma vaga e fomos na direção da entrada. Algo apitou às minhas costas, e eu me virei para ver um senhor em uma motinho para idosos, usando boné de estampa camuflada e macacão jeans. Sem camisa. E, a melhor parte, ele usava Crocs cor-de-rosa.

Saí da frente. Ele deu uma piscadinha para mim ao passar zunindo.

Bellamy colocou um pacote de pão no carrinho, depois um pote de manteiga de amendoim.

Eu o segui pelo mercado, observando as pessoas se arrastarem pelos corredores, como se a vida as tivesse sugado. Crianças gritavam e corriam pelo prédio imenso. Era tipo... como algo que eu nunca tinha visto. Porque eu não tinha mesmo. Eu odiava admitir, mas nunca tinha ido a um supermercado. Minha mãe e o meu pai tinham governantas que limpavam e faziam as compras. E eu estava no colégio interno.

Bellamy colocou legumes enlatados no carrinho. Legumes enlatados. Eu nem sabia que algo assim existia.

— Me faz um favor — ele pediu, tirando um maço de cupons do bolso. — Me diz o valor deles.

Franzi o cenho para os cupons. Eram de no máximo cinquenta centavos. Não daria mais de dez dólares. Mas eu contei.

— Oito e setenta e cinco.

Ele digitou a quantia no celular, depois encarou a tela. Percebi que estava fazendo conta, calculando exatamente quanto tinha e, a cada momento, um nó de desconforto se formava no meu peito. Ele estava traficando drogas e roubando carros, arriscando ir preso, e ainda precisava adicionar cupons de cinquenta centavos para inteirar as compras.

Fomos para o caixa e colocamos as compras lá.

— Olha, só me deixa pagar... — falei, esperando que ele não se sentisse ofendido. A última coisa que queria era que ele pensasse que eu tinha pena dele. É claro que eu tinha, mas só porque me importava com ele. Muito.

— Está tudo bem. — Ele jogou uma caixa de picolé de arco-íris no caixa.

— É o mínimo que eu posso fazer. Só... — Acenei, tirando meu cartão da bolsa e o entregando para a caixa. Ele me encarou, irritado, quando entreguei os cupons para a moça.

Passei o cartão e, segundos depois, ela me deu um sorriso simpático.

— Desculpa, senhora, mas o seu cartão foi recusado.

Recusado. *Recusado!*

Com um sorriso, remexi na bolsa e paguei com dinheiro, meu coração acelerou em um ritmo raivoso. Aquele não era o cartão do meu pai. Era o da minha mãe. O que só podia significar uma coisa... Ela estava do lado *dele*.

A caixa entregou o troco, depois a nota, e nos desejou um dia abençoado enquanto íamos para a saída.

Em silêncio, colocamos as compras no porta-malas. Eu não podia acreditar que a minha mãe tinha ficado do lado do meu pai. Ela o odiava. Depois de guardarmos tudo, levamos o carrinho para o lugar e entramos no carro.

Bellamy passando por cima do banco do carona até chegar ao lado do motorista geralmente me fazia rir, mas não hoje.

— Você está bem? — ele perguntou, ao dar ré, então parou, de repente, quando o senhor da motinho passou zunindo.

— Ela ficou do lado dele.

— O que você quer dizer com *do lado* dele?

O carro passou pelo quebra-molas antes de pegar a via principal.

— A minha mãe cancelou o meu cartão, o que quer dizer que ela está do lado do meu pai. E ela o odeia.

Para Irina concordar com William, o inferno teria que estar congelando. Nunca tive o amor dos meus pais, mas eu tinha o dinheiro deles e, de certa forma, o afeto de Irina. Agora não possuía nenhum dos dois.

O telefone do Bellamy tocou. Ele o tirou do bolso e encarou a tela, mudando para a outra faixa.

— Que merda de número é esse?

Tomei o telefone da sua mão.

— É da França. — Eu não estava com o meu telefone, mas o meu pai tinha o número dele... então, eu atendi. — Celular do Bellamy.

— Drucella. — A voz da minha mãe ecoou no outro lado da linha. — Onde você está?

— No carro.

— Você está com *ele*?

— Estou. — Ele parou no sinal vermelho. Um caminhão enorme parou ao nosso lado, o ronco do motor fez o carro balançar.

— Você foi morar com ele, querida?

— Fui.

— Onde exatamente você está morando? Na favela?

— Ai, meu Deus, mãe!

— Irina, meu bem. Você vai me fazer sentir velha me chamando de mãe. O sinal abriu, e Bellamy acelerou, ziguezagueando pelo trânsito.

— Ela quer me dizer para usar camisinha também?

Fulminando-o com o olhar, ergui a mão. Agora não era hora.

Discuti com ela por uns cinco minutos até chegarmos à casa dele.

— Mãe, tenho que ajudar a tirar as compras do carro.

— Me ponha no vídeo. Quero ver onde você está morando.

Encarei a fachada da casa minúscula que não havia como a minha mãe aprovar. Ela não fazia ideia do quanto a maioria das pessoas lutava para viver.

— Não — falei.

— Se for aceitável, eu reativo o seu cartão de crédito.

— É aceitável.

Silêncio.

Bellamy olhou para mim antes de abrir a porta.

— Ela parece um amor.

— Ela deve estar bêbada. — Foi a melhor desculpa em que consegui pensar.

Saí do carro e dei a volta por trás quando o telefone tocou o alerta com uma chamada de vídeo.

Ela continuaria ligando até eu aceitar, então respirei fundo e atendi.

Minha mãe apareceu, com diamantes ao redor do pescoço e uma taça de champanhe meio vazia na mão. Se tivesse que adivinhar, as luzes piscando ao fundo eram a vista de Mônaco a partir do iate dela.

— Bem — ela falou. — Vamos ver.

Naquele momento, Bellamy apareceu por cima do meu ombro.

— Oi, sogrinha. Posso ver de quem a minha garotinha puxou a beleza. — E beijou a minha bochecha.

O rubor da minha mãe combinou com o meu como se ela fosse a porra de uma adolescente. Ai, meu Deus.

Pigarreei.

— Basta se lembrar que nem todo mundo mora em algo parecido com um hotel cinco estrelas. Isso não quer dizer que o lugar não seja aceitável.

Entrei na casa, passei pela Carol, dei tchauzinho e fui direto para o quarto. A última coisa que eu queria era que a mãe do Bellamy ouvisse a minha mãe julgando a casa em que ela tinha sido generosa o bastante para me deixar morar.

— Esse é o quarto do Bellamy. — Dei uma volta rápida.

Não era chamativo, é claro. Era só uma cama velha e uma cômoda gasta. Alguns pôsteres de carro e de futebol americano.

— Estou muito bem aqui. O meu pai ficou insuportável. Ele tomou o meu telefone. Basicamente me chamou de piranha. Ameaçou mandar Bellamy para a cadeia…

— Seu pai sempre foi insuportável. E você não é piranha. — Ela bebeu o resto do champanhe, depois ergueu a taça para alguém voltar a en-chê-la. — Falando nele, ele me mandou a ficha do Bellamy… é assim que vocês chamam? Ficha criminal. Seja o que for…

— É claro que ele mandou. — Não fiquei nada surpresa por ele ter conseguido acesso a isso.

— Meu bem, acredite em mim, eu entendo a atração por garotos assim.

A porta do quarto abriu, e Bellamy entrou e pulou para a cama.

— Eles são perigosos e excitantes. Uma vez, namorei com um cara que tinha sido preso, sabia? Foi rápido. — Ela brincou com a fileira de diamantes ao redor do pescoço como se apenas pensar no homem a deixasse agitada. — Mas você tem dezoito anos e é linda e inteligente, tem o mundo todo aos seus pés. Namorar o garoto, tudo bem. Mas você foi *morar com ele*. Isso é…

Loucura? Como se eu já não soubesse.

Ela balançou a cabeça.

— Você precisa entender que não há futuro nesse relacionamento.

Eu queria sair do quarto para que Bellamy não a ouvisse fazer pouco caso dele, mas eu tinha a sensação de que ele pensaria que estava escondendo coisas dele.

— Essas são palavras do meu pai, não suas.

— A gente conversa sobre isso quando você chegar aqui.

O olhar do Bellamy encontrou o meu imediatamente. O leve pulsar em sua mandíbula não passou batido quando ele pegou a bola de futebol americano no chão e começou a jogá-la para o alto. Como se assim ele talvez pudesse ignorar tudo o que ela disse.

— Não sei se vou para aí nessas férias, mãe.

— O quê? Mas você sempre vem. — Abri a boca para falar, mas ela me cortou: — Meu bem, você virá, sim, passar as férias em *Saint-Tropez*. Vamos beber vinho e fazer compras, e poderemos conversar sobre o seu futuro.

Estava mais para ir para *Saint-Tropez* e esquecer Bellamy. Fiquei feliz por ela não ter dito isso com ele bem aqui.

— E se eu não for? — perguntei.

— Você vai vir, meu amor.

— Mãe…

Alguém a chamou ao fundo.

— Eu tenho que ir, meu bem.

— Você ainda vai cortar o meu dinheiro?

Ela pressionou os lábios.

— Quando você ficar sem dinheiro, venha para a França, e aí a gente conversa. *Bisous*, meu bem. *Bisous*, Bellamy. — E desligou.

Inclinei a cabeça para trás e gemi.

— Que *merda* é *bisous*? — ele perguntou.

— É beijo em francês.

Ele jogou a bola para o canto do quarto, depois me puxou para a cama.

— Vou dar uns *bisous* na sua boceta…

46

BELLAMY

Durante as últimas semanas, morar com Drew havia se tornado meu novo normal.

Nosso ritual, após a escola, era basicamente voltar para a minha casa vazia e ir para a cama, depois deitar lá e conversar antes de irmos pegar o meu irmão no ponto de ônibus. E a pior parte nisso era que estava quase acabando.

Ela estava deitada sobre o meu peito enquanto eu traçava círculos em suas costas nuas.

Nossa formatura seria dali a dois dias, e ignorei o fato por três semanas inteiras. Porque a formatura marcava o início das férias, e cada dia que nos aproximava mais do início das aulas era menos um dia que eu tinha com ela. No meio de agosto, ela iria para a Cornell. A milhares de quilômetros de distância.

Mas eu não queria pensar nessa merda agora.

Beijei o volume dos seus seios. Depois suguei um mamilo.

"Insane in the Membrane" tocou no meu telefone, mas continuei percorrendo o corpo dela com os lábios. O toque parou, e recomeçou em seguida. E de novo. E de novo.

— Você vai atender? — ela perguntou.

— É o Hendrix.

E tocou de novo. Rosnando, peguei o telefone na mesa de cabeceira, resmungando.

— O que você quer, seu merda?

— Por que demorou tanto? Tá comendo a Drewbers?

— Se estiver querendo alguma coisa, é melhor parar de falar merda ou vou desligar.

— Era para você ter chegado há trinta minutos para ajudar a gente com o Toyota que o Tony queria.

— Merda... — Olhei para o corpo nu da Drew. Eu tinha esquecido.

— Merda mesmo. E enquanto você está ocupado escondendo o seu Willie Wonka no tubo de chocolate da Drew, os Oompa Loompas estão se fodendo. Oompa Loompa doo-ba-dee-dê. O que você ganha quando você engole porra, deixando as suas bolas doidas pra zorra? O que você ganha com uma trepada? O que você acha...

Desliguei. Porque enquanto eu continuasse na linha, Hendrix cantaria cada estrofe distorcida daquela música.

Drew tentou conter o riso.

— Sabe, se ele não fosse tão doido, eu diria que é bem criativo.

— Jamais diga isso a ele.

Se algum dia ela desse a ele algo que parecesse um elogio, ele desfilaria por aí feito um pavão com as penas do rabo abertas.

Peguei minha calça no chão.

— Preciso ficar lá por mais de uma hora. Você quer vir ou prefere ficar?

— Eu vou contigo. E vou te contar um segredo: eu amo as esquisitices do Hendrix. — Drew saiu da cama e meu olhar zerou na sua bunda quando ela se curvou para pegar o vestido. — E não, não vou dizer a ele.

A cabeça do Hendrix apareceu por detrás do capô do Toyota detonado. O olhar foi imediatamente para a minha direita, para Drew, enquanto atravessávamos o quintal coberto de mato.

— Você é uma pedra no meu sapato.

Olhei feio para ele. O cara ainda estava de birra por causa da merda que aconteceu com a namorada do irmão.

— Relaxa, Hendrix. Porra. Ela não está aqui para roubar carros.

O sorriso que se abriu no rosto da Drew parecia com o que ela dava antes de fazer alguma loucura... como bater um Maserati no meu carro.

— Posso roubar um com vocês?

— Não. — Adicionar Drew à mistura acabaria em carnificina. Nada mais. Aquilo era uma certeza.

Ela ergueu uma sobrancelha para mim.

— Não?

Algo assobiou ao passar por nós.

— Viu? O que está acontecendo com essas mulheres tentando fazer as merdas dos caras? — Ele apontou para o capô aberto. — Isso é coisa de homem. — Depois apontou para Drew. — Não de menina rica.

— Não sou mais uma menina rica.

— Ah, valeu. Agora a Barbie em seu Porsche rosa da Barbie é uma favelada milionária.

— Foi um presente dos meus dias de riqueza — ela falou. — Não posso vender, e não posso comprar outro, então, vá se foder.

— Vá se foder você.

Cerrei a mandíbula.

— Hendrix...

— E tenho certeza de que qualquer um pode roubar um carro — Drew continuou, porque só Deus sabe que ela não conseguia parar. — Não é preciso ter uma rola. Além do mais, não é como se *eu* quisesse *mesmo* roubar um. — Ela revirou os olhos. — Seria apenas pela diversão.

Hendrix deu uma risada de escárnio enquanto eu contornava o capô para pegar uma chave de soquete.

— Pela diversão, Bell. Ela disse pela diversão! Pela porra da diversão — ele resmungou ao puxar as velas de ignição. — Você já se divertiu bastante no pau dele hoje e atrasou o cara. É tudo o que você vai conseguir, Drewbers.

Uma chave de fenda passou voando pela cabeça dele.

— Mudei de ideia, Bellamy. Ele é irritante pra caralho.

Hendrix apontou o polegar para ela.

— Você vai aceitar isso? Ela jogou um objeto afiado em mim. E já me fez machucar a cabeça quando partiu para cima de meio feito o Hulk e me jogou para fora do outro carro dela.

Balançando a cabeça, fui mexer no motor. Eu não conseguia lidar com aqueles dois.

— Nunca vou virar capacho de boceta igual você e o Zepp. — Ele mexeu nos plugues. — É vergonhoso. Tipo, todas as medalhas de pegador que você ganhou deveriam ser arrancadas do seu traje de mulherengo.

Drew se apoiou na lateral do carro, fazendo careta para ele.

— Bem, já o seu deve ser igual a uma árvore de Natal. Uma árvore de Natal cheia de clamídia.

Hendrix se afastou do motor e limpou a graxa na camiseta.

— Então você acha que DST é piada, Drew?

— Você é dramático pra caramba.

Ele ergueu a sobrancelha.

— E você é uma estraga-prazeres.

— Não o prazer do Bellamy.

Contornei o carro e peguei a Drew pelos ombros.

— Por favor, pelo amor de Deus, para de dar trela para ele. Quanto mais você fica nessa, mais demora.

A porta dos fundos foi fechada com força, e Wolf atravessou o quintal.

— O que está rolando com esse otário? — ele perguntou, apontando para Hendrix, que ainda estava parado perto do para-choque, de braços cruzados, encarando Drew com a cara feia.

— Cara, não pergunta — falei. — Vem ajudar a consertar essa merda. — Liguei o carro, mas Drew agarrou minha mão e me puxou um passo para trás.

— Sabe — ela passou o dedo pelo meu abdômen, com um sorriso sedutor —, se você me levar para roubar um carro, vou ficar com muito tesão. — O dedo foi mais para baixo, passando por cima da virilha. — É bem provável que eu sinta o impulso de chupar o seu pau enquanto você o dirige.

Hendrix apareceu por cima do capô igual a um cão de caça, com o dedo em riste.

— Um belo exemplo das merdas da Medusa.

Olhei para o lábio inferior da Drew, preso entre os dentes. Pensar em receber um boquete enquanto dirijo um carro roubado em uma estrada deserta não deveria me deixar excitado desse jeito.

— Você vai engolir? — perguntei, segurando-a pelos quadris e puxando-a com força contra o meu corpo.

— Não engulo sempre? — Ela sorriu e me beijou, mordiscando o meu lábio. Essa garota.

— Feito.

— O quê? — Um estrondo veio do capô quando Hendrix o fechou com força. — Seu mulherengo traidor!

— Qual é, Hendrix... — Wolf riu. — Ela prometeu um boquete.

— E isso é ação ilegal. Se eu tivesse uma bandeira agora, eu a jogaria.

Dei a volta no carro e abri a porta do motorista.

— Para de birra, Hendrix.

Wolf veio até mim e puxou a vareta do óleo.

— Tony disse para deixar lá por volta das dez. — Ele recolocou a vareta no lugar. — Acho que a gente consegue pegar aquele Mustang por volta da meia-noite?

— É. Parece bom.

Horas depois, os faróis do Wolf iluminavam um Mustang marrom estacionado em um terreno baldio perto do rio.

— Acho que o dono morreu — Wolf falou. — Está aí há semanas.

E dado o mato crescendo nas calotas, podia bem ser verdade.

Ele continuou dirigindo pela estrada de terra, e finalmente parou atrás de uma loja de artigos de pesca.

Drew saiu, e eu peguei minha bolsa antes de pisar no calor abafado do Alabama que me envolveu como um cobertor áspero.

— Vocês vão roubar *aquilo* — Drew perguntou, apontando para a merda total da qual Wolf se aproximava.

Iluminei a janela com a lanterna, gemendo ao ver o mato crescendo nos assentos.

Parecia que o carro não era dirigido há anos, o que queria dizer que tudo devia estar ferrado.

— É — falei. — Wolf, cara. O Tony quer isso?

— Quer. Ele me deu as coordenadas e tudo.

— Deus, isso vai ser uma merda.

E fomos trabalhar.

Abri a trava e me sentei ao volante, porém não consegui fazer a coisa pegar ao fazer a ligação direta.

— Não vai pegar.

Wolf foi até o meio da estrada de terra, olhou para os dois lados e voltou.

— Cara, o lugar é deserto. E o Tony vai pagar cinco mil. A gente tem tempo.

— Cinco mil? Porra. — Era o dobro do que a gente costumava ganhar, mas, bem, era um Mustang 1979, e mesmo estando nessas condições, alguém poderia restaurar e fazer o carro valer bem mais que isso.

Drew apoiou o queixo no meu ombro enquanto eu enrolava os fios soltos.

— Você não deveria roubar um carro que funciona?

— Você não *deveria* roubar carro nenhum...

Os dedos dela brincaram com a minha nuca.

— É meio que excitante, sabe, ver você se sujando todo fazendo coisa de homem.

Levou mais de uma hora para fazer aquela droga pegar, mas assim que ligou, o motor ronronou feito um gato selvagem bravo.

Drew tentou puxar as ervas daninhas do banco antes de se sentar.

— Isso é muito menos excitante do que pensei que seria.

— Você quer algo excitante, garotinha? — Acelerei antes de sair derrapando pelo terreno cheio de mato. O carro guinou pela estrada de cascalho, e suspirou ao bater em um barranco. — Melhor?

— Ah, sim.

Ela levou a mão à fivela do meu cinto, tirou meu pau para fora e meu pé pisou fundo no acelerador. Os lábios quentes envolveram o meu pau, e tive que lutar para não fechar os olhos.

— Droga, garotinha. — Estendi o braço por cima dela para trocar a marcha, desviei da caminhonete do Wolf e o ultrapassei.

Reduzi a marcha e acenei, apontando para a cabeça subindo e descendo da Drew antes de acelerar.

Algo em afundar o pé no acelerador, com os faróis atravessando uma estrada escura, e a adrenalina girando por mim diante da possibilidade de ser pego em um carro roubado... foi o suficiente.

Não andamos nem quatro quilômetros, e minha mão estava segurando a nuca da Drew, o outro braço rígido no volante, as pernas estendidas, o velocímetro a mais de cem, e o fogo do melhor orgasmo da minha vida me rasgou em uma velocidade vertiginosa.

Drew se levantou, limpando os cantos da boca, e sorriu antes de se largar no banco.

— Da próxima vez, vou te deixar me comer no capô...

Foi quando eu soube que estava apaixonado.

Deus, eu estava fodido.

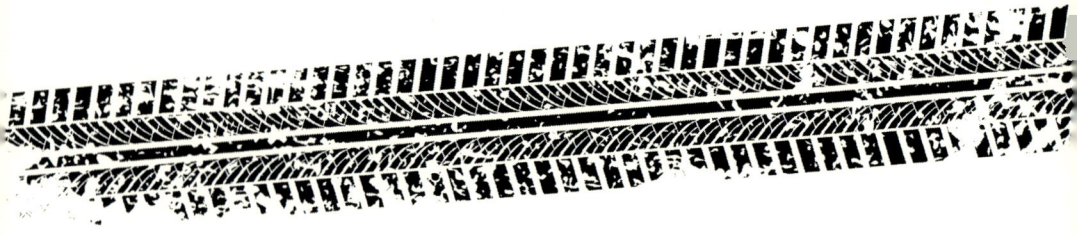

47

DREW

Nós nos sentamos à mesa frágil da cozinha, comendo a carne de hambúrguer e o macarrão que eu tinha ajudado Carol a preparar. Arlo saltava para cima e para baixo, cantarolando para si mesmo enquanto vovô brincava com a sua dentadura.

Apesar de saber que a situação era temporária, eu não conseguia me lembrar de já ter sentido tanta felicidade quanto senti nas últimas semanas. Mesmo estando morando em uma casa pequena, na pior parte de Dayton, e com o meu pai me odiando. Porque eu não chupava mais picolé no meu jantar solitário. Carol me tratava como eu queria que a minha mãe me tratasse, me perguntando como eu estava, se certificando de que eu tinha comido. Coisas corriqueiras assim.

Tive um gosto de coisas que o dinheiro jamais poderia comprar.

— Então, vocês vão se formar amanhã. É tão emocionante — Carol disse, enquanto Bellamy se sentava ao meu lado. Meu estômago revirou.

— O que é formar? — Arlo perguntou, ao espetar um macarrão.

— É quando você termina os estudos — respondi, com um sorriso forçado.

— E depois o quê?

Eu não queria pensar no "depois o quê", porque, no meu caso, significava que eu teria que me mudar para um lugar a milhares de quilômetros dali. E aquela era a última coisa que eu queria fazer.

— Depois... ou você arranja um emprego ou vai fazer faculdade. — Dei outro sorriso forçado, em seguida tomei um gole de água enquanto ele assentia.

Carol pigarreou.

— Falando em faculdade. Onde fica Cornell, Drew?

Vovô estendeu o braço sobre a mesa para pegar um pãozinho.

— É em Nova Iorque, não é?

— É.

O olhar de Carol foi de mim para o Bellamy e voltou para mim.

— Ah, que legal. Nova Iorque.

A mesma sensação de perda que eu sentia toda vez que pensava em ir embora se assentou no meu peito.

Era idiotice. Eu sempre quis ir para Cornell. Desde que fiz dez anos, tinha sido o meu sonho, minha fuga planejada.

Dayton era para ser temporário.

Bellamy deveria ter sido temporário.

Mas no pouco tempo que estive com ele, me senti mais completa do que já me senti em toda a minha vida. E, de repente, Nova Iorque parecia ser o fim do mundo, e eu não queria mais fugir.

Carol se serviu de mais macarrão.

— Bellamy se inscreveu para bolsas de estudo na Estadual do Alabama e na universidade lá em Birmingham.

— Mãe…

— O que foi? Você está no quadro de honra da escola. E tem uma boa chance, meu bem. — Ela sorriu, e eu não deveria ter invejado o orgulho que sentiu dele.

Eu o olhei.

— *Você está* no quadro de honra? — Tentei não parecer chocada demais, mas, qual é?

Com raiva, ele enfiou um pedaço de carne na boca, me olhando feio enquanto mastigava.

— Não seja uma babaca, Drew.

— Bellamy!

Carol arquejou, o vovô riu baixinho e Arlo começou a cantarolar 'babaca' sem parar enquanto eu ria.

— Eu não pedi para estar lá — ele resmungou. — Eles simplesmente fizeram essa merda.

— Não é nada ruim — falei, pensando que eu simplesmente não tinha esperado algo assim do traficante local.

Ele arqueou uma sobrancelha ao dar um sorrisinho arrogante.

— Exatamente… então mantenha essa merda para si mesma.

— Bellamy seria o primeiro da família a ir para a faculdade. Não sei por que ele está tão rabugento por causa disso.

— Ele está rabugento porque você está criando um estardalhaço, Carol. — O vovô balançou a cabeça, depois praticamente engoliu a cerveja que tomava. — Homens não gostam que criem estardalhaço por causa deles.

Vovô tinha decidido ir morar lá desde que o pai dos meninos tinha aparecido. Era nítido que Bellamy se sentia melhor com ele ali, e tirava um pouco do estresse dos seus ombros.

Olhei para Arlo e o vi me encarando, sem comer.

— Você está bem, Xixizento?

Os olhos dele encheram d'água e o lábio inferior fez um beicinho.

— Você vai se mudar, Srta. Drew?

Titubeei, sem saber o que dizer. Eu não queria fazer o menino chorar. Minha vida ficava cada vez mais conflituosa. E, a essa altura, eu já não deveria estar acostumada?

— Vou, mas vou voltar para te ver.

Não olhei para Bellamy. Claro, ele sabia que eu estava indo para Cornell, mas não tínhamos falado disso, na verdade. E embora tivesse mudado para cá em um rompante, jamais poderia ter previsto o quanto meu pequeno santuário se pareceria com um lar.

A careta de Arlo se aprofundou antes de ele empurrar a cadeira e disparar pelo corredor.

A porta do seu quarto se fechou com uma batida, e Carol suspirou. Bellamy encarou o próprio prato, obviamente evitando olhar na minha direção antes de começar a se levantar.

— Eu vou — falei, ficando de pé e seguindo o garotinho que já tinha uma vida tão turbulenta. Bati à porta dele, e quando não obtive resposta, entrei.

Ele estava com a cabeça enterrada nos lençóis do *Bob Esponja*, o unicórnio que eu ganhei para ele estava no chão.

Eu me sentei na beirada da cama e afaguei suas costas, arrasada com os soluços baixinhos dele.

— Arlo, prometo que vou voltar para te ver.

A essa altura, eu ia voltar para ver essa criança mesmo se Bellamy e eu não déssemos certo.

— Toda semana? — A vozinha quase me matou.

— Que tal todo mês? — sugeri. — Mas vou trazer presentes.

Ele se virou e me olhou feio.

— Não. — E voltou para o travesseiro.

— E a gente pode passar as férias juntos. No verão e no Natal e na Páscoa.

— Ainda não é bom o bastante!

— A gente pode se falar por vídeo todo dia.

Ele fungou, ainda se recusando a se virar.

— Por que você não ama mais ele?

As palavras ficaram presas no nó que se formou na minha garganta. Arlo pensava que eu amava Bellamy, e as crianças não costumavam ver o que os adultos se recusavam a enxergar? *Merda.* Eu estava apaixonada por ele?

Era algo que não admitiria com facilidade para mim mesma porque, então, significaria que eu precisava do Bellamy. E eu não queria precisar de ninguém.

E se o amasse mesmo? O garoto nunca disse muito além de que gostava de mim e que queria me comer até eu perder a cabeça. Mas a forma como ele me fazia sentir... Aquilo me fazia acreditar que ele me amava, mesmo quando eu não queria. Porque o amor era desconfortável. Deixava as pessoas vulneráveis. E tinha o poder de destruir tudo.

— Não, não é isso — falei. Como eu podia explicar a situação para uma criança de forma que ela entendesse? — É que a escola fica muito longe, aí não vou poder morar aqui.

— Então *vai* para a mesma faculdade que o Bellamy. Aí você não vai ter que deixar a gente.

E aquele pensamento tinha me afligido nas últimas semanas quando preenchi os formulários de "e se". Disse a mim mesma que era uma garantia caso Cornell ficasse sabendo do meu histórico disciplinar no Dayton. Eles tinham me aceitado antes de eu ser expulsa do Black Mountain, e creio que meu pai os pagou para honrarem a oferta depois da minha expulsão. É claro, aquela não foi a razão para eu ter me inscrito na Estadual do Alabama, mas mudar a faculdade que eu tinha escolhido por causa de um cara com quem eu estava de rolo há poucos meses... Seria ingenuidade. Uma loucura absoluta.

— Vamos ver — falei.

Aquilo o fez se sentar. Ele secou o nariz com a manga da camisa.

— Promete?

Caramba, a criança estava acabando comigo.

— Prometo que vou pensar no caso — afirmei, depois o beijei na testa.

Arlo enlaçou meu pescoço e disse que me amava.

Foi a primeira vez que ouvi essas palavras de outra pessoa e senti que elas foram sinceras...

E aquilo era de arrasar com a alma.

Mais tarde, eu me deitei na cama do Bellamy, encarando o teto. Meu peito ainda estava em carne-viva por causa das emoções.

Uma nesga de luz vinda do corredor se infiltrou no quarto quando ele abriu a porta e entrou.

— Ele me fez ler aquele livro idiota do homem que ronca umas dez vezes antes de cair no sono — falou.

Mesmo nas noites em que Carol estava em casa, Arlo insistia para ser o irmão a ler para ele uma historinha para dormir. Ele falava que Bellamy fazia as melhores vozes.

— Ele também disse que precisa de um telefone para falar contigo por vídeo, caso você se mude. — Tirou o jeans antes de vir para a cama. — Ele falou que você disse a ele que talvez fosse ficar... — Então me puxou contra o seu peito nu.

Descansei a palma da mão em seu tórax, sentindo as batidas firmes do seu coração.

— O garoto me coagiu. — Era uma meia-mentira. — Eu disse que ia pensar.

Nossa formatura era amanhã, e por mais que estivesse pronta para dar um basta na escola e nos adultos controladores, não estava pronta para encarar a bifurcação na estrada que havia aparecido magicamente diante de mim.

Bellamy suspirou, encarando o teto ao passar a mão pelo meu cabelo. Eu sabia que aquilo o chateava, mas ele jamais diria nada. As coisas não funcionavam assim com ele.

— Você sabe que quer ir, Drew — ele falou. — Puxe o esparadrapo de uma vez e torne isso mais fácil para ele...

— Eu me sinto uma merda por estar deixando o garoto. — Nunca estive tão dividida na vida. Eu não queria deixar nenhum deles.

Bellamy estendeu o braço para a mesa de cabeceira e desligou a luz, e ficamos lá no escuro. O único barulho era sua respiração ofegante e o som ocasional do Scooter uivando para as sirenes ao longe.

Eu me perguntei se depois que fosse embora, se acabaria me tornando a menina há muito esquecida a quem ele tinha socorrido. Será que o tempo e a distância fariam tudo isso parecer com algo que ele poderia perder?

STEVIE J. COLE   LP LOVELL

— Sabe... — Ele suspirou, movendo o meu corpo por conta da sua respiração profunda. — Não vou achar legal se você sair com outros caras lá, certo?

— O quê?

— Só porque vai se mudar não significa que vou terminar as coisas contigo, garotinha.

Meu coração palpitou. A pressão nas minhas costelas diminuiu quando ele respondeu à pergunta que estive debatendo na cabeça nas últimas semanas: Ele ia querer ficar comigo?

— Você ainda vai querer ficar comigo mesmo eu estando do outro lado do país?

— Você poderia estar do outro lado do mundo, e eu ainda ia querer matar o filho da puta que sequer *pensar* que poderia ter algo contigo. — Ele era um homem das cavernas, mas a sua possessividade significou tudo para mim naquele momento.

— Ninguém mais ficaria comigo. — Eu tinha que dizer aquilo, precisava colocar para fora. — Mas vai ser uma merda para você.

Segundos se passaram em que seu coração acelerou contra a palma da minha mão.

— Vai ser uma merda de qualquer forma — ele falou.

Eu me imaginei em Nova Iorque. Bellamy preso aqui ou em uma faculdade aqui perto. Quatro anos.

— Em algum momento, você vai seguir em frente — sussurrei, e aquele pensamento me matou: ele com uma garota sem rosto. Ela tendo o amor do Arlo, talvez até o do Bellamy. Aquilo me deu náuseas.

— Não. Porque eu... — Ele me apertou com mais força. — Eu gosto de você, Drew.

— Eu gosto de você também. — Aquilo não chegava nem perto. Porque eu o amava, mas um cara como Bellamy... ele não era do tipo que se apaixonava por um caso perdido.

E eu estava perdidamente apaixonada por ele.

O silêncio nos engoliu mais uma vez. Qualquer coisa que fizesse, seria difícil, mas eu sentia como se alguém me apoiasse pela primeira vez na vida. Bellamy parecia a gravidade me mantendo na órbita.

— Então, como é ter passado tantos anos em um colégio caro pra cacete para acabar recebendo o diploma de uma das piores escolas do país?

— Sabe, não estou gostando nada dessa sua negatividade.

— Formanda de Dayton… — Ele deu uma risada zombeteira. — Você pelo menos sabe onde estudou?

— Com certeza, não. Deus, já consigo imaginar o horror que vai ser a cerimônia de formatura.

— Bem terrível. — Ele passou a mão pelo meu braço. — Alguém costuma vender bebida artesanal ilegal na caçamba da caminhonete, então metade do estádio de futebol americano fica bebaço até dar a hora de acabar.

— Nossa. — Eu deixaria passar se pudesse. Principalmente, porque sabia que ninguém estaria lá por mim.

Nem a minha mãe nem o meu pai tinham me ligado. Eu não deveria me importar. Eu não precisava do orgulho nem da aprovação de alguém como o meu pai. Essas coisas não deveriam ser conquistadas com sangue, suor e lágrimas.

Meus dedos passaram pelo peito do Bellamy, brincando com o pequeno crucifixo na sua garganta.

— A sua mãe vai à formatura amanhã?

— Vai. Por que ela não iria?

— Não sei. Pensei que ela talvez fosse trabalhar.

— Não. Ela pediu folga há uns três meses.

— É claro — sussurrei, minha voz vacilou.

— Que o seu pai se foda, Drew — ele falou, passando a mão pelo meu rosto como se soubesse exatamente em que eu estava pensando.

— Não é como se, a essa altura, eu esperasse algo dele. — Aquilo me chateava, é claro, de verdade. A rejeição do meu pai ainda era uma faca cravada no peito, mas eu não podia dizer aquilo em voz alta. — Sou a maior decepção da vida dele, lembra?

Bellamy segurou o meu rosto, e me forçou a encará-lo, apesar da escuridão.

— Você é inteligente e engraçada, e se defende sozinha. Se ele pensa que qualquer coisa dessas é uma decepção, que ele vá para o inferno.

Eu não sabia o que dizer.

As mãos se emaranharam no meu cabelo quando ele pairou acima de mim, polvilhando beijos na minha garganta.

— Você é a melhor pessoa que já conheci, garotinha. Ele que se foda.

Um nó se formou na garganta, meu coração apertou.

— Eu não mereço você — falei.

— Você está certa. — Ele pressionou um beijo suave na minha boca. — Você merece algo melhor.

— Não quero nada melhor.

— Que bom. Agora diga que me odeia.

Eu sorri.

— Eu odeio você. Muito.

48

Quanto mais tempo eu ficava lá encarando o teto, mais raiva sentia. Até que o fiozinho de fogo escorrendo pelas minhas veias se transformou num inferno furioso. Ele a tinha magoado, e eu não podia aguentar aquilo.

Quando deu onze horas, escapei da cama e me vesti, saindo de casa sem fazer barulho. E, agora, eu estava encostando o carro na rua em que ela costumava morar, fumegando de raiva.

Eu queria dar um soco na cara daquele homem por fazer Drew se sentir uma merda.

O detector de movimento acendeu quando estacionei atrás do Maserati idiota dele.

Outra luz acendeu quando pisei na varanda e bati à porta.

Passos vieram lá de dentro antes de o Sr. Morgan abrir a porta, ainda usando camisa e calça social. Segurando um copo de uísque como um verdadeiro cretino arrogante. Ele me olhou de cima, e o impulso de socá-lo foi quase irrefreável.

— Você deixou bem óbvio o que acha de mim — falei. Minha mandíbula pulsava. — Mas queria deixar bem claro o que penso de você, *William*. Eu acho que você é patético.

Ele se eriçou, e quando se moveu para fechar a porta, eu a segurei com a mão, abrindo caminho para dentro do hall de entrada.

— Vou ligar para a polícia se você não for embora.

— Não dou a mínima. — Meus punhos cerraram na lateral do corpo. — Se é o que precisa para você me dar ouvidos, então liga. Você acha que dinheiro e títulos e colégios internos são importantes? Carros chamativos e relógios caros? — Dei um peteleco no vidro do relógio dele, e ele deu um passo para trás. — Quando o que você deveria valorizar acima de tudo é a sua filha.

A expressão dele mudou, ficou completamente ilegível.

— Minha filha estava bem até você arrastá-la ao seu nível.

Avancei, e ele recuou.

— Você acha que ela estava bem tendo um pai que nem sequer se lembrou do aniversário dela? Ela não é mais do que uma posse para você. Algo bonito para exibir. Algo do qual você pode se gabar. — Eu o empurrei, e ele tropeçou para a parede. — Bem, você pode ir se foder!

Sua boca se abriu e fechou como um peixe fora d'água antes de ele disparar para a cozinha.

Mas eu não tinha terminado.

— Você pelo menos ama a Drew? Porque não parece. E isso me deixa muito puto!

Quando passei pelo batente da porta, ele estava atrás do balcão da cozinha, com o celular na mão e uma faca tremendo na outra.

— Saia da minha casa! — ele conseguiu dizer.

Drew jamais admitiria, mas ela o queria lá na formatura. Sabe-se lá o porquê, e esse, esse não era o jeito que eu conseguiria fazer o homem ir. Respirei fundo e disse a mim mesmo para diminuir um pouco o tom.

— Você não quer que eu saia com ela porque pensa que sou má influência, não é? — Devagar, fui andando de costas para a porta de entrada da mansão. — Não sou eu quem está magoando a Drew. Ela se forma amanhã, naquela escola de merda que você obrigou a garota a frequentar e, nesse momento, ela está na *minha* cama, chorando porque pensa que você não vai estar lá. — Incapaz de conter a raiva, bati a mão na moldura da porta. — E você nem sequer merece as lágrimas dela porque, na minha opinião, você não merece a Drew. E isso vem de alguém que a ama de verdade, porra.

E, depois disso, eu fui embora de lá.

O laranja berrante do sol poente cobria o céu enquanto estávamos lá no estádio para a formatura. Eu me sentei duas fileiras atrás da Drew, encarando as fileiras dos pais do outro lado do campo. Procurando por William Morgan.

Era difícil acreditar que esse capítulo de merda da minha vida estava prestes a acabar.

Por aqui, a formatura no ensino médio era o auge da vida de alguém. Metade do corpo estudantil ou reprovava ou largava, então para aqueles de nós que resistiram…

Durante toda a cerimônia, tudo em que eu pensava era que, em menos de três meses, perderia a Drew. Se alguém tivesse me dito no início do ano que eu teria virado cachorrinho da garota mais rebelde de Barrington, eu não teria acreditado. Mas não mudaria isso por nada no mundo, mesmo se acabasse perdendo a garota e ficasse com o coração partido.

Brown chamou David Hope, depois Megan Hurst… Zeppelin Hunt deveria estar entre os dois, mas não estava. E aquilo foi difícil de engolir.

Quando o Brown chamou o nome da Drew, eu fiquei de pé, e minha mãe, Arlo e o vovô também ficaram. E, lá no canto mais distante do campo, estava o Sr. Morgan, de terno. Palmas soaram diante dele quando Drew apertou a mão do diretor.

Depois da cerimônia, foi o caos. Pais e irmãos inundaram o campo, enquanto alguns alunos iam para o estacionamento. Eu estava a meio caminho do estádio quando o telefone vibrou no bolso. Imaginei que fosse Drew perguntando onde eu estava, mas, em vez de Garotinha, o nome que apareceu foi o do Merdoso Morgan. Eu era bem criativo para nominar meus contatos.

> Eu agradeceria se você me encontrasse no estacionamento. Eu gostaria de falar contigo. Estou na vaga 112. William Morgan.

Olhei para o outro lado do campo, para onde minha mãe e Arlo conversavam com Drew e a família da Nora.

Então escapuli por entre as arquibancadas e fui para o estacionamento mal-iluminado.

Cada pessoa por quem eu passava tinha um sorriso bobo no rosto. E enquanto eu estava indo em direção ao Maserati resplandecente, percebi que para a maioria das pessoas ali naquela noite, tudo o que poderiam visar depois disso aqui era um monte de empregos sem futuro, pilhas de cobranças e uma série de divórcios. Porque era Dayton, e o lugar nada mais era que areia movediça, poucas pessoas escapavam.

O Sr. Morgan se afastou do para-choque e endireitou a gravata antes de eu parar a poucos passos dele.

— Queria conversar? — perguntei, mantendo distância.

— Não tenho dúvida de que você a ama, e não tenho dúvida de que ela acha que te ama. — Ele abaixou a cabeça e respirou fundo. — E você pode não enxergar, ela pode não enxergar, mas eu a amo muito. É a única razão para eu ter tentado com tanto afinco ser bem-sucedido. E é a única razão para não querer vê-la jogar todo o futuro no lixo.

Jogar o futuro no lixo. Aquele comentário cravou em mim como ganchos de arame farpado enquanto as pessoas passavam atrás de nós, rindo e conversando.

Ele tirou um envelope do bolso, então deu um passo à frente e o entregou a mim.

Uma carta da Universidade Estadual do Alabama endereçada à Srta. Drucella A. Morgan.

— Desde os dez anos que ela quer ir para Cornell — Sr. Morgan disse. — Ela foi aceita lá e em duas outras universidades da Ivy League. Então, me diga, rapaz, por que ela se inscreveu em uma universidade daqui?

Encarei o envelope, sentindo os nós se retorcendo no estômago.

— Posso ter estado errado com o primeiro julgamento que fiz de você, mas mantenho a opinião de que se a minha filha ficar com você, ela vai arruinar todo o futuro dela. E não quero que isso aconteça. É assim, infelizmente, que o mundo funciona. — Ele alisou a camisa. — Afinal, o que você pode dar a ela?

Outro golpe. Outra cravada. O papel amassou na minha mão. Eu não podia dar dinheiro nem carros nem jeans da Armani para ela. Mas se ela ficasse comigo, eu daria a ela tudo o que tenho, e mais que tudo, eu a amaria. Joguei a carta de aceitação no chão e o encarei.

O que eu poderia dar a ela?

— Eu daria a ela tudo o que você não deu — declarei.

Seu olhar se manteve travado ao meu por cinco segundos inteiros antes de os faróis do carro acenderem e ele contornar a parte da frente.

— Infelizmente, o mundo real não funciona como um conto de fadas, rapaz. Ele é movido a dinheiro e ganância. — E, então, o homem se sentou ao volante, fechou a porta com força e ligou o motor do carro ridiculamente caro que berrava por atenção, e eu fiquei ali no estacionamento.

As lanternas traseiras sumiram de vista antes de eu pegar a carta de aceitação amassada e enfiá-la no bolso.

Não precisava ser um ou outro. Não precisava… Não precisava ser a Cornell ou eu.

E foi aquilo que continuei dizendo a mim mesmo ao voltar para o campo para encontrar a minha garota.

49

DREW

Uma semana depois...

O calor do Alabama se agarrou em mim no segundo que saí do ar condicionado do carro. O calor estava se tornando insuportável. Minha regata grudava nas costas toda vez que eu saía do veículo, mas nem mesmo a umidade nojenta conseguiu diminuir o meu humor, porque eu tinha acabado de arranjar um emprego.

Tipo um emprego de adulto de verdade. Em uma boutique bonitinha no shopping.

Não que eu não gostasse de ficar com Bellamy e os caras, até mesmo Hendrix, ou com Nora e Diane. Mas as meninas estavam trabalhando nas férias, e os caras estavam sempre roubando e traficando.

Eu tinha o bastante para passar as férias, mas, na verdade, queria trabalhar. Não queria ser uma mimada de Barrington. Era bom conquistar alguma coisa sem contar com a ajuda do meu pai.

Joguei as chaves do carro na mesa ao lado da porta, ouvindo a risada maníaca do *Bob Esponja* vindo da TV.

— Oi, Xixizento — falei, ao passar pelo Arlo no sofá, a atenção dele colada na tela.

— Oi, Srta. Drew. Bubba está lá fora.

Segui o zumbido do cortador de grama até o quintal dos fundos, e fiquei parada na varanda por um segundo, admirando o quanto Bellamy ficava gostoso com o peito suado, empurrando o cortador pela grama alta.

Ele me pegou encarando, depois desligou o cortador com um sorrisinho.

— Por que você está de pé aí, me encarando que nem uma esquisitona?

— Pervertida, não esquisita. É diferente.

— Tudo bem. É aceitável. — Puxou a cordinha de arranque.

— Arranjei um emprego — falei, antes de ele conseguir ligar o cortador.

Eu esperava que ele sorrisse ou me parabenizasse ou, pelo menos, fizesse alguma piadinha, mas, em vez disso, tudo o que ele fez foi me encarar.

— O quê? — falei. — Por que você está me olhando assim?

— Por que você arranjou um emprego?

— Hmm, para ganhar dinheiro. O que mais eu vou fazer nas férias?

Ele passou a mão pelo queixo, então deu um puxão violento e voltou a ligar o cortador. Ele me deu as costas e atravessou o quintal. Um movimento simples que acendeu o meu pavio curto. Que merda havia de errado com ele?

Fui atrás do cara e o agarrei pelo braço.

— Bellamy!

— O que foi? — Ele soltou o cabo e o motor desligou.

— Por que você está sendo babaca desse jeito?

— O que você quer que eu diga? — Cerrou a mandíbula ao afastar o braço do meu agarre. — Parabéns?

Tantas coisas passaram pela minha cabeça, mas optei por:

— Que tal simplesmente não ser um idiota?

Ele andou de um lado ao outro diante do canteiro de flores cheio de mato, as mãos atrás da cabeça.

— Por que você se inscreveu na Estadual do Alabama, Drew?

Aquilo me deteve por um minuto, porque... como ele sabia? Nem tive resposta deles.

— Eu... só estou mantendo minhas opções em aberto.

— Opções em aberto. — Ele meio que riu. — Você entrou para a porra da Cornell, Drew. Que outras opções você precisa manter em aberto?

— Só... opções. — Porque estava dividida. Porque não tinha certeza se a coisa que sempre quis era, de fato, o que eu mais queria.

Bellamy confundiu o assunto ainda mais do que eu gostaria de admitir.

— Não quero falar disso. — Eu me virei e voltei para a casa, lutando contra o aperto no peito.

A escola tinha acabado. As férias terminariam antes que percebêssemos, e eu precisava tomar uma decisão, tipo, para ontem. E a decisão óbvia e racional não era a que eu queria tomar.

Cornell ficava em Nova Iorque, e eu sabia o rumo que essa história tomaria. Por alguns meses, nós nos veríamos, mas, em algum momento, a distância se tornaria difícil demais para suportar. Sentir saudade de alguém o tempo todo era difícil demais.

Eu não estava preparada para sentir saudade dele. Não estava pronta para abrir mão dele.

Estava apavorada de me virar um dia e perceber que o perdi para ganhar, o quê? Um diploma em Filosofia pela Cornell. Não havia como construir uma carreira com isso. Meu dedo do meio, Ivy League meia-boca para o meu pai estava começando a perder importância.

Bellamy agarrou o meu pulso quando cheguei à porta dos fundos.

— Qual foi a razão verdadeira para você se inscrever na Estadual, Drew?

Olhei para ele, o cara que, de repente, parecia ser o centro do meu mundo. Como ele poderia não saber?

— Você quer mesmo que eu diga?

— Quero.

— Porque não quero me mudar para milhares de quilômetros de distância de você! — Pareceu um tiro, algo que eu não poderia devolver para o tambor depois que saiu. Mas o fato de ele não saber me deixou puta.

O queixo dele se contraiu em um suspiro, então ele me puxou para o peito suado.

— Deus, eu odeio você.

— Não é complicado, Bellamy. — Fechei os olhos, sentindo o cheiro de grama recém-cortada, gasolina e suor.

Isso, o que a gente tinha era fácil; era puro. Eram duas pessoas e uma conexão que alguns jamais teriam a sorte de encontrar. Era amor. E eu renunciaria a praticamente qualquer coisa pela única que nunca tive. Talvez isso fizesse de mim uma boba, mas eu não ligava.

— Não. — Ele segurou o meu queixo com ambas as mãos. Uma expressão dividida vincou sua testa quando o olhar buscou o meu. — É idiotice.

— Então sou idiota.

Eu queria dizer a ele que o amava, mas o medo envolveu minha garganta.

E se ele não me correspondesse? E se, sem querer, acabei o encurralando ao me mudar para cá?

Foi precipitado, uma decisão que ele tomou no calor do momento quando o meu pai estava agindo como um idiota. Ele era um cara de dezoito anos morando com a namorada...

Nenhum **SANTO**

Talvez ele quisesse que eu fosse para Nova Iorque.

Ele passou o polegar pela minha bochecha.

— Você está zoando com a sua vida toda por minha causa, garotinha.

Eu não queria mais falar disso, não queria brigar e tentar justificar o furacão de sentimentos. Então, em vez disso, eu o beijei.

O corredor de utilidades para o lar, do mercado, estava lotado, graças à liquidação de verão. Manobrei o carrinho ao redor de um grupo de mulheres brigando por causa de uma almofada de lantejoulas, enquanto Nora pegava um conjunto de lençóis roxo.

— Quando você vai para a França?

Desviei o olhar, fingindo interesse em um abajur feio de sapo.

— É, eu não vou. Vou passar as férias aqui.

— O quê? Por quê? Pensei que você sempre passasse as férias na França?

— Arranjei um emprego. Posso guardar um pouco de dinheiro antes de ir para a faculdade.

Era mentira. Eu ia trabalhar e colocar dinheiro naquele envelope para ajudar a Carol. Ela precisava de cada centavo, e eu sabia que assim que fosse para a faculdade e não estivesse mais morando com Bellamy, que a minha mãe reativaria o meu cartão de crédito.

Era com o fato de morar com ele que ela tinha problemas, não o namorar. Como se pensasse que eu me casaria com o cara amanhã.

— Você está ficando por causa do Bellamy, não é?

Dei de ombros.

Nora suspirou e se virou para mim.

— Eu entendo. Você quer passar as férias com ele antes de ir para Cornell. Ainda é bizarro porque é ele. Fazer o quê, né?

— Algo assim — falei, desenhando uma linha na almofada de lantejoulas.

Nora era a minha única amiga além da Genevieve, mas a Gen ia para Brown, e eu jamais contaria para ela o que estava pensando fazer. Imaginei que a Nora talvez fosse entender, e eu precisava conversar com alguém que não era Bellamy.

— Eu fui aceita na Estadual do Alabama.

Os olhos de Nora se estreitaram quando ela devolveu o porta-escovas de dente.

— Desculpa. Como é?

— Eu me inscrevi para ter uma garantia, sabe, no caso de Cornell voltar atrás da oferta depois que fui expulsa da outra escola. — Mentira, mentira, mentira.

— Okay... — Ela empurrou o carrinho pelo corredor, então parou. — Sei que é mentira, Drew, mas não te culpo.

— O quê?

Ela fechou os olhos, respirou fundo e resmungou baixinho como não pudesse acreditar que diria aquilo...

— Ele está, tipo, apaixonado por você. Tipo, muito. E não te culpo.

E aquela era a última coisa que eu esperava ouvir da Nora, porque todo mundo, incluindo Bellamy, parecia querer que eu fosse embora.

— Ele quer que eu vá para Cornell — falei.

— Duvido muito.

Eu me recostei em uma das prateleiras e gemi.

— Sinto como se estivesse sendo idiota, ingênua e completamente ridícula.

— Você ama o Bellamy?

— Amo. — E nem sequer tinha dito a ele.

— Então fique com ele. Você pode arranjar um diploma em qualquer lugar. — Ela virou em um corredor abarrotado de toalhas. — Deus, eu me odeio por estar do lado dele agora. O cara é tão babaca.

— Também é um momento estranho para mim. — Dei um tapinha no ombro dela. — Eu pensei que você fosse ser a primeira pessoa a me dar um sacode e me ameaçar de morte, caso não fosse para a Cornell.

— Ele é um verdadeiro idiota — resmungou. — Mas eu queria que alguém me olhasse do jeito que ele olha para você.

Quando saí do mercado, já havia tomado a minha decisão.

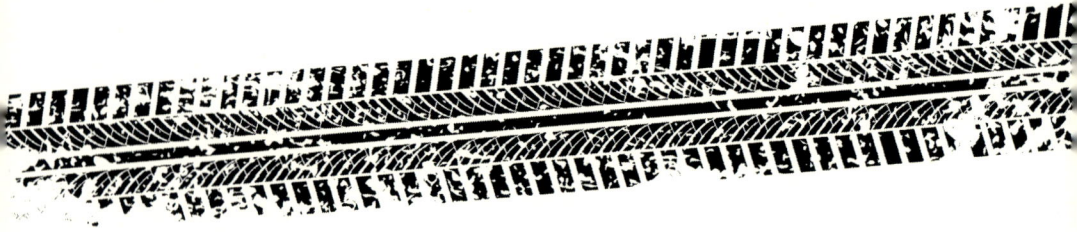

50

BELLAMY

Sentei-me em cima da mesa de piquenique meio apodrecida que ficava no meu quintal, encarando a carta na minha mão:

> *Lamentamos informar que você não foi selecionado para a bolsa de estudos do próximo ano letivo.*

Minha perna quicava no banco, e meu peito se apertou quando as esperanças que eu tinha de dar o fora dali se transformaram em uma nuvem de fumaça. Mas, bem, não tinha sido idiotice minha pensar que seria possível?

A porta de tela do Nash batendo com força interrompeu a quietude da tarde.

— Oi, cara. — Folhas secas foram esmagadas do outro lado da cerca. — Ainda aqui fora?

— É.

— Você ainda tem a parada?

Amassei a carta de rejeição e a joguei na fogueira no canto do quintal, dizendo a mim mesmo que eu só precisaria vender mais um pouco de maconha, roubar mais uns carros e ir para a faculdade comunitária. Porque eu me recusava a aceitar que essa seria a minha vida para sempre.

— Tenho, sim — falei. — Me dá cinco minutos, e eu já volto.

Peguei o saquinho no meu quarto, então fui lá para trás e pulei a cerca para o quintal do Nash. Ele ergueu uma cerveja lá da cadeira esfarrapada em que estava sentado, enquanto eu atravessava o mato alto até chegar à varanda dilapidada da sua casa.

— Dez pratas. — Joguei a maconha para ele, e ele me pagou.

— Cara, qual é a dessa cara de cachorrinho perdido?

— A mesma merda de sempre. — Eu me larguei na cadeira ao lado, tentando esquecer que minhas opções ainda eram roubar e traficar por um pouco mais de tempo.

— O que está rolando entre você e a garota do Porsche rosa? — Ele apontou o queixo para a minha casa, já tirando um punhadinho de erva para enrolar um baseado. — Ela está, tipo, morando com você ou algo assim?

— É.

Ele ergueu a sobrancelha.

— Por quê?

— Como assim, por quê?

— Só puxando assunto, cara. — Ele inclinou a cadeira para trás e passou a mão sobre o mato que já estava na altura do joelho. — Ela é rica.

— *Era* rica...

— O que você quer dizer com era?

Eu não ia falar *daquilo* agora.

— Cara, alguma merda com os pais dela cortando a grana...

— Por sua causa.

Passei a mão pelo rosto, observando os mosquitos dançarem à luz do sol de fim de tarde. No fim das contas, foi por minha causa. Ela não era mais rica por minha causa...

— Ah, merda. Você está na dela. Cara... — Ele bateu nas minhas costas, me dando tapinhas como se sentisse pena de mim. — Odeio ter que ser eu a te dizer, mas, em um ou dois anos, aquela garota vai te odiar tanto que não vai ser nem capaz de olhar para a sua cara. Ouça uma pessoa mais velha que já passou por isso e que cometeu os mesmos erros.

Mais velho. Ele só tinha vinte e um anos. Nash enrolou o baseado e o passou para mim.

Dei uma única tragada antes de devolver para ele. Só o bastante para a sensação calmante se espalhar pelas veias.

— E que merda você sabe de meninas ricas, Nash? — perguntei.

— Ricas. Pobres. São todas iguais quando você toma algo delas. — Ele levou a seda aos lábios, os olhos se estreitaram como se ele estivesse pensando. — Namorei com uma menina há alguns anos. Estava amarradão nela. A gente trepava igual coelho. Pensei que me casaria com a garota ou uma merda dessas. Ela foi convidada para estudar teatro na UCLA. —

Ele soltou a fumaça. — Ela sempre quis atuar, mas quando teve que escolher entre mim e a UCLA, ela me escolheu. Depois engravidou. Aí a gente terminou. E foi isso. Nada de UCLA. Nada de perseguir os sonhos. — Ele voltou a me oferecer o baseado, mas recusei. — E adivinha de quem ela acha que é a culpa? — Apontou o polegar para o peito. — Minha. E ela me odeia.

— Você tem um filho?

— Tenho. Mas ela não me deixa ver a criança.

Um motor velho chacoalhou na frente da casa dele, e uma buzina soou. Spencer, o vocalista da banda, se inclinou através da janela e gritou que eles tinham que ir.

Nash se levantou.

— Queria ter dito para ela ir. Pelo menos ela não me odiaria... e eu poderia ver o meu filho, talvez. — Em seguida, ele contornou a lateral da casa, me deixando sozinho lá no quintal dele com um medo muito verdadeiro. A última coisa que eu queria era que Drew me odiasse.

Eu estava na cama naquela noite quando ela chegou do turno no shopping, mexendo no telefone, comparando fotos da Cornell com a Estadual do Alabama, enquanto me perguntava como seria possível ela não me odiar se ela ficasse.

— Oi — ela falou, ao tirar o tênis.

— Como foi no trabalho?

— Tudo bem. Como foi... com os negócios?

— Uma merda.

Ela tirou a roupa, vestiu uma das minhas camisetas e depois se arrastou pela cama até se aninhar ao meu lado. Tinha se tornado tão normal... ela aqui comigo. Somente algumas semanas haviam se passado, mas cada pensamento que eu tinha do meu futuro girava em torno da Drew.

Eu ficaria com ela não importava o que acontecesse. Mas se ela acabasse me odiando...

Seus lábios foram para o meu pescoço.

— Tenho certeza de que posso melhorar o seu dia. — Ela passou os dedos pelo meu abdômen, sob o cós da cueca, mas eu a impedi antes de ela avançar mais para baixo. A gente não podia continuar assim, ou, pelo menos, *eu* não podia.

A cama rangeu quando ela se apoiou no cotovelo para olhar para mim, ali no escuro.

— O que foi?

— Você não pode ficar aqui só por minha causa.

Suspirando, ela se deitou de costas.

— Não quero falar disso de novo.

— Não estou nem aí.

— Deus, por que isso importa? Vou estudar Filosofia, Bellamy. Não é nem um diploma de verdade. Cornell, Alabama... não faz nenhuma diferença a não ser por causa de um pedaço de papel ligeiramente mais pretensioso.

— Não é esse o ponto. Há quanto tempo você quer ir para Cornell, Drew?

O zumbido de uma moto rugiu lá fora e chacoalhou a janela.

— Isso foi antes.

Antes de mim. Engoli uma risada sarcástica. Porque, antes de mim, o único estilo de vida que ela tinha conhecido estava cheio de viagens para *Saint-Tropez*, Porsches rosa estilo Barbie, e expectativas da Ivy League. E ela agia como se tudo pudesse ser desconsiderado.

— Quanto tempo, Drew?

— Não sei. Anos.

— E há quanto tempo você quer ir para a Estadual do Alabama?

— Você quer que eu vá para Nova Iorque, é isso? — Havia um tom magoado em sua voz. — Porque se você não me quiser aqui, é só falar, Bellamy.

— Cristo. Não é isso... — Eu queria que ela ficasse por mim, e queria que ela fosse por si mesma. E eu não podia ter os dois. — Não fui aceito na Estadual. — Eu me virei no travesseiro para olhar para ela.

Tudo o que eu tinha para dar a Drew era amor, e amor não pagava as contas. Não comprava uma casa nem colocava comida na mesa. E o que ela não podia perceber era o quanto era complicado arranjar dinheiro.

Amar era fácil. Dinheiro era difícil.

— Sinto muito. — Ela colocou a mão na minha bochecha, afagando a minha mandíbula com o polegar. — Você merecia entrar — ela sussurrou.

— Você precisa ir para Cornell. Não fique aqui só por minha causa.

A cama afundou, e ela se sentou, passando as mãos pelo cabelo.

— Por que você está fazendo isso?

— Porque você não faz ideia do que está fazendo…

— Eu sei o que estou fazendo. Mas, ao que parece, você, não.

Eu me sentei dessa vez. Se ela tivesse ideia da tortura psicológica pela qual eu estava passando, só em tentar pensar em uma saída para essa merda. Tentando colocá-la em primeiro lugar em vez de mim mesmo. Tentando me certificar de que ela estivesse fazendo o que era melhor para si mesma sem dar a mínima para o meu coração idiota.

— Ah, sabe? Você sabe como é ser pobre, Drew? Sabe o que é ter que escolher entre água e energia? Você sabe como é contar moeda para pagar o gás? Porque isso… *isso* é o que você escolherá em vez de iates, viagens e uma casa enorme.

Ela socou o meu peito.

— Estou escolhendo você!

— E eu também estou escolhendo você. — Porque isso, com certeza, não era eu escolhendo a mim. Ela estava disposta a sacrificar tudo por mim, e isso era eu me sacrificando por ela.

— Vá para Cornell, Drew.

Ela cerrou a mandíbula. As narinas inflaram.

— Eu vou para a porra da Alabama.

— Deus, você é teimosa demais! — Desci da cama, andando para lá e para cá no meu quarto pequeno. — E o que acontece se a gente não der certo? — Parei para encará-la, e parecia que eu havia acabado de atingi-la com um dardo envenenado. — Aí você vai se arrepender da sua decisão? — perguntei.

— Por que você diria uma coisa dessas? Acha que a gente deve terminar? — Ela ficou de joelhos. — Se você quer que eu vá embora, basta dizer!

— Responda à minha pergunta. Se a gente não der certo, você vai ser arrepender por estar aqui?

— Vá se foder, Bellamy. — Ela saiu da cama e pegou a calça no chão, a qual arranquei da sua mão na mesma hora.

— Responda à pergunta. — Eu só queria que ela enxergasse a situação de outro ângulo.

— Eu jamais me arrependeria de você. Obviamente, não estamos na mesma página. — Sua expressão magoada acabou comigo. Drew tentou passar por mim, mas eu a imprensei à parede.

— Não estou perguntando se você se arrependeria de *mim*, caramba. Estou perguntando se você se arrependeria disso. — Apontei o meu quarto com o queixo. — A vida de merda na qual você teria se enfiado. Nada de Cornell. Nada de carros chiques que você pode destruir sempre que quiser, porque o dinheiro não significa nada.

Ela me empurrou.

— Pare de projetar o seu complexo por causa de dinheiro em mim, Bellamy. É um problema seu, não meu.

O fogo crepitou dentro de mim, e quando ela tentou escapar das minhas mãos, eu simplesmente a segurei com mais força.

—Você está prestes a fazer deste um problema seu. É a essa porra que estou me referindo!

Segundos se passaram. Os olhos dela buscaram os meus, o brilho leve das lágrimas aparecendo.

—Você está falando igual a um cara que quer que a namorada termine tudo, porque ele é covarde demais para terminar ele mesmo.

Meu rosto queimou.

— Se você pensar por um segundo, eu consideraria apenas os meus sentimentos em vez dos seus se não te quisesse…

Ela fechou os olhos, várias lágrimas escaparam antes de ela recostar a cabeça na parede.

— Só pare de falar.

E agora eu me sentia um merda. Eu só queria protegê-la, e não sabia como fazer isso sendo que tudo o que eu estava tentando fazer era protegê-la de mim.

— Tudo bem — falei. Então cobri seus lábios com os meus e arranquei sua calcinha. Quando a levei para a cama, eu estava murmurando o quanto não queria que ela fosse embora.

No fim das contas, o amor nos tornava egoístas. E eu estava tão apaixonado por ela que, aparentemente, havia me transformado no filho da puta mais egoísta que existia.

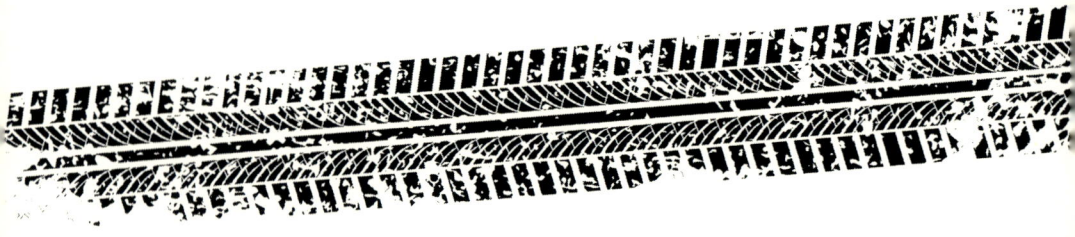

51

DREW

A luz da rua que se infiltrava pela janela dançava no rosto perfeito do Bellamy, lançando sombras em seus ombros largos enquanto ele se movia acima de mim. Eu me agarrei a ele como se pudesse ficar com ele para sempre se segurasse forte o bastante.

— Você é gostosa pra caralho — ele sussurrou contra o meu pescoço, indo mais fundo. Mais forte.

Eu precisava disso, dele, e estava apavorada com a possibilidade de o sentir se afastando.

A rejeição assentou em mim como uma doença cujos sintomas ainda não haviam se mostrado. Mas se mostrariam. E eu conhecia muito bem a sensação, porque passei a vida sofrendo isso.

O que aconteceria se eu fosse para Cornell?

Bellamy ficaria aqui. Teríamos um relacionamento à distância em que nos veríamos quando? A cada quinze dias? Eu sabia como era quando as pessoas ficavam sem ter o que dizer ao telefone e a vida seguia seu rumo sem a pessoa que estava longe. Eu já tinha passado por isso com os meus pais quando fui para o colégio interno. Primeiro, meu pai me ligava todos os dias e agora olhe como estamos…

Bellamy pararia de sentir minha falta, porque aprenderia a conviver com a minha ausência. Eu aprenderia a parar de sentir saudade dele, porque doía demais estar longe o tempo todo. E nossa vida se afastaria. Também havia o imenso elefante branco que eu gostaria de ignorar completamente, enquanto Bellamy apontava para ele e gritava na minha cara: dinheiro.

Não significava nada para mim e muito para ele, e eu odiava isso. Odiava que isso fosse um ponto e que o amor não fosse o suficiente para nos salvar.

STEVIE J. COLE   LP LOVELL

Eu o amava; disso, eu tinha cem por cento de certeza. Mas não sabia se ele me amava. Talvez fosse por isso que ele queria que eu fosse para Cornell, porque, lá no fundo, ele não sentia o mesmo que eu.

Seus lábios roçaram a minha garganta com um gemido. Cada músculo poderoso tensionou sob os meus dedos, e eu o encontrei bem ali, cravando as unhas nas suas costas quando nós dois chegamos ao clímax juntos.

Ele pressionou um último beijo nos meus lábios, depois rolou de costas, arfando.

Eu me deitei no escuro, escutando sua respiração ofegante enquanto uma infinidade de pensamentos se atropelava pela minha cabeça.

Ele me queria, mas também queria que eu fosse para Nova Iorque, para que não levasse essa vida com ele. Fui de lá para cá. Igual a um chicote, e meu coração em pânico não parecia querer se acalmar. Como se soubesse o que estava por vir e estivesse preparando o meu corpo para sair correndo.

Todas as minhas emoções pareciam um novelo bagunçado e embaraçado dentro de mim, e cada dúvida que Bellamy tinha derramado na minha cabeça mais cedo começou a vir à tona.

Esperei até sua respiração estabilizar, até seus dedos me buscarem no sono, e me levantei, fui ao banheiro e joguei água fria no rosto, tentando me acalmar.

Tudo ficaria bem. Tudo ficaria bem.

Quando voltei para o quarto, a tela do telefone dele acendeu e chamou a minha atenção. Olhei para a caixinha de mensagem na tela, avistando o nome do amigo Nash.

> **Já descobriu o que vai fazer com a menina do Porsche rosa?**

> **Estou te dizendo. O ressentimento é algo muito verdadeiro.**

Ressentimento? Meu peito apertou até eu não conseguir respirar direito. Bellamy estava ressentido comigo… ele queria que eu fosse embora. Eu era um problema a ser resolvido, algo para o qual ele precisava de uma solução. Ele queria terminar. Foi por isso que arranjou briga hoje?

As lágrimas inundaram meus olhos, e os tentáculos feios da rejeição se assentaram. Os sintomas conhecidos se ergueram como uma onda enorme e me afogaram em um instante. Eu não podia ficar e esperar que ele desse o golpe de misericórdia.

Com as lágrimas escorrendo silenciosamente pelo meu rosto, me forcei a não voltar para aquela cama, me deitar e fingir que estava tudo bem. Porque não estava. Então me vesti, peguei meu telefone e a minha bolsa, e deixei todas as minhas roupas para trás.

Olhei para Bellamy, a dor no meu peito cravando como garras. Eu queria beijá-lo, mas não queria lidar com a bagunça que seria ele me vendo partir. Porque eu sabia que ele me queria. Mas não queria.

Foi só quando passei pela porta aberta do quarto do Arlo que percebi que não poderia ir embora sem me despedir dele.

Arranquei uma folha do bloquinho da cozinha e escrevi um bilhete:

> Xixizento,
> Tenho que ir embora por um tempo, e não consegui me despedir.
> Desculpa.
> Cuide bem da sua mãe e seja bonzinho.
> Eu te amo, carinha.
> Drew.

Deixei na mesa de cabeceira dele, dei uma última olhada para o quanto ele parecia em paz com o unicórnio agarrado ao peito. Depois deixei o resto do meu dinheiro no balcão da cozinha para Carol. Eu não precisaria dele no lugar para onde estava indo. O dinheiro não era um problema lá.

Assim que me afastei da garagem, liguei para a minha mãe, me recusando a olhar pelo retrovisor a casinha desmantelada que pareceu mais um lar do que qualquer outro lugar em que já estive.

— Querida, estou tomando a minha mimosa matutina. Deve ser bem tarde aí…

— Você consegue me colocar no próximo voo? — As lágrimas borravam a estrada diante de mim.

— Claro. De Dayton direto para Marselha, primeira classe. — Ela pareceu feliz demais com o meu coração partido. — Vou mandar um carro te pegar assim que você pousar.

Eu estava fugindo para o único lugar para o qual podia ir, o único lugar que eu tinha. A meio mundo de distância, e não sabia se seria longe o bastante, porque a cada momento que passava, eu estava rachando, sangrando de dentro para fora.

Pela primeira vez, entendi por que as pessoas se casavam por dinheiro e não por amor.

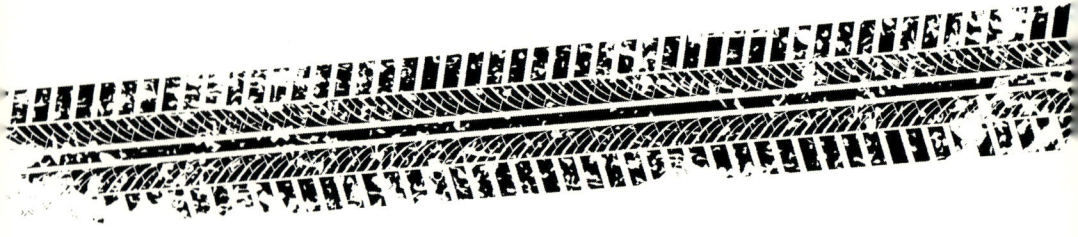

52

BELLAMY

Algo bateu na minha cara, e meus olhos se abriram para a luz da manhã.

— Eu não gosto de você! — Arlo gritou, depois saiu batendo a minha porta.

Joguei o velho macaquinho de pelúcia dele para o chão com um soco.

— Mas que... — E quando me virei para abraçar Drew, ela não estava lá. Eu me sentei e passei a mão pelo cabelo assim que a porta voltou a abrir.

Arlo entrou feito um furacão, o travesseiro do *Bob Esponja* suspenso sobre a cabeça.

— Você é um cu! — E sentou o travesseiro em mim.

Disparei da cama, agarrando-o pelas costas da camisa do pijama antes de ele chegar ao corredor.

— Ei, vem cá.

Ele tentou se libertar, mas eu o peguei e o joguei sobre meu ombro.

— O que foi contigo?

Ele bateu os punhos minúsculos nas minhas costas.

— Você é um empata-foda!

Jesus...

— Você não me contou que a Srta. Drew tinha que ir embora! — O punho dele continuou me acertando, e eu só encarei o fim do corredor. Ir embora?

Sem colocá-lo no chão, voltei para o meu quarto e abri o guarda-roupa. As roupas dela ainda estavam ali. As malas estavam enfiadas lá em cima.

Depois, fui para a janela e virei a cordinha das persianas. O carro não estava lá, a lona do Hendrix, que normalmente o cobria, estava embolada no meu capô.

— Me põe no chão. — Arlo me chutou, e eu o larguei na cama.

Ela foi embora? Voltei a olhar pelas persianas. Talvez tenha saído para ir trabalhar ou talvez para pegar o café da manhã...

— Ela deve ter ido comprar *donuts* ou alguma outra coisa, Arlo.

— Não, ela não foi. Ela deixou um bilhete para mim. Você não me contou que ela tinha que ir embora... — Os olhos marejaram antes de ele se lançar de cabeça no meu travesseiro.

Ela foi embora? Para onde? Voltou para a casa do pai? Tipo, Jesus Cristo, a gente tinha brigado, depois transado e feito as pazes, e ela foi embora?

Uma batida baixinha soou à minha porta, e olhei para a minha mãe, de pé na porta com um monte de notas de dinheiro em um leque, como se fosse um jogo de pôquer.

— Bellamy. Por que tem dois mil em dinheiro no balcão da cozinha?

Foi a Drew. A rainha do exagero. Claro, ela tinha ido embora.

Passei a mão pelo rosto e balancei a cabeça.

— Foi a Drew... eu acho.

— Ela não pode continuar me dando dinheiro, Bellamy. Ela é...

— Eu sei.

Minha mãe olhou para Arlo soluçando na minha cama, e franziu o cenho.

— Por que ele está chorando?

— Porque ela... — E o que eu deveria dizer? Drew foi embora? Isso deixaria Arlo ainda mais triste.

Ela estava tendo um de seus momentos e, de tarde, eu a teria aqui de novo, presa debaixo de mim.

— Não esquenta. Vai ficar tudo bem.

Minha mãe ficou lá, olhando de mim para o Arlo, depois para mim de novo.

— Eu prometo, mãe. Está tudo bem. Ela foi trabalhar e... — Eu a mataria quando ela voltasse. Deixar um bilhete para Arlo foi demais.

Minha mãe acenou para mim com a cabeça e disse que ia fazer o café da manhã. No segundo que a ouvi na cozinha, olhei para o meu irmão.

— Cadê o bilhete, cara?

— No meu quarto. Na cômoda. — O soluço abafado veio do travesseiro.

Fui para o quarto dele, peguei o bilhete e o li. Misterioso pra cacete, mas pelo menos *ele* ganhou um "eu te amo". Voltei pisando duro para o meu quarto e enviei uma mensagem:

> Sério? O Arlo está chorando. KD você?

Mensagem não entregue.

E aquilo… aquilo me fez atirar o celular na parede.

Dez horas depois, e ela não tinha voltado para casa.

Eu estava pra lá de bêbado, no Hendrix, quando ela, finalmente, respondeu à mensagem.

> Não foi a minha intenção fazer o Arlo chorar.

> Cadê você, Drew?

> França.

França? Apertei o celular com mais força, meu coração latejando por detrás dos meus olhos. Aquilo era piada. Tinha que ser. Quanto tempo levava para sobrevoar a porra do Atlântico?

> Você está de sacanagem, né?

Minutos se passaram, meu joelho saltava feito uma britadeira.

Nós tivemos um desentendimento, não foi nem uma briga. Não foi nem a porra de uma briga, e ela foi embora *para a França*? Não para a casa da Nora. Não de volta para a casa do pai nem mesmo para um hotel cinco estrelas a duas cidades de distância. França. Porque *essa* era Drew.

> Sério, Drew. França!

> Você ficou toda putinha por eu ter tentado me certificar de que você sabia o que estava fazendo ao decidir ser pobre.

> E você simplesmente vai embora.
> Para a França.

> França.

> PARA A PORRA DA FRANÇA!!!

Hendrix me entregou uma dose de uísque, balançando a cabeça.

— Eu tentei te avisar, mas você não deu ouvidos. — Ele encarou o meu celular e bufou. — Nem mesmo eu teria um demônio cria da Medusa fugindo para a França só para terminar comigo. — Ele riu, depois me chutou. — Bebe, seu idiota. Porque você, sim!

Virei o shot, depois devolvi o copo vazio para ele antes de voltar para o meu telefone. Eu queria uma reação. Qualquer coisa, porque isso... isso doía pra caralho.

Eu estava bebendo para não chorar, e meu peito estava apertado demais. Tudo o que eu podia fazer era pensar nela, porque ainda sentia o cheiro dela na minha blusa. E eu quase, quase disse a ela que a amava ontem à noite, porque me senti mal a esse ponto por ela ter pensado que eu queria que ela fosse embora. E aí ela vai e faz isso...

> E aí você é covarde demais para terminar comigo, Drew? É isso?

> Foi para a porra da França para não ter que terminar comigo?

> Não queria que você me odiasse.

Odiá-la? Pelo quê?

Hendrix se largou ao meu lado no sofá, dessa vez me entregando a garrafa de uísque.

— Há duas formas de lidar com isso. Ouvir Sarah McLachlan e chorar feito um filho da puta ou assistir a um pornô.

Fiz careta para ele.

— Espera. Pink Floyd combina com *O mágico de Oz*, então talvez...

Ele pegou o controle e ligou a televisão, depois o som. *"Arms of the Angel"* explodiu dos alto-falantes enquanto um cara musculoso pegava, de quatro, uma garota usando uniforme de enfermeira.

— Se isso não for arte — ele falou. — Não sei o que é.

E eu, simplesmente, encarei o meu telefone, desejando poder odiá-la. Mas eu jamais a odiaria.

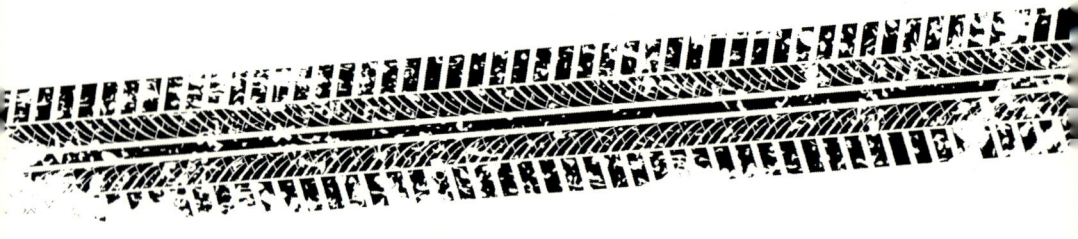

53

DREW

A brisa quente do Mediterrâneo me varreu enquanto eu estava parada à porta de madeira da *villa* da minha mãe. E pelo sorriso em seu rosto completamente maquiado quando ela a atendeu trajando seu roupão de seda, ficou nítido que Irina estava feliz demais por eu estar lá.

Ela me entregou uma taça de vinho assim que entrei.

— Você está péssima, meu bem.

Eu estava de coração partido e com *jet lag*, como ela esperava que eu estivesse?

— Obrigada — falei, tentando não revirar os olhos.

Ela entregou a minha bolsa para Marco, o mordomo, e me guiou para dentro. Entornei o vinho antes de chegarmos à cozinha, e minha mãe logo me serviu mais.

Foi assim pelo resto da noite.

Eu me sentei em uma espreguiçadeira perto da piscina, ao lado da minha mãe, encarando a cidade que se estendia para o mar enquanto eu me embebedava. E embora bebesse mais que eu, a mulher não ficava bêbada, porque noventa por cento do seu sangue era álcool.

O sol se punha quando Marco voltou para a piscina com outra garrafa de vinho. Ele encheu a minha taça, depois sumiu entre as palmeiras e os hibiscos.

— Então, o que te fez ir embora da bela cidade de Dayton assim tão de repente? — Ela levou a taça aos lábios, o olhar fixo no sol se pondo na água turquesa.

Respirei fundo.

— Eu e o Bellamy terminamos.

Mais ou menos. Eu não sabia, na verdade. Só fui embora antes que ele pudesse terminar comigo.

Virei a bebida, odiando o quanto estava me sentindo frágil.

— Vá em frente — suspirei. — Pode falar 'eu te avisei'.

— Querida... — Ela afagou o meu braço. — Ser jovem é difícil.

E aquilo era uma pérola de sabedora de Irina Morgan De Arman.

— É, quando você sou eu. — Odiei o quanto pareci patética e por ser tão amargurada. Amargurada por causa do meu pai, da minha mãe, da merda da minha criação "privilegiada". Por ter sido mandada para o Dayton e, por fim, por causa do Bellamy.

Tudo estava se infiltrando em mim, como um piche espesso e escuro até cada batida do meu coração parecer lenta e o respirar ser uma tarefa árdua.

— Não quero falar disso, tá? Estou aqui, e vou ficar até ir para Cornell.

Como o meu pai queria, como Bellamy queria, porque o que eu queria nunca foi importante, nem nunca tinha sido.

Suspirando, ela se acomodou na espreguiçadeira.

— Como quiser, meu bem. O que te fizer feliz. — Em seguida, deu um tapinha na minha mão.

— Obrigada. E obrigada pela passagem.

— Imagina, querida. — Então começou a falar das merdas dela e, pela primeira vez, agradeci pelo falatório sobre ela mesma: o iate novo que o marido, Pierre, tinha comprado; o paisagismo que havia mandado fazer no limoeiro; a bolsa nova que tinha encomendado. Tudo inútil, tudo com a profundidade de uma poça d'água, mas eu precisava daquilo, porque a minha própria merda era profunda demais, e eu me afogaria se pensasse nela.

Meu celular apitou. Eu o peguei na mesa ao lado, quase derrubando uma garrafa de vinho vazia. Então me preparei e abri uma nova mensagem do Bellamy.

> Foda-se, Drewbers.

Depois chegou uma foto do Bellamy desmaiado no sofá do Hendrix.

> Você partiu o coração dele. Parabéns, sua Medusa Puta.

Depois uma foto do Hendrix me mostrando o dedo do meio.

Eu me levantei e atravessei o terraço, sumindo para dentro do meu quarto. A brisa fresca soprou através das portas francesas, e eu desabei na cama, com as primeiras lágrimas se libertando. E elas continuaram a cair. Deslizando pelas têmporas e umedecendo a fronha até ela ficar encharcada.

Fazia uma semana desde que fui embora dos Estados Unidos. Uma semana fazendo compras sem parar, bebendo champanhe e indo a festas, mas quase não foi o suficiente para me distrair. Eu estava mais miserável que nunca, porque sentia saudade dele. Tudo doía.

O convés de cerejeira do iate do Pierre estalou sob os meus saltos quando me aproximei da popa, meus dedos envolveram o parapeito de metal, o vento bagunçando o meu cabelo. O sol já tinha se posto há muito tempo por trás das colinas de Mônaco, as luzes da cidade eram um pontilhado de estrelas em contraste com a silhueta do céu noturno. O bater das ondas no casco e o tilintar das taças de champanhe quase abafaram o zumbido baixo da música da festa ao meu redor.

Virei a taça antes de pegar outra na bandeja de um garçom que passava por ali.

Durante a última semana, percebi que a minha própria companhia era uma tortura e, ao mesmo tempo, eu odiava todo mundo. Além de ficar bêbada e chorar, não tive nenhuma ideia brilhante. Mas, verdade seja dita, masterizei a arte de pular direto de uma bêbada chorona para o entorpecimento da "incapacidade de dar a mínima". Era a única forma de evitar esse vazio dentro do peito, como se algo vital tivesse sido roubado.

Meu celular apitou, e meu coração gaguejou com a esperança de ser Bellamy. Ele não entrava em contato desde que Hendrix tinha me enviado mensagem e me dito tudo de que eu precisava saber. Eu queria que ele estivesse tão ferido e desesperado quanto eu, que partilhasse da minha dor e a validasse. Que me dissesse que me queria. Que sentia saudade. Qualquer coisa.

Todos os dias, eu lutava contra o impulso de entrar em contato com ele, e cada vez que a necessidade surgia, a palavra ressentimento piscava na minha cabeça como um aviso em *neon*.

Verifiquei o celular, e meu coração afundou quando vi o nome de Genevieve.

> Oi, gata. Passando para ver como você está.

> Estou bem.

> Terminar é um saco. Sei que agora não parece, mas talvez tenha sido para a melhor. Você vai acabar superando. Prometo. Bj.

Não respondi.

Eu me agarrei à lógica de que o tempo curaria todas as feridas, mas não estava curando; eu estava morrendo. Fazia uma semana, e foi a pior da minha vida. Eu só queria ser capaz de parar de pensar nele, parar de sentir saudade dele, por um único minuto.

Depois de ter virado outra taça de champanhe, passei em meio aos convidados com seus vestidos e *smokings* caros. A última coisa que eu queria era estar perto dessas pessoas. Que tudo fosse à merda. Eu ia roubar uma garrafa, e seguiria para a minha cabine para que pudesse beber sozinha.

Isso até a minha mãe me encontrar.

O vestido se agarrava ao seu corpo miúdo, fazendo-a parecer a socialite rica que ela era.

— Meu bem. — Ela afagou o meu braço, olhando a taça vazia na minha mão.

Meu pai desaprovaria, mas Irina simplesmente acenou para um garçom, providenciando outra bebida para mim.

— Por que você não está interagindo com os outros? — ela perguntou, afastando uma mecha fujona de cabelo para longe do meu rosto.

— Não gosto de interagir. — Eu não suportava os amigos da minha mãe. Eram sempre os piores.

Olhei para o mar escuro além do parapeito, desejando poder pular lá, apenas para arruinar esse vestido perfeito e lavar esses cachos junto com a maquiagem feita por um profissional. Eu me sentia uma boneca, um produto. Reluzente e artificial. Eu odiava tudo isso.

— Henri Valant está aqui. — Ela foi para o meu lado ao gesticular com a cabeça para a festa. — Está vendo aquele cara bonito de cabelo escuro? É jogador de futebol europeu. Tem um monte de dinheiro. É modelo da Armani também. — Ela se virou para me encarar, e ergueu uma sobrancelha.

E ele tinha babaca arrogante tatuado na testa.

— Não estou interessada, Irina.

Ela revirou os olhos.

— Sabe, você poderia vir cursar faculdade aqui.

Ela estava tentando planejar a minha vida por mim, desde o namorado rico e desinteressante à faculdade. Igual o meu pai fez. Eu queria gritar.

— Eu ia amar ter você aqui comigo — ela falou.

Passei por ela, atravessei as portas de vidro e fui para a cozinha. Depois de pegar uma garrafinha na geladeira, desci para a minha cabine que por dentro mais parecia uma suíte de hotel de luxo.

Deitei-me de costas no colchão, provavelmente amarrotando o vestido caro que minha mãe havia escolhido para mim. Abri o champanhe. Todo luxo que o dinheiro podia comprar estava me rodeando, e nunca o ditado "dinheiro não traz felicidade" foi mais verdadeiro. Eu estava miserável. E bêbada. E agora estava chorando. Deus, eu era patética, mas não havia nada que quisesse mais que o Bellamy ali, se escondendo e ficando bêbado comigo.

Só faltei polir a garrafa, e agora estava tão bêbada que não importava se ele tinha ou não entrado em contato comigo. Precisava falar com ele, vê-lo, ouvir sua voz rouca. Então fiz uma chamada de vídeo e fechei os olhos enquanto o telefone tocava, pensando que talvez ele não fosse atender.

Bem quando estava prestes a desligar, ele atendeu. As cores pixeladas na tela focaram no rosto sério do Bellamy. Deus, o cara era lindo, com aquela mandíbula cerrada e olhos escuros ardentes.

Ele não disse uma única palavra, só me encarou através do telefone.

— Parece que você está bravo. — Minha voz falhou. Lágrimas ficaram presas na garganta quando ergui a garrafa de champanhe.

— Você está bêbada?

— Estou.

Ele passou a mão pelo rosto, descansando as costas na cabeceira da cama. Eu sentia saudade dele. Eu sentia saudade daquele quarto minúsculo.

— Por que você está me ligando, Drew?

— Porque estou com saudade.

Segundos se passaram. O casco do barco rangeu ao balançar sobre as ondas.

— Então por que você me abandonou? — ele perguntou.

Bebi mais do gargalo, tentando afastar a mágoa, mas não consegui.

— Porque pensei que fosse o que você queria.

— Puta que pariu. — Ele se mexeu, uma visão embaçada do seu quarto apareceu por um milésimo de segundo.

— Eu te encurralei. Está tudo bem. Eu nunca deveria ter ido morar na sua casa...

— Para.

— E você foi tão bom. Sabe, um cara bacana de verdade.

— Cala a boca, Drew. Você parece... eu nem sei. Mas não parece consigo mesma.

— Eu não sou — sussurrei. Eu não era eu sem ele, e poderia parecer mais patética?

Eu me larguei nos travesseiros, sentindo o peso da desolação romper a bebedeira. As lágrimas desceram livres mais uma vez, então fechei os olhos. Eu não fazia ideia se o Bellamy ainda estava ali, e me recusei a olhar.

— Eu preciso de você — sussurrei.

— Você não *precisa* de ninguém, Drew... — E eu queria que aquilo fosse verdade. — Tudo o que eu quis naquela noite foi que você respondesse a uma única pergunta. Eu só queria que você me dissesse que não se arrependeria.

— Você queria que eu dissesse que você era um erro. Que você não era bom o bastante.

— Jesus Cristo. — Ele exalou. — Eu queria que você me dissesse que eu *era* bom o bastante, Drew.

Ninguém poderia ter sido melhor para mim do que ele.

— Eu vi a mensagem do seu amigo. Eu não quero...

— Você foi mexer na porra do meu telefone?

— Não... vá se ferrar. Não, eu não mexi.

— Então como viu a mensagem? — Seu olhar arrogante me deixou irada. Até mesmo estando a milhares de quilômetros de distância.

— Porque ele iluminou o quarto no meio da noite como se fosse a porra de uma árvore de Natal, e eu vi a mensagem pipocar. Não quero que você me odeie. Que fique ressentido comigo...

Ele queria que eu fosse para Cornell. Ele não me queria na faculdade em Alabama. E tudo o que eu queria era ele, de qualquer forma que eu pudesse ter.

— Aquela mensagem não falava de eu me ressentir contigo. Era de você acabar me odiando. Por desistir de tudo. — Ele me encarou através da tela. A mandíbula estava cerrada. — Eu quero te matar agora, sem sacanagem…

Bufei uma risada.

— Do que estou desistindo, Bellamy? Por favor, me diga.

A cabeça dele tombou contra a cabeceira, e ele gemeu.

— De tudo. Merda que eu jamais poderia te dar. — Esse garoto. Ele não fazia ideia. Ele pensava que essa vida era perfeita, e não era.

— Quer saber onde estou agora? — Bebi o resto do champanhe e atirei a garrafa no chão. — Estou no iate da minha mãe, usando um vestido de quatro mil dólares, bebendo champanhe, e estou infeliz e vazia pra caralho, porque isso não significa nada.

Mesmo através da vista embaçada, eu podia ver a ruga em sua testa, a mágoa em seus olhos.

— É, bem. Quer saber onde estou agora? Na cama onde eu dormia com você. Sozinho, porque você me largou. Por causa de uma mensagem da qual você nem sequer sabia o contexto.

Mais lágrimas deslizaram.

— Você sabe que foi mais que isso…

— Você nem ao menos se despediu. Nem me deu a chance de explicar. Simplesmente foi embora. — Era como se ele não estivesse me ouvindo.

— Você está tão decidido para que eu vá para Cornell, Bellamy, e tudo o que quero é você!

— Tudo o que você quer sou eu e, ainda assim, você foi embora, porra.

— Se você me quisesse o tanto que te quero, você não teria…

— Pelo amor de Deus, Drew. Eu te amo, caralho! — ele gritou. Raiva e dor escorriam de sua voz. — E se você me amasse, não teria ido embora do jeito que foi. Então não venha me dizer que eu não te queria.

E aquilo desencadeou uma enxurrada de lágrimas, soluços feios que trespassaram o meu peito como uma lâmina. Eu não conseguia falar, não conseguia respirar, não conseguia lidar com nada naquele momento. Então desliguei. E, Deus, eu o amava. Tanto.

Acordei com a cabeça latejando e o eco das palavras do Bellamy na minha mente. *Eu te amo, caralho.* Por que ele não disse antes? Tudo estava tão confuso agora, mas eu sabia de uma coisa: eu o amava. E percebi o quanto fui idiota ao abandoná-lo, simplesmente porque ele talvez fosse me rejeitar.

Era porque eu o amava que ele tinha o poder de me machucar, e no segundo que pensei que houvesse o menor risco de isso acontecer, eu fugi. Mas eu precisava dele, eu o amava, e escolheria Bellamy em vez dessa vida a qualquer hora.

Minha mãe esperava na varanda, como fazia todas as manhãs, à cabeceira da mesa, com café e frutas frescas à frente. Muito mais do que conseguiríamos comer. Um chapéu enorme e óculos escuros cobriam o seu rosto, as joias pendiam como se ela fosse um anúncio ambulante da *Cartier*.

— Você está péssima — atestou, empurrando uma xícara de café para mim. — Sente-se aqui comigo.

— Obrigada. — Eu me sentei ao lado dela e peguei uns pedaços de melão.

— Sou totalmente a favor da magreza, querida, mas você precisa comer mais. — Seu cenho franzido bem de leve era o mais próximo disso que o Botox permitia.

— Agradeço a preocupação materna. — Tenho certeza de que ela só não queria que eu ficasse feia; afinal de contas, era o que havia de pior perante seus olhos.

O aroma cítrico flutuava dos limoeiros no jardim lá embaixo, misturado com o cheiro fraco da maresia que estava sempre no ar.

— Querida, acho que a gente precisa conversar.

Soltei um suspiro.

— Se é por causa de ontem à noite...

— Você não fez nada além de se embebedar desde que chegou aqui, meu bem.

— E daí? Você bebe no café da manhã, mãe. — Esfreguei o rosto. — Eu... eu preciso voltar para casa.

— Por quê?

— Você sabe porquê. Pela mesma razão para eu ter bebido cinco dias direto. Eu preciso voltar para Bellamy.

Esperei um sermão, mas, em vez disso, ela inclinou a cabeça, seu olhar percorreu o meu rosto com algo parecido com pena.

— Você acha que ama o rapaz.

— Eu amo Bellamy.

Minha mãe franziu os lábios e pegou a caneca de café sobre a mesa.

— O amor é uma fantasia das mulheres jovens, Drucella. E quando essa fantasia se despedaça, ela leva um pedacinho seu junto. Poupe-se da dor, querida.

— Você parece estar falando por experiência. — Embora, até onde soubesse, Irina Morgan De Arman nunca amou ninguém. — Sendo que sei que você se casou por dinheiro — pontuei. — Três vezes.

Houve um segundo de silêncio onde se ouvia apenas o grasnar distante das aves marinhas trazido pela brisa do oceano. Minha mãe engoliu em seco e traçou círculos na lateral da caneca.

— Conheci seu pai quando eu era jovem, e ele não tinha nada.

Aquilo me pegou de surpresa. Não sabia nada de como meus pais se conheceram, só como se divorciaram. Sempre pensei que meu pai viesse de família rica, assim como ela.

— Eu o amava demais — ela falou.

— Sério?

Um sorrisinho tocou seus lábios.

— Ele nem sempre foi babaca. O dinheiro o mudou, porque ele o queria mais que a mim. Mais que a você. Porque estava obcecado por ele. Eu me senti negligenciada, e busquei amor em outra parte — ergueu um ombro —, mas nunca encontrei.

— Ele te amava também?

— Creio que sim. Até não amar mais. — Ela olhou para mim. — Os homens são criaturas inconstantes, Drucella. Creem que tudo o mais é infantilidade. O que você vai fazer se voltar para esse garoto?

A brisa intensificou, fazendo uma das toalhas de linho dançarem pelo pátio.

— Não sei.

— Ele vai para a faculdade?

— Ele se inscreveu na Estadual do Alabama, mas não conseguiu a bolsa.

— E ele vai fazer o quê? — Minha mãe levou a xícara aos lábios. — Trabalhar em empregos sem futuro pelo resto da vida?

— Eu não ligo se for o caso! Ainda continuarei o amando. Você não pode mudar isso.

— A Cornell fica bem longe de Dayton…

— Não quero ir para Cornell. Eu fui aceita na Estadual do Alabama.

— Entendi. — Seus lábios franziram. — Acho que você deveria ir para Cornell.

— E depois o quê? Me formar. Esquecer que Bellamy existe. Casar com um cara rico que mal suporto e fazer nada pelo resto da minha vida igual aconteceu contigo? — Foi cruel, eu sei, mas estava frustrada e com raiva por ela não conseguir enxergar que eu não era ela e que não queria a vida dela. Agarrei a beirada da mesa e a encarei. — Eu amo o Bellamy, mãe. Lembre como era só por um segundo. E se o meu pai não tivesse deixado de te amar?

Ela passou a mão pela toalha imaculada.

— Bem, as coisas talvez tivessem sido diferentes. Mas não me arrependo. Conheci o Pierre...

— Você não ama o Pierre. Você gosta dele, mas não o ama. — Passei a mão pelo cabelo, com raiva de mim mesma, dela e do mundo. Eu queria conseguir me infiltrar por aquela casca fria dela e fazê-la se lembrar da loucura. Queria que ela se lembrasse de como é sentir como se a outra pessoa fosse a sua fonte de oxigênio. Como era ter a alma incendiada por essa pessoa. Mas talvez ela não quisesse se lembrar.

— E se não der certo? — perguntou. — Você está falando de sacrificar um futuro muito abençoado por causa desse rapaz.

— Mas e se der certo, mãe? — Eu estava praticamente gritando, porque ela não conseguia entender. — E se der certo?

— Ah, Drucella. — Ela olhou para o oceano além, e soltou um suspiro profundo.

Poucos segundos de silêncio se passaram entre nós antes de o seu olhar encontrar o meu. Então ela colocou uma mecha de cabelo atrás da minha orelha, os dedos roçaram minha bochecha com carinho.

— O amor é imprudente, e você sempre foi estouvada. — O mais fraco dos sorrisos brincou em seus lábios. — Conte-me sobre esse rapaz. Quero todos os detalhes.

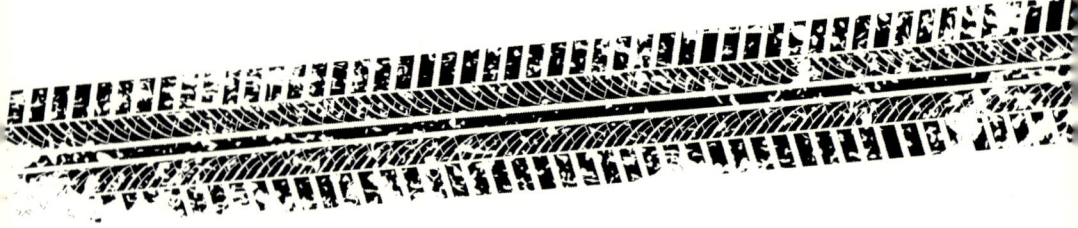

54

BELLAMY

Encarei a parede, lutando com as emoções que giravam em mim como um tornado de magnitude 5.

Meu olhar pousou nas roupas da Drew ainda penduradas no meu guarda-roupa, e a dor se tornou ainda mais forte. Eu queria odiá-la, de verdade, mas não conseguia. Desabei de costas na cama, mexendo nas mensagens dignas de livro que a gente tinha trocado porque, ao que parecia, eu gostava de sofrer.

> Seu trabalho é um saco.

> É, mas vou brincar com um outro saco mais tarde.

Rolei mais a tela.

> Ainda sinto seu gosto nos meus lábios.

> Você é tão pervertido.

> Justo. Estou com saudade.

> E o seu gosto na minha língua está deixando tudo pior.

E, então, uma das últimas me eviscerou.

> Mal posso esperar para chegar em casa.

> Estou esperando pelado na nossa cama.

Ela pensou que eu estava chateado com ela. Cristo. Eu deveria ter dito que a amava há muito tempo, não importava o quanto aquilo me fizesse sentir medo. Ela pensou que eu queria terminar, então se mandou para a França. Depois chorou quando declarei que a amava, e desligou. Porque aquela era Drew.

Esfreguei o aperto incessante do meu peito antes de atirar o celular para o outro lado do quarto.

Fervilhei por um tempo, ouvindo Linkin Park na altura máxima.

Essa era uma merda do caralho que eu teria que tentar desembaraçar, porque eu amava aquela garota irracional de um jeito que eu tinha certeza de que jamais amei ninguém, e aquilo me deixava louco pra cacete. Eu sei que deixava.

Na metade do álbum do Linkin Park, Arlo entrou no meu quarto com o Spike agarrado ao peito. Ele abaixou a música, então se arrastou para a minha cama.

— É amanhã que o papai vai ficar encrencado?

Amanhã era o julgamento que decidiria que tipo de pena o meu pai cumpriria por agredir minha mãe. E tive que me impedir de sorrir, porque o filho da puta merecia.

— É, sim, carinha.

Ele franziu o cenho, brincando com o chifre do unicórnio.

— Não quero que ele vá para a cadeia.

Arlo não entendia. Ele tinha crescido vendo a merda que o meu pai fazia, achando que fosse normal. É difícil para alguém digerir que a pessoa que era o seu herói não passava de um vilão. Porque não importava o merda que o pai fosse, uma criança de seis anos não conseguia enxergar.

Passei um braço ao redor dele e o abracei junto ao peito.

— Eu sei. Mas ele machucou a mamãe, e isso não é certo, sabe?

— Eu sei. Mas ele pediu desculpa.

— É, e, às vezes, pedir desculpas não é o bastante, Arlo.

Ele deu um aceno curto.

— Mas eles vão dar comida para ele na cadeia e deixar ele ver televisão?

— É. Eles vão dar comida para ele.

— Tá.

O estrondo de panelas caindo no chão veio da cozinha, antes de o vovô chamar Arlo para ir ajudá-lo a fazer panquecas para o jantar.

O rosto do Arlo se iluminou, e ele se levantou da cama e saiu correndo do quarto tão rápido que derrubou o bichinho de pelúcia.

Saí da cama para pegar o brinquedo. Nunca pensei que olhar para um unicórnio idiota me fizesse ter vontade de chorar.

No dia seguinte, fui com a minha mãe para o tribunal, ficando entre ela e o meu pai para dar segurança a ela. Eu odiava o homem e não queria estar perto dele. As provas foram apresentadas. Anos de chamados de violência doméstica para a polícia, fotos de ferimentos e depoimentos. Quando o juiz o sentenciou a três anos, soltei o fôlego que estava prendendo. Embora quisesse que ele tivesse pegado mais tempo, era o bastante, porque isso a afastaria dele. Era tudo o que eu queria.

Ela ficou quieta durante todo o caminho para casa; lágrimas silenciosas escorriam pelas suas bochechas. Mesmo depois de tudo, ela ainda o amava. E, puta merda, aquilo me deixava possesso.

— Você está bem? — perguntei ao parar na frente de casa. Eu sabia que ela não estava. Eu sabia que não havia nada que pudesse fazer, mas eu seria um merda se não perguntasse.

— Sim. Estou bem, meu amor. — Então me deu aquele sorriso amarelo. — Diga aos meninos que mandei oi, sim?

— Eu vou ficar em casa, mãe.

— Não. O vovô está aqui. Só... vá se divertir com os seus amigos. Por favor. — Ela beijou a minha bochecha. — Você merece ter um pouco de tempo para si mesmo, Bellamy. — E então saiu do carro.

Eu odiava deixá-la lá, mas imaginei que precisava ficar sozinha para processar tudo.

Hendrix: Estou cagando no Waffle Hut.

STEVIE J. COLE LP LOVELL

> Não quero ver foto da sua bosta.

> Tarde demais.

A foto apareceu, e eu a deletei imediatamente antes de arrancar com o carro.

No caminho para o *Waffle Hut*, repassei a conversa de ontem à noite sem parar na cabeça. E eu continuava voltando à parte em que ela dizia que havia me encurralado.

Hmm... me encurralado.

Parei no sinal vermelho, encarando o fluxo passando pelo cruzamento antes de socar o volante. Por que tive que me apaixonar pela riquinha maluca? Uma maluca pobretona teria ficado puta e ido para a casa de uma amiga reclamar, porque ela não poderia pagar uma passagem para a França para ficar emburrada e se afogar em champanhe em um iate.

Estacionei atrás da caminhonete do Wolf. Então mandei uma mensagem para Drew. Eu não mandei nada ontem porque imaginei que ela ainda estaria bêbada, e chateada pra cacete. Mas aquilo estava ficando ridículo.

> Quando cansar do chilique, volta para casa.

> Eu te amo.

> Não chora por causa disso.

Hendrix e Wolf já estavam à mesa, e havia um sanduíche enorme na frente do Hendrix.

— Obrigado por esperar, babaca — falei, e deslizei no banco.

Hendrix bebeu um pouco do *milkshake*.

— Eu estava com fome. Você não viu o cagão que eu dei? Não tinha mais nada aqui dentro.

Peguei o cardápio.

— Então — ele começou. — Eu estava contando para o Wolf que estou pensando em ganhar dinheiro fazendo pornô amador.

É claro que ele estava.

— Toda essa música cafona e a pornografia têm me dado ideias.

Eu o encarei ali do outro lado da mesa do *Waffle Hut*.

— Ninguém quer ver o seu pau.

— Depois não venha chorar atrás de mim caçando emprego quando isso aqui estourar. — Ele apontou para a virilha.

Wolf riu.

— Já posso ver a merda toda. Quando a gente menos perceber, ele estará recrutando meninas para reencenações.

Hendrix bateu no braço dele e sorriu.

— Leu a minha mente, cara. Leu a minha mente.

O sino da porta tocou. Hendrix olhou por cima do meu ombro, o sorriso idiota dele se transformou em uma careta de raiva.

— Ah, puta que pariu, mas nem fodendo!

O olhar do Wolf foi para lá, e ele pegou Hendrix pelos ombros e tentou empurrá-lo do banco.

— Vamos.

— Não vou mesmo. Isso é uma palhaçada.

— Sai, Hendrix. — Wolf o empurrou com tanta força que ele caiu no chão.

Eu me virei. Ver Drew parada a poucos metros de mim quase roubou o meu ar. Ela parecia exausta ali, de *legging* e camiseta, o cabelo preso no alto da cabeça em um coque bagunçado. Mas como...

Uma montanha-russa de emoções girou por mim, culminando no alívio e mergulhando na raiva.

Hendrix passou por ela e balançou a cabeça, resmungando "palhaçada" baixinho antes do Wolf o levar para fora.

Drew percorreu o corredor e parou na ponta da mesa, hesitando.

— Posso me sentar?

— Você não dormiu, não é? — Dava para ver que ela não tinha.

— Não. O voo foi uma merda. — Ela deslizou no banco de frente para mim e respirou fundo, como se tentasse se acalmar.

— Vai me dizer como sabia onde eu estava? — Embora tivesse uma boa noção...

Seus lábios se contorceram de levinho.

— Você não é o único que pode usar aquele aplicativo.

— Você me irrita pra caralho.

— Foi você que começou com isso, não eu.

— E você é a pessoa mais dramática que já conheci. — Estendi o braço sobre a mesa, entrelaçando os dedos aos dela. Um toque tão simples não deveria ter sido capaz de prover tanto alívio.

— Eu estava bêbada!

Ergui uma sobrancelha.

— Quando você foi embora para a França?

Ela gemeu.

— Você pode calar a boca? Eu vim te dizer uma coisa, e você está arruinando tudo.

Lutei contra um sorriso e me recostei ao banco, acenando com a outra mão sobre a mesa para dar a palavra a ela.

— Obrigada. — Ela respirou fundo. — Eu te amo.

E aquilo me fez me sentir o filho da puta mais rico do mundo.

— Eu sei, garotinha. — Abri um sorriso convencido, só para ser um babaca. — Mas não vou chorar por causa disso.

— Você é tão cretino. Não sei nem porque gosto de você, que dirá te amar.

Eu me levantei do meu banco e deslizei no dela.

— Eu já te disse, é porque você é louca por esse tipo de caos. — Eu a segurei pelo queixo e cobri seus lábios com os meus, beijando-a como se a minha vida dependesse disso. — Você sabe que você é um pesadelo, não é?

— Pensei que você não quisesse uma princesa.

— Não, só quero você.

A garota me fez comer o pão que o diabo amassou com o rabo desde o primeiro dia, mas, porra, valeu a pena.

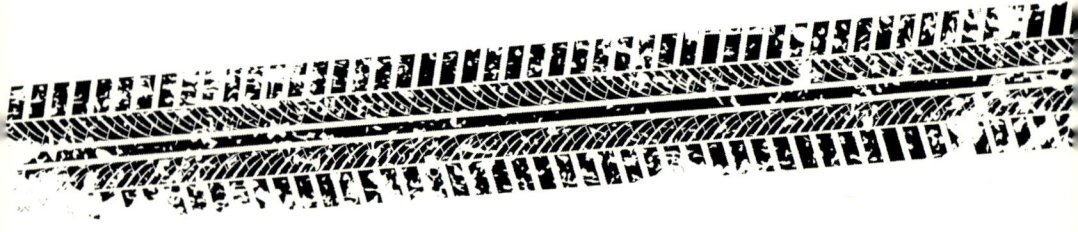

55

DREW

Quatro dias depois...

Segurei firme a mão do Bellamy quando subimos os degraus até a varanda do meu pai.

Ele abriu a porta, usando o terno imaculado de sempre. Sua expressão era ilegível.

Esse era o preço da minha liberdade dessa vez.

Minha mãe tinha pagado a minha passagem de volta e habilitado todos os meus cartões, ela até mesmo aceitou pagar as mensalidades da Estadual do Alabama para mim. O preço? Eu tinha que ir visitá-la três vezes por ano, e isso, jantar com o meu pai. Aquilo mexeu comigo.

Eu não fazia ideia da razão para ela tentar reconciliar nosso relacionamento profanado.

— William. — Bellamy foi o primeiro a falar, provavelmente porque eu estava congelada e muda.

— Bellamy. Drucella.

Deus, isso era tão estranho. Eu queria me enterrar num buraco.

— Entrem — ele convidou, dando um passo ao lado para nos permitir entrar.

Aquela casa agora me parecia tão estranha, como uma vida à qual assisti pela televisão em vez de tê-la vivido de fato. Meu pai nos levou até a sala de jantar com a mesa enorme de mogno de dez lugares. Uma mesa que nunca seria preenchida.

Por um segundo, senti um pouco de pena dele. Meu pai vivia em uma fortaleza isolada construída por ele mesmo, tendo apenas o dinheiro por companhia. Era amargamente triste.

STEVIE J. COLE LP LOVELL

Eu me sentei de frente para Bellamy. Meu pai permaneceu de pé à cabeceira da mesa, agarrando o espaldar da cadeira. Os dois não podiam ser mais diferentes. Meu pai tinha sido polido à perfeição, enquanto Bellamy era bruto e grosseiro.

— Vocês devem estar imaginando porque convidei os dois para virem aqui.

— Bem, estou aqui porque Irina me mandou estar — falei. Se não fosse por isso, não daria a ele nem um segundo do meu tempo.

Ele assentiu, as linhas ao redor de seus olhos ficaram se tornaram mais pronunciadas.

— Sim, tive uma longa conversa com sua mãe, e ela me fez enxergar algumas coisas.

Com isso, ele pegou um envelope dentro do bolso do paletó e o deslizou pela mesa polida, mas não foi para mim. Ele o entregou para Bellamy.

Meu pai pigarreou, focado no meu namorado.

— Pensei muito no que você disse naquela noite em que entrou à força na minha casa. — Suas sobrancelhas franziram ao olhar feio para Bellamy, que parecia completamente imperturbável, como sempre.

De que merda o meu pai estava falando? Quando Bellamy entrou à força aqui... exceto das duas vezes em que invadiu a casa?

— E embora não esteja nada feliz com o seu histórico criminal, devo acreditar que, dada a oportunidade, você não se envolveria nas atividades que faz para se sustentar. — Acenou na direção do envelope.

O olhar confuso do Bellamy encontrou o meu antes de ele pegar e abrir o envelope.

— Mas o que... — Ele balançou a cabeça, os olhos escuros encontraram os meus. — É uma bolsa de estudos. Para a Universidade Estadual do Alabama.

Não pude evitar a pequena palpitação no peito.

— Dou uma bolsa de estudos todos os anos. — Meu pai alisou a gravata, parecendo muito desconfortável. — Esse ano, eu gostaria de conceder essa bolsa a você, Bellamy. Como um agradecimento por me fazer perceber que há coisas que o dinheiro não pode comprar.

— Eu... — Bellamy encarou o envelope. — Não posso aceitar.

— Bellamy... — comecei.

Aquela podia ser a única chance dele. Independentemente do nosso relacionamento ou dos problemas com o meu pai, ele deveria aceitá-la. Eu não permitiria que ele deixasse o orgulho, ou a lealdade a mim, entrarem no caminho.

— Está no seu nome — meu pai disse, finalmente se sentando. — Os fundos estão reservados apenas para você. Então você pode usá-los ou deixar lá.

Nós três ficamos calados por um momento.

— Espero que isso, de alguma forma, nos ajude a fazer as pazes, Drucella. Eu... — Ele soltou um suspiro profundo. — Eu te amo, e sempre quis apenas o melhor para você. Depois de conversar com sua mãe, agora vejo o que fiz de errado. Também entendo que talvez você não valorize as mesmas coisas que nós.

Eu não tinha nem ideia do que dizer. Nada. Um nó se formou na garganta. As lágrimas inundaram meus olhos.

— Eu só queria que você me amasse — sussurrei.

Meu pai abaixou a cabeça.

— E sinto muito por você ter sentido que eu não a amava. — Ele se levantou. — Vou lá na cozinha pegar o jantar.

Um homem de poucas palavras e de ainda menos emoções, mas ele me amava. Em um piscar de olhos, Bellamy estava ao meu lado, os lábios roçando a minha cabeça quando me puxou para o calor de seus braços.

— Isso é tão esquisito — engasguei, meio rindo, meio chorando por causa da bagunça que eu era. — Você tem que aceitar a bolsa de estudos, Bellamy.

— Faço o que você quiser, garotinha.

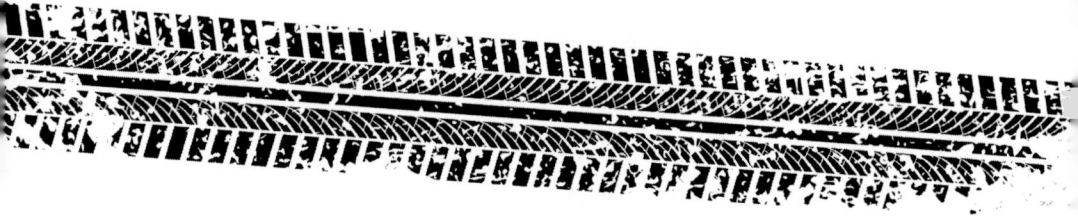

EPÍLOGO

DREW

Quatro anos depois...

— Está molhada para mim, garotinha?

As luzes dos postes piscavam através das cortinas da limusine enquanto avançávamos pelas ruas da cidade. O brilho era apenas o suficiente para que eu distinguisse a perfeição do rosto do Bellamy. Com aquele cabelo escuro, mandíbula perfeita, um sorrisinho que prometia fazer todos os meus problemas desaparecerem – mesmo que eu não tivesse nenhum.

— Você fala isso para todas as garotas? — perguntei, então senti seu sorriso contra a minha pele à medida que abaixava a alça do meu vestido.

— Só para você... — Puxou a calcinha para o lado, e o dedo deslizou para dentro de mim. — Encharcada como sempre.

Os dentes roçaram meu pescoço, e aquele zumbido viciante soou nas veias do mesmo jeito que sempre acontecia quando eu estava com ele.

— Não vou dar para você — provoquei.

— *Não* vai dar para mim, né? — O dedo afundou ainda mais. — Quer dizer então que você veio para a França comigo e pulou na parte de trás de uma limusine para brincar de fazer perguntas? — A boca foi da minha garganta para o meu peito enquanto ele empurrava a minha saia acima dos quadris.

Soltei uma risada que foi meio que perdida em meio a um gemido quando seus dedos aumentaram o ritmo.

— E então? Quer saber qual é a minha cor preferida?

— Sua cor preferida é preto.

Ele olhou para cima, franzindo o cenho.

— Não é assim que a gente brinca de faz de conta, Drew. — Então abriu minhas pernas e se acomodou entre elas, me encarando ao mordiscar a parte interna da coxa. — Ou devo ligar para Genevieve?

Já fazia quatro anos, e ele ainda não me deixou esquecer daquilo.

— Ah, vá se ferrar, Bellamy. — Agarrei seu cabelo em um punho, e puxei.

— Assim é melhor. — Seus dentes cravaram na pele e me arrancaram um gemido, em seguida a mão envolveu minha garganta. — Gosto quando você fica com raiva.

Menos de cinco minutos depois, sua calça social estava aberta, e ele estava enterrado dentro de mim.

Havia algo inegavelmente sexy no Bellamy de *smoking*, partindo para cima de mim feito um selvagem. Ele podia parecer civilizado agora, mas não era. E não havia nada civilizado na forma como ele me comia. Enforcamento e mordidas entre sussurros sacanas.

O carro chegou ao porto assim que a sensação de languidez assumiu, aquecendo o meu corpo em uma onda de êxtase. Tive que enterrar o rosto no peito dele para abafar os gemidos.

— Merda — ele bufou, indo mais rápido até enrijecer, depois soltou um gemido gutural que eu sabia que o motorista tinha que ter ouvido. — Juro por Deus que nunca vou me cansar disso. — Pressionou um beijo nos meus lábios, passando a mão pela minha mandíbula e puxando o meu vestido para o lugar.

— Que bom. — Eu o beijei antes de sairmos cambaleando do carro e irmos até o ancoradouro.

O iate da minha mãe estava atracado mais abaixo, uma ode flutuante ao luxo e a todas as coisas que Bellamy e eu tínhamos bem pouco esses dias. Embora estivessem todas à nossa disposição.

Segurei sua mão, entrelaçando nossos dedos. Eu precisava dizer algo a ele antes de entrarmos no barco e alguém me oferecer um champanhe que eu não poderia beber. Meu estômago revirou com o nervosismo, e mordi o lábio inferior.

Ele se virou para me encarar, suas sobrancelhas franzidas.

— Você vai vomitar ou algo assim? — E, ironicamente, aquilo não estava muito longe da realidade.

— Preciso te contar uma coisa — falei.

Sua expressão mudou, a suspeita ficou evidente na careta que agora moldava o seu rosto.

O pânico se instalou.

— Eu, é... — Remexi na parte de cima do vestido, mesmo que tudo estivesse em seu devido lugar. — Sei que não é o ideal... mas... — Respirei fundo. — Estou grávida.

Seus olhos se arregalaram devagar quando o olhar foi do meu rosto para a minha barriga e depois voltou.

— Você está grávida... — Ele passou a mão pelo queixo. — Tudo bem. Você está grávida. Merda. Tudo bem. Então... Beleza.

Ele andou de um lado ao outro na calçada por um instante, passando a mão pelo cabelo e resmungando consigo mesmo.

Eu sabia em que ele estava pensando. A gente tinha vinte e dois anos. Era ridículo, mas estávamos bem. Bellamy havia acabado de se formar em administração e estava trabalhando para o meu pai, aprendendo os assuntos da empresa. Eu tinha acabado de conseguir um emprego como assistente social.

A gente não era rico, mas ficaríamos bem.

Apesar de que Arlo talvez nos matasse. No jantar da semana passada, antes de irmos para a França, ele tinha feito a declaração de que não estávamos autorizado a ter um filho até que ele fosse grande, declarando que se recusava a dividir a atenção. Eu simplesmente teria que fazer a ideia de ele ser tio aos dez anos parecer a melhor coisa do mundo, e comprar outro unicórnio para ele. Agora, Bellamy precisava falar alguma coisa, porque o nervosismo estava me deixando nauseada.

Ele voltou e segurou a minha mão.

— Tudo bem. Eu preciso te fazer uma pergunta. — Então se abaixou sobre um joelho ali no caminho de paralelepípedos, as luzes dos barcos cintilando no seu rosto. — Casa comigo, garotinha?

— Ai, meu Deus. Isso aqui é muito Dayton. Você não tem que se casar comigo só porque me engravidou.

— Eu ia me casar com você de qualquer forma. — Ele me encarou. — Pare de arruinar essa merda e diga sim.

Revirei os olhos.

— Tudo bem. Sim, vou me casar contigo, mas não vou caminhar até o altar bamboleando.

Ele ficou de pé e me beijou de uma forma que dizia que ele nunca me deixaria.

— Quer manter à moda de Dayton? É só a gente ir ao cartório quando voltarmos para os Estados Unidos. — Sorriu e me deu um selinho.

Segurei sua mão e nos dirigimos até o iate.

— Meu pai sempre disse que você me engravidaria.

Que bom que o meu pai gostava dele agora. Era tão clichê, a menina rica engravidando do garoto problemático.

— Acho que é porque não sou nenhum santo, não é, garotinha?

Mas ele era bom assim como um. Bellamy West era bonzinho só para mim.

FIM

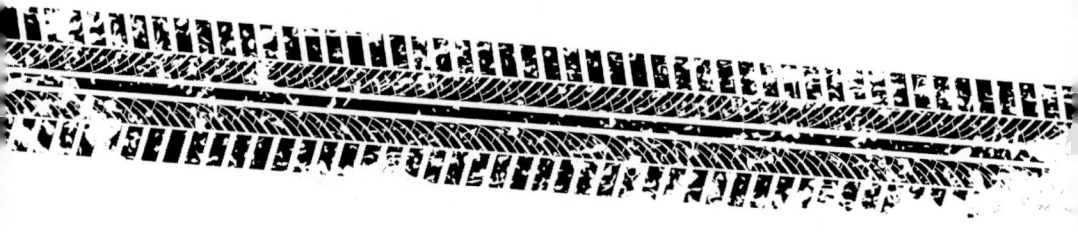

AGRADECIMENTOS

Obrigada a você por ler essa história!

Por trás deste livro há um time que nos ajudou a torná-lo realidade. Há tantas pessoas a quem precisamos agradecer por nos ajudarem com *Nenhum Santo*.

Candy Kane PR – você tem a paciência de uma santa, sério, estaríamos perdidas sem você.

Autumn Gantz, da Wordsmith Publicity, e *Charlotte Johnson*, que cuida das nossas redes sociais e é nossa relações públicas – vocês são uma joia. Muitíssimo obrigada por tudo o que fazem.

Caleb e *Adam...* abençoados sejam vocês por nos dar chocolate, Coca light e vinho.

Para este livro, precisamos dar um grande alô para os nossas leitores-beta: *Kerry Fletcher*, a autora *Laura Barnard* (ela é hilária. Se você gosta de uma comédia romântica, vá correndo comprar os livros dela), e a *Jen Lum*. Essa foi difícil para vocês, galera.

Kerry Fletcher – garota, você aguenta tanta coisa. Você é tipo, parte assistente pessoal, parte mãe e parte super-heroína. Eu amo você!

Lori Jackson – obrigada pela capa incrível. Ela é tão linda.

Stephie – obrigada pela revisão sempre vigilante.

Há tantos blogs e pessoas que têm nos ajudado ao longo do caminho e nós somos gratas a todos vocês.

A qualquer um que já escreveu uma resenha, postou um trechinho do livro ou leu qualquer um dos nossos livros... Obrigada. O apoio de vocês significa muito para nós.

The GiftBox
EDITORA

A The Gift Box é uma editora brasileira, com publicações de autores nacionais e estrangeiros, que surgiu no mercado em janeiro de 2018. Nossos livros estão sempre entre os mais vendidos da Amazon e já receberam diversos destaques em blogs literários e na própria Amazon.

Somos uma empresa jovem, cheia de energia e paixão pela literatura de romance e queremos incentivar cada vez mais a leitura e o crescimento de nossos autores e parceiros.

Acompanhe a The Gift Box nas redes sociais para ficar por dentro de todas as novidades.

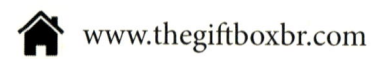 www.thegiftboxbr.com

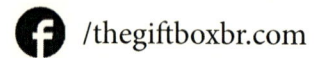 /thegiftboxbr.com

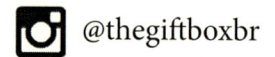 @thegiftboxbr

 @GiftBoxEditora

Impressão e acabamento

psi7.com.br | book7.com.br